论语大学堂

大杏树下的讲坛

侯骁言 著　大吉大利 KARO 宝 绘

北京理工大学出版社
BEIJING INSTITUTE OF TECHNOLOGY PRESS

版权专有　侵权必究

图书在版编目（CIP）数据

大杏树下的讲坛 / 侯骁言著；大吉大利 KARO 宝绘. -- 北京 : 北京理工大学出版社, 2024.6
（论语大学堂）
ISBN 978-7-5763-3979-6

Ⅰ．①大… Ⅱ．①侯… ②大… Ⅲ．①儿童故事—作品集—中国—当代 Ⅳ．① I287.5

中国国家版本馆 CIP 数据核字 (2024) 第 093786 号

责任编辑：李慧智	**文案编辑**：李慧智
责任校对：王雅静	**责任印制**：施胜娟

出版发行 / 北京理工大学出版社有限责任公司
社　　址 / 北京市丰台区四合庄路 6 号
邮　　编 / 100070
电　　话 /（010）68944451（大众售后服务热线）
　　　　　　（010）68912824（大众售后服务热线）
网　　址 / http://www.bitpress.com.cn

版 印 次 / 2024 年 6 月第 1 版第 1 次印刷
印　　刷 / 三河市金元印装有限公司
开　　本 / 880 mm×1230 mm　1/32
印　　张 / 6
字　　数 / 123 千字
定　　价 / 109.00 元（全 3 册）

图书出现印装质量问题，请拨打售后服务热线，负责调换

content 目录

- ① 孔子纪念馆　　　　/001
- ② 麒麟兽现身　　　　/006
- ③ 穿越时空　　　　　/013
- ④ 河神献礼　　　　　/020
- ⑤ 故弄玄虚　　　　　/026
- ⑥ 糟糕，回不去啦　　/034
- ⑦ 竹简的下落　　　　/041
- ⑧ 游历曲阜城　　　　/048
- ⑨ 办学计划　　　　　/055
- ⑩ 仲孙大夫　　　　　/060
- ⑪ 寻求帮助　　　　　/068
- ⑫ 筑坛　　　　　　　/073
- ⑬ 招收学生　　　　　/079

⑭	开课啦	/085
⑮	竹简在哪里	/092
⑯	莽夫	/099
⑰	仲由拜师	/107
⑱	前往周都	/115
⑲	拜会老子	/122
⑳	太庙奇遇	/128
㉑	问道	/134
㉒	返程遇风波	/141
㉓	越礼	/148
㉔	兵祸降临	/155
㉕	国君被逐	/162
㉖	神秘竹简的下落	/169
㉗	告别	/176
㉘	返回现代	/182

01 孔子纪念馆

星期六早上,红星小学五一班的学生去孔子纪念馆参观。大家宛如一群出笼的小鸟,上蹿下跳,十分快活。

孔子纪念馆里不仅有珍贵的文物,还有关于孔子生平的介绍。通过班主任欧阳老师的讲解,大家了解到了不少有趣的知识。

班级里有名的"调皮大王"马岩,这会儿像脱缰野马,看见什么都觉得新鲜,在展厅里不停地跑来跑去。

马岩长着一副强壮的身板,头脑也十分灵活,平常学习成绩不错,但性格大大咧咧,为此惹了不少小麻烦。班主任为了帮他改正那些不良习惯,特意让学习委员龚倩倩和他组成了"一帮一"小组,互相督促,互相进步。

提到马岩,龚倩倩真是一个头,两个大。在和马岩组队后,她才知道,竟有人能惹那么多麻烦,以至于她不得不时刻保持警惕。

"马岩同学,你要小心点,我们不能再让老师批评了!"

这句话快成她的口头禅了。

"龚组长,你就放心吧!"

马岩一边拍胸脯,一边保证道。

可话音刚落,他一转身,就撞到了一幅镶嵌在木架里的画作。

"危险!"龚倩倩大声提醒道。

马岩顿感不妙,赶忙转身,使出了吃奶的力气,拼命抓住木架。龚倩倩也快步上前帮忙,万幸,画作没有受损。

眼看龚倩倩要发作,马岩眼珠一转,赶忙指着那幅画打岔道:"龚组长,画中人在干什么?"

果然,马岩一提醒,龚倩倩的注意力就被转移了。她本就对古典文化内容颇感兴趣,眼前这幅画又格外精美,所以忍不住欣赏了起来。

画面上,在盛开着杏花的树林旁,有一座讲坛。讲坛上,一位气度不凡的男人,左手拿着竹简,右手在向台下的弟子们演示,似乎在宣讲道理;而台下,有的弟子低头沉思,有的弟子起身询问。

"这幅画上描绘的,似乎是杏坛讲学。"

"杏坛讲学?那是什么?"

"你要是能好好预习功课,就不会问这么简单的问题了。"龚倩倩虽然嘴上这么说,但还是耐心解释道,"杏坛讲学是一个典故。春秋时期,平民百姓是不能上学的。孔子创办了平民学校,吸引了各国学生前来听课。相传,他经常在杏树下讲学,后人便把他讲学的地方称为'杏坛'。"

他们的对话被一阵喧闹声打断,不远处,参观者全都挤在一个角落里,议论纷纷,像是出了什么大事。走近一看,只见大家正在围观几片破旧的竹子。

"哎呀!我还以为发生什么事情了,原来就是几片烂竹子……"

马岩刚抱怨完,一旁的龚倩倩就狠狠瞪了他一眼,"别乱说,展台里面的东西是竹简,看起来年头很长,应该是一件极为重要的文物。"

"竹简?"马岩不解地问,"那又是什么?"

龚倩倩耐着性子解释道,古人将竹子削成薄片,用绳子将竹片连接成册,制成竹简。竹简可以用来书写、记事,是早期的"纸"。

龚倩倩指着展台边的铭牌:"这上面说,这份竹简是春秋末期的文物,距今两千五百多年,极为珍贵。"

"哇!两千五百多年?"马岩感慨道,"比我的年龄都还要多出……"

看着掰起手指计算的马岩,龚倩倩忍不住笑了起来。不过,当她凑近观察那份竹简时,脸色骤然一变。

竹简上的文字竟然是简化汉字!

其他同学也发现了这个问题,纷纷向欧阳老师请教。欧阳老师疑惑地说:"简化汉字只出现了几十年,绝对不会出现在两千五百多年前的文物上。"

众人议论纷纷时,一名负责文物介绍的老师走了过来,说:"考古学中有一种叫碳十四断代法的技术,通过测量文物中碳十四的含量,可以推算其年代。经过检测,我们确定这份竹简已经有两千五百多年的历史了。"

"可是,这上面为什么会出现简化汉字?"马岩疑惑地问。

这位老师摇了摇头,说:"由于年代久远,竹简上的内容大多都已无从辨认,但能确认跟孔子讲学有关。我们也会从这个方向进行研究,希望有一天可以解开谜题。"

马岩觉得内心似乎燃起了一团火焰,他对那些未知的秘密,总是有着无穷无尽的好奇心。他忍不住说:"竹简上的秘密,就让我来破解吧!"

听到马岩这话,龚倩倩冷声道:"恐怕你这次又是一时激动,等离开了纪念馆,决心就抛到九霄云外了。"

马岩重重地哼了一声,一脸不服气。龚倩倩笑着说:"你既然有决心,那么最起码要熟读《论语》吧。"

"《论语》?"马岩皱起了眉头,"是那本'子曰''子曰'的书吗?"

"《论语》是一本语录合集,记载了孔子及其弟子说的话。虽然只有一万六千多字,但是对中国文化影响深远,还有人说:'学明白半部论语,就可以去治理天下了!'这卷神秘竹简跟孔子有关,而你连《论语》都不懂,又怎么解开竹简上的谜题呢?"

"哼!这个嘛……我自然有办法。"

马岩虽然嘴上不服,但他心里明白,龚倩倩的话挺有道理。

《论语》笔记

《论语》者,孔子应答弟子、时人,及弟子相与言而接闻于夫子①之语也。当时弟子各有所记,夫子既卒,门人相与辑而论纂②,故谓之《论语》。

——《汉书·艺文志》

【注释】

①夫子:对年长而学问好的人的尊称,即孔子。
②论纂:搜集材料,编纂成书。

【译文】

《论语》是孔子就弟子、当时的人所提之问的回答,以及弟子们互相交流的从孔子处受到的教诲。当时,这些话弟子们各有记载,孔子去世之后,他们相互交流、议论,搜集、编纂而成书,所以称为《论语》。

【拓展】

《论语》是儒家经典著作,与《大学》《中庸》《孟子》并称为四书。它是孔子的弟子及再传弟子,为了宣传孔子的修身、治国理念,而将孔子及其弟子的言行辑录起来,编纂而成。现存《论语》共有二十篇,五百余条,是人们了解孔子生平及儒家思想的第一手资料。《论语》的内容博大精深,包罗万象,主要反映了孔子的教育方针——有教无类,因材施教;显示了孔子的道德理想——克己复礼,追求仁德;也体现了孔子的行事、处世原则——中庸。

两千五百多年来,《论语》一直是中国读书人最重要的"粮食店"。宋代宰相赵普,就曾凭借半部《论语》,将天下治理得井井有条。

麒麟兽现身

围观的同学慢慢散去,马岩仍旧紧贴展台,盯着竹简。他一直以为古人写的字都非常漂亮,可眼前那些字,看起来……实在不敢恭维。不过靠近观察后,他却觉得那些字有些熟悉,仿佛在哪里见过一样。

突然,马岩身后传来一个奇怪的声音:

"你好像对这卷竹简很感兴趣?"

马岩以为是别的同学来捣鬼,就头也不回地说:"本大师现在正全力研究竹简,准备破解它的秘密呢!别来捣乱。"

"哈哈哈,小屁孩还想破解考古秘密?"

听到这有些嘲弄的话,马岩回过头,想要反驳,却发现身后空无一人。

他愣愣地拍了拍自己的脸颊,又揉了揉眼睛,还是看不到任何人。

"难道是我出现幻觉了?"

"不是幻觉!"那个声音又一次传来,颇为戏谑地解释道,"只不过,你看不到我而已。"

"你……"马岩险些瘫倒在地上,"你究竟是谁?"

"别害怕,我不是妖怪,我只是看到你对文物那么感兴趣,所以才忍不住出来,想跟你认识一下。"那个家伙像个孩子一样笑了,"你闻到空气中那股香味了吗?跟着香味,就能见到我。"

马岩用力抽了抽鼻子,的确,四周飘散着一股淡淡的香味。他很想逃走,可又抵抗不住好奇心,于是慢慢踱着步子,在黑漆漆的走廊里追寻那股香气。走了一会儿,马岩感觉身边的同学们仿佛都消失了,除了尖锐的脚步声,只能听到自己"咚咚"的心跳声。

等他来到一间储藏室门口时,那声音指示道:

"进来吧!我就在里面。"

马岩壮了壮胆子,小心翼翼地推开储藏室的房门,里面光线幽暗,但依稀能够看到,除了一个破旧的博古架外,什么都没有。

他紧张地按住胸口,声音有些发颤:"别再装神弄鬼了,快出来!"

"我就在你面前……"那声音突然提高了几度,"在那个小香炉里。"

听到这话,马岩惊得下巴都快要掉在地上了,他看着博古架上那个小香炉,里面绝对藏不了人。马岩慢慢地捧起香炉,准备仔细检查,那个声音忽然从里面传了出来:

"你好！"

马岩吓得一把丢掉了香炉，跌坐在地上。

但接下来的一幕更令他惊愕，只见那香炉竟然在一阵青烟的笼罩下，缓缓飘了起来，仿佛被一双看不见的大手捧着，在他面前晃来晃去。如果不是亲眼所见，他无论如何都不敢相信会发生这种事。

"你……不会要……要吃我吧！"

"呸！"香炉中的家伙似乎生气了，"别乱说！我可是善良、有礼貌的神兽，怎么会做吃人那种野蛮的事情呢？"

香炉慢悠悠地飘到马岩的耳畔，"告诉你，我是仁兽麒麟，因为不忍看到人类因贪念而互相征伐、攻击，所以躲进了香炉中。没想到，我睁眼看到的第一个人，竟然是个小孩子。"

"麒麟……"马岩琢磨着对方的话，他听说过一些关于麒麟的传说，可他记得，那是几千年前的事情了。

"难道你已经活了几千年？"马岩小心翼翼地问。

"那当然！我的寿命和你们人类的可不一样。对我来说，这几千年的光阴，就像一场梦，眨眼就过去了。"

香炉在半空中翻了个跟斗，仿佛一个调皮的孩子。

"吹牛！"马岩不服气地说，"你敢露出真身来让我看看吗？"

香炉中的声音忽然消失了。

马岩以为自己识破了对方的谎话，不屑地说："哈哈哈，不敢了吧？没话说了？"

话音刚落，只见香炉中突然喷出一团烟雾，瞬间将马岩包围。烟雾越来越浓，很快布满了整个房间，到处都是白茫茫的。置身其中的马岩，感觉自己似乎被装进了一个白色的口袋，这让他不由得紧张起来。

"快放我出去！"马岩喊道。

"别害怕。"那个声音再一次响起。

突然，马岩注意到，在烟雾之中，有一只长相奇异的动物，朝自己走了过来。

这只动物身形有点像小鹿，长着漂亮的犄角，双眼如同宝石一样晶莹剔透。它全身都是鳞甲，看上去格外威武，行走在半空中如履平地，又显得格外轻盈。马岩从未见过这种动物，但隐隐觉得，这家伙肯定不平凡。

对方慢悠悠地走到马岩身旁，眨了眨眼睛，满脸笑意地说：

"你不是想见我吗？我就是麒麟兽。"

虽然眼前这头神兽笑眯眯的，可马岩仍旧吓得浑身瘫软，连大气都不敢喘。

"小家伙，"对方老气横秋地说，"别害怕，我是不会伤害你的。"

马岩下意识反驳道："你才是小家伙！"

"哼！"麒麟兽昂起头颅，"要论年龄的话，我比你年长几千岁，喊你'小家伙'，都是高看你呢！"

麒麟兽惬意地伸了个懒腰，说："我沉睡之时，还是春秋时

代呢!"

听到这句话,马岩忍不住冷笑一声,他平常就爱说大话,没想到今天居然碰到一个比他更能说的。春秋时代?马岩想,那这个家伙岂不是和欧阳老师口中的孔夫子生活在同一个时代吗?真是吹牛不打草稿。

发现马岩不相信自己,麒麟兽也不在意。它伸了伸懒腰,撇了撇嘴,眼神中流露出一丝不屑,似乎在默默嘲笑马岩:你这样的凡人,怎么能理解我呢?

看到麒麟兽的表情,马岩心中的火瞬间蹿了起来,他大声地说:"麒麟兽,别用那种眼神瞧我!你说自己活了几千年,有什么东西能证明吗?只要你能说服我,我愿意……"

马岩摸着下巴想了想,"我愿意趴在地上扮乌龟。"

"哈哈哈……乌龟?"麒麟兽的双眼眯成了一条缝,"那场面肯定很滑稽。"

麒麟兽晃动着脖子,从嘴巴里吐出一团白色的烟雾,紧接着,马岩听到麒麟兽的声音在耳边响起:

"我带你回到几千年前看一看,你就知道我不是在说大话了!"

《论语》笔记

麒麟之于走兽,凤凰之于飞鸟,泰山之于丘垤①,河海之于行潦②,类也。圣人之于民,亦类也。

——《孟子·公孙丑上》

【注释】

①丘垤:小山丘,小土堆。
②行潦:沟里的流水,或土坑里的积水。

【译文】

麒麟对于走兽,凤凰对于飞鸟,泰山对于小土丘,河海对于小水沟,都算是同类。圣人和普通民众,也是同类。

【拓展】

麒麟是中国古代神话中的一种瑞兽,《尔雅》中说它有麋鹿的身子和牛的尾巴,头上还长着角。古人认为麒麟是"仁兽",它有坚硬的脚趾,却不践踏生物;它有坚硬的犄角,却不害人。麒麟平时不会现身,只有明君在位的时候,才会出现。

孔子的一生与麒麟有着不解之缘。相传,孔子将要出生时,有麒麟降落在他家附近,口中吐出一册玉书,上面写着"水精之子,系衰周而素王"。大意就是,这将出生的孩子天生圣德,在礼崩乐坏的乱世中,将成为引导世人的无冕之王。果然,孔子的一生都在追求麒麟所象征的"仁"。后来,孔子编著《春秋》,鲁国大夫外出狩猎,捕获了一头异兽。孔子见后,认为是麒麟,感伤不已,便以"获麟"一事作为《春秋》的绝笔。

穿越时空

"真的吗?"听到这话,马岩蹦了起来,"麒麟兽,你要是真的能带我穿越时空,那你说什么我都相……不,我现在就愿意扮乌龟。"

看到马岩那副滑稽的模样,麒麟兽没好气地白了他一眼,说:"不就是穿越时空吗?又不是什么大不了的事情,用得着这么激动吗?没出息。"

马岩傻笑了一声,脑海中浮现出那份神秘竹简的模样。他暗自思忖:如果我能够穿越回孔子生活的时代,弄清楚竹简的秘密,那到时候,妈妈不会再逼我早起,龚组长也不会再唠叨我,班主任……

正当他沉浸在自己的幻想中时,门外传来一声响动,把他拉回了现实。

"嘘——"马岩连忙护在麒麟兽身旁,小心翼翼地问:"谁在外面?"

"马岩,你又在里面搞什么鬼?"

马岩赶忙拉开房门,来人是龚倩倩。她径直走了进来,看见麒麟兽后露出了惊讶的表情,但声音却很镇定:"我也要一起去!"

原来,龚倩倩担心马岩捣乱,就悄悄地跟了过来,结果听到了这么神奇的事情。听到麒麟兽说自己有穿越时空的本领,龚倩倩也顾不上别的了。

"麒麟兽,你把我也带上吧!我还能帮忙看顾这个调皮的家伙。"龚倩倩双手合十,不住地摇晃。

"言之有理,"麒麟兽点了点头,"我看你比他可靠。"

马岩不想让龚倩倩和自己一起穿越,他太了解龚倩倩的性格了,怕到时候处处受她的管制。可是现在两票对一票,他也无话可说。

"对了,"龚倩倩好奇地问道,"麒麟兽,你究竟用什么办法帮助我们穿越呢?"

"当然是靠我体内的神力喽!"麒麟兽骄傲地说道,"只要我用神力锁定一件古代的物品,施个法,就能带你们穿越回到那件物品诞生的年代。"

"太好了,"马岩跳着说,"麒麟兽,那你带我们穿越到那份神秘竹简的诞生年代去看看吧!这下子我就能够弄清楚竹简的秘密了。"

"春秋时代?"提到这四个字,龚倩倩既有些担心,又有些向往。她看向麒麟兽,低声感慨道:"我最喜欢的《论语》就诞生在那个时代。伟大的孔子说过,'吾十有五而志于学,三十而立,四十而不惑,五十而知天命,六十而耳顺,七十而从心所欲,不逾矩。'他十五岁立志于学习,三十岁有所建树,四十岁遇事不困惑,五十懂得了自然规律,六十能听得进不同的意见,七十随心所欲,想怎么做就怎么做,也不会超出规矩。他在春秋时代,度过了那辉煌与挫折并存的一生啊!如果能够见到他,我可真是……"

"龚组长,别感慨了,"马岩打断道,"还是先看看麒麟兽能不能让我们顺利穿越吧!"

麒麟兽满不在乎地说道:"没什么不能的。过一会儿就要闭馆了,工作人员会到办公室开会,到时展厅里一个人都没有,我们正好趁机穿越。"

果然,过了一会儿,几名工作人员关闭了展厅的大门,前往办公室开会。马岩和龚倩倩则跟着麒麟兽,蹑手蹑脚地来到了那个放着神秘竹简的展台旁边。

麒麟兽跳到展台上,闭上双眼,唱诵起不知名的歌谣。很快,它的身体周围出现了一团白色的雾,这团雾越来越大,慢慢地将马岩和龚倩倩,以及放置神秘竹简的展台笼罩起来。紧接着,麒麟兽念诵起奇怪的诗歌,那些白色雾团似乎听到了指令,滚动起来。

马岩使劲儿地往外看,想要弄清楚发生了什么,但他越瞪大眼睛,视线就越模糊。突然,他的眼前一黑,眼睛像是被蒙上了一层黑布。他刚要喊，黑暗中又出现一道光芒。渐渐地，光束越来越多，如流星一样从他身边划过。他的身体则像气球似的，飘了起来。

马岩一直飘在半空中，不知过了多久。突然，他的耳畔传来了女孩的哭泣声。怎么了？龚组长哭了？

还没等他做出反应，一道亮光如同一柄长剑划破了黑暗。刹那间，马岩的眼睛剧痛，他伸手四下一摸，发现自己好像落在了一个冰凉的石台上。

马岩揉了揉眼睛，抬眼看去，熟悉的高楼大厦消失了，取而

代之的，是一片片起伏的山丘。淡蓝色的天空下，田地星罗棋布，仔细一闻，空气中还有一股禾苗的清香。

这里……难道就是春秋时代？

马岩直起身，朝四周好奇地张望。一旁的龚倩倩则抱紧身体，紧张地吞咽着口水。

"这该不会是恶作剧吧？"龚倩倩心中充满了疑惑，她眨动着亮闪闪的大眼睛，紧张地问，"我们到哪儿了？"

麒麟兽低声说："我们现在在春秋末期的鲁国。"

"太棒了！"马岩蹦了起来，没想到，麒麟兽真的帮他实现了穿越的梦想！

"马岩，"一旁的龚倩倩扯了扯马岩的衣袖，"先别激动，你没发现，眼下的情况有些不对劲吗？"

"不对劲？"马岩转过头，忽然发现身边有一个哭泣的小女孩。

这个女孩看起来比龚倩倩要小几岁，瘦弱的身体上，披着一件由麻布制成的破衣裳。她的脸色蜡黄，哭泣几声后，就惊恐地往石台下看一眼。石台四周，跪拜着几十名同样穿着破衣裳的百姓。这些人正望着马岩等人，一脸惊慌。

麒麟兽这时已经躲进了香炉里，略带歉疚地说："不好意思，我降落的时候弄错了目的地，一不小心落在了百姓们的供台上。"

"供台？"马岩和龚倩倩异口同声地喊。怪不得周围聚集了那么多人，原来，他们正在举行祭祀仪式。

这时,人群中走出一个老妇人。她一边警惕地盯着马岩等人,一边用手整理那些插在头上的羽毛。百姓们纷纷给她让路,还时不时对她鞠躬。可见,她在这群百姓中有一定的地位。

"您好……"马岩笑了起来,摆手冲老妇人打招呼。

他一动,百姓们就连连后退。毕竟,马岩和龚倩倩这两个现代人,无论服饰,还是发型,都和这里的人格格不入。

"别害怕,"马岩挠着脑袋解释道,"我们不是妖怪!"

"哼!"听到"妖怪"两个字,藏在香炉里的麒麟兽下意识地咆哮道,"我也不是妖怪!"

听到突然冒出来的怪声,百姓们更加惊恐,有些人甚至往外跑。几个健硕的年轻人,赶忙跑过去护住那位老妇人,紧张地说:"神婆大人,这是妖怪,妖怪,危险,危险啊……"

《论语》笔记

子曰:"我非生而知之者,好古①,敏以求之者也。"

——《论语·述而》

【注释】

①好古:喜欢古代的事物,崇尚古人的道德。

【译文】

孔子说:"我不是天生就有学问,只是喜好古代的文化,而勤奋敏捷地求知的人。"

【拓展】

民间有句歇后语:孔夫子搬家——尽是书(输)。可见在人们心中,孔子是一个非常爱读书的人。《论语》中很多地方也都体现出他是位"拿起书来就放不下"的书痴。譬如,他称赞"敏而好学,不耻下问"的行为;推崇"学而不厌,诲人不倦"的治学方法;经常叮嘱弟子们一定要学《礼》,一定要学《诗》。楚国大夫叶公曾问孔子的弟子,孔子是一个什么样的人。弟子没有回答。孔子知道后,笑着对他说:"你怎么不说,我是一个勤奋起来就会忘记吃饭,快乐起来就会忘记忧愁,连自己快要老了都不知道的人呢?"

在春秋时代,书都是由竹简编成的。孔子年纪大了,曾用心研究《易经》,他每天将竹简书翻来翻去,以至于连缀竹简的牛皮绳子都磨损严重,屡屡断开,不得不换上新的。所以,后人就用"韦编三绝"来形容一个人读书用功,"韦"就是连接竹片的绳子。

04 河神献礼

很久之前，人们认为河流是由神灵治理的。有时，在春耕之前，百姓们在神婆的带领下，在河岸边举行祭祀活动，希望以此得到河神的护佑。没想到，龚倩倩和马岩竟然误打误撞落在了祭祀的石台上，搅乱了仪式。

那位被称为"神婆大人"的老妇人，此时显然被两个外来者吓到了。她慌张地拔下插在头上的羽毛，颤颤巍巍地对着两人比画，口中念念有词：

"退……退……退！"

虽然她的表情很严肃，但那张浓妆艳抹的脸，搭配上不协调的动作，自有一种滑稽的效果，马岩忍不住笑出声来。

马岩的笑声，仿佛给神婆带来了莫大的侮辱。她恶狠狠地看了马岩一眼，将羽毛用力地摔在地上，然后用方言对身边的青年说了几句话。她一边说，一边指着石台上的马岩和龚倩倩。说完后，她一把将青年推向石台，似乎想让他来打探马岩和龚倩倩的虚实。

龚倩倩唯恐惹出更大的麻烦，连忙从石台上跳了下来，耐心地跟那位青年解释起来。当然，为了避免引起更大的误会，龚倩倩只是说，自己和马岩是外乡人，刚到此地，迷失了方向，不是故意要破坏祭祀活动的。

听到龚倩倩的话，那位青年虽然有点狐疑，但神情轻松了不少。他一溜小跑，回到神婆身边，对神婆耳语了几句。神婆一开始皱着眉，然后露出一丝茫然，最后舒展眉心，嘴角上扬了起来。马岩对龚倩倩说："太好了！看样子，她似乎相信你的解释。"

这时，神婆走了过来，轻声细语地询问起他们的目的。

马岩看神婆态度温和，也就坦诚道："我们是过来旅游……就是游玩的。"

神婆点了点头，看样子，她明白马岩和龚倩倩只是普通的外乡人。紧接着，她那原本平静的脸上，露出一丝诡异的笑容，又冲身旁的青年使了下眼色。

神婆看着马岩和龚倩倩，恶狠狠地说："你们破坏了我们的祭祀，惹得河神大人不快。为了赔罪，你们要和使女一起跳进河中，去伺候河神大人。"

说罢，神婆转身，对着慌乱不安的百姓大喊："祭祀继续！相信河神大人在收到使女和这两个擅闯者后，一定会非常开心，保佑我们一年风调雨顺。"

听到神婆这样说，原本还慌乱的百姓们渐渐平静下来。他们交头接耳，小声议论。有几个胆大的百姓，伸长脖子，上下打量马岩和龚倩倩。

马岩和龚倩倩看着突然变脸的神婆,气不打一处来。尤其是马岩,他攥紧拳头,恨不得冲上去同神婆理论一番。

龚倩倩死死地抓住了马岩的胳膊,像是一种无声的提醒。她突然意识到,这大概是一场用活人进行祭祀的典礼,而从神婆的话中,她也得知旁边那个哭泣的小女孩,竟是要献给河神的使女!

听到百姓要将他们丢进河里,龚倩倩急忙看向麒麟兽,想要寻求它的帮助。没想到这个家伙眼看情况不妙,身体像是触电了一般,哆嗦着钻进了香炉里。

"真是对不起,"麒麟兽无奈地解释道,"穿越耗费了我太多神力,接下来你们只能依靠自己了。"

"没关系,"马岩看上去很乐观,"兵来将挡,水来土掩嘛!"

说着,他看向龚倩倩,心虚地问:"龚组长,你会游泳吗?我虽然陆上功夫了得,但下了水……"

龚倩倩哭笑不得地说,"都什么时候了,你还有心情说笑呢!"

另一边,听到神婆的命令后,台下的百姓都愣住了,不知道他们是因为不忍心,还是本就对这场"祭祀"心存疑惑。总之,动手的人很少。

看到这幅情景,神婆用鼻子重重地"哼"了一声,然后对身边的几个壮硕青年使了一个眼色。那几个色厉内荏的家伙,之前还被吓得浑身发抖,此时全都来了精神,纷纷走到马岩和龚倩倩面前,摩拳擦掌,准备动手。

马岩急忙护在龚倩倩面前，看着眼前这几个恶狠狠的家伙，一边挥舞着拳头，一边紧张地说道，"告诉你们啊！我的拳头可硬了，比砖头，不，比钻石还要……"

可无论他怎么说，那些人仍旧是步步逼近。显然，一个小孩子的话，对他们不能造成任何的威胁。

就在这时，人群中传来了一个响亮的声音：

"住手！"

马岩和龚倩倩转头一看，只见一个三十岁左右的男人，正缓步朝他们走来。

那人的声音温和，却蕴藏着一种威慑力。等他走近后，只见他宽阔的额头微微隆起；两道眉毛又浓又密，双眼明亮犀利，似乎有一种能够洞穿世事的本领；红润的嘴唇微微上扬，带出一抹和善的笑容，让人忍不住觉得亲切。

神婆没想到一场普通的祭祀活动，竟接连遇到搅局的人，没好气地问："你又是谁？"

那个男人捋了捋胡须，神色平静地答道："我是曲阜孔丘。"

"孔丘？曲阜？"龚倩倩听到这个名字，不由得大吃一惊，"你、你……您就是孔丘？"

男人微微一笑，看着龚倩倩，"小姑娘，你认识我？"

龚倩倩使劲拍了拍脑袋，确定自己不是在做梦。她万万没有想到，竟然真的能亲眼看到被后世尊为"孔圣人"的孔子！

马岩小声问："龚组长，难道你在春秋时代还有熟人？"

龚倩倩指着男人道:"他就是大名鼎鼎的孔圣人啊!"

孔子摆了摆手,淡然道:"我就是一个普通百姓,并非圣人。"

他来到神婆面前:"我刚刚听说你要将这几个孩子丢进河里。是何原因?"

神婆冲着孔子冷哼一声,然后闭上双眼,用手理了理头上所剩不多的羽毛,说:"他们要代表我们,向居住在河底的河神大人表达敬意。只有这样,河神大人才能保佑此地风调雨顺。"

"话虽如此,不过……"孔子来到供台前,看着那个满脸泪水的小女孩,问道,"别害怕,告诉我,你多大了?"

小女孩双臂抱在胸前,因为紧张和害怕,此时连话都说不出来,只能发出一阵断断续续的呜咽之声。

孔子叹了口气,无奈地摇了摇头,说:"既然要向尊敬的河神大人表示敬意,怎么能派一个连话都说不出来的小姑娘去呢?万一要是惹怒了河神大人,恐怕两岸的百姓都要遭殃咯!"

神婆赶忙解释道:"河神大人聪慧无比,只要见到小女孩,就会明白我们的心意,保佑大家获得一个好收成。"

孔子立刻说:"仁者,其言也讱。一名真正的仁者,肯定是个说话谨慎的人。"

说着,他看向神婆,"我看这里就数你最像一名仁者,不如由你代表百姓们,向河神大人谨慎、庄重地表达大家敬意?"

"哈哈哈,"马岩笑出声来,"这个主意好!"

《论语》笔记

樊迟①问知②,子曰:"务民之义,敬鬼神而远之,可谓知矣。"

——《论语·雍也》

【注释】

①樊迟:名须,字子迟,孔子的学生。
②知:通"智",明智,智慧。

【译文】

樊迟问怎么才算是明智,孔子说:"对百姓尽心专一、合乎道义,对鬼神恭敬而远离,这样就算是明智了。"

【拓展】

在春秋时代,人们对世界的了解远远没有现在这么深刻,很多解释不了的现象只能归因于天命、鬼神。就连博学的孔子,也没有提出反对鬼神存在的观点。不过,孔子对鬼神的态度和其他人还是有所区别的。弟子樊迟曾问孔子什么是明智。孔子告诉他,"务民之义,敬鬼神而远之",就可以称得上是明智了。

在孔子看来,对鬼神要敬,又要远。之所以"敬",并非为了谄媚鬼神、求福禳祸,而是以敬畏之心对待天地万物,对待人们参悟不透的命运。"远"则是既不故意冒犯鬼神,也不为了侍奉鬼神而耽误学习、农耕、治理百姓这些实务。像故事里的神婆那样,以活人祭祀来讨好河神,就是一种谄媚、欺诈、害人的行为。孔子见义则为,遇到这种事,自然要反对啦!

故弄玄虚

对于孔子的建议,神婆连连摇头,说:"不行,不行!我要是下去了,明年就没人主持河神祭典了。"

"如果今年惹怒了河神大人,那百姓们哪里还有明年啊?"孔子大声反驳道。

"我看你是存心来搅闹我们的祭典,"神婆恶狠狠地说,"我看等下你挨了教训,嘴巴是不是还那么硬。"

她命令几名手下将孔子教训一番,那几个家伙听后立刻一拥而上。

面对这些人,孔子显得不慌不忙。他轻轻撩了下衣袖,露出挂在腰间的短剑。

"剑!"带头的一人指着孔子说,"他带着剑呢!"

听到这话,神婆的几名手下忍不住后退了两步,不敢再行动。

孔子掂了掂腰间的短剑,微微一笑,看着百姓们,义正词严地说:"君子之于天下也,无适也,无莫也,义之与比。君子对于天下的事情，没有规定要怎么做，也没规定不要怎么做，只是合理恰当地依仁义行事。你们别害怕，我是不会做不义的事情。"

百姓们也注意到了孔子腰间的短剑，议论纷纷：有人说早看出孔子的贵族身份；有人说孔子是私访的官员……从百姓们的议论声中，马岩和龚倩倩才明白，原来这个时代，只有身份尊贵之人，才有资格佩剑。

神婆眼看情况不妙，想借机溜走。

有几个百姓站了出来，他们本就看不惯神婆用活人祭祀的行为，之前忌惮她的势力不敢出头，此时眼看有人主持公义，不仅驳倒了神婆那套歪理邪说，还吓得她那些爪牙不敢动弹，就有了反抗的勇气。他们一拥而上，堵住了神婆。

"神婆大人，我看您亲自去向河神祈福比较好。"

"是啊！这水那么冷，您老忙活了半天，也正好凉快凉快。"

这些人一边说，一边抓住她的手臂，想要将她丢进河里。神婆大吃一惊，拼命挣扎，连身上的衣服都被扯烂了。

"住手！住手！"她仿佛神经错乱似的，上蹿下跳。

突然，她指着河水说："啊……呀！河神大人发怒了，河神大人发怒了！"

众人定睛一瞧，发现原本清澈的河流中，涌出了一缕缕血红色的液体，看起来十分恐怖。

这下子，百姓们都慌了神，立刻松开了手。神婆恢复了自由，指着孔子恶狠狠地咒骂道：

"这是河神大人对不尊敬的人,所施加的惩罚!"

围观的百姓们纷纷跪倒在地,口中连声乞求。

"哈哈哈……"神婆笑道,"河神大人一旦发怒,洪水将淹没两岸。到时候,你们全都小命不保!"

听到这些话,百姓们磕头如捣蒜,有些胆子小的甚至闭上了眼睛,唯恐灾难立刻降临。

面对这样的情景,马岩和龚倩倩也有些不知所措。马岩问:"龚组长,难不成……真是河神发怒了?"

龚倩倩低声说道,"马岩,作为一名崇尚科学的小学生,你怎么能说出这种话来呢?"

"那这……"马岩指了指不停翻涌的红色河水,"究竟是怎么回事?"

龚倩倩疑惑地摇摇头,"虽然我也不太明白,但其中必有蹊跷。"

"没错,"孔子赞同道,"攻乎异端,斯害也已。破除那些不正确的言论,祸害就可以消除了。我们现在不要自乱阵脚。"

马岩和龚倩倩用力点了点头。

另一边的神婆满意地扫视了一圈,看着孔子他们得意地说:"你这个狂妄的家伙,就跟这些捣蛋的小鬼一起被丢进河里吧!"

说完,她扬了扬披在身上的旧袍子,气焰顿时嚣张起来。

突然,龚倩倩发现,神婆的袍子上似乎沾染着特殊的东西,而这些东西的颜色……

"我明白了,"龚倩倩望着不停翻涌的红色河水,低声说,"我明白了。"

马岩赶忙问:"龚组长,你明白什么了?"

"我明白神婆是怎么搞鬼的了。"

这时,几名壮汉来到了孔子面前,准备抓住他。

"住手!"龚倩倩大喊一声,"全都停下。"

神婆不屑地撇了撇嘴:"小东西,别着急,等下你也会被扔到河里去的。"

"哼!"马岩忍不住反驳道,"还敢嚣张,看我们怎么揭穿你。"

说完,他走到河岸边,将手伸向了那个涌出红色液体的地方。

"住手!"

神婆忙跑过来阻止,但为时已晚,马岩已经从河中捞起了裹满红色汁液的泥团。

"快来看啊!"马岩晃着手中的大泥团,对百姓说,"你们上当了,这就是河水变红的真相。"

龚倩倩解释道,"有人用湿泥巴包裹住这些红色的染料,将泥巴晒干,然后在祭祀之前将其藏到岸边;等到祭祀快结束时,水位升高,河水冲刷泥团,里面的染料和河水混合在一起,就会形成一缕缕'血水'。"

"听到了吧!"马岩看着百姓,"你们全都上当了。"

百姓们交头接耳,议论纷纷,猜测是谁将这些东西放在河里。

龚倩倩盯着神婆说道:"装神弄鬼的家伙,你到现在还不肯承认吗?"

神婆强装镇定道:"这件事跟我没有关系,我只是负责主持祭祀仪式。"

"还敢狡辩!"龚倩倩跑过去扯住神婆的袍子,将一面展示出来,"你们看!这上面的颜色,和染料的颜色一模一样!"

众人围上前来,仔细一瞧,果然,神婆袍子上的颜色和染料的颜色完全一样。这应该是她在把染料裹进泥团里时不小心留下的。

"唉!"孔子叹了口气,看着神婆说,"其言之不怍,则为之也难。说话如果大言不惭的话,那实行这些话也是很困难的。你现在这样是自食恶果啊!"

证据确凿,神婆再也无力狡辩。十几名百姓站出来控诉神婆,说她每年假借祭祀河神的名义收取大笔钱财,还以进献使女的名义勒索百姓。那些没钱的百姓,只能看着她把自己的女儿抓走。

被大家视为救命稻草的神婆,竟然是一个无恶不作的骗子!百姓的愤怒瞬间爆发,他们将神婆围住,叫嚷着要将她丢进河里。

孔子却跑过去护住神婆,还用肩膀顶住那些冲动的百姓。即便挨了好几下百姓们的"愤怒之拳",他也仍旧不松手,不让大家将神婆丢进河里。

马岩既担心孔子受伤,又对孔子的行为不解。他大声问:"孔夫子,这个坏蛋作恶多端,您为什么要护着她?"

是啊!马岩说出了百姓们的心声。大家细数神婆往日里的恶

行,这些指责的声音汇聚到一起,都要盖过奔腾的流水声了。

面对马岩的质疑,孔子给出了答案:

"大家冷静一点,请听我说!你们痛恨神婆随意害人性命,但你们现在的做法,又和神婆有什么区别呢?己所不欲,勿施于人。自己不喜欢的,也不要施加到别人身上。至于神婆,官府一定会公正地处理她的。"

听到孔子这样说,百姓们才安静下来,纷纷看向孔子。

龚倩倩若有所思,问道:"夫子,这就是您说的'以直报怨,以德报德'吧?"

马岩挠了挠头:"龚组长,什么怨?什么德?这是什么意思?"

"就是'用公平正直回报恶行,用恩德回报恩德'。就像对待这个装神弄鬼的神婆,我们既不用特别宽恕她,也不能挟私报复,而是让她得到她该得到的。"

"我……"孔子有些迷茫,"我说过吗?"

龚倩倩赶忙低下头,以咳嗽掩饰尴尬。看样子,现在的孔子还没有说过这句话。

最后,百姓们决定将神婆送交官府,并拿回她从自己手里骗来的钱。

风波总算是过去了,围观的百姓也慢慢散去。孔子看着马岩和龚倩倩,露出了赞赏的表情。

"真没想到,两位小友竟然有如此高见。不过……你们似乎不是我们这里的人啊。"

《论语》笔记

子贡①问曰:"有一言而可以终身行之者乎?"子曰:"其恕乎!己所不欲,勿施②于人。"

——《论语·卫灵公》

【注释】

①子贡:姓端木,名赐,字子贡,孔子的弟子,以善辩而著称。
②施:施加,施与。

【译文】

子贡问:"有一句可以终身奉行的话吗?"孔子回答:"那就是恕吧!自己不愿承受的,也不要施加给别人。"

【拓展】

"恕"是孔子非常看重的一种美德。它是什么意思呢?瞧这个字,上面一个"如",下面一个"心",就是告诉大家,要用自己的心,去衡量别人的心,要用自己的感受,去体验别人的感受,即"将心比心""推己及人"。

我们都不想被人冤枉,不想遭到欺骗,不想被排挤、冷落,等等。在碰到了这些"所不欲"的时候,一定非常难过、低落。这个时候就应该反思,自己是否也曾施加同样的伤害给别人?而当我们作为强势一方的时候,同样要设身处地地为别人考虑,自己的行为别人是否喜欢,自己是否无意中给他人造成了伤害。人人都能做到"己所不欲,勿施于人",大家都有同情心、同理心,我们的社会才会实现真正的和谐。

06. 糟糕,回不去啦

听到孔子的话,马岩和龚倩倩面面相觑。难不成,孔子已经看出了他们的来历?

"夫子,您是怎么知道的?"马岩忐忑地问。

孔子笑而不语,用手指着他们的衣服。答案不言自明,短衣短袖的轻便打扮,和这个时代格格不入。

马岩心直口快:"我们的确不是当地人,而是从二十一世纪穿越……"

"咳咳咳!"龚倩倩马上打断他的话。要是这个捣蛋鬼把真相全都说出来,恐怕会招惹不必要的麻烦。

"二十一世纪?"饶是孔子博学多闻,也没听过这个地方,"那是什么地方?离这里远吗?"

"远在异邦。"龚倩倩急忙打起了圆场,"我们走了很远才来到这里,就是为了拜访您。"

"拜访我?"孔子愣住了,"为何?"

"这个……"龚倩倩一时语塞,不知道该如何解释。

马岩坦诚道:"您的名字在我们二十一世纪几乎家喻户晓。谁都知道您是一位大圣人啊!"

马岩的大实话逗笑了孔子,但他只当这是孩子的戏言,心想这两个来自异邦的孩子可能遇到了麻烦,有难言之隐,就没继续追问,只笑道:"见贤思齐焉,见不贤而内自省也。我看到那些有德行的人,便想要向他看齐;而见到没有德行的人,就会在内心反省自我的缺点。我还有很多地方要学习,所以你们这番称赞,孔丘实不敢当啊!"

不过话虽如此,马岩看到孔子脸上那压抑不住的笑容,不由得附在龚倩倩耳边低声说:"龚组长,看到了吧?恐怕连孔子这样的圣人,也喜欢被人拍马屁啊!"

龚倩倩瞪了马岩一眼,悄声道:"你要是再乱说,到时候惹出麻烦,可别怪我不救你。"

这时,那个被当作使女的小女孩已经平复了情绪。她走过来给马岩等人行礼,然后说:"谢谢,谢谢……要没有你们,我肯定被淹死了。"

"小妹妹,"龚倩倩俯身帮她擦了擦脸上的泪痕,"你的父母呢?你都要被人丢进河里了,他们为什么不来救你呢?"

话音刚落,只见不远处,一个农夫打扮的男人踉跄着跑来。

"红儿!红儿!"

小女孩转过头,冲着男人大喊道:"爹!爹!"

男人冲上来,一把抱住了小女孩,大哭起来。

"红儿,你没事,真是……太好了!爹实在、实在是没用啊!"

马岩看着眼前痛哭的男人,没好气地问:"你既然担心女儿,为什么不来救她呢?"

男人擦了擦眼泪,转头看着身着奇装异服的马岩和龚倩倩,抱紧女儿,警惕地问:"你们是……"

红儿立刻说:"爹,就是他们救了我,还揭穿了神婆的骗术!"

男人听完后赶忙跪在地上,一边叩头,一边说:

"谢谢你们……谢谢……"

马岩和龚倩倩将男人扶了起来。经过沟通,他们才知道,男人被神婆警告,如果他敢破坏祭典,不仅红儿会被丢进河里,他们家也会被"诅咒"。到那个时候,全家人的性命都不保。

"我实在拿不出钱,神婆就派人抢走了红儿。"男人哭诉道,"今天早上,我下决心不管'诅咒',拼了命也要救下红儿。但神婆竟派人围住我们家,我想冲出去,却差点被那些人打得昏死过去。"

仔细一瞧,男人脸上果然青一块紫一块。鼻梁下还有血迹,眼眶更是黑的,看样子没少受那些家伙的欺负。

孔子看着男人脸上的伤痕,忍不住说:"君子成人之美,不成人之恶。小人反是。一名君子,应该要成全别人的好事,而不是促成别人的坏事。只有小人才会做与此相反的事情来。看样子,今天这件'闲事',我们并没有管错啊!"

天色逐渐暗了下来，农田披上了一层墨色，朝着天际线延伸而去。远处高高低低的山峦，仿佛成了这个世界的主人，聚在一起，用风做信使，大声交谈着。

农田里散落着茅草屋，三三两两，炊烟袅袅，还有植物的清香，这让在城市生活的马岩和龚倩倩感到格外惬意。

得知孔子等人是外乡人，红儿的父亲热情地邀请几人到他家里过夜。看着逐渐昏暗的天色，他们就没有推辞，跟着红儿的父亲往村里走。

没过多久，众人来到一座农家院中，坑坑洼洼的庭院里，摆放着一些残旧的农具，泥巴墙上满是岁月侵蚀的痕迹。小院虽破旧，但十分整洁。

进入正屋后，红儿热情地拉着马岩等人坐下，红儿的父亲则进入厨房里。不一会儿，红儿的母亲端出了吃食。经过一天的折腾，马岩早就觉得肚子空空，此时他也顾不上客气，拿起食物就往嘴巴里塞。

"哎哟！这个东西硌牙！"马岩仔细一看，这是一个干巴巴的糟糠团子，不知道放了几天，这会儿摸起来跟石头一样。

马岩小声抱怨道："这个时代的景色很美，但食物怎么……这么糟糕。这种东西，我才吃不下去呢！"

说着他便准备丢掉手中的糟糠团子，但一旁的孔子拦住了他。

"这位小友，天底下是有很多好吃的东西，但普通百姓……别说肉了，就连糟糠团子，也不是经常能吃到的。"

红儿的父亲摸了摸头,说:"真是对不起,家里只有这些食物了。"

马岩赶忙收起脸上的不快,咬了一口糟糠团子,大声说:"好吃!我最喜欢吃这种天然的食物了!"

"唉!既庶富之,既富教之!"孔子拿起一个糟糠团子,忍不住叹息道,"我曾想过,对于百姓,先让他们富裕起来,再行教化之道,如果肚子都吃不饱,又有多少人愿意接受教育呢?"

红儿父亲看着孔子说道,"夫子,您这话说得在理!我看您的衣着打扮,还有言谈举止,一定是个有大学问的贵族吧?"

没等孔子回答,龚倩倩忍不住说:"那当然,孔夫子的先祖是宋国宗室,往上数,他的先祖还是商朝开国君主商汤呢!"

孔子惊讶地说:"小姑娘,你怎么对我的出身这么了解?"

"这个……"龚倩倩一时语塞,不知道该怎么回答。

"不过,我并不是大贵族。而且,一个人的出身和他的学问并不能画等号。"孔子笑着说,"十室之邑,必有忠信如丘者焉,不如丘之好学也。"

孔子看着迷茫的众人,解释道:"再小的地方,也有忠诚守信的人,只不过他们不像我一样好学而已。"

"夫子您说得对,"龚倩倩认真地说道,"我受教了!"

就在她想要继续向孔子请教的时候,一直在香炉里睡大觉的麒麟兽突然醒了过来,大大咧咧地说:"睡得真舒服……哎?我好像闻到了食物的气味。"

马岩一激灵，赶忙捂住怀中的香炉，对一脸错愕的孔子等人解释道：

"大家别见怪，我在练习腹语术。"

"没错，没错！"龚倩倩也打起了圆场，"就是假装用肚子说话。"

说完，两人急忙起身来到了屋外。

麒麟兽化作一缕青烟，从香炉中飘了出来，精神抖擞地出现在两人面前。

"怎么样？这个时代好玩吗？"

马岩迫不及待地回答道："好玩！"

龚倩倩倒显得格外冷静，白天的经历让她认识到，这个时代的人活得很不容易，底层百姓甚至连生命安全都无法保障。

"麒麟兽，谢谢你带我们穿越到这里，不过我想，你还是把我们送回现代社会吧！"

"为什么？"马岩不解，"我还想好好玩一玩呢！"

"我们人生地不熟，今天多亏了孔子，否则我们已经被神婆丢进河里了。也许，这个时代并不适合我们探险。"

"是啊，"马岩想起白天的事情也是心有余悸，只能无奈地妥协道，"那我们还是回去吧。"

听二人说完，麒麟兽反而面露难色，它颇为愧疚地说道：

"恐怕，你们暂时回不去了。"

《论语》笔记

子曰:"十室之邑,必有忠信①如丘者焉,不如丘之好学也。"

——《论语·公冶长》

【注释】

①忠信:重视忠义、诚信。

【译文】

孔子说:"十户人家的小村子里,就一定有和我一样讲求忠义、诚信的人,只不过他们都没有我这样好学罢了。"

【拓展】

孔子是个非常谦虚的老人家。即便被世人冠以"圣人"的名号,他也从不骄傲自满。孔子不认为自己是个天才,在听到别人称颂自己时,他总会耐心解释,自己并非天生比别人优秀,也不是世上最聪明的人,他的学问都是靠勤学、勤问、勤思考而得来的,任何人掌握了正确的学习方法,都能像他一样博学。

孔子说,即便十户人家的村邑当中,也一定有和他一样忠实可信人,只不过没有人像他那么好学。这是在鼓励人们要积极进取,通过"学"来追求更大的成就,达到更高的人生境界。其实,我们每个人都有成为"圣贤"的基础,都有成为"好学生""好榜样"的潜力,最终成与不成,就在于自己学与不学。

02 竹简的下落

"什么？"龚倩倩惊呼。马岩虽然也很惊讶，但脸上却露出一丝兴奋。

麒麟兽解释道："我忘记说了，既然我们用竹简当媒介穿越到这个时代，要想回去，必须先找到那份竹简。"

龚倩倩揉了揉眉间，问："如果一直找不到竹简，那么我们一辈子都要待在这个时代吗？我们再也见不到家人、老师、朋友了吗？"

麒麟兽低下了头，没有回答，显然它默认了这一说法。

龚倩倩轻轻叹了口气，脑袋也垂了下来。

一旁的马岩反倒是镇定自若地说："龚组长，别灰心。班主任不是经常说吗？困难像弹簧，你弱它就强。"

"没错，"麒麟兽也顺势为他们打气道，"只要找到那份神秘竹简，我就能带你们穿越回去。"

"可是……"

"别担心。"马岩认真地看着龚倩倩,"如果我们想穿越回去,那么这就是我们必须要做的事情。"

看着同伴那坚定的神情,龚倩倩简直有些不敢相信,这还是那个平常调皮捣蛋、爱惹麻烦的马岩吗?

两人回到房间里,龚倩倩小声询问马岩,是不是已经知道了竹简的下落。

马岩摇了摇头,"龚组长,虽然我们现在不知道竹简在哪儿,不过,线索不就在眼前吗?"

说着,他悄悄指了指一旁的孔子。

龚倩倩醍醐灌顶:对啊!既然那份竹简和孔子有关,那孔子的身上说不定有线索!

她刚想委婉地问一下孔子,没想到马岩径直走到孔子面前,问:"夫子,您家里是不是有很多竹简啊?"

孔子微微一笑:"不错。"

"那能不能借给我们看一看?"马岩立刻说。

哎,这家伙,说话也太直接了!龚倩倩叹了一口气。

孔子有些意外地问:"你们喜欢读书?"

"是的。"龚倩倩开始圆场,不过说的是真心话,"我喜欢阅读古籍,那里面蕴藏着先贤的智慧。"

"学如不及,犹恐失之!做学问要像追赶什么一样,生怕追不上;追上了,又害怕丢掉。"孔子赞许地点点头,"既然你们也是好学之人,那不妨跟我一起去曲阜城吧!我家中收藏了很多竹简,到时候我们可以一起研习古籍,交流心得。"

"夫子……"马岩有些担忧地问,"您对好学是什么标准呢?我的成绩可是……不太理想啊!"

一边说着,他一边不好意思地低下了头。

"君子食无求饱,居无求安,敏于事而慎于言,就有道而正焉,可谓好学也已。"孔子笑着捋了捋胡须,"君子吃东西不过分饱,住的地方不求舒适,做事勤劳敏捷,说话谨慎,能从有道的人那里学习做人的道理,在我看来,就是好学了。"

"那我肯定合格!"马岩拍着胸脯保证道。

"哈哈哈……"

当夜,大家便寄宿在红儿家中。奔波了一天,大家都十分疲惫,可是龚倩倩却发现,孔子并没有休息,而是独自站在院中,望着天空的夜色出神。

她猜测孔子定是有什么心事,于是便走到院中,询问孔子是否在思考白天的祭祀事件。

孔子点了点头,问龚倩倩:"小姑娘,你既然能看透我的心事,那么我请教你,白天的事情,错在谁呢?"

看到孔子这么严肃,龚倩倩赶忙回答道:"夫子,'请教'二字实在不敢当。要说起白天的事情,我觉得错在神婆。"

"的确。不过,神婆只是小错,更大的过错……"

孔子说到这里,抬起头望向夜空,忍不住叹了口气,不住地摇头。

他这副欲言又止的模样，反倒是勾起了龚倩倩的好奇心。

"夫子，更大的过错是什么？"

"天下！"

孔子说着，指向天地苍穹，"神婆的鬼魅伎俩，其实并不难识破，只是百姓愚昧，任由自己被人愚弄。如果百姓们能够懂诗书、知廉耻、明事理，又怎么会上当呢？生而知之者上也，学而知之者次也；困而学之，又其次也；困而不学，民斯为下矣。"

龚倩倩想了想，问："夫子，您是说生下来就有知识，是上等；学习后有知识，是次一等；在生活中遇见困难，再去学习知识，再次一等；遇见困难还不学习，这样的百姓就是最下等的了。我的理解对吗？"

"没错。"孔子点了点头，"不过，我也不是生下来就有知识的人，只是喜欢古代文化，勤奋地学习以获取知识的人。我希望更多的人都来学习，并且用知识去解决问题。"

"您说得真好！"

马岩不知道什么时候也跑了出来，冲着孔子竖起了大拇指。

孔子这番话，也不禁让龚倩倩心潮澎湃了起来。她忍不住问道，"夫子，既然如此，那您接下来打算怎么做呢？"

"办学！"孔子直视着二人，语气铿锵地说，"我曾向郯国的国君郯子请教过治理国家的办法，他告诉我，讲道德、施仁义，这样才能使国家兴旺。如果我让百姓也能明白这个道理，那么这个天下就会有希望。"

"不过，"孔子似乎想到了什么，长叹一声，"现在只有贵族才有资格接受教育，这对平民百姓来说太不公平。教育应不分高低贵贱，所以我要开办一所无阶级之分的私学，只要是有心求学之人，都可拜入我的门下。"

"可是……"龚倩倩担忧地问，"夫子您这样做，会不会遭到贵族的阻拦呢？"

"他们敢！"没等孔子回答，马岩迫不及待地挽起了袖口，"夫子，我给你当保镖，谁要是敢欺负你，我绝对饶不了他。"

"哈哈哈……"孔子笑着捋了捋胡须，"两位小友还真是热情。"

孔子望向夜空，他当然知道，自己的教学理念和当下的环境格格不入，必然会招致某些贵族的反对，到那时，可不是动动嘴巴就能解决问题的。

龚倩倩继续问："夫子，那您决定在哪里办学呢？"

"曲阜。"孔子说道，"我有一处小小的宅院，在那里，我可以一边修书，一边讲学。"

"我知道了，那里肯定就是杏坛！夫子，您家中是不是种了很多棵杏树啊？"

"咦，"孔子惊讶地说，"你们去过我家吗？怎么知道我家有杏树呢？"

"这个嘛……"马岩俏皮地眨了眨眼睛，"我猜的。"

"从遇到你们开始，我就觉得你们身上似乎有一种神秘的力量。"孔子感叹道,"如果有机会,我一定要到你们的家乡——二十一世纪拜访。"

马岩两眼放光,迫不及待地说:"夫子,您要是到二十一世纪,那时候全国……不,全世界都会轰动!要不然,您跟我们……"

龚倩倩叹了一口气,马岩这个家伙竟然想让孔子穿越到现代!其中的危险且不说,万一改变了历史轨迹,那事情可就严重了。

"马岩,我们还是先做好眼下的事情吧!"

"好吧。"马岩有些失望地回答道,但心中自此埋下了一颗神奇的种子。

《论语》笔记

子曰:"学如不及①,犹恐失之②。"

——《论语·泰伯》

【注释】

①不及:赶不上,来不及。

②失之:丢掉。

【译文】

孔子说:"学习就像追赶什么似的,生怕赶不上,赶上了又怕被甩掉。"

【拓展】

"学如不及",就是说学习好像追赶什么,总怕赶不上。"犹恐失之",是说赶上了目标,又怕被甩掉。孔子的这句话,充分显示了他求知若渴、学而不厌的心态。学习是永远没有止境的,而我们时间和精力却是有限的。想要学习更多的知识,在学业上取得更高的成就,就必须抓紧一切时间,抓住一切机会。

我们在平时学习中,也要有"赶不上""怕掉队"的危机意识。可以让我们追赶的目标实在太多了,班级里成绩更优秀的同学,年级里有特长的精英,以往取得大成就的前辈,乃至历史上的先贤……我们从不缺乏榜样,只是缺少奋起追赶的决心,缺少不达成目标不放弃的信念,以及"学如逆水行舟,不进则退"的紧迫感。

08 游历曲阜城

第二天,马岩等人拜别红儿一家,在孔子的带领下朝曲阜城走去。

为了避免麻烦,红儿父亲替马岩和龚倩倩弄来了两套当地人的衣服,虽然有些破,但穿上后正合身。这下子,两人就没那么惹眼了。

麒麟兽倒也安静,躺在香炉里呼呼大睡。马岩则小心翼翼地将香炉塞进怀里,幸好有宽大的服装用来掩饰,并未被人察觉。

一路上,马岩和龚倩倩都在欣赏那如画一般美丽的风景。尤其是马岩,他觉得自己似乎在参加春游,一切都新奇、有趣。放眼望去,山岭蜿蜒盘旋,犹如一条正在酣睡的巨龙。环观群峰,云雾缭绕,山顶探出云雾处,似芙蓉出水。

到了下午,路上的行人越来越多。马岩站在山坡上往远处眺望,只见一座高大的城墙巍然耸立,看起来十分气派。

从孔子处得知前方就是曲阜城时,马岩和龚倩倩迫不及待地

往前走,他们想早点见识这座古城的风采。

来到城门口,经过守城卫兵的一番盘查,三人顺利地进入了城中。

马岩本以为古代的城池不过是名字起得夸张,可等他亲眼看到曲阜城时,立刻就被它的规模所震撼。

曲阜城分为内城和外城,城中有五条道路,贯穿东西、南北,与城门相连。道路两旁的建筑连墙接栋,鳞次栉比。街市上人来人往,川流不息,热闹非凡。

孔子告诉他们,曲阜城内的重要建筑物,大都是沿着都城中线来分布的,布局也符合周礼上的都城规划,这主要是因为鲁国较多保留和继承了周礼。

马岩和龚倩倩像是刘姥姥进了大观园,看什么都觉得新鲜,一会儿向孔子打听街市上的民风民俗,一会儿又询问孔子某个建筑的作用。一路上,两人的嘴巴就没有停下过,往往是孔子刚回答完上一个问题,他们便会提出新的疑问。

三人有说有笑,走到一条手工作坊聚集的街市。映入眼帘的是一排排用茅草搭成的凉棚,而在凉棚下面,一些手工业者正聚精会神地忙活。茅草凉棚中间的过道上,还支着售卖的摊子,一些年轻的小伙计们大声叫卖,好不热闹。

看着手工作坊那热火朝天的情景,马岩忍不住感慨道:"手工业太有趣了,咱们是不是也可以做一名工匠?"

没想到,听到马岩的话后,龚倩倩摇了摇头:"你的这个愿望,恐怕没那么容易实现。"

这是怎么回事呢？龚倩倩解释道，从西周开始，大部分工匠的活动就由官府统一管理和安排，每个环节的工作都有专人监督和验收。这些工匠被称为官营手工业者，他们的食宿都由官府供应。

龚倩倩进一步解释道："官营手工业者世代都是官府的工匠，不能随意迁徙和改变职业。像裘氏一族善于缝补的名号，就是因为他们代代传习，积累了丰富的经验。"

"原来是这样！"

孔子赞许地看着龚倩倩，"没想到，你对这里的情况如此了解，真是厉害。"

"多谢夫子夸奖，"龚倩倩谦虚地说，"这些都是我从书上看到的。"

"不过你说得并不全面，除了官营手工业者，还有私营手工业者。比如像这条街上，全都是私营独立手工业者，他们作履、结网、制陶等，极大丰富了曲阜城中的商业活动。"

三人正讨论的时候，从不远处的一处作坊里，一位老伯快步走到孔子面前行礼问候："夫子，您来了。"

孔子向马岩和龚倩倩介绍来人："这位是吕伯，他非常擅长制作竹简。"

吕伯客气地将孔子几人迎进了自己的手工作坊里。作坊的凉棚下，堆放着一些泛着青光的竹子，而两名小伙计正认真地将竹子裁成一定长度的圆筒。

马岩看着那些裁切好的圆筒，好奇地问道："这些就是竹简吗？"

"不是，这只是初步处理，"吕伯热情地介绍道，"后面还要杀青、刮削、编联等，费好大功夫，才能做出一卷竹简呢！"

"真是不容易啊！"龚倩倩赞许地说。

孔子在离开曲阜游历之前，曾托吕伯帮忙寻找一些古籍。今天回到曲阜，便在第一时间来找吕伯，询问情况。

"放心，"吕伯胸有成竹地说，"我已经帮您找到了一些珍贵的古籍，不过还有些需要修复，等整理好了，我亲自送到府上。"

"那就多谢吕伯了。"孔子施礼致谢。

趁着孔子和吕伯讨论古籍的间隙，龚倩倩悄悄地扯住马岩，指着工坊内那堆积在一块的竹简，低声问："你说，这里会不会有我们要找的神秘竹简啊？"

对啊！龚倩倩的话提醒了马岩，他赶忙拍了拍藏在自己胸口的麒麟兽，请求它帮忙找一找。

只见麒麟兽双眼微闭，默念口诀，运用神力搜寻了一遍，却没能发现神秘竹简。

马岩叹了口气，失落地说道："看来，找到神秘竹简，任重而道远啊！"

正说着，从外面快步走进来一个中年男子，他一脸喜色地看着孔子，行礼后说："夫子，您回来了！"

"曾皙！"孔子惊喜地看着对方，"我才刚刚进城，你怎么知道我在这里！"

"夫子，我听到城中有人议论说您回来了。想起您临行前拜托吕伯收集竹简，所以我猜想，您回城后肯定要来吕伯这里的。"

"曾皙，还是你了解我啊！"孔子笑着捋了下须髯。

说着，孔子便向一旁的马岩和龚倩倩介绍道，"这位是我的弟子，名叫曾皙。"

"曾皙？"龚倩倩在脑海里搜索着这个名字，若有所思地说，"您就是曾参的父亲啊？"

"我儿子？"曾皙满脸疑惑的神情，只见他用手尴尬地揉了揉脑袋，笑着说道，"我尚未婚配，哪里来的儿子啊？"

《论语》笔记

曰:"莫春①者,春服既成,冠者②五六人,童子六七人,浴乎沂,风乎舞雩③,咏而归。"

夫子喟然叹曰:"吾与点也!"

——《论语·先进》

【注释】

①莫春:即暮春。

②冠者:成年人。

③舞雩:舞雩台,鲁国求雨祭天的地方。

【译文】

曾皙(谈到自己的志向时)说:"暮春时节,已经换上春装,与五六个成年人,六七个孩童,到沂水边沐浴,在舞雩台上任风吹拂,然后唱着歌一路而归。"

孔子听了,喟然长叹:"我赞成曾皙的主张呀!"

【拓展】

曾皙,名点,"皙"是他的字。曾皙也是鲁国人,他在孔子三十多岁,刚开始收徒授课时,就投到了孔子门下。后来,成了孔门七十二贤之一。曾皙熟悉音律,喜欢弹琴,志向高洁。

曾皙的儿子曾参,就是大名鼎鼎的"曾子"。曾子很小的时候就拜孔子为师了。曾皙非常重视对儿子的教育,曾子犯了错误,还曾挨过他的杖责呢,不过打得太重了,都把曾子打昏过去。为此,孔子还专门告诉曾参:"以后父亲再打你,小棍子你就挨着,大棍子就要跑开!否则被打坏了,铸成父亲的过错,反而是不孝顺!"

办学计划

龚倩倩这时才反应过来,按照现在的时间,日后那位被尊称为"宗圣"的曾参,还未出生呢。自己一时激动,不自觉地说错了话。

"哦哦……"马岩虽然不知道曾参是谁,但他猜一定是龚倩倩弄错了时间,所以赶忙替她掩护道,"原来是认错了人!还以为你是我们邻居曾叔叔呢!"

"原来是这样啊!"曾参笑道,"你们认识的那位曾叔叔,肯定也像我一样英俊潇洒吧?"

"哈哈哈……"马岩和龚倩倩不由得被曾皙的幽默所折服,看起来,这位大哥哥倒有几分洒脱不羁。

同吕伯告别后,一行人朝着孔子家里走去。不多时,便来到了一条叫阙里的小巷。

小巷虽然不太宽阔,但一切都那么井然有序。朴素的草房立于两侧,斑驳的石墙上爬满了青藤。漫步其中,仿佛置身于一幅水墨画中,让人不禁陶醉于这份古朴与宁静。仔细一看,小巷的道路也被打扫得干干净净。

刚进巷子里，孔子的那些邻居们便围了上来，热情地同他打招呼。

曾皙告诉马岩等人，孔子经常说邻居们应该互相帮助，无论哪家有困难，他都会伸出援手，所以他很受大伙儿的欢迎。

听到曾皙的话，孔子忍不住说："里仁为美。择不处仁，焉得知？居住在有仁者的地方才是好的。选择住处而不选在有仁者的地方，那怎么能说聪明呢？我用仁德之心来同邻居们相处，大家也会以仁德之心来回应我。"

同邻居们打完招呼后，几人走进了宅院。宅院内部犹如一幅古朴的画卷：房屋静静矗立在院子的中央，四周是郁郁葱葱的树木；在庭院角落里，几株藤蔓植物倾斜而下，仿佛是大自然用精细的笔触勾勒出来的，和谐而美丽。

走在庭院的小径上，抬眼向上看，只见阳光穿过叶间的缝隙，洒落在身上，给人一种如梦似幻的感觉。抽动鼻翼，便嗅到空气中弥漫着清新的气息，令人心旷神怡。

进入正堂，刚一落座，曾皙就询问孔子，为何这次游历如此短暂，是否发生了什么变故。

原来，前些日子，楚国发生了一件天大的变故：楚国国君楚平王听信了佞臣的谗言，执意驱赶太子，将其放逐。孔子听闻这件事后直言楚平王此举"禽兽不如也"。

孔子人微言轻，自然没办法为楚国太子讨公平，他为此愤愤不平,便外出游历,一是为了散心,二是为了寻求一个解决之法。

"这一路上,我发现百姓们的生活,比我所设想的还要糟糕。繁重的劳役和兵役,已经压得底层百姓们喘不过气来,可贵族们仍旧不以为意,整日吃喝享乐、奢侈浪费,如此下去,国必亡,家必破啊!"

说到这里时,孔子神色愁苦起来,忍不住摇头道:"道千乘之国,敬事而信,节用而爱人,使民以时。"

"龚组长,"马岩小声问道,"夫子这话是什么意思啊?"

"夫子的意思是,治理拥有一千辆兵车的国家,应该恭敬谨慎地对待政事,讲究信用;节省费用,并且爱护人民;征用民力要尊重农时,不要耽误耕种、收获的时间。"

曾皙对孔子刚才的话十分赞同,"夫子,近来我也了解到,百姓们服兵役、劳役的时间越来越长,哎!"

"虽然我们无力改变这种局面,但我决心要让更多百姓接受教育,帮助他们摆脱蒙昧。过几日我便要开办私学、教化百姓。平民子弟,只要是良善之辈,便可入我门下。"

"办私学?"曾皙听到这句话,脸色不由得凝重起来。"夫子,您的决定,我一向都是全力支持的,可是这件事情……"

"怎么了?"马岩觉得曾皙话里有话,便直接问,"夫子这样做,难道有什么不妥?"

"不,不!"曾皙摆了摆手,"夫子的做法,当然是利国利民。只是,学校教育完全被官府垄断,只有贵族子弟才能上学,平民子弟根本没有机会学习。现在,夫子想打破这个规则,恐怕……"

龚倩倩生气地站了起来:"难道平民生来就要当文盲吗?"

曾皙出身贫寒,要不是孔子收他为徒,恐怕现在连字都不认得,更别提同人谈论圣贤学问了。或许因为亲身经历过,他才知道"办私学"这三个字会引起多大的风浪。

"不过……"曾皙虽然对孔子将要做的事情有所担忧,但仍旧欣喜地说道,"夫子,您要是真的能打破贵族在教育上的垄断,那真是一件利国利民的好事啊!"

"君子立志,就不能半途而废!品德高尚的人即便穷困,也能固守清高的节操;品德卑劣的人一旦穷困,就会胡作非为呀!"孔子笃定地说道,"挫折和困境是难免的,但是我相信这件事情一定能够成功。不过,在办私学之前,我要先寻求一个人的帮助。"

"谁?"座下三人异口同声地问。

"仲孙大夫!"

对于这个名字,马岩和龚倩倩显得十分陌生,曾皙则看上去非常惊讶,他略带茫然地问:"夫子,仲孙大夫乃是贵族,而且身居高位,他怎么会赞同你办私学,给平民子弟教学呢?"

"非也!"孔子耐心地解释道,"仲孙大夫虽然是贵族,但思想十分开明,我有信心说服他支持我开办私学。"

《论语》笔记

子曰:"有教无类①。"

——《论语·卫灵公》

【注释】

①类:种类,指区别对待。

【译文】

孔子说:"在教育这件事上,不应该对人区别对待。"

【拓展】

有教无类,是指教育不分高低贵贱,人无论出身如何,都有获得教育、学习知识的权利。作为知识的传授者,不应嫌贫爱富,轻视底层人家的孩子,应该对其一视同仁,予以教化。在孔子之前,只有官办学校,学校里都是贵族子弟,平民很难获得受教育的机会,所以也很难改变穷苦的命运。而贵族垄断学习资源,也就垄断了从政资格,垄断了权力和地位。孔子提出有教无类的主张,是需要极大的勇气的。因为,这触犯了贵族的特权,必然会遭受阻力和打压。

孔子这个主张,今天给我们的启示,就是应该在教育中坚持公平原则,尽量为求知、上进的人创造更多的研学途径。在生活和学习中,我们都要乐于教人,不要因为别人的身份和曾经的过错而拒绝教导他们。

仲孙大夫

孔子口中的仲孙大夫是何许人也？孔子办私学，教导平民子弟，为什么要寻求一位贵族的帮助？看着马岩和龚倩倩疑惑的样子，孔子便向他们介绍起这位仲孙大夫。

说到仲孙大夫，就不得不提鲁国的三大豪族"三桓"。

三桓是指鲁国大夫孟孙、叔孙、季孙三家，他们都是鲁桓公的后代。鲁文公死后，三桓的势力逐渐壮大，他们瓜分土地、把持朝政，甚至组建了自己的军队。可以说，三桓就是鲁国政权的实际掌控者。

仲孙大夫是孟孙氏的第八代家主，地位尊崇。不过，他倒是对孔子十分尊敬，曾有这样一段往事。

有一次，仲孙大夫陪国君访问楚国。要知道，鲁国被称为"礼仪之邦"，而楚国则被称为"蛮夷之邦"。因此，楚国人不敢怠慢，在楚国都城郊外举行了盛大的欢迎仪式，楚王特命仪官们身穿朝服，神情恭谨地面向鲁昭公行礼，并高唱颂歌。

鲁君看着楚国人的举动呆住了，他不知道如何还礼，只能向一旁的仲孙大夫求助。然而，仲孙大夫对礼仪方面的内容也不太清楚，一时间，君臣二人冷汗直下，在原地愣住了。

来自"礼仪之邦"的君臣，竟然在"蛮夷之邦"闹出了这样的笑话。很快，鲁君和仲孙大夫的囧事就传遍了各个诸侯国。仲孙大夫羞愧不已，同时意识到了学礼的重要性，回国后四处寻找访问懂礼之人，后经人推荐找到了孔子。而后，仲孙大夫经常找孔子问礼，对他越来越赏识。

听完孔子的介绍，马岩和龚倩倩对这位贵族出身的仲孙大夫，倒是多了一些好感。听曾皙的话，贵族们似乎并不想让底层民众接受教育，如果能获得仲孙大夫的支持，那么往后孔子办学计划的开展，定能事半功倍。

几人又将办学的事情讨论了一番，不知不觉，太阳西沉，孔子便叮嘱曾皙为马岩和龚倩倩准备了两间客房。而趁着这个机会，龚倩倩询问孔子，能否在休息前参观他的书房。

孔子爽快地答应了她的请求，领着两人来到了存放竹简的房间。孔子推开房门后，马岩和龚倩倩傻了眼。

"这里……怎么有那么多竹简啊！"

房间里摆放着一列列木质书架，书架上则是满满当当的竹简，甚至有些书简都被堆在了地上。一些放在角落里的竹简，兴许是年头太久，上面都裹着一层厚厚的蛛网。眼前的书房，甚至可以被称为"竹简仓库"了，而能够搜集来这么多竹简，想必孔子费了很多功夫。

马岩面露难色,看着眼前这些竹简,语气有些尴尬地问道:"这里……哪一个才是咱们要找的竹简啊?"

"嗯?"孔子低头看着他,疑惑地问道,"听起来,你们似乎是想要在我的书房里找东西?"

"没有,没有!"马岩赶忙解释道,"我是看到这么多书,一时太激动,不知道先读哪一卷才好。"

"哈哈……"孔子捋了捋胡须,"知之者不如好之者,好之者不如乐之者。既然你们喜欢读书,那么以后我的书房你们可以随意出入。"

"多谢夫子!"龚倩倩施礼感谢道。

"有一件事你们要记得!"孔子离开前叮嘱道,"读书不可贪多。'温故而知新,可以为师矣'!温习旧知识时,可以获得新的理解与体会,就可以当夫子喽!"

说罢,孔子便离开了书房。

看到孔子离开,马岩迫不及待地打开香炉,只见麒麟兽躺在炉底,身体蜷成一团,睡得正香呢!

"喂!"马岩轻轻敲了下炉壁,"麒麟兽,别睡了,快出来帮帮我们。"

麒麟兽揉了揉眼睛,有些不耐烦地伸了下懒腰。紧接着,它的身旁浮现出一团淡紫色的薄雾,它也随着薄雾从香炉中晃晃悠悠地飘了出来。

"好困啊——"麒麟兽飘在半空中，忍不住抱怨道，"你们两个小家伙，不知道'日出而作，日入而息'吗？我都睡着了，你们干吗把我吵醒？"

龚倩倩温柔地摸了摸麒麟兽的脑袋，指着那些竹简说："麒麟兽，麻烦你了，快帮我们找找，这里有没有那卷神秘竹简吧！"

"对啊！"马岩许诺道，"麒麟兽，找到神秘竹简，我们便能穿越回现代社会了。到那时候，我一定请你吃好多好多零食。"

原本还有些不情愿的麒麟兽，在听到"零食"二字后，顿时精神了不少。

它得意地晃了下脑袋，"就让我施展神力，帮你们看看这里有没有那份神秘的竹简吧！"

说罢，麒麟兽施展法力，将周身的那团淡紫色烟雾，缓缓汇聚到脚下，随之便在烟雾的托举中，绕着书房快速飞了一圈。与此同时，它的脸庞周围闪烁起暗蓝色的光，那道光越来越亮，很快照亮了整个房间。

"太厉害了！"马岩激动地说，"这就是智能搜索吗？"

麒麟兽睁开了眼睛，尾巴摇来摇去，说："找个东西而已，对我来说没有难度。"

又过了一会儿，麒麟兽脸庞处的光芒逐渐暗淡，直至熄灭。

"怎么样？找到了吗？在哪里？"龚倩倩迫不及待地问。

麒麟兽叹了口气，轻轻摇了摇头。

"啊？没找到吗？"马岩上前一把抱住麒麟兽，紧张地说，"麒麟兽,你要不要再搜索一遍?"

麒麟兽又摇了摇头,说:"恐怕要让你们失望了,这个房间里没有那份神秘竹简。"

原本抱有巨大希望的龚倩倩,精神瞬间垮了下来,她略带哭腔地说:"我们是不是再也回不去了?我不想一辈子都待在这里!"

"龚组长,别担心,"马岩急忙拍了拍胸脯,"又不是只有这里才有竹简,那卷神秘竹简肯定在别的地方,我想咱们一定能够找到的。"

"你还不明白吗?"龚倩倩此刻方寸大乱,说话的音调也提高了不少,"麒麟兽也不能确定那份竹简到底在哪儿,这个时代有那么多竹简,咱们要到哪儿才能找到它?"

天地茫茫,想要找到那份竹简,恐怕是难于登天。

如果他们在几十年后才找到竹简,即便成功穿越回现代,也都变成了白发老人。那时候,该怎么面对自己的父母、朋友呢?

想到这里,龚倩倩再也忍受不住,放声大哭。

正在后院收拾的孔子闻声赶来,麒麟兽眼看不妙,急忙躲回了香炉里。

"两位小友,怎么了?"孔子关切地问。

"没……没事!"马岩赶忙冲着龚倩倩使了下眼色,可无论他怎么暗示,龚倩倩的眼泪就好像开了闸的水龙头一样,根本止不住。

孔子看着马岩，故意装出一副生气的模样问："是不是你欺负她了？"

马岩苦笑一声，无奈地说："夫子，她不欺负我就不错了，我哪里还敢欺负她啊！"

龚倩倩擦了擦眼泪，略显歉意地对孔子说："夫子，没人欺负我，我只是……只是有些想家了。"

"原来是这样，"孔子轻轻帮龚倩倩擦掉眼角的泪水，"我理解你的感受。父母在，不远游，游必有方。"

"夫子，"马岩努了努嘴，"父母在身边，我们也不能游泳吗？再说，这和龚组长又有什么关系啊……"

"哈……"龚倩倩此时被马岩逗笑了，忍不住解释道，"夫子的意思是，'父母在世，不出远门，如果要出远门，必须要告诉他们自己的去处'。"

龚倩倩转头对孔子说："夫子，我们想回家，可是现在遇到了一些困难，暂时回不去了。"

"没关系。"孔子一直觉得马岩和龚倩倩身上似乎藏着某种秘密，但他不便细问，于是痛快地表示道，"这段时间，你们可以住在我这里。我们还能一起探究学问呢。"

"不敢，不敢！"马岩这时倒谦虚了起来，"夫子您的学问如……"

马岩本想奉承孔子几句，可惜腹中无词，一时语塞，不知道说些什么才好。

"夫子,"龚倩倩此时的心态也恢复了,大方地表示道,"您开办私学,相信有许多我们能出力的地方,这段时间里,只要您有需要,我们一定鼎力相助。"

"没错,"马岩痛快地拍起了胸脯,"我们能帮忙的一定帮,帮不上忙的也要想办法帮。"

"哈哈哈……"孔子笑着捋了捋胡须,"真是两个性情爽快的朋友啊!正好,我想让你们明日同我一起去拜访仲孙大夫。"

《论语》笔记

三家①者以《雍》彻②。子曰:"'相维辟公③,天子穆穆',奚取于三家之堂?"

——《论语·八佾》

【注释】

①三家:即三桓。

②彻:祭祀结束时,撤去祭品的环节。

③相维辟公,天子穆穆:出自《诗经·周颂·雍》,形容祭祀时,诸侯助祭,天子庄严肃穆的情景。

【译文】

孟孙氏、叔孙氏、季孙氏在举行家祭,撤去祭品时,都用《雍》诗来伴奏。孔子说:"《雍》诗里面有'诸侯助祭,天子庄严肃穆'的语句,他们那三家的庭院里哪里会有这样的景象呢?"

【拓展】

"三桓"的影子贯穿整部《论语》。其实,"三桓"并不是一个人,而是三个掌权的大家族——季孙氏、叔孙氏、孟孙氏。他们都是鲁国公室,而且祖先还是兄弟呢!

"桓",即鲁桓公。他是鲁国第十五代国君。鲁桓公有四个儿子,嫡长子继承君位,即鲁庄公;庶长子叫庆父,是历史上有名的乱臣贼子;三儿子,季友;四儿子,叔牙。鲁国的国君,是鲁庄公的后代;季孙氏,即季友的后代;叔孙氏,即叔牙的后代;孟孙氏,就是庆父的后代。因为他们共同的祖先为鲁桓公,所以被称为"三桓"。

寻求帮助

第二天一大早,没等孔子喊,马岩和龚倩倩便已经早早起床了。龚倩倩看着"一反常态"的马岩,忍不住问:"马岩,我发现自从来到春秋时代后,你睡懒觉、爱迟到的毛病好像改正了。"

"嘿嘿!"马岩挠了挠头,"这个时代没有电,太阳一落山,就没什么可玩的,只能早早睡觉,这样每天就会早起。"

"就该这样,"龚倩倩说道,"你忘啦?孔子的弟子宰予在白天睡大觉,他就曾批评说'朽木不可雕也,粪土之墙不可圬也。'腐烂的木头不可以雕刻,用脏土垒砌的墙面不堪涂抹。"

说着,她拍了拍马岩的肩膀,一脸俏皮地说,"恭喜马岩同学,你还是可以造就的啊!"

两人正说话时,孔子走了过来,几人简单准备一番后,孔子叮嘱他们,仲孙大夫府上规矩较多,千万不可莽撞。

"夫子,您就放心吧!"马岩保证道,"我们可是讲文明、懂礼貌的小学生啊!"

得到这番"保证"后,孔子便带着他们来到门前。一辆牛车已经停在巷口,孔子同驾车的车夫叮嘱了几句话,一行人便朝着仲孙大夫的府上走去。

没用多久,三人便来到了仲孙大夫的府院前。相比较孔子那朴素的宅院,仲孙大夫住的地方就要豪华许多了:门口修筑了一排高大的石阶,无形中彰显着他那尊崇的身份。古朴而厚重的大门,在青石门柱的映衬下,给人一种"生人勿近"的感觉。

说来也巧,正当孔子想要上前找人通报时,大门缓缓打开,一个花白胡须、笑容可掬的老爷爷,从里面走了出来。

"哈哈哈……"那人一见到孔子,便大笑道,"孔丘,我今天一早知道你外出游历回来了,便想去找你,没想到你竟然来找我,这真是……"

没等这位老爷爷话说完,马岩说道,"真是心有灵犀!"

"嘘!"龚倩倩示意马岩不要乱说话。

这位老爷爷一脸惊喜地看了看马岩,随即便大笑道,"没错,没错,只不过……"

他挠了挠头,问:"这个'心有灵犀',是什么意思啊?"

马岩暗自称奇,这个老爷爷的性格,还真像是武侠小说里的"老顽童"一般,乐观开朗,充满童趣。

旁边的孔子赶忙冲着对方恭恭敬敬地施了一个大礼。原来,这个老爷爷就是仲孙大夫。

仲孙大夫规规矩矩地还了礼,然后邀请他们进入宅院内。等到在正堂坐定后，仲孙大夫微微招了招手，后面侍立的仆从，便轻手轻脚地走了出去。

"孔丘，"仲孙大夫直言道，"你此番前来，是不是有事情要我帮忙？"

孔子点了点头，如竹筒倒豆子一般，将自己想要办私学的想法和盘托出。

"大夫，国家积弊已久，只有开办私学，教化民众，国家才能强盛起来啊！"

听完孔子的话后，仲孙大夫猛地拍了下桌子，语气坚定地说：

"孔丘，你早就该这样做了，我支持你！"

马岩和龚倩倩没有想到，仲孙大夫竟然如此爽快，不由得对其充满了好感。这顺利的程度显然超出了他们的预期，使得两人忍不住击了下掌。

但一旁的孔子却轻咳一声，提醒他们注意仪态。

"仲孙大夫，"孔子目光殷切、语气坚定地说，"我要广收弟子，贵族子弟也好，寒门学子也罢，我都一视同仁。对他们我都要认真教育，没有区别。"

"什么？"仲孙大夫惊得站了起来，一脸不解地问，"孔丘，你为何要收那些平民子弟为徒？"

没等孔子解释，他便进一步说道，"如今各国的读书人，大都是贵族出身，且不说平民子弟有没有学习的能力，就他们的言行举止，恐怕也不符合读书人的要求啊！"

孔子无奈地摇了摇头,谈起了当下鲁国公学的种种弊病:"由于'学在官府'的制度,现在鲁国只有极少数贵族子弟才有接受教育的机会。我了解到,在公学里,很多富家子弟整日里斗鸡走狗,不思长进。"

"府学的问题,的确是让人头疼!"显然,孔子的话,仲孙大夫也是有几分赞同的。

孔子直言道:"所以,我主张让平民子弟也拥有接受教育的权利,凡是来求学者,不分贵贱,无论贫富,只要待我以师礼,我便传授其学问,有教无类。这样不仅能丰富人才的数量,同时也能促进府学制度的进步啊!"

听到这话,仲孙大夫重重拍了下桌子,然后站起身,在原地来回踱着步子,过了好一会儿,只听他轻声问:"孔丘,你说要广收弟子,有教无类,那本性坏的人,能同本性好的人一起受教吗?"

"性相近也,习相远也。"孔子解释道,"人的性情本来相同,只是因为后天习染不同,所以出现了较大的差别。"

听完后,仲孙大夫那紧皱的眉头总算舒展开来,他笑着说:"孔丘,相信以你的智慧,定会教化众人。你既然已经下定决心,那我也会支持你,放心吧!"

《论语》笔记

子曰:"性①相近也,习②相远也。"

——《论语·阳货》

【注释】

①性:天性,本性。
②习:后天的积习。

【译文】

孔子说:"人的本性都是差不多的,但后天积染而成的习性却相差很远。"

【拓展】

性,是指人生之初就具有的纯真本性;习,则是后天受环境影响养成的习性。在孔子看来,人刚出生时,本性都是相近的,都有成为圣贤、良善之人的根基。那为什么有人会沦为小人,堕入邪路呢?都是由于后天受到了不好的教育,接触到不好的环境导致的。

所以,我们如果想要拥有美好的品性,拥有美好的未来,就要"学做好人",多接触教人为善的知识,多结交品行高洁的人,与积极上进、充满正能量的人来往,远离那些使人堕落,诱人作恶的事物。同时,我们也要明白,品性是可以改变的,过去犯过过错,只要决心改悔,就一定能弃恶从善。我们要选择好的环境,来陶冶自己的情操,同样也能营造好的环境去改变身边的人,传播善与美。

筑坛

和仲孙大夫告别后,马岩向孔子表示祝贺,谁知孔子只是微微一笑,并不兴奋。

"夫子,"龚倩倩试探性地问,"您是不是还有顾虑啊?"

"倒不是顾虑。"孔子解释道,"眼下咱们虽然得到了仲孙大夫的支持,但开办私学、广收平民子弟的消息,定会一石激起千层浪,在鲁国引起不小的震动。到那时,恐怕各种非议和责难,也会随之而来。"

"是啊!"龚倩倩在刚刚的席间也意识到,孔子所做的事情定然会触及贵族们的特权,万一他们发难,恐怕也并不是那么容易解决的。

"夫子!"马岩自信满满地说,"我们那边有句话,叫兵来将挡,水来土掩,只要是正确的事情,大家一定会支持您的。"

"没错,"孔子一字一句地说道,"譬如为山,未成一篑,止,吾止也。譬如平地,虽覆一篑,进,吾往也。"

"夫子您说得太好了,"龚倩倩拍了拍手,"开办私学这件事,真好比是在平地上堆土成山,哪怕只是才倒一筐土,也是进步。"

"来!"马岩扬起手掌,"夫子,就让咱们用二十一世纪的礼仪,来祝贺咱们继续前进吧!"

孔子虽然不太明白"击掌"的含义,但还是学着马岩的样子,与他们轻轻拍了下手掌。伴随着清脆的掌声,三人心间的疑云,顿时消散得无影无踪。

不多会儿,三人回到了家里,曾晳早已等候多时。孔子告诉他,自己已经得到了仲孙大夫的支持。

"夫子,太好了!"曾晳说,"我已经将您准备办私学的消息告诉了附近的邻居,大家非常高兴,纷纷表示要来拜您为师呢!"

"好,好!"孔子开心地搓了下手掌,兴奋地说,"那么接下来,就是赶快在后院整修出一个用来讲学的地方,可有的忙喽!"由于手头不宽裕,孔子打算在后院垒一座小小的台子,然后将地面收拾平整,来日便可与弟子们坐而论道。

"夫子,关于这件事情,我想……"曾晳说着,指了指门外,"那些帮忙的人,应该已经到了。"

原来,听说孔子要开办私学,街坊四邻都说要来帮忙。此时,他们已经来到了门外,有些人甚至表示现在就要拜师。

在孔子的邀请下,大家热热闹闹地挤进了孔子家的后院。

往日里清静的孔家小院,此时变得异常热闹。人们抡起农具,有的刨地，有的运土，忙得不亦乐乎。

马岩和龚倩倩也挽起袖子上前帮忙，很快便跟众人打成一片。聊天后得知，这些来帮忙的人，不仅有孔子的邻居，还有孔子儿时的玩伴，以及他当吹鼓手时的朋友。

"当吹鼓手？"马岩看着其中一个大哥哥问道，"你是说，夫子他，还做过吹鼓手？"

"哈哈，没错，"那人爽朗地回答道，"夫子以前不仅做过吹鼓手，还放过牛呢！"

"原来是这样啊！"马岩看着此时满面春风的孔子，忍不住夸赞道，"没想到夫子还是一个'多面手'呢！只不过……"

他悄悄凑到龚倩倩身旁，语气神秘地说道，"我看夫子在家里面对那些邻居、朋友们，怎么又变得有些不爱说话了呢？"

"你有所不知，"龚倩倩解释道，"《论语》上有句话，说'孔子于乡党，恂恂如也，似不能言者。其在宗庙、朝廷，便便言，唯谨尔。'这句话的意思是孔子在乡间显得很恭敬，像是不会说话的样子。但他在宗庙里、朝廷上，却很善于言辞，只是说得比较谨慎而已。"

"原来是这样！"马岩挠了挠头，"看来我以后说话也要多多注意才好啊！"

不到半天的工夫，后院的地面被收拾干净平整了。大伙在院子中央用泥土和石头，堆砌出一座小小的台子。一阵清风吹过，土台在杏树的映衬下，多了些庄重，相信在往后的岁月里，它将会承载更多的意义。

孔子向众人一一感谢,突然,人群中走出一位老伯,他拿着几株树苗走到了孔子的面前。

这位老伯是孔子的邻居,他诚恳地说:"夫子,你办私学,教大家读书写字,教大家做人的道理,真是太好了!只可惜我帮不上什么大忙,这些树苗是我从院子里刨来的,希望你能用它们来装点这所宅院,也算是我的一点心意。"

孔子感激地接过树苗,并邀请大伙一起将树苗种在讲坛周围。大伙卖力挖坑、浇水,将那些树苗安置得妥妥当当。

在清风的吹拂下,树苗尽情舒展着稚嫩的枝叶。龚倩倩情不自禁地称赞道:"夫子,我听说杏树多果,这些幼苗现在虽然稚嫩,但我相信未来,您的弟子将会像多果的杏树一样满天下。"

"说得好!"听到龚倩倩这话,围观的人异口同声地表示赞同。

"德不孤,必有邻!"孔子看着热情的邻居们,忍不住感慨道,"一个有高尚道德的人绝不会是孤立的,一定会有人来与他做伴。你们让我觉得,自己以往所坚信的理念,是完全正确的。"

另一边,马岩趁孔子高兴,轻轻将他推到讲坛上,自己则俯身而拜,大声说:"夫子,马岩想要拜您为师,请您一定准许。"

见到马岩拜师的举动,龚倩倩有样学样,俯身施礼,表示自己也要拜孔子为师。

"好,好,"孔子一边扶起两人,一边笑着说,"有朋自远方来,不亦乐乎？志同道合的人从远方而来，我怎么会不快乐呢？"

紧接着，孔子转身对众人说："我收弟子，没有贫富、贵贱、地域的区别，人人都可以来求学！"

很快，孔子办私学的消息不胫而走，很多人陆续来拜师，曲阜城中那座不起眼的小院，仿佛一束在夜空中绽放的烟火，点亮了好学之人的心。

《论语》笔记

子曰:"譬如为山,未成一篑①,止,吾止也。譬如平地,虽覆②一篑,进,吾往也。"

——《论语·子罕》

【注释】

①篑:土筐。
②覆:倾倒。

【译文】

孔子说:"譬如用土堆山,只差一筐就完成了,这时停下来,那是我自己要停下来的;譬如填平土地,虽然只倒下一筐土,如果决心要继续下去,我将一往无前。"

【拓展】

孔子的弟子冉求,曾对孔子说:"夫子,我不是不喜欢您的道,实在是能力不够呀!"孔子就批评他:"能力不够的人,走到半路实在走不动了才停下。你还没开始,就说不行,这不是能力不够,而是画地为牢,自己不思进取。"所以说,事在人为,无论学习还是其他什么事,我们只要立下目标,就不要轻言放弃。有恒者,方能有成。

招收学生

最近一段时间,孔子家门口被学子们挤得满满当当。上到七十岁的老人,下到十几岁的少年,都来了!按照礼仪,拜师的学子还需要送上束脩,作为学费。脩,就是腌好的干肉;束脩,就是十条干肉。相比官学的门槛,十条干肉根本不算什么。

这天,孔子正在门前同弟子们交谈,只听见一串爽朗的笑声从巷口处传来,紧接着便是一阵乱哄哄的脚步声。听到这动静,孔子赶忙走到台阶下面,领着弟子等候。没一会儿的工夫,便见仲孙大夫在几名仆从的引领下,快步走到门前。

这个性格犹如顽童一般的老者,看着众多弟子点了点头,夸赞道:"夫子,初办私学,便有这么多人前来拜师,看来你的想法是正确的!"

"那还要多谢仲孙大夫的支持,"孔子谦虚地说,"要不然,哪里会这么顺利。"

"还是大家赞同你所做的事情,"仲孙大夫说,"看你办学办得如此热闹,我也来凑一脚!"

"仲孙大夫这话是指……"孔子有些不解地看着对方。

马岩贴在龚倩倩耳边,小声说道,"龚组长,你说这个仲孙大夫,是不是看咱们为了开办私学忙得四脚朝天,所以特地带礼物来犒劳大家啊!"

"你……"龚倩倩听到马岩这个荒唐的猜想,不由得白了他一眼,"别乱说了。"

"我没有瞎猜,你没看到吗?"

说着,马岩悄悄指了指仲孙大夫身后的那些仆从们,一个个神色端庄,而他们各自手中的描金红木礼盒,不用打开,便能猜到里面的东西十分贵重。看这架势,仲孙大夫就是前来送礼的。

这时,仲孙大夫朝身后摆了摆手,只见两个衣着华丽,仪态飘逸的英俊少年走上前来。

孔子看着那两人,又看了看仲孙大夫,说:"这不是您的两位公子吗,难道……"

仲孙大夫直言道:"我想要他们拜你为师。"

说罢,他转头对儿子们说:"你们还不赶快向夫子施礼。"

那两名少年听到这话,当即躬身向孔子施礼,异口同声地说:"夫子在上,请受弟子一拜。"

马岩看着眼前这两位衣着华丽的少年,又看了看他们身后那不离左右的侍从,这是他第一次近距离地接触年纪相仿的古代贵族,心里不免有些打鼓。

从围观人的谈论中,马岩得知,仲孙大夫的两个儿子,哥哥名叫仲孙何忌,行事颇为高调,性格有些特立独行;但他弟弟南宫阅倒十分平易近人,不仅儒雅宽厚,而且丝毫没有贵族的做派。

马岩看到他们那副养尊处优的样子,又想想书院里那些平民子弟的生活日常,心里忍不住嘀咕:以后这书院里,恐怕会越来越热闹!

仲孙何忌虽向孔子拜师,但面服心不服,拜师只是迫于父亲的威严而已。在他眼里,孔子是因为没有能够教导贵族子弟的本领,才会广收平民子弟为徒。

弟弟南宫阅则完全不同,他早就听说孔子很有学问,心生仰慕,恰巧这次父亲让他和哥哥拜孔子为师,正好遂了心愿。因此,他对孔子格外尊敬,言行有度。

看到南宫阅这样有礼貌,不仅马岩和龚倩倩对他心生好感,其他弟子们也心生佩服。

两兄弟顺利拜师后,仲孙大夫招呼身后的仆从,将"束脩"抬到孔子面前。

那些恭敬的仆从,手捧描金红盒走上前来。仲孙大夫亲手打开礼盒,只见里面不仅有又肥又大的赘雉,还有礼器、美玉等珍宝。一时间,围观者口中不由得纷纷称赞起仲孙大夫的豪气。

"这……"看着那琳琅满目的礼物,孔子推辞道,"'自行束脩以上,吾未尝无诲焉'。只要自愿拿着十余干肉为礼来见我的人,我从来没有不给他教诲的。仲孙大夫,您这份礼物,实在是太贵重了！"

"孔丘，你就别推辞了！"仲孙大夫冲着仆从们轻轻挥了挥手，他们便将礼物搬进了孔子的府中。

周围的百姓们纷纷露出惊讶的神情。而仲孙大夫的那两个儿子，反应也不同：哥哥仲孙何忌高昂着头颅，眼中满是得意；弟弟南宫阅则是面无表情，他似乎不想因为这种事而惹得众人注目，但又不想违抗父亲，所以只能木呆呆地站在原地。

对于仲孙大夫的好意，孔子自然不好推辞。正巧，这些礼物可以拿来充作办学的费用，也算是仲孙大夫变相贴补了这里的贫苦学生。

仲孙大夫眼看目的达成，便拜别孔子离开了，留下他的两个儿子。

就在众人准备进入院内的时候，忽然间，一名手捧坛子的少年，跟跟跄跄地走了过来。

"夫子！"少年有些怯懦地说，"您……您能收我为徒吗？"

众人回头一看，发现是个瘦弱的少年，正吃力地抱着一个黑色的坛子，满脸恭敬地望着孔子。龚倩倩注意到，少年虽然脸色发黄，面容憔悴，但那一双明亮的眼眸中满是期盼。

马岩刚想去问清缘由，孔子拦住他，快步走到少年面前，微微一笑，"只要诚心求学，正直善良，任何人都可以拜入我的门下。"

听到孔子这话，少年那紧张的脸上浮现出一丝笑容，他赶忙将手中的坛子放到一旁，双膝跪地，朝孔子跪拜。

"夫子在上,我叫闵子骞。"那个少年一边叩头,一边认真地说,"我拜您为师,必定在你身边诚心求学,来日……"

"你太多礼了!"孔子笑道。

马岩跳上去,将闵子骞搀扶起来,"夫子开办的私学,就是为了让天下人都有机会接受教育,只要象征性地交纳十条干肉,就能来上学啦!"

"干肉?"马岩无意间的一句话,仿佛重锤般击打到闵子骞的心上。他的脸瞬间变得通红,磕磕巴巴地说:"来之前,我的确听人说过,拜夫子为师,需要献上见面礼,可是,我家……"

他又紧张起来,不自觉地用破旧的袖子擦汗珠。他的衣服也打满了补丁,挂在他那瘦弱的身体上,如同一个旧口袋。

"士志于道,而耻恶衣恶食者,未足与议也!"孔子看出了闵子骞的窘境,毫不介意地说,"如果一个读书人立志于追求真理,但又以穿破衣、吃粗糙的饭食为耻,那么这种人就不值得与之谈论真理。"

听到孔子的话,闵子骞壮着胆子解释道:"我家太过贫寒,实在没有能力拿出束脩,但我又不想错过这个跟随夫子学习的机会。夫子,我……"

《论语》笔记

鲁人为长府①,闵子骞曰:"仍旧贯②,如之何?何必改作?"子曰:"夫人不言,言必有中。"

——《论语·先进》

【注释】

①长府:鲁国收藏财货、兵器的府库。
②旧贯:旧的规模,老样子。

【译文】

鲁国人要修建府库,闵子骞说:"照老样子修缮下,怎么样?为什么一定要改建呢?"孔子说:"这个人平时不大说话,说话就一定符合情理。"

【拓展】

在孔子的弟子中,闵子骞可是一个道德典范。《论语》中就记载了孔子称赞他的话:"孝哉!闵子骞,人不间于其父母昆弟之言。"翻译过来就是:闵子骞真是孝顺呀!人们对他父母兄弟称赞他的话,没有一点儿异议。

二十四孝中的"芦衣顺母"说的就是闵子骞的事迹。闵子骞母亲去世得早,父亲娶了后妻。继母虐待闵子骞,冬天用芦花给他做棉衣。闵子骞冻得瑟瑟发抖,和父亲做活时,不断出错。父亲以为他故意捣乱,生气地鞭打他,却看到了衣服里冒出的芦花。发现真相后,父亲要休掉继母,闵子骞却跪下求情。继母听后既羞愧,又感动。自此以后,对待闵子骞就像自己的孩子一样疼爱。

开课啦

闵子骞过来拜师,竟然没有准备束脩之礼。得知这个情况,围观的弟子们立刻小声议论了起来,还有几个不明真相的邻居揣测闵子骞,是不是因为不愿意出束脩之礼,特意以家境贫寒为借口。

马岩看着闵子骞,小声劝道:"夫子开办私学,需要不小的开支,收取一份微薄的束脩之礼,仅仅是为了维持生活,你怎么能一点都不表示呢?"

"我实在是……"闵子骞快要哭出来了,赶忙冲着孔子施礼道,"夫子,对不起,是我失礼了。"

说罢,他捧起放在身旁的坛子,转身便准备离开。

"别走!"孔子拦住了他,上下打量了一番后,语气温和地说,"你家境贫寒,仍旧一心想学习,足见你有一颗向学之心。从今天起,你就跟随我学习。当然,我不需要你的束脩之礼。"

"多谢夫子,请受弟子一拜!"听到孔子的话,闵子骞赶忙跪地叩首。行礼之后，他捧起身旁的坛子，恭敬地说："夫子，弟子家贫，无力准备束脩之礼。这是一坛我自家酿制的村酒，虽然礼薄，但还望夫子笑纳，以表弟子的心意。"

孔子接过那坛酒，感觉颇有分量。细问之下，众人才得知，这位少年家住在很远的地方，一路上风餐露宿，却始终抱着这么重的一坛酒，唯恐失手打碎。

得知事情的原委后，大家不由得被其诚心所感动，之前猜测闵子骞动机的几位弟子，更是一脸羞愧地向对方致歉。

孔子看了看手中的这坛村酒，冲着闵子骞说："你竟然能抱着这么重的一坛酒，走那么远来拜师，可见你满腔赤诚。这一坛村酒，胜过十份束脩啊！"

看到眼前这个皆大欢喜的场面，龚倩倩忍不住称赞道，"夫子，你刚刚可是收了一名好学生啊！日后，他在您的门下，一定会贤名远播的。"

虽然龚倩倩的话让在场众人有些摸不着头脑，但大家对闵子骞的到来，都显得十分开心。尤其是孔子对这些出身贫寒的弟子们的关心，更是让众人对他多了钦佩之情。

在弟子们的簇拥下，孔子领着众人来到了后院的杏坛，开始授课。孔子传授的内容，和马岩、龚倩倩之前学的完全不一样。孔子主要教"六艺"，就是"礼""乐""射""御""书""数"。通俗来说就是让学生知晓礼节、懂得音律、掌握箭术、学会驾车、识字写字，以及掌握算术。

课程的安排倒也轻松，弟子们但凡有不懂的地方，可以随时向孔子求教，与其说是课堂，更像是一场场有趣的讨论会。

不过马岩和龚倩倩却注意到，弟子们中间似乎存在矛盾。

由于闵子骞和仲孙何忌、南宫阅是同一天拜师，他们便被安排坐在一起，南宫阅倒觉得没什么不适，可仲孙何忌却显得有些不悦。

仲孙何忌与闵子骞并肩而坐，故意把身体侧向一边，似乎是担心对方会触碰自己，并且眼神间满是嫌弃。

马岩和龚倩倩看到这样的场景，心中无奈，两人商量等休息时，好好对仲孙何忌劝解一番。没想到，仲孙何忌却在孔子授课时，抢先发难。

原来，闵子骞在听课的时候，有一句话没听懂，于是便拍了拍身旁的仲孙何忌，想要向他请教。但没想到仲孙何忌看到闵子骞拍自己的肩，一下子站起来，抬脚便要踹闵子骞。

南宫阅立刻拦住了自己的哥哥，唯恐事情闹大。

"怎么了？"这时，讲坛上的孔子也注意到了下面的骚乱，"发生了什么事情？"

"夫子！"没等闵子骞解释，仲孙何忌抢先问道，"农人可以同贵族并肩坐在一起求学，请问这是否有违礼仪？何谈尊卑贵贱？"

仲孙何忌这话，宛如一石激起千层浪。周围的弟子大都是平民出身，对闵子骞有同情之情，又见到仲孙何忌如此放肆，义愤填膺，纷纷指责道：

"大家都是诚心来求学的，收起你那傲慢的态度！"

"没有我们这些平民勤苦劳作，你们这些贵族能过得那么舒服吗？"

"……"

众人你一言，我一语，说得仲孙何忌满脸通红，他本就不想拜孔子为师，这次前来，不过是被父命所迫，令他万万没有想到的是，自己竟然会被这些平民百姓教训，他真想拂袖而去。

就在这时，讲坛上的孔子示意弟子们安静，自己缓步走到仲孙何忌的面前。

"何忌，我问你，你觉得贵族的身份高于平民吗？"

"夫子，那是自然。贵族出身高贵，不是平民所能比的；贵族衣食富足，注重仪态，也比野蛮的平民更能彰显气质。"

"可是，贵族的身份、衣食，还有仪态，对求学又起到怎样的作用呢？"

"这个……"仲孙何忌一时之间，不知道该如何回答。

孔子看着仲孙何忌，认真地说："如有周公之才之美，使骄且吝，其余不足观也已。"

这句话的意思是，一个人即便有周公那样的才能，如果傲慢且小气，那别的地方也不值得一看了。

仲孙何忌有周公那样的才华和地位吗？当然没有，但他却骄傲且吝啬。仲孙何忌听出了孔子的言外之意，脸立刻变得通红。

马岩因为仲孙何忌的言论而憋了一肚子气,这时也站起来说:"学生就不该被分为三六九等,教育面前,人人平等!"

龚倩倩顿时捂嘴笑了起来,心想马岩这个冒失鬼,怎么一不小心,把现代学校的标语给照搬了过来。

南宫阅看到哥哥如此做派,心中十分难堪,一边歉意地看着周围的众人,一边用力拉了拉仲孙何忌的衣角,示意他赶快坐下,不要再同孔子争论了。

仲孙何忌坐了下来,没有再说话。不过大伙看得出来,他并未服气。后来,仲孙何忌出现在讲坛边的时间越来越少,迟到早退更是"家常便饭",一众弟子都对其非常不满。

同仲孙何忌不同,南宫阅十分平易近人,不仅学习认真、努力,私下里,听闻哪个弟子家里有困难,他也都尽量帮忙。很快,他便成为大家的好朋友。

《论语》笔记

互乡①难与言,童子见,门人惑。子曰:"与其进也,不与其退也,唯何甚?人洁己以进,与其洁也,不保其往②也。"

——《论语·述而》

【注释】

①互乡:地名。
②不保其往:不追究他的过去。

【译文】

互乡这地方的人难以交流,孔子却接见了那里的一个童子,弟子们都觉得疑惑。孔子说:"我们应该鼓励他进步,不赞成他退步,何必做得太过呢?人家修饰容仪而来要求进步,就应该赞许他的这种做法,而不是总是抓着他的过去不放。"

【拓展】

初读《论语》,看到孔子讲各种各样的道理,很容易认为他是一个不苟言笑,满脸严肃的人。其实,并非如此,孔子是一个非常和蔼可亲的人,他平时像朋友那样和弟子们交流,自己犯了错误,也能当众承认。而且,孔子待人格外宽容,有缺点的人他能够容忍,犯过过错的人他也能体谅。

"与其进也,不与其退也",就是说与人交往要多关注别人的长处,多包容别人的不足。孔子的弟子也都不是完人,子路莽撞、子张孤僻、子夏吝啬、曾参迟钝……孔子都能找到他们的优点,因材施教。我们在与人交往中,也要学习孔子的这种包容之德。

竹简在哪里

在平静的生活里,马岩和龚倩倩也常利用休息的时间,寻找那份神秘竹简的下落,只可惜一直没有收获。麒麟兽那个家伙,三天两头地睡懒觉,要不就溜出去品尝美食。不过好在它没给马岩和龚倩倩惹什么麻烦,日子过得倒也平顺。

这一天,弟子们聚集在杏坛下,和孔子讨论周礼的内容。这时,外面有人通报,会制作竹简的吕伯来了。

孔子赶忙走下讲坛迎接,吕伯恭敬地走到孔子身旁。马岩瞧见在吕伯身后,两名强壮的伙计正吃力地抬着一堆旧竹简。

"哎呀!"吕伯擦了擦头上的汗水,看着孔子说,"夫子,您要找的这些典籍,可真不容易弄到啊!不过好在我运气不错,这不,都给您寻来了。"

"多谢,多谢!"孔子连声感谢,看了下那堆竹简,悄声问,"吕伯,我特别叮嘱您的那一份竹简,可在其中?"

"放心吧!"吕伯神秘兮兮地说,"那份特殊的竹简,就在最下面!"

二人的音量很小,但凑巧被耳尖的马岩听到了。看孔子和吕伯那神神秘秘的样子,马岩的好奇心瞬间被勾了起来。

"特殊的竹简?"马岩喃喃自语,"难不成,是我们要寻找的那份神秘竹简?"

吕伯告辞后,孔子请几名弟子将竹简送到自己的书房里。马岩自告奋勇,和另外两名弟子一起来到后院书房。

三人推开房门,将那些竹简放到地上。另外两名弟子准备离开,马岩故意大声说:

"哎哟!夫子书房里的竹简怎么那么乱!我们做弟子的,还是帮夫子收拾一下吧!"

"不可,"一个弟子阻止道,"没有夫子的允许,我们不能乱动这里的竹简。"

"我知道,"马岩指着那些刚刚抬进来的竹简,"但我们可以先把这批竹简整理一下,这样也方便夫子读啊!"

说完,马岩"自告奋勇"地承担起了这项"工作",他自信地说:"你们回去吧,这件事情交给我就行。"

两人着急回去听孔子授课,于是叮嘱了马岩几句,便快步离开了书房。

二人离开后,马岩赶忙搬开上面那堆竹简,最底层放着一份被黑布包着的竹简,上面还缠绕着一圈细绳。看样子,这个就是吕伯口中那份"特殊的竹简"了。

马岩刚准备喊麒麟兽来帮忙验证，忽然一只手搭在了他的肩膀上，紧接着，传来一个熟悉的声音：

"马岩，你怎么能乱翻夫子的竹简呢？"

眼看自己的"小心思"被人发现了，马岩紧张得身体都僵在了原地，可当他看到来人是龚倩倩后，不由自主地松了口气。

"嘘！龚组长，别那么大声！"说着，他抬起头，确保没有别人跟来后，小声问道，"你怎么来了？"

龚倩倩耸了耸肩膀，俏皮地说道，"我看你硬要跟那两位哥哥一起搬竹简，就知道你一定又打鬼主意了。快放回去，夫子前些日不是讲过，'非礼勿视，非礼勿听，非礼勿言，非礼勿动。'让夫子知道你乱翻东西的话，又该说你失礼了。"

"龚组长，你有所不知……"

马岩一边将自己从吕伯那儿听来的重要信息讲给龚倩倩听，一边将那份用黑布包着的竹简递给龚倩倩。

"这份竹简，说不定就是我们苦苦寻找的那份神秘竹简。"

"是吗？"龚倩倩接过竹简，也顾不得什么礼仪，赶忙拆开来看。

两人举着竹简，左看看，右看看，发现上面的字迹不仅模糊，还十分古怪。不过，这份竹简上的文字，和那份神秘竹简上的文字截然不同。

"唉……"龚倩倩叹了口气，"看来我们又弄错了！"

马岩把那份竹简包好，不知道在责怪谁："原来就是一份普通竹简，吕伯竟然搞得这么神秘！这上面写的什么啊？"

龚倩倩摇了摇头，"春秋时代的文字非常复杂，我也没有了解过，看不懂。"

"咳！"两人身后传来了孔子的声音，"这份竹简上写的是郑国的文字，内容是郑国国卿子产的治国理念。"

"子产？"马岩此时还没反应过来，"他是……"

可话还没说完，龚倩倩已经拉着他转过身来。马岩这时才注意到，孔子已经来到了他们的身后，顿时愣在了原地，手中的竹简"啪"的一声掉在了地上。

孔子弯下腰，捡起那份竹简，对马岩和龚倩倩说："看来，你们对这些竹简也很感兴趣啊？"

"夫子……"马岩低下头说，"我们错了，不该随便翻阅您的竹简。"

"君子博学于文，约之以礼，亦可以弗畔矣夫。"孔子拿着那卷竹简，"君子广泛地学习古代的文化典籍，又以礼来约束自己，就可以不离经叛道了。读竹简是学习，你们好学，我自然觉得开心。不过，要提前告知我，这不也是合乎礼的吗？"

两人齐声称是，而龚倩倩趁着这个机会，连忙询问孔子，他刚刚说起的子产究竟是谁。

孔子重新打开那份竹简，"这上面记录的，正是子产的治国之论，我托吕伯寻找良久，才得此一卷啊！"

龚倩倩听出了孔子此话的弦外之音，于是试探着问道，"夫子，莫不是您也想像子产一样,为官治国?"

"子产有君子之道四焉。其行己也恭,其事上也敬,其养民也惠,其使民也义。"孔子说到这里时,脸上满是仰慕的神情。他继续补充道:"更何况,'学而优则仕',读书做学问,所做的毕竟有限,只有参与政事,为官从政,才能为更多的百姓谋取福利,进而实现经世济民的理想。"

"夫子高见!"龚倩倩心悦诚服地说。

"我的见解再高明,你们不还是从讲坛那边偷偷溜到这里,不愿意听我讲授知识吗?"

"这个……"第一次被夫子当面指责自己逃学,龚倩倩瞬间脸红了,她在现代本来是一个从不逃学的好学生,没想到今天拜入名师门下,反倒不遵守纪律了。

"夫子!"对于这种场面,马岩再熟悉不过,他几乎是下意识地说,"我们以后绝对不会再犯,以后,我绝对不会离开杏坛半步,我……"

"是吗?"孔子故意说道,"那等会儿我要带着大家去爬山,你难道也不跟着去?"

听到"爬山"这两个字,马岩瞬间来了精神,"那、那怎么能把我留下啊!说实话,老是待在这里,都快要把我给憋……"

"马岩!"龚倩倩连忙解释道,"夫子一定是想要借游山向大家传道。夫子,我说得对不对啊?"

两人这一唱一和,把孔子给逗笑了,也就没再追究"逃课"

的缘由。

马岩看着孔子手中的竹简,知道这次又是"竹篮打水一场空",不过他依然信念坚定,在心中默默地为自己打气,相信自己一定能够找到那卷神秘竹简。

等三人回到门前,弟子们已经准备完毕。于是,孔子领着大伙,朝距离曲阜城最近的一片山峦走去。

孔子不会要求学生整日坐在讲坛旁边,守着一堆竹简读来读去。孔子喜欢将社会当作学生的课堂,日常的生活就是他的教材。所以,他时常带学生们走进大自然,让学生们在欣赏壮丽山河的同时,激发灵感、陶冶性情,进而悟出哲理。

《论语》笔记

子谓子产:"有君子之道四焉:其行己也恭①,其事上也敬,其养民也惠②,其使民也义。"

——《论语·公冶长》

【注释】

①恭:恭敬谨慎。
②惠:施以恩惠。

【译文】

孔子评论子产:"他有四个方面符合君子之道:待人处世谦恭有礼,侍奉国君非常恭敬,养护百姓能施与恩惠,役使百姓合乎情理。"

【拓展】

子产是郑国贵族,长期执掌国政。在孔子看来,他堪称当时执政者的楷模,在他身上有四种难得的美德。其行己也恭,指子产言行谨慎,待人谦恭有礼;其事上也敬,指子产侍奉君主,非常恭敬;其养民也惠,指子产爱护百姓,他推行了很多改革措施,大多有益于老百姓,郑国的民众非常爱戴他;其使民也义,是指子产为官清廉,不滥用民力。

子产去世的时候,孔子非常伤心,称赞子产是"古之遗爱也",即子产继承和发扬了古代圣贤以仁政治理国家的遗风。当然,孔子大力称赞子产,一方面是为政理念相近,另一方面也是为了激励鲁国的执政者,希望他们也能尊崇国君,施行仁政,爱惜百姓,造福自己的国家。

16 莽夫

一行人热热闹闹地出了城，马岩如同出笼的小鸟，飞来飞去，好不快活。

此番出行的目的地，是距离曲阜城不远的尼山。与城里不同，山野间十分静谧。放眼望去，连绵起伏的山峦，仿佛是被大海掀动的波澜，呈现出密匝匝的波峰浪谷。而近处，山体的岩石有的娇小玲珑，宛如破土而出的春笋；有的精巧雅致，好似含苞的花朵。漫步于山野之中时，闭上眼睛，深吸一口气，仿佛能在风中嗅到花果香味，令人心旷神怡。

在孔子的带领下，弟子们游兴甚浓，马岩和龚倩倩看什么都觉得新奇，一行人不时发出欢声笑语，好不热闹。

孔子看着眼前壮丽的山景，忍不住说："士而怀居，不足以为士矣。"

"怀居？是不是留恋家乡的意思啊？"龚倩倩有些好奇地问，"可是，夫子您不是说过'父母在，不远游，游必有方'的话吗？

这两句话,听起来怎么有些矛盾呢?"

"哈哈哈!"孔子回过头,颇为赞赏地看着龚倩倩,"很好,你在学习的过程中,能够做到举一反三,这是好学的表现。"

"夫子,您可是有所不知啊!"马岩趁机说道,"以前龚组长在我们班上,那可是出了名的'好学'啊!"

"别捣乱,"龚倩倩没好气地说。

孔子看了看周围的弟子,发现有几人和龚倩倩有着同样的疑问,于是便进一步解释道,"我理想中的士,应该具有安贫乐道的美好品格。如果一个士人贪图安逸的生活,就失去了作为士的资格。"

"哦!"龚倩倩恍然大悟道,"原来'怀居'是这个意思啊!"

"还有,"孔子继续说道,"我虽然提倡'近游',但也不一味地排斥远游。到底适宜远游还是近游,取舍标准在是否'有方',是否告诉了父母自己的去向,是否有正确的目标。我反对的只是无正当目的、令父母担心的'远游'。"

龚倩倩这才明白孔子的意思,赶忙施礼说道,"夫子,我明白了。"

一行人一边讨论,一边游览壮丽的山景,直到傍晚才依依不舍地踏上归途。可是不知道怎么回事,刚到山坡下,天气忽然变得阴沉。紧接着一声炸雷从西北边的天空响起,着实把大伙给吓了一跳。

"走快一些!"孔子担忧地看着弟子们,"看样子将有场大雨,我们要快些赶回城去。"

不多会儿，狂风也来凑"热闹"，在周围呼呼作响。天上的乌云越积越厚，仿佛一层黑幕落在大地之上。

看着弟子们那焦躁、担忧的神色，孔子快步走到队伍的前面，一边为大伙带路，一边吟唱歌谣，仿佛是故意要对头顶那咆哮的雷电说，无论它多么凶悍，自己也毫不畏惧。

这股精神感染了大伙，弟子们有样学样，跟着孔子吟唱起来。一时间，众人的精神又全都高涨了，昂首阔步，笑着朝曲阜城走去。

没多会儿，众人就快走到城门口了，路边已经能见到房屋，还有人在门口售卖东西。漫天的乌云也渐渐被清风吹散，路旁哗哗作响的树林，仿佛在拍手祝贺大家的胜利。

"总算是从山里出来了，"马岩看着身后的山峦，有些庆幸地说道，"还以为会被大雨给浇成'落汤鸡'呢！"

"哈哈哈，"众人听到马岩这番俏皮话，神情不由得松弛了下来。

突然，前方不远的树丛中，传来了凄厉的叫声。

众人大惊，赶忙聚在一起，朝远处的树丛望去。

龚倩倩担忧地说："夫子，这里该不会有……狼吧？"

孔子摇了摇头，十分镇定地说道："这声音不像是狼嚎。"

弟子们纷纷揣测：有的说是老虎，有的说是野牛。争执不下时，孔子领着几名胆大的弟子走上前去，可还没走几步，那声音忽然停了。

"那东西该不会跑了吧？"马岩似乎有些惋惜。

"跑了才好呢！"龚倩倩擦了擦额头上的汗珠，声音发颤，"我可不想遇见什么可怕的野兽。"

突然，嚎叫声又一次响起，众人看见一道黑影，从树上径直落在了孔子面前。

"不好，"马岩大喊道，"危险！"

马岩和众弟子正要冲上去，孔子却回头冲弟子们摆了摆手，淡定地说："无事。"

说完，他对那道黑影施礼，众人才发现，原来黑影不是野兽，而是一个人。

此时，月亮从厚重的云层中显露了出来，将大地照亮，也让众人看清了那人的模样。这是一个青年人，大概二十岁出头，目光炯炯，看上去很有精神。他身披野猪皮护甲，腰上挂着一把短刀，头戴插满鸡毛的帽子，一副猎户的打扮。

这副模样，就算在城里见到也要被吓一跳，更别说在郊外了。龚倩倩心中紧张，悄悄地走到马岩身边。

孔子虽有些惊讶，但还是平静地问："敢问您是何人，为何要无故作弄我们？"

那人上下打量着孔子等人，昂着脑袋，斜视着大伙，那眼神中满是轻蔑的神情。"你们这些读书人，说话文绉绉的，听得我烦死了！你们在山谷里乱喊乱叫，把我的猎物都给吓跑了！"

"这……"孔子急忙说，"这位壮士，我们并非有意，这件事情，

还望你能谅解。"

"谅解？"听到这句话，那人迅速从腰间抽出刀，顺势舞动起来，刀尖直指孔子，还没等孔子做出反应，刀锋便已经停在他的面前。

他傲慢地说："如果我现在失手杀了你，你也能谅解吗？"

孔子没有言语，只是摇了摇头。

那人继续挑衅道，"怎么，你害怕了？"

孔子看了一眼对方手中的短刀，摊开肩膀拦住身后准备上前护卫的弟子们，神情自若，不紧不慢地说："你我素不相识，你为何要杀我呢？"

"因为我讨厌你们这些读书人，"那人气势汹汹，"整日里说些让人听不懂的怪话，到关键时候，一个个又全都软弱无能，告诉你们吧……"说到这里，那人提高了音量，"在这个乱世中，只有刀剑才是主宰者，其他的都是瞎扯。"

孔子无奈地摇了摇头，"我看你对这天下大势，多少也有些了解，天下既然已经失道，刀枪之争愈演愈烈，各国斗来斗去，百姓的日子过得越来越苦，恶人的数量却有增无减，田园荒芜，子孤母寡，这些事情，难道不是由'长剑'而起吗？"

"哼！油嘴滑舌！"他冷声问道，"君子尚勇乎？"

"君子义以为上。君子有勇而无义为乱，小人有勇而无义为盗。"孔子毫不畏惧地答道，"君子以义作为最高尚的品德。君子有勇无义就会作乱，小人有勇无义就会偷盗。能够不顾一切地维护义的人才算是勇敢。"

"这……"听到孔子这样说,对面那人顿时"哑火",一时间不知道该如何反驳。

孔子继续解释道,"就像现在,你以刀剑对我,而我却始终以'礼'对你,咱们两人之间的争斗,又是因谁而起呢?持剑者如若不拔剑出鞘,又何来的争斗呢?"

那人悻悻地收回刀,但仍是一脸不肯认输的模样,指着孔子说:"哼!我不认同你说的,告诉我你的名字,等哪天我想清楚了,再去找你说个明白!"

孔子施礼说道,"我乃是曲阜孔丘,家住阙里。壮士若有高论,尽可前来。"

那人没有言语,转身快步跑回了树丛,不一会儿的工夫,便消失得无影无踪。

大伙这才松了口气,幸好那人不是盗匪,要不然,还真是麻烦呢!

《论语》笔记

子谓子贡曰:"女与回①也孰愈②?"对曰:"赐也何敢望回?回也闻一以知十,赐也闻一以知二。"子曰:"弗如也,吾与女弗如也!"

——《论语·公冶长》

【注释】

①回:颜回,字子渊,是孔子最得意的弟子,有德行且爱学。
②愈:胜过,更好。

【译文】

孔子问子贡:"你和颜回相比,谁更胜出一些呢?"子贡回答说:"我怎么敢和颜回相比?颜回听到一件事就可以推知十件事;而我听到一件事,只能推知两件事。"孔子说:"是不如他啊,我赞成你说的,你的确不如他呀!"

【拓展】

孔子重视学习的自主性,他欣赏那些能主动思考,发现问题的学生。有一次,他和子贡谈论问题,子贡忽然联想到《诗经》中的一句话,孔子非常高兴,称赞说:"从今以后,可以和子贡讨论《诗》了,他能从我说过的话中,领会到我还没有说的内容。"

在谈论教育人时,孔子说:"不愤不启,不悱不发,举一隅不以三隅反,则不复也。"就是说,指导学生,一定要等到他冥思苦想仍不得其解时,才去开导、启发。如果告诉他一个道理,他不能由此推知其他三个方面,就不再重复告诉了。在孔子看来,不经过思考的学习,是没有效果的,一股脑地灌输知识,也不会对学生有益。

仲由拜师

月亮已经重新出现在了夜空中。大地被染上了一抹幽蓝的颜色,回头看,道路在田野中,曲曲折折地通往远处那蜿蜒的山峦,世界仿佛重新回归了平静。

孔子带领弟子们,朝曲阜城快步走去,没多久就回到了书院。众人又累又困,走进卧房里,倒头大睡,直到第二天天光大亮。

弟子们用过早饭后来到后院的讲坛旁,此时孔子已经在讲坛上诵书许久了。看到弟子们姗姗来迟,孔子倒也并未责怪,而是询问大家对昨日的出游有何感悟。

"我知道!"马岩率先回答,"大家玩得很开心,所以夫子,请您以后多带我们去游玩。"

"哈哈哈……"听到马岩这番幼稚的回答,众位弟子全都情不自禁地笑出了声。

马岩撇了撇嘴,不由自主地嘟囔道,"我又没说错!"

大伙纷纷发表自己昨天出游时的感悟,听完众人的话后,孔子总结道:"智者乐水,仁者乐山。智者动,仁者静;智者乐,仁者寿。"

说罢,他看向众人问道,"你们知道,这番话是何含义吗?"

"我猜,夫子您想要告诉我们,"龚倩倩站起身,说:"智慧的人喜欢流水的灵动、活泼,仁德的人喜欢山的稳重、坚定。流水与高山,虽然是无情之物,但是人们可以从中发现和自己天性、追求相似的特质,感受到不同的乐趣。"

龚倩倩的这番解释,不仅得到了孔子的肯定,还引得周围的弟子们拍手称赞。

大家正准备继续讨论,忽然,从前院传来了一阵骚动声。只见一人硬生生从前门闯了进来。这人一边摇晃着脑袋,一边扫视众人。

负责看门的老仆跟跄着跑到孔子身旁,一边大口喘着粗气,一边无奈地说:"夫子,他……他硬要闯进来,我拦不住啊!"

众人这时才发现,硬闯进来的男子,正是那名昨夜拦路的猎户,他仍旧是昨夜那一身让人不寒而栗的装束。不同的是,他没带短刀,少了阴冷月光的映衬,脸上也多了几分和善。

"可别怪我!"他大嘴一咧,露出两颗门牙,笑嘻嘻地说,"夫子,我告诉这看门的老伯,我是来找您的。他不信,一直拦着不让我进门,我没办法才硬闯。"

"你……"老仆生气地说,"你这个野蛮人,找夫子能有什么好事啊?"

"没事,"孔子淡定地冲老仆摆了摆手,"我认识这位青年。"

说着,孔子走到那人面前,说:"你今日登门,是为了继续昨天的辩论吗?"

"别提了,"那人摇头说,"我想了一晚上,也不知道该如何反驳。今早一打听,才知道你竟然是当今知名的饱学之士。所以,我想着再来同你交流交流。"

"好,请坐。"孔子邀请对方在讲坛旁落座,可那人却连连摇手。

"不行,不行。我可受不了像你们那么坐着,夫子,我就直说吧!"他拿手指掏了掏耳朵,说,"我听说你办私学,广收天下学子,那么……我可以拜你为师吗?"

"当然可以,只要诚心求学,都可以拜入我的门下。"

听到孔子的回答,那人眼珠一转,语气中顿时多了几分挑衅:"可是,我拜你为师,你又能教我什么呢?"

孔子捋了捋须髯,一边打量着对方,一边轻声问道,"你的爱好是什么?"

"剑术!"对方说着便信手在孔子面前做了几个剑招动作,"我自幼便学习剑术,论这项内容,至今我还未曾遇到能让我佩服的人呢!"

孔子摇了摇头,有些无奈地解释道,"我是想知道你想学哪方面的知识。"

"哼!"听到孔子这么说,对方不屑地反问道,"学习有什么好的？我才不想学呢！"

"夫人君而无谏臣则失正，士而无教友则失听。"孔子耐心劝解道，"君王没有遇见干预进谏的大臣就会犯错，读书人没有敢指正问题的朋友就听不到善意的批评。只要认真学习，就会获得长进。君子不可以不学习。"

听到孔子这番话，那人半天没有言语。不过，他似乎仍未从心底里接受孔子的言论。只见他站起身，双手握拳，一边展示着结实的手臂，一边大声问：

"夫子，我听说南山上生长着一种竹子，不用矫正自然就是直的，如果把它们砍伐下来，制作成箭杆，能够射穿厚实的牛皮。我自认为自己也有这样的本领，那么我还有必要拜师求学吗？"

孔子明白对方话里有话，不卑不亢地解释道："如果在箭括上安上羽毛，把箭头磨得极其锋利，那么箭不是能够射得更深吗？"

听到这话，那人愣了愣神，手指也僵在了半空中，一时间不知道该说些什么。

孔子继续说："从昨晚相遇时我便知道，你是个有本领的人。如果你运用好你的才能，再通过学习来增加你的学问，那么谁能赶得上你呢？"

孔子话音刚落，那人赶忙对孔子施礼，然后说："弟子真是愚鲁，夫子这番话点醒了我，我愿奉夫子为师，跟着夫子认真学习。"

看到这个举止"粗野"的家伙,终于被孔子的学识所折服,弟子们特别开心。经过介绍,大家得知,此人姓仲名由,字子路,因家贫而做了猎户,由于出生在卞地,便自称"卞之野人"。

听到仲由的自称,马岩想起初遇时他那副打扮和做派,不由得笑道:"还真像是个野人啊!以后不要随便吓唬别人啦。"

"别乱说,"龚倩倩拉住马岩,"他们说的'野人',是指性格粗野。仲由哥哥说这话,恐怕也是自嘲,我们可不能这样说。"

仲由自嘲道:"我被称为'野人',主要还是因为性格过于冲动,但我觉得没什么错。有句话叫'闻道则行',听到符合道义的话,就要行动起来。夫子,您说有没有道理啊?"

没想到孔子这时却摇了摇头,"有父兄在,如之何其闻斯行之?你有父亲兄长在,怎么能听到一些道理不向父兄请教就去施行呢?这太莽撞了。"

听到孔子这样说,龚倩倩忍不住站出来问:"夫子,前些日子,您不是还对一名学生说过,应该'闻斯行之'吗?劝他听到符合道义的话后立刻就要行动,怎么今天又说这样做不对呢?"

"哈哈哈……"面对龚倩倩的质疑,孔子大方地解释道,"前些日子向我询问这件事的学生,行事过于谨慎,我讲那番话是为了激发出他的勇气。可是仲由勇武过人,性格又冲动,我便让他学会克制,三思而后行。"

"原来如此。"龚倩倩有些不好意思地低下头,"夫子,这应该就是您说的'因材施教'吧!"

孔子笑着地点了点头。

仲由是一位性情中人，很快便与大家熟络了起来。而仲由也果真像他说的一样，对待学业格外刻苦，而且越来越有礼貌，很快赢得了大家的认可。

这天，马岩和龚倩倩躲开众人，悄悄来到庭院的一个僻静处，商量起神秘竹简的事情。

经过一段时间的寻访，他们仍未能找到神秘竹简的下落，不由得心急起来。

"麒麟兽，你有没有好办法啊？"马岩看着飘在半空中，正一脸惬意品尝熟豆子的麒麟兽，有些不满地表示道，"别总是看到好吃的就闭不上嘴，你也帮我们想想办法。"

"要是有办法……我早就用上了！"麒麟兽将一粒豆子高高抛起，然后拿嘴巴轻轻接住后，一边品味滋味，一边无奈地说。

"马岩，你也别着急，"龚倩倩安慰道，"事在人为，只要咱们不放弃，就一定有办法。"

"我知道，只不过……"马岩瞥了瞥龚倩倩，"不是怕你担心吗？"

"这段时间以来，我反倒是没有之前那么害怕了。"

"听到你这么说，我也轻松不少，"马岩笑呵呵地揉了揉后脑勺，"前几天我做梦，梦到一个摆放着好多好多竹简的大房间，就好像是现代的那种图书馆。"

"说起来……"龚倩倩若有所思道，"这个地方也没有像图书馆那样的地方,要不然我们也能去找一找。"

两人又商量了好一会儿,才慢慢走回前院。路过孔子书房时,忽然发现孔子在收拾行囊,看起来似乎准备出远门。

经过一番询问,两人才得知,孔子竟然要前往周都,向大名鼎鼎的老聃求教周礼,不日就要出发。

《论语》笔记

子曰:"智者乐①水,仁者乐山。智者动,仁者静。智者乐,仁者寿。"

——《论语·雍也》

【注释】

①乐:喜爱。

【译文】

孔子说:"明智的人喜爱水,仁德的人喜爱山。明智的人喜欢动,仁德的人喜欢静。明智的人乐观,仁德的人长寿。"

【拓展】

有德行的人,喜欢大山;有智慧的人,喜欢流水。这是因为,人们能在大山、流水中感触到自己身上同样的美德。山,巍峨高耸而不言,这就如有德行的人,平和安静,谦逊稳重。水,顺势而动,流转不息,这就如有智慧的人,善于随机应变,顺应时势。其实,世间万物之中,都藏着"理",去发现、感悟这些道理,并将它们应用到自己身上,这就是儒家所讲的"格物"。

孔子就善于取用万物中蕴含的"理",来修养自己的品德,教育自己的学生。他看到了流水,就能想到时间的流逝、生命的珍贵;他看到松柏,就能想到君子坚韧不屈、持之以恒的品格;他看到山间野雉飞翔,就能想到人应顺应环境、懂得时宜。我们也应多闻,多思,多在生活中"格物",来提升自己的思想境界。

"老聃？"马岩托着下巴，好奇地问道，"夫子，他是谁啊？"

"他可是一位以博学而闻名天下的大学者，曾在周王室担任过守藏史的职位，可以说是博览群书，学问高深。"

"老聃？守藏史？"龚倩倩灵机一动，惊喜地说道，"夫子，您说的该不会就是鼎鼎大名的李耳吧？"

孔子点了点头，"不错，你也听说过他的名字？"

"那当然了，夫子，您能不能把我们也带上，一起去拜望老聃呢？"

听到这话，马岩瞬间跳得老高。前些日子在学院里，他早就从弟子们口中听说过周都的风采，一直想去看看，所以龚倩倩话音刚落，马岩激动地表示，要同孔子一起前往周都。

龚倩倩当然不仅仅是为了玩乐才提出这样的请求，老聃博览群书，而守藏室又藏书丰富，说不定能从对方嘴里打听到神秘竹简的下落。

孔子连连摆手,说此去周都不仅路途颠簸,路上更不知道会遇上什么危险,实在不放心他们跟从。

"夫子您不让我们跟从,难不成您要一个人前往周都?那岂不是更危险吗?"

听到马岩这么说,龚倩倩也帮腔道:"夫子,万一您路上遇到麻烦,到时候连帮手都没有,我们实在是放心不下啊!"

没等孔子回答,门外传来了南宫阅的声音,"放心吧!我会陪夫子一同前往周都的。"

"不错,"孔子淡定地说,"南宫阅对周都那边的情况十分了解,有他陪我一起,路上定然万无一失,你们还是在家里多读读书,回来我可要检查你们的功课哦!"

"放心归放心……"马岩当然知道南宫阅办事稳妥,在众弟子之中也是颇受赞誉,可他仍旧嘴硬道,"夫子,你们两个人去,路上还没有人服侍,这……"

"夫子,您不要把我们留在家里了。"龚倩倩赶忙走到孔子身旁,一边为他捶背,一边补充道,"您不是说过吗?'诵诗三百,授之以政,不达;使于四方,不能专对。虽多,亦奚以为'。一个人把《诗》三百篇背得很熟,让他处理政务,却不会办事;让他当外交使节,不能独立地交涉;背得很多,又有什么用呢?还是让我们跟您一起去见见世面吧!"

"哈哈……"南宫阅笑着向孔子说道,"夫子,我看如若不把他们给带上吧,指不定接下来他们又要想出什么理由呢!"

"好吧!"孔子点了点头,"就让你们两个同我们一起去周都吧!"

不日,四人准备好需要的物品,赶着一驾马车,兴冲冲地出了曲阜城,朝着周都的方向驶去。

闲聊后马岩才知道,原来孔子这些年在研究周礼的过程中,遇到了不少难以理解的问题。而老聃对周礼研究颇深,孔子早就有了向老子求教的想法,只可惜一直没有如愿。别的不说,前往周都的路费便不是一个小数目。

前些日子,南宫阅无意中听说孔子想去周都向老聃求教,正巧他父亲受国君委派,前往周都纳贡,而仲孙大夫将此事交给了

南宫阅。于是南宫阅便请奏国君,让自己的老师孔子一同前往。

鲁国国君早就听说过孔子的贤名,不仅欣然允诺,还赐给孔子车一乘、马两匹,便于他们此次出行。

听到南宫阅的解释,马岩惊讶地说:"咱们前往周都的事情,竟然连鲁国国君都知道了?"

南宫阅点了点头,"国君还盼望着等夫子从周都学礼归来后,能向他宣讲一些治国之礼呢!"

就在众人谈笑间,马车朝着西南方向,一刻不停地疾驰。

一行人晓行夜宿,马不停蹄地朝着周都而去。出门在外,虽然少了舒适,但也多了几丝趣味,山河之景宛如一幅长卷,在众人的面前缓缓展开。每一处的景色,都能引得他们大声称赞。

半路休息的时候,孔子给三人耐心讲解周礼。说到复杂的礼法时,孔子还会亲身演示,令马岩等人受教颇多。

这一日,黄昏时刻,路上尘土飞扬,连日来不停地奔波,让几人都深感疲倦。迷迷糊糊之中,龚倩倩觉察到远处飞扬的尘土后面,似乎出现了城墙的影子。

"夫子,您看!"龚倩倩指着远处说道,"我们是不是到周都了?"

只见道路上的尘土渐渐散去,一座高大巍峨的城池,出现在了几人面前。

孔子赶忙从马车上跳下来,抬起头眺望着远处那座辉煌的都城,语气激动地说:"没错,这就是周都——洛邑。"

相传，开国初年，周武王为了便于控制东方中原地区的领土，想要建造新都，只可惜未能如愿，他便因病去世。紧接着周朝内部又发生了叛乱，营造新都的计划便被无限期搁置。

后来，周公东征平息了叛乱，辅佐周成王治理天下。为了完成周武王的遗愿，周公便选择在洛邑，营建了众人眼前的这座都城。

看着这座恢宏的王城，多日奔波所积攒下的劳累，似乎在一瞬间全都消散不见了。等进入城中后，马岩和龚倩倩注意到，城中的街市十分热闹，道路上人来人往，车水马龙，临街的商铺也摆满了各色商品，供人挑选。

除了热闹的商业街景外，象征周天子权威的建筑也让人应接不暇。一处处精美的楼阁建筑，雕梁画栋，美不胜收。它们恢宏的气势，时刻彰显着王权的无上权威。

南宫阅早年曾随父亲来过洛邑，所以对这里多少还有些了解，他向几人介绍了起来：洛邑城中，建筑的结构复杂，式样繁多，每一种都代表了不同的礼制规格；城内还有"内阶、玄阶、堤唐、应门、库台、玄闱"等不同的道路，那些臣服于周天子的各方诸侯，就是踏着这些宽阔而平坦的道路，去向周天子朝拜的。

马岩觉得有些奇怪，这座恢宏的王城，为什么自己在现代竟然从未见到过呢？

龚倩倩小声告诉他，后来，由于连年的兵祸，这座洛邑王城变成了废墟，只有少部分出土的遗迹，能够证明这座王城真实存在过。

"那真是太可惜了!"马岩又抬头看了看四周那些壮丽的建筑,想着若干年后它们将荡然无存,刹那间,他的内心涌起一股莫名的酸涩。

"你知道吗?"龚倩倩冲他眨了眨眼睛,小声说道,"在现代社会被称为'十三朝古都'的洛阳,前身便是我们脚下的洛邑王城。"

"原来是这样!"听到龚倩倩的话,马岩忍不住重新仰视起这座伟大的城市。他万万没有想到,在经历过无数战火之后,洛邑古城不仅没有消失,反而以一种新的方式浴火重生,永远留在了中华民族的历史之中。

《论语》笔记

子曰:"如有周公之才之美,使①骄且吝,其余不足观也。"

——《论语·泰伯》

【注释】

①使:假如。

【译文】

孔子说:"即便有周公那样美好的才华,只要他骄傲而且吝啬,那么其他的方面也就不值得一看了。"

【拓展】

周公,名旦,他是周文王的儿子,周武王的弟弟。武王去世之后,周公辅佐成王继位,他平定叛乱,制定礼乐,在洛邑营造新都,奠定了西周长治久安的基础。孔子的很多主张,如"明德慎罚""以礼治国"等,都来自周公的政治理念。可以说,周公就是孔子的偶像。孔子在晚年曾感慨道:"甚矣吾衰也!久矣吾不复梦见周公。"翻译过来就是,我衰老得真是太厉害了,我已经很久没有梦到周公了。

《论语》中还专门记载了周公的一句话。周公告诫自己的儿子,说:"君子不能疏远自己的亲族,不能让大臣们埋怨不任用他们。故旧老臣,如果没有太大的过错,就不要遗弃他们,不能对人求全责备。"这和孔子对待亲旧故友要宽容、要原谅别人过错的思想是一致的。

拜会老子

此时,天色渐晚,几人风尘仆仆,如若立刻去拜会老聃,定然失礼。于是,孔子决定先在驿馆歇息,明日沐浴更衣后再去拜会。

看到孔子如此重视,马岩不解地问道:"夫子,这位老聃究竟是个什么样的人啊?"

"我知道。"龚倩倩自告奋勇地介绍了起来。

"老聃出生在楚国,从小便受到了良好的教育,长大之后,他对楚国的政治以及社会现实颇为失望,便离开了楚国,到各国游历。后来,老聃进入周都洛邑,拜见博士,进入太学,对《诗》《书》《易》《历》《礼》《乐》等内容进行研习,可以称得上是'无所不学''无所不览',三年就大有长进。后又被人举荐,进入守藏室担任管理员。守藏室,就是周朝典籍收藏的地方,集天下之文,收天下之书。老聃处其中,如蛟龙游入大海,他博览泛观,渐臻佳境,精通周礼,并形成了独特的思想体系,自此声名远播。"

马岩不禁为老聃的博学所震撼,他忍不住问道,"夫子,来的路上您曾说,'富而可求也,虽执鞭之士,吾亦为之。如不可求,从吾所好'。老子是不是也是这样的人啊?"

孔子摸了摸马岩的脑袋,和善地解释道:"我这句话的意思是,财富如果可以合理求得的话,就算是做拿鞭子的差役,我也愿意;如果不能合理追求的话,那我还是做我喜欢的事情吧。老子乃是圣人,我想这番道理他肯定早已了然于胸。"

第二天,天刚大亮,孔子便把马岩和龚倩倩喊起来。三人互相打量着对方,看到彼此眼睛上那厚重的黑眼圈,可以想象昨晚大家都没有睡踏实,不由得对视着大笑起来。

三人在驿馆里洗漱干净,换上整洁的衣物,便准备去拜望老子。

他们刚到门口,便遇到了南宫阅。他上前向孔子请安,身后还跟着一位身材挺拔、神色庄重的男子。

"夫子,我今日要替父亲向周王室纳贡,就不能陪同你们一起去拜望老子了。"

"没事!"孔子点头应允道,"纳贡是大事,不能耽误。"

马岩和龚倩倩有些好奇地打量着南宫阅身后的那名男子,只见他轮廓分明的面庞上满是谦恭,目光如澄潭清波,眉宇间透着一股凛然之气。

南宫阅顺势指着那人介绍道,"这是我父亲的近侍,名叫陈敢。前些日子被我父亲派到洛邑提前准备朝贡之事,今日是来迎接我的。等到返程的时候,我们能一同离开。"

说罢，陈敢再次向孔子施礼。几人也不愿耽搁，同南宫阅分别后，便急匆匆地准备去拜见老子。

老子在洛邑非常有名，所以稍作打听，孔子等人便知道了老子的住所。马岩和龚倩倩帮忙拿着孔子提前准备的贽礼，一行人快步朝着老子的住所赶去。

来到老子家门前，马岩上前敲门。不多会儿，一位仆人打开门，好奇地看着三人。

孔子连忙上前施礼，并说明了自己的来意。听到孔子是要向老子求教，仆从摆了摆手，连声拒绝道：

"不行，不行，来向我家主人求教的人太多了，主人吩咐过，不见，不见！"

看着仆人那不耐烦的样子，马岩强压住心中的"火气"，指着孔子，向对方恭敬地说："夫子从鲁国而来，一路上受尽颠簸之苦，就是为了能向老聃求教，请您通融通融吧。"

听到马岩这话，仆从有些惊讶地看着孔子，"莫不成，您是鲁国孔夫子？"

孔子点了点头，"在下正是孔丘，还望您能向您家主人通禀一声，能得到他的指点，孔丘此行无憾。"

"没问题，"那名仆人笑着说，"我家主人已经说过，若是孔丘上门，必要引见的，只是……"

仆人说着，指了指远处，"夫子若要见我家主人，在这里是见不到的，请往太庙。"

说罢，他退身回到院内，紧紧关上了大门。

龚倩倩不解地说："老子究竟要不要见我们呢？"

"对啊！"马岩气鼓鼓地说，"这别是'恶作剧'啊！"

"别急。君子泰而不骄，小人骄而不泰。君子安静坦然，不傲慢无礼；小人傲慢无礼，不安静坦然。我们不能失了分寸。"孔子说道，"我曾听人说过，老子做事高深莫测。既然他让咱们前往太庙相见，那就自然有他的用意。"

太庙是帝王的祖庙，也是帝王祭祀祖先之地。虽然周王室日渐衰落，但太庙却依旧保持着往日的辉煌：正门处那淡黄色的外墙和朱红色的檐角，自有一种庄重之感；门前的石阶上，站着两个手持长戈的守卫，目光如炬地望着前方，表情威严而神圣。

守卫听到孔子等人是来此拜会老子的，便没再阻拦，放他们进入庙中。进来后，映入眼帘的，便是高高矗立的七座大庙，飞檐斗拱，瓦脊草顶，十分庄严。地面上铺设着厚厚的青石砖，龚倩倩感觉到，似乎自己的每一步，都踏在前人的足迹上，让她不由得生出一种肃穆之感。

"夫子，这……"马岩手指眼前那七座大庙问道，"哪个才是明堂啊？"

孔子低头想了想，看着眼前的建筑，慢慢说道："按照周朝礼制，天子有七庙，想来，中间那个应该就是明堂。"

孔子领着两人缓步走去，可刚到半路，忽然注意到，不远处站立着一位白发苍苍、长须飘飘的老者，正上下打量着三人。

孔子见状，赶忙向对方行礼问候。

"请问……"孔子柔声说道，"您可知老子在哪？"

老者微微一笑，没有回答孔子的问题，而是反问道，"你寻老子有何事？"

"实不相瞒，我是鲁国孔丘，此番来洛邑，正是为了向老子问道，想要弄明白一些同周礼有关的问题。"

"原来如此！"老者捋了捋长须，叹了口气，摇头说道，"那看来，你此番是白跑一趟喽！"

"哦？"听到这话，孔子三人不由自主地紧张了起来。

马岩急匆匆地问："是不是老子不在这里啊？他出远门了？"

龚倩倩用眼神示意马岩不要乱说话，马岩只得识趣地闭上嘴巴。

孔子谦逊地问："老者，您这话是何意呢？"

老者解释道："方才我听你说，想要弄明白一些关于周礼的问题，你可知，制定周礼的那些古人早已成为冢中枯骨，他们穷尽一生，都没能让周礼传遍天下。你竟然不辞辛劳跑到这里，为了弄清楚它们的含义，岂不是太傻了吗？更何况……"

老者加重了语气，进一步说："当今天下诸侯争霸，有权有势者为了夺取更多的利益，早已将周礼抛诸脑后，你所求的东西，在别人眼中可能不过是些无用之物！"

《论语》笔记

子曰:"见贤思齐①焉,见不贤而内自省也。"

——《论语·里仁》

【注释】

①思齐:想要与胜于自己的人齐等。

【译文】

孔子说:"见到品德能力超过自己的人,就要想着努力赶上人家;见到不如自己的人,就要反思自己是否有相同的缺点。"

【拓展】

老子,姓李,名耳,又称老聃,是道家学派的代表人物。他以博学而闻名,著有《道德经》一书,主张"无为"思想。老子的无为,并非不作为,而是指不妄为,不乱做。他认为个人应该顺应时代的发展,不要想着凭一己之力改变历史潮流,也无须为仁义道德而奔走呼号,故意标榜仁义的行为,反而是毁坏仁义。

孔子向老子请教过周礼,非常钦佩老子的学识,但主张却与老子截然不同。孔子提倡"有为",赞同积极入世,凭借自身的努力,改变环境,改变天下,即便知其不可,也要尽力而为。其实孔子和老子的目标是一致的,都希望天下和平有序、百姓安乐幸福,只不过在如何达到这个目标上,提出了不同的方法。对今天的我们而言,无论《论语》,还是《道德经》,都蕴含着丰富的智慧,值得我们仔细阅读,深刻体味。

太庙奇遇

听完老者的话，孔子沉默着低下了头，双眼似乎有泪光闪动。一旁的马岩和龚倩倩从未见过孔子这样，一时间，也不免有些慌神。

"夫子，您……还好吧？"龚倩倩试探着问。

孔子摆了摆手，随即清了清嗓子，"没事，只是，这位老者的话，让我想明白了一些事情。"

"是吗？"老者听到孔子这样说，嘴角露出一丝颇有深意的笑容，"既然明白了，是否要返回鲁国，不要再继续为一件完不成的事情而伤神呢？"

"不，"孔子的语气突然坚定了起来，他一字一句地说道，"人能弘道，非道弘人。"

孔子继续解释道，"我们学习周礼就是为了在它被世人轻视、遗忘时将其发扬光大，继承武王、周公治平天下的遗志，而不是为了在诸侯那里谋得官职。所以别人越是不重视，我们越要学习它。至于周礼能否复兴，能否匡正天下，那不正是我们这些人奋斗的目标吗？"

"哈哈哈……"老者大笑道，"鲁国孔丘，果然名不虚传！"

说罢，他自顾自地转身离开。

"夫子，"马岩看着离开的那名老者，好奇地问道，"那人是谁啊？"

孔子也说不准，只能带着他们先到太庙之中，继续寻找老子。

三人快步来到太庙的石阶前，刚准备进去，马岩忽然发现在台阶的另一边，好像立着一个金灿灿的人偶。

看到这个奇怪的东西，马岩和龚倩倩忍不住上前查看了一番，只见那金人口上贴着三道封条，背后还刻着一行铭文："古之慎言人也！"

"夫子，"龚倩倩指着金人问道，"这是何意啊？"

孔子解释道："这金人嘴上贴着三道封条，寓意应该是'三缄其口'，而后背上的铭文，相传是周公叮嘱后人之言，劝人出言要慎重，处世要小心，勿多言多事。"

听完孔子的解释，龚倩倩觉得十分在理，可一旁的马岩，却并不这么觉得。

"夫子，要按周公所说，谁都闭上嘴巴不说话，那么看到那些不公平的事情，是不是大家也要沉默不语啊！"

"不错，"孔子赞许地拍了拍马岩的肩膀，"如若为政之人，面对暴戾之事，也不敢仗义执言，那么百姓的日子恐怕就更没希望了。金人背后所刻铭文，我想并非是周公本意，而是后人随意猜测、杜撰之言……"

孔子抬头仰视着金人，进一步说："君子欲讷于言而敏于行。一个君子，在言语上应该谨慎，但在行动上要敏捷，你们明白吗？"

马岩和龚倩倩对视了一眼，连连点头称是。

三人就这么一边说，一边走进了太庙之中。进入后他们才发现，这座建筑的规格和质量相当之高，它的主殿、享殿规模十分宏大，匾额和地砖也精妙绝伦。走入其中，望着那高耸的穹顶，马岩只觉得自己仿佛在一瞬间变得渺小了。

龚倩倩看到，太庙内部仍旧保留着祭祀时的陈设。打扫的人十分勤快，无论是供案还是礼器，都擦得格外洁净。

正当孔子想要进一步游览太庙之时，忽然，看到一中年男人，朝着三人缓步走来。

对方一边施礼，一边轻声问道，"刚才我无意听到你们三人说话，请问，夫子您可是鲁国孔丘？"

"正是，"孔子开心地回答道，"我们三人前来参观太庙，不小心打扰到您，还望谅解。"

"没关系，"那人打量着孔子一行人，言语间满是欣喜，"值此乱世，还有人能到太庙来瞻仰，可见王室虽衰，但依旧在百姓之间有影响力。"

说罢，那人自我介绍道："我乃苌弘，早就听过孔丘大名，今日一见，您果然器宇不凡。"

听到这个名字，孔子赶忙施礼说："孔丘鲁莽，竟然未识得先生，真是失礼！"

马岩和龚倩倩看到孔子对眼前这人如此恭敬，也连忙行礼。不过趁着这个机会，马岩悄悄打量起了对方，发现这个叫苌弘的长相普通，而且打扮也十分朴素，为何会引得孔子如此反应呢？

原来，这位苌弘博闻强识，涉猎广泛，不仅通晓历数、天文等知识，还精于音律乐理。在各个诸侯国间，其才华颇受赞誉。

孔子对苌弘仰慕已久，只是一直未曾谋面。万万没有想到，这次来太庙寻访老子，竟然能意外相遇，孔子当即便向其请教起来。

苌弘一心想要恢复周王室在各诸侯国之间的强盛地位，他与孔子推崇周礼的理念不谋而合。由于他擅长音律，近来一直在太庙带领乐师演习《大武》。

听到这话，孔子不由得激动了起来，原来，《大武》乃是一曲反映周武王率诸侯倾覆殷王朝的大型乐舞。这么多年来，《大武》乐舞几度濒临失传，有不少贵族、士大夫都以欣赏过《大武》为荣。

孔子精通乐理，但是对王室之乐接触较少，所以在以往的学习过程中碰了不少"钉子"，尤其是针对韶乐和武乐孰高孰低的问题，一直未能参悟。

苌弘针对孔子提出的问题，耐心解释道："武乐是歌颂武王伐纣的音乐，而韶乐是歌颂虞舜帝的德政的音乐，和韶乐相比，武乐的声调隐含杀伐之气，不能称之为'尽善尽美'。"

听到苌弘的话，孔子心悦诚服地拜谢道："多谢赐教，孔丘心头的一桩疑惑，如今总算是解了。孔丘尊您为师，日后定以师礼相待。"

"哈哈哈……"苌弘大笑道，"早就耳闻鲁国人崇尚周礼，今日见孔丘，果然如此啊！"

就在两人交谈之际，只见不远处，一位老者缓步走来。马岩和龚倩倩仔细一看，发现正是不久前他们刚进太庙时遇到的那位老者。

马岩拽了拽龚倩倩的衣袖，"龚组长，你说那位老爷爷，为什么总盯着咱们呢？"

听到马岩这么说，龚倩倩心里也忍不住打起鼓来。她很想上前去问个明白，但又担心失礼于人，正当她犹豫不定的时候，只听见那位老爷爷，突然大声说道："我时常听到一句老话，'会做买卖的都不把东西摆在外面，有极高道德的人都是很朴实的'。你们两个看似谦虚，但却都放不下自身的架子，这可不是一件好事啊！"

这带有些许指责意味的话，顿时让几人愣在了原地。

《论语》笔记

子曰:"兴①于诗,立于礼,成于乐。"

——《论语·泰伯》

【注释】

①兴:开始。

【译文】

孔子说:"治学修身,开始于《诗》;立身之道,在于学礼;修行成材,在于音乐。"

【拓展】

在春秋时代,礼和乐是不分家的,音乐就是礼仪的一部分。孔子学礼,自然也要学乐,所以他喜欢听乐,还非常擅长弹琴。一旦遇到好的曲调,或听闻新的乐理知识,孔子就会废寝忘食地去学习。有一次,孔子在齐国,听到了韶乐,被它的优美深深打动,便一心一意地研究它,以至于三个月内连肉是什么味道都忘了。正因为有这种钻研精神,孔子的琴艺也与日俱增。

一次,孔子在室内弹琴,弟子曾参忽然疑惑地说:"奇怪,夫子的琴声里怎么会有杀伐之气呢?"子贡没听出来,就去询问孔子。孔子笑着说:"曾参说得对呀。我刚才弹琴时忽然看到家里的狸猫要捉老鼠,所以将杀气也带到琴音里面了。"弟子们这才知道,孔子的弹琴技巧,已经达到随心所欲的程度了。

问道

孔子看着那名老者,赶忙欠身施礼,准备问候。可还未等他开口,另一边的苌弘便笑道:"老聃说话,开口便是祸福相倚、福祸相伏的道理啊!"

"什么?"孔子惊讶地看了看苌弘,又看了看对面的老者,深施一礼,"您就是……老聃?"

"正是!"老聃轻捋着长须,缓步走到孔子面前,刚准备把孔子扶起,可是没想到孔子却重重地向他行了一个拜师之礼。

"学生鲁国孔丘,特来此拜会先生,以期得到耳提面命的机会。"

"哈哈哈……"一旁的苌弘笑道,"老聃,这可是个恭顺的好学生啊!"

老聃扶起孔子,语气柔和地说道,"刚刚在太庙外,我说那一番话就是想看看你的决心,看来,我没有看错人。"

苌弘这时还要继续去排演《大武》,于是便同众人告别。孔子满心不舍，期望着有机会能再同苌弘谈论古乐。

老聃则说起了刚刚苌弘所讲的内容，并郑重告诫道："人，如果沉溺于外在的物欲之中，比如五色、五音、五味等，过度追求感官享乐，会使生命伤损，心灵飘荡。得道的圣人，是能够摆脱外界物欲的诱惑，持守内心的宁静的。"

听到这话，孔子谨慎地说："弟子真是愚鲁，先生这一番话，令孔丘顿悟，往后绝不会过度沉迷其中。"

马岩和龚倩倩见状，也有样学样，向老聃行礼。

看着孔子谦虚的模样，老聃赞许地点了点头，"孔丘，可教，可交！"

说罢，老聃并肩引着孔丘，参观起眼前这座太庙。一路上，对于一些细致的礼节，老聃知无不言。趁此机会，孔子便又将自己以往在学习周礼中积攒的问题，通通拿出来向老聃请教，比如出丧的时候逢见日食怎么办，小孩子死了该葬到近处还是远处，国家有丧事的时候不避战争对不对……

对于这些问题，老子也都根据事实和情理做了明确的解答。一行人一边谈论一边参观太庙。参观结束后，他们似乎都有些意犹未尽，于是来到太庙角落处的一间厢房中坐下，继续畅谈。

不知不觉间，太阳西沉，窗外那从天空中倾泻而下的绚丽霞光，仿佛是仙女的霓裳。众人看着出神，身体里的疲惫，也在此刻烟消云散。

"对了，先生！"龚倩倩没忘了神秘竹简的事情，赶忙向老

子询问道,"听闻您在守藏室内博览群书,可曾见到过一份内容奇怪的竹简?"

"是啊!是啊!"龚倩倩的话一下子把马岩拉回了现实,他迫不及待地向老子描述起神秘竹简的样子。

听完二人的话,老子低头沉思了一会,良久后摇了摇头:"我从未见过你们所说的那份竹简。"

龚倩倩请求道,"那我们能不能去守藏室里找一找啊?说不定……"

可她话还未说完,老聃脸上流露出了痛苦的表情,只听他用苍凉遗憾的语气说道,"由于多年战乱,守藏室中的典籍大都损毁、遗失。前两年我重新整理了一下所剩无几的竹简,里面没有你们想要找寻的那份。"

听到这话,马岩和龚倩倩不由得叹息起来。孔子见二人意志有些消沉,赶忙出言宽慰。好在他们明晓事理,没多会儿的工夫,便又恢复了意气风发、活蹦乱跳的模样。

不知不觉,天色渐晚,是时候同老聃分别了。

走到太庙门前时,老聃突然看着孔子问道:"你可知我为何邀你来此地相会?"

孔子摇了摇头,"学生不解,还望先生赐教。"

"有道德和学问的人,如果生逢其时,那么便能获取功名,誉满天下;可是如果生不逢时,但凡过得去,便应放下执念,等待时机。"

说着,老聃指了指身后的太庙,"我之所以邀你到此,是想要你明白。人世间的一切,无论曾经多么辉煌,都有消散的那一天。当年周武王、周公等人,是何等风光,可依旧无法改变周王室衰败的命运。"

"这……"听到老聃的话,孔子不由得愣了愣神,一时间不知道该如何回答才好。

"你不用急着思考,也许这番话,需要你用一生的学识与经验,才能明白其中的奥义。"

说罢,老聃为三人吟唱起了他新近所想的内容:

"有物混成,先天地生……"

伴随着老聃的吟唱之声,马岩恍惚间,似乎走入了一个奇妙的世界,忘记了周围的一切,身体越飞越高,眼前是日出月落、苗青谷黄,耳畔是虫啾蛙唱,莺歌鹤翔……

过了好一会,马岩才回过神来。"龚组长,你刚刚……"马岩看着龚倩倩,眼神有些迷离,精神也无法集中。他有些不敢相信地询问道,"有没有觉得,自己好像……"

"好像飞到了另一个世界,对吧?"

马岩用力点了点头,看来自己的感觉没有错,眼前这人的话语仿佛有一种魔力,难道这就是老者口中的"道"吗?

此时,绚丽的霞光,已被静谧的月夜所取代。大地陷入沉睡,街道上也安静下来,只有天边一些不知名的鸟雀,发出令人心悸的悲鸣之音。

老聃看着孔子，语重心长地说："我听闻，分别之时，有道之人应送人以礼，我是个穷困老头子，没什么钱财可赠，只能送你一句忠告。"

孔子赶忙躬身，恭恭敬敬地听老聃的教诲。

老聃闭上眼睛，低声说："君子得其时则驾，不得其时则蓬累而行。"

"先生是要我……"孔子刚要询问，可抬头一看，老聃已经转身离去，连告别的机会都未留给他。

马岩和龚倩倩赶忙上前搀扶起孔子，龚倩倩有些不解地问道，"夫子，刚刚那话……什么意思啊？"

"先生是说，君子遇见了圣明君主的赏识，就驾着马车跟随明主做事；没有遇到时，就像沙漠中的蓬草，随风飘荡，该走就走，该停就停。"

听到这里，联想起孔子本人后半生的遭遇，龚倩倩忍不住打了个冷战，这个老聃莫不是能预知未来？

孔子望着老聃远去的背影，泪水不知不觉间已经淌满脸颊。他用力昂起头颅，目光仿佛在一瞬间穿破云霄，看到了隐藏于这世间万物中的道理。

"鸟，吾知其能飞；兽，吾知其能走；走者可以为罔，游者可以为纶，飞者可以为矰。至于龙，吾不能知其乘风云而上天。吾今日见老子，其犹龙邪！"

《论语》笔记

子曰:"奢则不孙①,俭则固②。与其不孙也,宁固。"

——《论语·述而》

【注释】

①孙:通"逊",谦逊、恭顺。
②固:简陋,寒酸。

【译文】

孔子说:"奢华会导致傲慢,俭朴会显得寒酸。与其傲慢,不如寒酸。"

【拓展】

老子提倡"俭",在他看来,声色、美味、田猎这些外在的感官享受,都会损害生命,使人心灵荡逸。懂得养生的人,应该及时抛弃它们,回归自然朴实的生活,以保持内心的安宁。孔子也提倡俭,《论语》中说:"礼,与其奢也,宁俭。"即便是关乎礼仪之事,若能节俭省事,孔子也是认可的。譬如,古礼祭祀用麻冕,后来大家都改用黑丝做冕,孔子认为比以前更节省了,就非常赞同。

但如果是过分节俭、吝惜财物,孔子是不认可的。譬如,子贡曾建议孔子撤去每月祭祀用的羊,孔子就表示反对,还教育子贡说:"子贡啊,你爱惜那头羊,我却爱惜那种礼!"可见,孔子的节俭是合乎中庸之道的——便于行事,财力有限,就厉行节俭;财力充足,意义重大,就不该吝惜。

22 返程遇风波

三人趁着月光,快步回到馆驿。此时,南宫阅正焦急地等在门前,不停地朝四下张望着。看到孔子三人回来,他那紧锁的眉头总算舒展开来。

马岩和龚倩倩向南宫阅兴奋地讲述起他们白天遇到的事情,南宫阅听后非常羡慕,惋惜自己错过了受教的机会。

夜色渐深,孔子叮嘱他们早些休息,明日一早便要返回曲阜。

第二天一早,几人收拾好了行囊。说实话,离开曲阜这么久,马岩还真有些想念那座城市了。

这次队伍由陈敢带领,他本就是个做事利落之人,三下五除二,便办妥了相关事宜。

马岩注意到,他的背上背着一个用粗布包着的细长之物,看样子像是武器。要是在以前,他恐怕早就好奇地上前打听,可是经过这些时日的历练,这个在现代社会冒冒失失的"捣蛋鬼",也多了几分沉稳。

几人坐进马车，陈敢则在外面驾车，在拂晓的天光下，他们缓缓驰出洛邑城。

尽管此行的目的已经达到了，可是孔子看起来却有些闷闷不乐。龚倩倩看着孔子，询问他是否有什么心事。

孔子叹了口气，颇为遗憾地说道："此后，不知道还有没有机会能再次见到先生。"

"一定还有机会的。"龚倩倩向孔子保证道。

马岩也趁机说："夫子，这趟洛邑之行，我们还真是收获满满啊！"

孔子叹了口气，看着车外的洛邑城，忍不住叹息道："如有周公之才之美，使骄且吝，其余不足观也已。"

"夫子，您这话是……"龚倩倩有些不解地问道。

"即使有周公那样的才能，但要是骄傲而吝啬的话，那其他方面也就不值得一提了。"孔子严肃地解释道，"此行我见识到了周公所创下的伟业，但同时也明白个人德行的重要性，决不能骄吝。"

马岩觉得同来时相比，返程时的路程似乎短了不少。他归心似箭，想尽快见到杏坛的伙伴们，向他们诉说这一路的种种经历。

出来洛邑城，向东便是大路。马车的速度也加快了不少，飞一般地奔向鲁国。

傍晚时分，颠簸了一路的孔子等人，正坐在马车内昏昏欲睡，突然间，只听见外面马儿一声震天般的嘶鸣，让几人困意全消。

"嗯？"龚倩倩揉了揉眼睛，迷迷糊糊地问道，"是到家了吗？"

"哪有那么快啊！"马岩站起身，趴在马车的窗户上说道，"我看，这路程好像刚走一半吧！"

南宫阅冲着马车外柔声问道，"陈敢，怎么了？为什么突然停下啊？"

车外传来了陈敢有些紧张的声音，"公子，前面的路上，好像有情况。"

听到这话，几人赶忙从马车中钻了出来。

孔子定睛一瞧，发现前方那条狭窄的山道上，此刻正弥漫着阵阵烟尘，而马匹也像是感知到了某种危险似的，停在原地，无论怎么驱赶，就是不肯迈半步。

"怎么回事？"马岩看着前方那让人有些心绪不安的烟尘，警惕地说道，"是不是前面有什么危险啊？"

"快看！"龚倩倩眉头一皱，指着烟尘说，"那里是不是有人过来了？"

几人顺着龚倩倩手指的方向看去，只见那里的烟尘在微风的吹拂下，正慢慢散去，而一伙人正大步朝着他们所在的位置走来。

等那伙人走到近前时，马岩注意到那些家伙披头散发，穿着兽皮，拿着锋利的武器，一看就知绝非善类。领头的土匪身材魁梧，面色黧黑，腮帮子鼓鼓的，旁边还有一道长长的伤疤，整个人看起来就像是一座无法移动的山。此时他手中提着一条细鞭，正打量孔子等人。

"哼！"他甩了甩额前那长长的枯发，语气张狂地说，"大爷我在这儿蹲了半天，总算是来了'买卖'。"

买卖？这话不禁让马岩松了口气，他连忙摆了摆手说："我们不买东西，麻烦你们快让开。"

"让开？当然也可以。"领头家伙看着马岩，脸上的笑意瞬间凝固了，"那要看看你们能给多少钱了！"

钱？马岩这才反应过来，这些人口中的"买卖"，恐怕是劫道！

马岩和龚倩倩第一次遇到这种事情，一时间，两人也不知道该如何是好。而南宫阅养尊处优，面对这种危急的局面，也显得有些手足无措。

孔子倒是不慌不忙，他挺身将马岩三人护在后面，朗声询问对方究竟怎样才肯放行。

看到孔子的打扮和做派，土匪头目噘着嘴巴，发出一声怪叫后，面露不屑地说："我看你这副做派，应该是个读书人。你们这些家伙，全是不耕而食，不织而衣，整日里摇唇鼓舌、搬弄是非。今日，我要先把你们的脑袋给取下来，再取你们的钱财。"

说罢，对方摇了摇手。他那些手下见状，立刻举着武器，一拥而上。

孔子赶忙将马岩等人推回到马车上，挽了挽衣袖，眼下没有趁手的兵器，他便拎起登车用的短梯，护在胸前，只要那伙人再进一步，他便动手反击。

可有人的动作比他更快。原来还在马车边的陈敢，此时已经从背上取下那件用粗布包着的武器，抽出锋利的长剑，朝着那伙匪徒大喝道：

"休要放肆，全都住手！"

眼看有人持剑反抗，土匪头目停下脚步，气势汹汹地瞪着陈敢，大声问道，"你是什么人？竟然敢阻拦我们？看你是嫌命长！"

陈敢将长剑握在手中，轻轻挥动一下，只见剑刃散发出的凛冽寒光，似乎透露出一股抑制不住的杀意。

他大声说道，"只要有我在，不容你们这些匪徒作恶。"

"那要看你有没有这个本事了！"土匪一边说，一边挥动细鞭，朝陈敢发起攻击。皮鞭在他手中如同一条凶狠的毒蛇，仿佛被它"咬"上，不死也要脱层皮。

面对攻击，陈敢没有丝毫的慌乱。只见他轻轻跳起，好似一阵风，灵巧地躲过了对方的攻击。

眼看一招不成，土匪头目更加肆意地挥舞起来。陈敢凭借着灵动的身法，一边躲避着对方的进攻，一边用长剑反击。

剑光闪烁，破空而出；长鞭如蛇，疾速飞舞。两种武器在半空中，仿佛交织出了一幅动人心魄的画卷。不过陈敢的武艺更胜一筹，没多会儿，便打乱了土匪头目的进攻节奏，让对方慌了心神。

眼看自己落于下风，土匪头目一边喘粗气，一边招呼身后的手下进攻。几人迅速将陈敢围了起来。

"可耻！"藏在马车上的马岩虽然帮不上忙，但也气愤地大喊道,"单打独斗赢不了,就开始以多欺少,你们真是坏透了!"

"狂而不直,侗而不愿,悾悾而不信,吾不知之矣。"孔子眼睛盯着土匪头目,冷声说,"狂妄而不正直,无知而不谨慎,表面上诚恳而不守信用,我真不知道有的人为什么会是这个样子。"

土匪头目此时也没空"反驳"孔子。只见他一边让手下举着武器进攻,一边寻找陈敢的破绽。瞅准一个间隙,他赶忙舞动皮鞭,朝着陈敢抽去。

眼看皮鞭就要落到身上,陈敢猛地抬起长剑,只一下,匪徒的皮鞭就应声而断。他动作不停,趁势反击,举起长剑指向匪首的脖子。

"你……你,可不要乱动!"眼看长剑抵在脖颈上,这下子,那个匪徒再也不敢神气了。

陈敢轻轻抖了下剑尖,冷声问道,"你还敢不敢要我们的性命了?"

"不敢不敢!"此时,土匪头目早没了之前那般嚣张的模样,眼神中满是祈求,嘴巴里含糊不清地嘟囔着求饶的话语。

他的手下们见状,纷纷丢下武器,朝着附近的山涧跑去。

《论语》笔记

子曰:"好勇疾①贫,乱也。人而不仁,疾之已甚②,乱也。"

——《论语·泰伯》

【注释】

①疾:憎恨,厌恶。
②已甚:太过。

【译文】

孔子说:"喜好勇敢却厌恶贫穷的人,会作乱。对不仁德的人逼迫得太厉害,也会出乱子。"

【拓展】

故事里的孔子,镇定自若,临危不惧,可真是勇敢。其实,"勇"也是古人非常看重的一项美德。春秋时期,就有很多著名的勇士,他们或是力大无穷,能够徒手与虎豹搏斗;或是英勇无畏,在战场上以一敌百;或是舍生忘死,在保卫君主或刺杀仇敌中展现出超人的气魄。但这些行为并非都是孔子所赞许的,在孔子看来,"勇"一定要合乎道义。所以,见义不为,不是勇;非义而为,也不是勇。

孔子的弟子子路常以勇敢自居,他曾问孔子:"君子也推崇勇吧?"孔子摇摇头,说:"君子将义放在第一位。君子有勇而没有义,就会作乱;小人有勇而没有义,就会去偷盗。"他还说:"推崇勇敢而不好学习,就会有犯上作乱的弊病;推崇刚强而不好学习,就会有狂妄自大的毛病。"

越礼

"饶……饶命!"这名匪首跪在地上,磕磕巴巴地请求道,"求你,求你……放了我吧!"

陈敢回头看了看孔子和南宫阅,得到二人的默许后,微微一笑道:"这次我且饶过你,下次若再敢行凶,那被斩断的皮鞭就是你的下场!"

说罢,他收回长剑。匪首连滚带爬地跑走了。

马岩一脸仰慕地看着陈敢,刚刚发生的一切,好似武侠电影中的场景。他正准备上前讨教,陈敢又变回了那副宠辱不惊的神情,快步走到马车前,对孔子和南宫阅说:

"夫子、公子,你们受惊了!"

南宫阅摆了摆手,"之前我还觉得父亲让你前来是多此一举,现在看来,他老人家还真是棋高一着啊!"

"仲孙大夫一片好意,孔丘不胜感激。"孔子冲着陈敢施礼道,"多谢壮士,若不是您,恐怕今日我们几人要有性命之忧。"

"夫子您太客气了,这也是我的职责所在。"

"不!不!"孔子庄重地说道,"人不敬我,是我无才;我不敬人,是我无德。别人不尊重我,或许是因为我缺乏才能;如果我不尊重帮助我的人,那么肯定是我缺乏道德。"

在陈敢的护送下,接下来的路途都很顺利。一行人平安地回到了曲阜城,看着阔别多日的孔宅,马岩不由得感慨道:"终于回来了,我好想念这里的朋友!"

书院里的这些弟子听到孔子他们回来了,一窝蜂似的挤到门前,聚在几人身旁,询问他们这次洛邑之行的见闻。

马岩口若悬河,讲起了一路上的见闻。弟子们听后颇为羡慕,并表示如果以后有机会,也要同孔子一起前往洛邑求道。

旅行虽然有趣,但总归比不上家里舒服。一路颠簸,马岩和龚倩倩觉得自己的骨头都快散架了。现在,两人只想躺在床上,舒舒服服地睡上一觉。

回到房间里,马岩四仰八叉般躺在床上,长舒一口气后痛快地说:"龚组长,真是金窝银窝,不如自己的狗窝啊!"

听到这话,龚倩倩心底忽然涌起了一阵酸楚。

她看着马岩,冷声说道:"你是乐不思蜀吧?别忘了,我们并不属于这个时代。"

"我知道!"马岩撇了撇嘴,"只不过,我们现在找不到那份神秘竹简,没办法穿越回去啊!"

龚倩倩叹了口气,"来到春秋时代这么久,我也有些想家了。

我想爸爸妈妈，还有老师、同学，还有……"

"别担心！"马岩猛然坐起身，"龚组长，我一定会让你平平安安返回现代的。"

看着眼前这个捣蛋鬼，他的表情如此坚定。龚倩倩那原本焦躁的心，也渐渐安定了。是啊！孔子曾说过，岁寒，然后知松柏之后凋也。只有在困难面前，才能展现一个人真正的品格与能力。

马岩和龚倩倩还能休息，孔子却要继续奔波。原来，得知孔子从洛邑归来的消息后，国君连忙派人邀请孔子进宫讲礼。孔子也顾不上辛劳，向国君讲述了自己在洛邑见到的趣事，以及周礼的内容。

国君同孔子谈论了整整一日，直到天黑才依依不舍地派人将孔子送回。

又过了些日子，这天，马岩和龚倩倩看到孔子正一身素衣，满脸恭敬地立于堂前。

"夫子，您这是……"马岩恭敬地询问道。

孔子告诉他二人，今日乃是国君祭祀祖先的日子，鲁国人尚礼，而祭祀则是最能彰显礼仪的活动，所以孔子特意打扮了一番。虽然不能亲自前往观礼，但也在家斋戒，以示尊重。

"哇！祭祀大典！那一定非常隆重。"马岩兴奋地说。

"那当然了。"龚倩倩也说道，"前些日子，我听南宫阅大哥哥说，祭祀祖先的时候，还要跳六代乐舞呢！"

"六代乐舞？"马岩疑惑地问道，"那是什么？"

孔子解释道，"当年周公整理了前代遗存的乐舞，包括黄帝时期的《云门大卷》、尧时期的《大咸》、舜时期的《大韶》、禹时期的《大夏》和商汤时期的《大濩》，以及西周初年的《大武》，将它们统称为'六代乐舞'。"

孔子进一步说："乐舞的行列为'佾'。按照规定，天子可以使用八佾，每一佾是八人，也就是六十四人的乐队。诸侯则为六佾，卿大夫用四佾，士只能使用二佾，即常说的'天子用八，诸侯用六，大夫四，士二'。"

"是这样啊！"马岩似懂非懂地说，"那按照夫子您这么说，国君应该用八佾，还是六佾啊？"

"当然是六佾，不过……"孔子说起前日同国君讲礼之事，国君坦言，眼下鲁国国力大不如前，他决定在祭祀大典上将乐舞的行列降为四佾，以此彰显其节约之心。

"礼，与其奢也，宁俭；丧，与其易也，宁戚。"孔子说，"在礼仪方面，与其一味寻求奢侈，倒还不如俭约务实；办理丧事的时候，与其在仪式上置备周全，不如内心真正悲伤。"

龚倩倩询问道，"夫子，我想您的意思是，礼的根本不在形式，而在于内心，行礼仪在于内心诚敬与否，不在于形式。"

孔子欣慰地点了点头，"正是如此！"

就在三人讨论祭祀之礼的时候，曾皙突然跟跟跄跄跑了进来。他看着孔子，深吸一口气，拼命使自己镇定下来。显然，外面发生了大事。

马岩连忙询问究竟是怎么回事，曾皙说，是国君的祭祀活动出现了差池。

原来，国君将祭祀交给了季孙氏的家主季孙如意主持。可今日季孙如意不仅没有通知所有的权贵到场，也没有让乐师和舞者排演，导致整个祭祀活动冷冷清清，错误百出。

"唉！"孔子叹了口气，"这个季孙如意，平日里胡闹也就算了，怎么现在还误了祭祖之事呢？真是太粗心了。"

"并不是粗心……"曾皙眉头紧皱，言语间满是愤恨，"季氏好像是有意为之。有人看到，他在自己的家祭上用了八佾之礼，实在是太不合规矩了！"

听到曾皙的话，孔子愤而起身，嘴唇上下颤抖着。

"八佾舞于庭，是可忍也，孰不可忍也？"

可愤怒归愤怒，季氏在鲁国可谓一手遮天，他的僭越举动，很明显是做给国君看的。

孔子身为平民，即便愤怒也无可奈何，他转过身，一个踉跄，险些栽倒在地。

马岩想要上前搀扶孔子，可孔子却冲他摆了摆手，独自硬撑着走回了书房。

"这个季孙如意，"龚倩倩叹了口气，无奈地说，"实在是太不像话了！"

曾皙也无奈地说道，"他所做的越礼之事，实在是太多了。"

原来，这个季孙如意常置祖宗礼法于不顾。比如国家禁止斗鸡，他反而和鲁国另一位大夫郈孙恶以此为乐，大张旗鼓地进行赌博活动，常常惹得百姓非议，将贵族的脸都给丢尽了。

在朝堂上，季孙如意不仅大权独揽，而且隐隐有取而代之的意图。通过今日祭祀之事，就足见其心术不正。

《论语》笔记

孔子谓季氏:"八佾舞于庭,是可忍①也,孰不可忍也?"

——《论语·八佾》

【注释】

①忍:忍心。

【译文】

孔子谈到季氏,说:"他僭用八佾规格的舞乐,这样的事情都忍心去做,还有什么是做不出来的呢?"

【拓展】

也许很多人觉得奇怪,不就是跳舞的规格吗,孔子为什么会那么在意?因为在当时,礼是政治制度和社会伦理的展现,是维系天下、国家的基本规矩。季氏公然逾越礼制,使用天子的舞乐规格,这是以下犯上,是公开宣布他已经不将国君,乃至周天子放在眼里了。在孔子看来,这必将引起一连串的反应——执政者带头抛弃规矩,那谁还会遵守呢?官员们失去了约束,老百姓没有了准绳,道德、秩序都成了无根之木,无源之水。接下来,人人逐利,为所欲为,礼仪之邦,也将沦为禽兽之国。

所以,礼这件事,即便只体现在服饰、用具等小处,也是至关重要,不可轻易违背的。我们在日常生活中,也会遇到各种各样的规矩、制度,它们是维系组织、机构运行的法则,任何人都应该严格遵守。一旦有人带头破坏,而管理者又不能及时惩戒的话,规矩就会变得形同虚设,整个组织也将无法正常运行。

24 兵祸降临

很快,季氏僭越之事,就在弟子间传遍了。弟子们听后纷纷谴责季孙如意,仲由和马岩更是闹着要到季氏的府上去讨个说法;还有几名弟子,则主张去打听一下国君对此事的反应……一群人七嘴八舌,议论纷纷。

这时,马岩突然想起仲孙兄弟。前些日子,仲孙何忌因为与同学间的一些口角,再也不肯来听课。但他的弟弟南宫阅却仍旧常来孔子家中,他父亲为"三桓"之一,不知道对这件事情是什么看法。

可他在人群中仔细看了一圈,也没有找到南宫阅。跟旁边的弟子打听了一下,才得知原来南宫阅今日家中有事,被他父亲派人喊回家去了。

大伙儿一直议论到天黑,也没想出一个好办法来,只得各自散去,几个寄宿在孔子家中的学生,也纷纷回房休息。

夜深时,众人都已经睡下,黑夜里却突然响起了急促的敲门声。

"开门！快开门！"

守门的老仆刚打开大门，南宫阅就闪身跳了进来，径直跑进了大堂。而此时，熟睡中的马岩几人，全都被这突如其来的异动所惊醒，赶忙起身来到大堂。

马岩揉着眼睛，迷迷糊糊地看着南宫阅。只见南宫阅额头上满是汗水，身上满是泥痕，衣服也被磨破了，这同往日注重形象、性格沉稳的南宫阅判若两人。

"大哥哥，怎么了？发生什么事情了？"龚倩倩小声问。

南宫阅喘着粗气，连声问道："夫子呢？夫子呢？"

孔子这时从内院走了过来，还没等他细问，南宫阅便迫不及待地说道，"夫子，城中发生了叛乱，您千万小心！"

叛乱？

刹那间，众人全都傻了眼，一脸错愕地围着南宫阅，询问其中内情。原来，由于季孙如意白天的僭越，国君非常不高兴。今天刚入夜时，他联系了郈氏，对方因为在斗鸡活动中常被季孙如意欺负，所以也心存不满。于是双方联合起来，派兵包围了季氏的宅院。

"夫子，现下城中已然大乱，我父亲不许我出门，我是偷跑出来的。请您务必小心，千万不要卷入这场是非之中啊！"

说完，南宫阅便又急急忙忙离开了。

听闻国君联合郈氏包围了季氏的宅院，有些弟子显得非常开心。

马岩高兴地说:"哈哈哈!国君一定会狠狠教训那个狂妄自大的季孙如意的!"

孔子却怎么也高兴不起来,他忧虑重重地告诉弟子们,季氏的权力很大,不好对付。国君因祭祀受辱,再加上近臣的鼓动而仓促动手,未必能一击必胜。

此时,城内的骚动声越来越大。从一些奔逃百姓口中,孔子等人得知,原来几路人马已经在季氏的宅院外,展开了激烈的巷战。眼看情势大乱,众人又怎能按捺住性子,于是纷纷爬到院墙上,朝着火光的方向望去。

马岩等人看到冲天般的火焰,仿佛将黑夜撕出一道道裂痕,彻底打破了夜晚的平静。狂风裹挟着城中战马的嘶鸣声、士兵的叫嚷声,以及百姓们哭爹喊娘的求救声,在城中肆意呼啸。

对生活在和平年代的马岩和龚倩倩来说,这种血腥、残暴的画面,是连想象都想象不出来的,可现在却真真切切出现在了他们的眼前。马岩更是痛心疾首地跑回房中,他不忍心继续看下去了,那些火焰与血液,仿佛交织在一起,点燃了他的恐惧,激发了他的怒气。

我们必须要做点什么!马岩只觉得手中像是充满了力量,可是他知道,自己无法同外面那些士兵作战,那简直就是以卵击石。

他走到桌前,摊开一卷空白的竹简,自言自语道,"我要将这些记录下来,我要让以后的人知道,和平生活来之不易。"

说着，他拿起笔，颤抖着手，在竹简上书写起来。

另一边，孔子派遣仲由前去探听消息。过了好一会儿，仲由才回来，从他口中众人得知，原来，季孙如意在得知国君联合郈氏对其动手后，不仅立刻召集手下的兵卒进行抵抗，同时还找到"三桓"中的另外两股势力寻求帮助；但另外两股势力却打算坐山观虎斗，不肯出兵相助。

听到这条消息后，众人总算是稳住了心神。看样子，季孙如意这次好似"瓮中之鳖"，在劫难逃。可孔子的眉头仍旧紧锁着，脸上满是忧愁，他忧虑地告诉众人："我估算，国君和郈氏手中的兵力，未必能取胜。而'三桓'虽然有些矛盾，但危急关头，不会真的袖手旁观。现下，胜负未分啊！"

城中的动静越来越大，火光仿若变成了一条匍匐在大地上的巨龙，所到之处，无不是厮杀声、惨叫声，而大火已经由季氏的宅院蔓延进了平民居住的地方，奔逃的百姓越来越多。

很快，有些胆大的弟子，又从外面带来了新的消息：果然像孔子所说的那样，国君并没有在第一时间制服季氏，而季孙如意不知用什么办法说服了"三桓"的另外两支力量，使得他们出兵相助，与国君对抗。

这场大战随之升级，越来越多的人被卷入其中。未到天明时分，孔子等人听到消息，面对拥有强大兵力的"三桓"，国君败了。

孔子大惊，连忙询问那些出去打探消息的弟子，知不知道国君的下落。

仲由告诉孔子,战败之后,国君率领仅剩的残兵,退守到了城外。可"三桓"仍旧不依不饶,准备出城抓捕国君。

"一朝之忿,忘其身,以及其亲,非惑与?"孔子拍着膝盖愤声说道,"没有做好万全的准备,因一时的愤怒而忘掉自身的境况,不是糊涂吗?国君真是太冲动了!"

可是,鲁君总归还是一国之主,无论是被逐还是被抓,鲁人恐怕都要颜面尽失,被各国所鄙夷。周围的诸侯国万一趁机进攻,到那时内忧外患,鲁人恐有失国之险啊!

此时,东方的天空已经露出了鱼肚白,城中的战火也渐渐熄灭,只留下一道道飘浮着的青烟,似乎在告诉人们,这场厮杀并未停止。

孔子起身看着弟子们,他义正词严地表示,自己想要前去劝解"三桓"。

《论语》笔记

比及葬,三易衰①。君子曰:"是不终也。"

——《史记·鲁周公世家》

【注释】

①衰:丧服。

【译文】

守丧期间,(鲁昭公)数次换下丧服,嬉戏玩乐。因此,君子说:"这样的人是无法在国君的位子上善终的。"

【拓展】

鲁昭公是鲁国第二十四任国君,孔子年轻的时候曾担任管理仓库的官吏,鲁昭公当时就听说了孔子的贤名。在孔子生儿子的时候,鲁昭公还专门派人送去一条鲤鱼表示祝贺,孔子感念国君的恩惠,所以才将儿子取名为孔鲤。孔子主张以礼维护国君的权威,但其实鲁昭公本身也不是一个守礼的人,在父亲的葬礼上,他就没有竭尽哀思,反而面露喜色,险些被大夫们抛弃。后来,他还娶了同姓的女子为妻。

孔子游历陈国的时候,陈国的大夫曾询问孔子:"鲁昭公知礼吗?"孔子回答:"知礼。"陈国大夫事后对孔子的弟子巫马期说:"看来君子也有偏私呀,昭公明明不知礼,孔子却说他知礼。"孔子听闻这些话后,也承认了自己的错误,感慨道:"我真是幸运呀,一旦犯错,人家就立刻给我指出来了!"

国君被逐

孔子话音刚落,弟子们立刻表示不赞同,他们不想让老师置身险地。龚倩倩分析了下眼前的局势,她坦言"三桓"的兵卒经过一夜的鏖战,已经杀红了眼睛,想要劝他们停手,恐怕难如登天。

马岩也不知什么时候从房间跑了过来,紧紧抱住孔子的大腿,祈求他不要离开这里。

可孔子却执意前往,他将马岩搀扶起来,并告诉弟子们,此事如果不能善终,那么鲁人恐怕全都要背负上"不忠不义"的恶名,到那时自己也无面目再谈礼教。

说罢,他让老仆打开大门,自己昂首阔步而出,朝着战火集中的地方走去。弟子们见状,也赶忙跟上。一行人不避刀斧,浩浩荡荡地出发了。

路上,不少奔逃的百姓,看到孔子等人竟然朝着危险的方向而去,纷纷询问,了解到孔子的意愿后,百姓们也被这种大无畏的精神所感染,自觉加入队伍之中。

经过一夜的战乱，此时城中已是一片狼藉：不少道路被毁，上百座房屋被烈火吞噬；随处可见士兵重伤倒地，发出惨痛的呻吟声。不少士兵正在集结，看样子，接下来似乎还有战事。

马岩看着熟悉的街市变得满目疮痍，心中难过，但他此时更替孔子担忧。

"夫子，"马岩吞吞吐吐地说，"我们就这么点人，万一对方……"

孔子冲他摆了摆手，停下脚步，回头看着跟随自己的人。这里面有自己的学生，有自己的邻居，还有素不相识的陌生人。他表情无比坚定，大声道："志士仁人，决不因为贪生怕死而做出损害仁义的事情，只会勇于牺牲来保全仁义。今日，也许是我最后一次向你们授学。"

说罢，他转过头，大步朝着乱军所在的方向走去。

弟子们此时眼中含泪，前方虽然凶险，但有孔子领着他们，众人毫不畏惧，一个个昂首阔步，紧紧跟在孔子的身后，无一人想要后退。

不多时，他们便来到乱军阵前。只见不少士卒正在集结，似乎要立刻展开下一步动作。季孙如意得知孔子前来劝解，在随从的护卫下，快步来到孔子跟前。

未等孔子开口，他满脸愁苦，声嘶力竭地哀号道：

"夫子，您可算是来了，我正想要找您评评理呢！"

没想到，这个季孙如意竟"恶人先告状"，大声痛斥国君派兵包围他的宅院，想要取他性命一事。说到动情处，竟然痛哭流涕，连站都站不稳了。

等他说完后，孔子面无表情地说："您把自己说得那么委屈，那么，我倒想问一下，您独揽朝政，擅权误国，僭用天子之礼，这些是臣子能做的事情吗？这些事情，一桩桩、一件件，都会被百姓唾弃。"

"我听闻夫子想要复周礼、行王道，从前国君不理解你，往后，我可要好好重用你呢！"季孙如意眼看孔子不愿意站在他这一边，赶忙许诺"好处"。

"哼！"孔子冷哼一声道，"人而不仁，如礼何？人而不仁，如乐何？一个人没有仁德，他怎么能实行礼呢？一个人没有仁德，他怎么能运用乐呢？我看您还是收回刚刚的话为好。"

"你……"季孙如意的脸涨得通红。

孔子继续说："'三桓'借故围攻君王，此事若被天下所知，鲁国还能称得上是礼仪之邦吗？鲁人还有何面目立于天下？"

"孔丘，你太放肆了！"季孙如意擦了擦眼角的泪水，佝偻的身体也不自觉地立了起来。他知道孔子不愿意站在他这一边，说话的语气也不再谦逊，而是居高临下地指责道，"你是什么身份？竟敢妄议国政？"

"我乃鲁人，所议的是鲁国国事。"孔子脆声回应道，"孔丘想告诫您，犯上作乱，终为逆贼。您的曾祖季文子曾说，'三思而后行'。如今你的地位已经保住了，再继续动兵，除了落下一个'乱臣贼子'的名声外,还有什么好处呢?"

"这……"此时,冲动的季孙如意,总算从孔子的话里,明白了自身的处境。可他担心就算自己肯回头,难保国君不会日后清算他的罪过。一时间,他宛如掉入枯井中的野兔,左右为难,拿不定主意。

就在这时,他忽然听到手下汇报道,说国君已经率领残兵出逃,询问是否要继续追击。

季孙如意一听,紧皱的眉头立刻舒展开。国君逃走,虽然日后于自己名声不利,但总归是缓解了眼下这尴尬的局面。于是,他立刻命令手下停止追击,放国君离去。

孔子叹了口气,说:"大错已然铸成,往后,鲁国恐怕要成为各国的笑柄了。"

说罢,孔子转过身,慢慢地往回走。马岩注意到,一向健硕的孔子,此时仿佛被愁苦吞噬了,在晨光下显得格外虚弱。

弟子们护卫孔子回到了书院。而外面的战事,因为国君的出逃也偃旗息鼓,闹腾了一夜的骚乱声,逐渐平息了下来。

三天后,城外传来了确切的消息,国君现已逃至齐国。

因为动乱,书院里的课程也暂停了。孔子每日都要去拜望"三桓",请求他们赶紧迎回国君,可惜无论孔子怎么说,"三桓"都置之不理。

孔子此时并未在朝廷担任要职,在"三桓"眼中不过一介平民,自然不怕他的言论掀起风浪。更何况,"三桓"早就心有不轨,这次国君出逃恐怕也遂了他们的心愿。

这一日，弟子们聚在一处，讨论国君被逐一事。曾皙说最近非议四起，百姓们都担心接下来还会出现更大的动乱。

孔子长叹一声，悲痛地说："国内无君，岂可称国？'三桓'不但不愿迎回国君，还劝我帮他们安定民心，甚至保证动乱彻底平息后，定让我为官，享受厚禄……"

"夫子，那您……"马岩有些试探地问道，"您答应他们了吗？"

孔子摇了摇头："富与贵，是人之所欲也；不以其道得之，不处也。贫与贱，是人之所恶也；不以其道得之，不去也。"孔子坚定地解释道，"发财、做官，这是人人都期望的，但如果不是以正当的方式得到，君子宁愿不要富贵；穷困和下贱，这是人人都厌恶的，但如果不是以正当的方式摆脱，君子宁肯不摆脱。君子抛弃了仁道，又如何成就他的名声呢？所以，君子在一饭一食之间也是不违背仁道的，风光得意时是这样，颠沛失意时也是这样。"

而后，孔子也说出了他近日一直萦绕在心头的筹划："我打算离开鲁国。"

离开鲁国？弟子们面面相觑，一时间全都呆立在原地，不知说些什么才好。

孔子向众位弟子耐心解释道："我想以行动告诉天下的人，任何时候都不能违礼行事。我要前往齐国劝说国君返鲁，这样才能去除非议，使民心安定。"

"可是……"龚倩倩看了看院中的景物，有些担忧地说，"夫子，您若是去齐国，那这里该怎么办呢？"

"是啊！"仲由着急地插嘴道，"如果国君长时间不回鲁国，或者……根本就不回来，夫子，难道您也要一直跟在他身边吗？"

听到仲由的话，孔子面露难色，无奈地说："这些问题，只有我到齐国了解国君的具体情况后，才能做出判断啊！"

不过，孔子也告诉大家，如果真是到了要回来的时候，他也会毫不犹豫地返回鲁国。

《论语》笔记

季文子三思①而后行。子闻之,曰:"再②,斯可矣。"

——《论语·公冶长篇》

【注释】

①三思:反复考虑多次。

②再:两次。

【译文】

季文子办事,要反复考虑多次才行动,孔子听了说:"考虑两次就可以了。"

【拓展】

季文子是季平子的曾祖,曾担任鲁国执政三十多年,他为人谨小慎微,做事一定要三思而行。《论语》中记载此事,孔子认为,凡事想两次就可以了,想得太多也不利于行事。

这告诉我们,谨慎也应该有个度。做事之前,不假思索肯定不行,那样是莽撞,容易做错事。但如果思虑得太多,瞻前顾后,反反复复,一样也是不好的,会让自己陷入犹豫不决的境地里,错过处理事情的最佳时机。而且,很多事,想得太复杂,倒不如想得简单一些——一旦考虑太多,就会发现很多矛盾关系、利益牵扯,让人被私情、私意所困扰。所以,在考虑事情上,也是"过犹不及",既不能莽撞,又不能思虑过度,以免"当断不断,反受其乱"。

26. 神秘竹简的下落

听孔子这样说,弟子们纷纷表示,要同孔子一起前往齐国,迎回国君。可是此行不仅归期未定,而且一路上势必充满了艰难,孔子决定只带领几位家中无事的弟子前往,其余的弟子暂回故乡。

马岩本来也想跟随孔子一起去齐国,可是他发现,龚倩倩似乎情绪十分低落。等到没人的时候,他赶忙询问龚倩倩,究竟怎么了?

"我……"龚倩倩的眼角沁出了泪水,"我想回家了。"

原来,经过那场动乱,龚倩倩第一次发现,春秋时代也有它残忍和暴力的一面,那也是她这个生于和平年代的小学生无法接受的一面。看着那些躺在地上,不停呻吟、求救的士兵和平民,她真想立刻离开这里,远离那些为了权力而随意谋害他人性命的家伙。

被龚倩倩这么一说,马岩的内心也忍不住泛起了一阵酸楚,说:"我们来到春秋时代,已经好一段时间了。说起来,我也想念现代社会里的那些朋友了。可是……眼下我们不是找不到那份神秘竹简吗？"

正说着，麒麟兽不知道什么时候从香炉里钻了出来，睁着一双明亮的大眼睛，直勾勾地盯着两人。

"哎哟！"马岩赶忙捂住胸口，紧张地说："麒麟兽，你能不能不要突然出现啊？我的心脏差点被你吓出来。"

"别大惊小怪了，我有要紧的事情告诉你们！"

"我现在只想回家，"龚倩倩别过身，坐在地上，紧紧抱住肩膀，"别的什么都不关心。"

"是吗？"麒麟兽撇了撇嘴巴，"那神秘竹简的下落，你也不关心了？"

"啊？"听到这话，马岩上前一把抱住了麒麟兽，揉了揉它的脑袋，迫不及待地问道，"麒麟兽，你真的找到了神秘竹简？"

龚倩倩似乎不敢相信自己的耳朵，"你可不要捉弄我们啊！"

看着焦急的两人，麒麟兽得意地抖了抖耳朵，飘在两人面前，骄傲地将事情和盘托出：原来，最近一段时间，麒麟兽也时常利用神力，搜索那卷神秘竹简。两天前，麒麟兽在搜索的过程中，意外发现有一个物品竟然散发着和它身上相似的神力！

麒麟兽笃定地说道，"在这个时代，除了我就只有那卷神秘竹简上才会有神力，所以我确信它现在就在我们身边。"

"麒麟兽，你太棒了！"马岩招手说道，"快带我们去吧！"

麒麟兽钻进香炉里，指挥马岩和龚倩倩朝那个物品所在的位置走去。不一会儿,在麒麟兽的指引下,他们来到了马岩的卧房外。

马岩拍了拍香炉,有些生气地说:"麒麟兽,你别再跟我们玩恶作剧了,神秘竹简怎么会在我的房间里呢?"

听到这话,麒麟兽从香炉里钻了出来,飘到半空中。仔细揉了揉眼睛,一脸困惑地看了看。没错,面前的确是马岩的卧房。

麒麟兽又重新施展神力搜索,过了一会,它笃定地说:"我现在敢肯定,那个东西就在里面!"

龚倩倩将信将疑地推开房门,而麒麟兽则"嗖"的一下,风一样飞到了房间的角落里。

"哈哈哈,终于、终于找到它了!"它欢快地晃动着身体,两只前爪上下翻腾着,开心地指着桌子下面说道,"你们看,那是什么?"

两人跑过去趴下身体，顺着麒麟兽所指的方向仔细一看，发现角落里果然有一份竹简。

马岩赶忙将那份竹简捡了起来，脸上满是惊喜，他有些不敢相信地将竹简捧到桌子上，紧张地说道："这个……就是那份神秘竹简吗？"

麒麟兽眉飞色舞地点了点头，"放心，我绝对不会弄错的！我能看见这份竹简上发出的淡蓝色的光。借助这个东西，我就可以带你们回到现代社会。"

龚倩倩更是激动地流出了眼泪，她朝思暮想的东西，此时正稳稳地放在面前。这种心情，除非是有同样的经历，否则谁都无法理解吧！

但令她觉得奇怪的是，神秘竹简怎么会在这里呢？

"马岩，"龚倩倩紧张地提醒道，"快打开竹简看看。"

马岩颤抖着双手，轻轻打开竹简，可竹简上的内容却让他们愣住了。

"怎么会？"龚倩倩瞪大了眼睛，用力盯着上面的内容，可她还是有些不敢相信自己的眼睛，出神地呢喃道，"我该不会是……在做梦吧？"

竹简上的字格外潦草，与其说是文字，不如说是"鬼画符"。

龚倩倩挠挠头，不解地问道："这是什么啊……"

"这个！"马岩把脸贴到竹简前，认真地看了好几秒，然后吞吞吐吐地说，"龚组长，这个、这个……这是我写的！"

龚倩倩赶忙拿着竹简到窗边,借着阳光仔仔细细地检查。没错,没错!这潦草的笔画,熟悉的错别字,不由得让她想起以前监督马岩做作业的时光。

这真是马岩写的!

"麒麟兽,这也太奇怪了。"龚倩倩将竹简举起来,冲着麒麟兽问道,"这怎么会是博物馆里的那份竹简呢?"

麒麟兽看了看竹简,又用鼻子闻了闻,笃定地说:"我是不会弄错的。"

"可是这个上面……"龚倩倩看着马岩的"作品",本想吐槽一番,可是她忽然想起一开始在博物馆参观的时候,工作人员也没办法解释为何一份两千五百多年前的竹简上,会出现简化汉字的事情。难不成,这份竹简真是……

"马岩,"龚倩倩拉住马岩的胳膊,"快告诉我们,这份竹简到底是怎么回事儿!"

看着龚倩倩那副急切的模样,马岩立刻将事情和盘托出。原来,就在曲阜城中发生动乱的那一晚上,马岩紧张得一夜未能入眠,快要天亮的时候,情绪更是焦躁到了极点,于是他想起龚倩倩说过,要想让心静下来,可以试着写写日记。

话虽然这样说,但他那时情绪不稳,刚开始还能耐着性子写几个字,可是越写越潦草,心情更加急躁。于是在一通乱画之后,他气急败坏地将竹简丢在了角落里。

"龚组长,我看别人写起字来都非常飘逸,怎么到我手里,写出来的字竟然那么难看啊？"

龚倩倩说道，"别人都是经过长年累月的练习，才有现在的成绩。你以为随便划拉两下，就能写出来漂亮的字啊？不过……马岩，你写的这份竹简，竟然被保存了两千五百多年，还成了神秘的文物。"

《论语》笔记

子夏①曰:"博学而笃志②,切问而近思,仁在其中矣。"

——《论语·子张》

【注释】

①子夏:卜商,字子夏,孔子晚年所收弟子,以文学而著称。
②笃志:坚定志向。

【译文】

子夏说:"广泛地学习各种知识,坚守自己的志向,恳切地了解自己未悟之事,并随时思考自己能及之事,仁德就在其中了。"

【拓展】

孔子提倡弟子们博览群书,多了解一些各方面的知识。他本人就非常博学,知晓很多奇奇怪怪的事情,有些可比神秘的竹简更加罕见。譬如,有一次季氏挖井,挖到一个土坛子,里面有个像狗的小东西,谁都不认得。人们便去请教孔子,说:"挖井得到一只土狗,是怎么回事?"孔子想了想,说:"那不是狗,是羵羊。古书记载,山上的怪兽有夔、蝄蜽,水中的怪兽有龙、罔象,而土里的怪物则叫羵羊。"众人听了无不信服。

还有一次,吴国攻打越国,获得了一块巨大的骨头,需要用车子来装运,谁都不知道这是什么骨头。吴国的使者出访鲁国时,询问孔子,孔子说:"这是防风氏的骨头。当初大禹在会稽召集诸侯会盟,防风氏晚到,大禹依照律法将其处死,他的骨头巨大,需要用车才能运走。"人们查看典籍,果然有这样的记载。

告别

马岩这时也反应了过来。他看着竹简,激动地说:"原来,博物馆里的那份神秘竹简居然是我写的。"

"没错,"龚倩倩说道,"你竟然在无意间,创造了一个令很多考古学家想破脑袋都想不明白的文物。"

"哈哈哈……"听到这话,马岩瞬间得意了起来,"我本来只是想用日记的方式记录下那一晚的事情,没想到,我竟然创造了一件这么厉害的文物。龚组长,大家要是知道博物馆里的那份神秘竹简是我写的,会有多么吃惊啊!"

"恐怕你说出来,谁也都不会相信的。"

听到两人这番话,麒麟兽神情随之严肃了起来,它跳到二人面前,认真地叮嘱了起来。等他们回到现代后,穿越的事情必须要对身边的人保密,一旦这件事被某些心术不正的人听去,很可能会招致不堪设想的后果。

听到麒麟兽的话,马岩显得十分失落,他本想回去后能好好炫耀一番，可现在看来，恐怕一个字都不能吐露了。

既然神秘竹简已经找到了，两人也明白，是时候告别这个不属于他们的时代了。

这段时间以来，他们跟大家一起向孔子学习，一起解决困难和危机，早就和众人建立了深厚的感情，现在突然要跟他们告别，马岩和龚倩情还真是舍不得。

两人的情绪由之前的激动，慢慢变成了伤感。不知道是谁先带路，他们默默来到孔子的书房外面，恰巧此时，孔子正在收拾行囊，为几日后前往齐国的旅途做准备。

"咳咳！"马岩故意咳嗽了两声，硬挤出一丝笑容说，"夫子，您还没睡呢？"

"是你们啊！"孔子抬起头，看着他们脸上那严肃的神情，笑着问，"你们这么紧张，是不是担心我去齐国不带上你们啊？放心吧！你们要是不同我一起去，我还真不能安心上路呢！"

"夫子，我们……"马岩吞吞吐吐地说，"我们……"

孔子的话，让两人更难开口道别。

龚倩情深吸一口气，像是下了很大的决心一般，"夫子，我们其实是来向您告别的。"

听到这句话，孔子赶忙站起身，关切地问，"出了什么事情吗？"

"我们并不想离开，"马岩说道，"只不过，我们离家太久了，必须要回去。"

"哦！我知道了，"孔子说，"你们是想回到那个'二十一世纪'是吧？说来也是，你们离家的时间也不短了，也是时候回去看看了。等你们再来的时候，说不定我已经从齐国把国君给迎接回来了。"

听孔子这话，他似乎觉得两人过不了多久还会回来的。马岩不想瞒着孔子，想说自己恐怕很难再回来了，可是看着孔子那关切的眼神，这句话却说不出口。

龚倩倩也是一样，她和马岩对望了一眼，向孔子撒了一个善意的谎言。

"夫子，我们回家看看，很快就会回来。"

孔子伸出双手，慈爱地摸了摸他们的脑袋，"好，我如果没回这里，你们可以去齐国找我！不过，你们要记得……"

孔子站起身，看着两人严肃地说道，"德之不修，学之不讲，闻义不能徙，不善不能改，是吾忧也。对品德不去修养，学问不去讲求，听到义不能去做，有了不善的事不能改正，这些都是我所忧虑的事情。你们回家之后，不要忘记这些时日所学的知识！"

听到孔子这番叮嘱的话语，马岩和龚倩倩的眼泪忍不住流了出来。为了不让孔子发现端倪，他们借口有些东西要收拾，急急忙忙跑回了偏院的卧房。

此时，夜色笼罩大地，热闹的宅院也安静了下来。马岩和龚倩倩沿着书院的围墙，开始道别。

杏坛、卧房、长廊……这里的每个地方，都有难忘的回忆。

这段和孔子、孔门弟子的接触,让他们对课本上的人物有了新的认识。遇见的每个人,会永远留在他们的心上。

马岩看着寂静的书院,小声问:"龚组长,你说,我们还会回来吗?"

龚倩倩没有回答,但却在心里默默地想:一定会的!

在和书院里的朋友们告别后,马岩和龚倩倩打算当晚就返回现代社会。

回到房间里,马岩和龚倩倩换上来时的现代服装,确保自己身上没有携带任何一件这个时期的物品,然后将麒麟兽从香炉里唤醒。

麒麟兽闭上双目,额头上出现一枚闪烁着幽蓝色光芒的符文。只见它吟诵起不知名的歌谣,身体周围出现一团白烟。

恍惚间,马岩只觉得自己像是被托举到了半空中。没过多久,他便感觉到了一股浓浓的睡意,刚一闭上眼睛,便失去了知觉。

不知道睡了多久,当马岩重新睁开眼睛的那一刻,他觉得自己像是身处一个黑乎乎的房间里。耳边传来一个关切的声音:

"马岩同学!"

这个声音太熟悉了。马岩一个激灵,猛地坐起身,发现班主任欧阳老师正站在自己面前呢!

"欧阳老师,"马岩揉了揉眼睛,迷迷糊糊地问道,"你怎么也穿越到春秋时代了?"

"做梦了吧?"欧阳老师语气里半是指责,半是关切,"带你们来参观孔子纪念馆,你竟然躲在这边睡觉!还有你……"

欧阳老师看着一旁的龚倩倩,"倩倩,你怎么也跑到这边了?纪念馆有规定,除了工作人员,谁都不能来库房的。"

"对不起,老师。"龚倩倩此时强压着内心的欣喜之情,俏皮地吐了吐舌头。看来,经过这次穿越旅程,平日里不苟言笑的龚倩倩,也要变得"淘气"了!

"快点跟我走!"欧阳老师在前面带路,"咱们的参观马上就要结束了。"

马岩刚一起身,"啪!"藏在怀中的香炉掉了出来。欧阳老师听到声音,回头一看,脸色立刻凝重了起来。

"马岩同学,这是怎么回事?"

《论语》笔记

子路曰:"愿闻子之志。"子曰:"老者安①之,朋友信之,少者怀②之。"

——《论语·公冶长》

【注释】

①安:得到安逸。
②怀:获得关怀。

【译文】

子路问:"我们想听听老师的志向。"孔子说:"我希望老人都能过得安逸,朋友之间相互信任,年少的人都能得到关怀。"

【拓展】

要离别时,为了避免孔子伤感,小朋友们对他说了一个善意的谎言。问题来了:善意的谎言是不是过错?它符合孔子所倡导的"信"的原则吗?其实,孔子的原则并非一成不变的,有时撒谎也不算错事。就如孔子的弟子有若说的,"信近于义,言可复也"——那些符合道义的诺言,才应该去信守;而不符合道义的话,不去兑现也算不上失信。同样,有些话虽然不是真实的,但其目的是让大家更好,是合乎道义的,那么说这样的谎言也就不是过错了。

在生活中,我们要诚实守信,但一定要先确定这种诚信的后果是好的。譬如,有些实话,会伤害到别人;有些实情,说出来会引起不必要的纠纷。这个时候,与其坚持所谓的"诚实",就不如不说话,不如讲些善意的谎言。

返回现代

"我……"马岩刚要解释自己并不是要偷东西,可是欧阳老师却已经伸手将香炉捡了起来,仔细察看。

龚倩倩大气都不敢出,要是欧阳老师发现藏在香炉里的麒麟兽,事情就麻烦了!

欧阳老师打开香炉盖后,里面空空如也。她仔仔细细察看了一番,确定香炉没有损坏,才松了口气。

"马岩,你是在哪里拿的这件东西?"

马岩悄悄松了口气,立刻指了指身后的博古架,"老师,在那上面。"

欧阳老师往日里对待学生们很慈爱,但在将香炉放回原处后也忍不住厉声冲着马岩说:"不能随便动这里的东西,知道吗?"

"老师,我知道了!"

三人走出仓库,回到纪念馆的大厅里。此时,同学们正聚在一起讨论参观时的趣事。看到马岩出现,几个平日里跟他关系好的同学,炫耀一样,说马岩错过了好玩的东西。

马岩嘴上不说,但心里却暗暗得意,心想:你们才错过了真正好玩的东西呢!只可惜,自己答应了麒麟兽,没办法将穿越的事情告诉大家!

龚倩倩和马岩注意到,不远处有几名工作人员,此时正聚集在神秘竹简旁讨论,两人相视一笑,快步走上前去,听着他们讨论竹简上种种不合理的地方。

经过两千五百多年岁月的洗礼,此时这份竹简变得破旧不堪,马岩写在上面的字,也更加难以辨认。

看着眼前的竹简,马岩的心中生出一股恍惚的感觉。明明现实中只是过去了那么一小会儿,可自己在春秋时代竟然游历了那么久。他甚至怀疑,在古代经历的那一切,会不会只是一场梦?

"啪!"

龚倩倩拍了下马岩的肩膀,低声在他耳边说,"马岩同学,看着自己创造的'文物',是种什么样的感觉?"

看来一切都是真的。

马岩回过头,小声说:"我头一次觉得,自己写的字不好看。龚组长,我以后天天都练字,争取变成书法家。"

龚倩倩有些怀疑地问道,"马岩,你确定自己能够做到吗?"

"单靠我自己肯定不行啊!"马岩语气"谄媚"地冲着龚倩倩说,"夫子曾说过:'三人行,必有我师焉;择其善者而从之,其不善者而改之。'这句话的意思是,几个人一起走路,其中一定有可以做我老师的人。看到别人身上的优点，就主动学习；看到别人的缺点，就对照自己，改正自己的缺点。"

"马岩，"龚倩倩赞扬地看着他，"没想到你竟然能记住夫子说的话，你的进步真大！说吧！你想让我干什么？"

"龚组长，你真聪明。"马岩说，"我听说你的书法很不错，以后你可要多多帮助我练习啊！"

两人正说着，另一边欧阳老师喊大家聚集到一起。原来，参观就要结束了，她想询问大家都有什么样的感受。

同学们七嘴八舌地讨论，有的说孔子十分伟大，以后要向他学习；有的说孔子性格仁厚，不畏艰难……

就在大家议论纷纷的时候，马岩突然说道：

"我觉得，孔子是个普通人！"

听到这句古怪的话，大伙全都盯着马岩。平常在课堂上，马岩没少说"傻话"，大家猜他今天恐怕又要闹笑话了。

马岩想起这段时间和孔子的接触，激动地说："孔子是个普通人，但是，他在那个时代开办私学，做了很多人连想都不敢想的事情。他经历了很多的磨难，但他从未放弃。孔子想要告诉大家的是，'不怨天，不尤人'。我们只需朝着自己的目标而不懈努力，不要在乎结果，也不要担忧失败，更不要随波逐流，自暴自弃。"

同学们全都傻了眼，这个口若悬河的马岩，还是平日里那个喜欢上蹿下跳的捣蛋鬼吗？

马岩嘿嘿一笑，回过头看着孔子的画像，暗暗说：夫子，多谢您的教导！

这次孔子纪念馆的参观之旅，也终于要画上句号了。在欧阳老师的带领下，大家有序离开。虽然收获匪浅，但马岩还是觉得有些遗憾，这个遗憾就是麒麟兽。

他不明白，明明一起回来的，麒麟兽怎么就消失不见了呢？

龚倩倩猜测，麒麟兽恐怕不得不离开，可又担心分别时太难过，所以悄悄走了。

此时临近傍晚，温和的暖风吹拂到脸上，耳畔是城市低沉的喧闹声，眼前是车水马龙的热闹街景。和春秋时代相比，这里远离战争和灾难，一切都是那么的美好。

不过，就在马岩和龚倩倩走到广场上时，马岩觉得领口变得有些鼓鼓囊囊，一个滑溜溜的东西钻进了他的怀中。低头一瞧，发现麒麟兽竟然带着香炉，悄悄藏进了他的衣服里。

原来，麒麟兽并没有偷偷离开，而是害怕被欧阳老师发现，所以才一直躲在暗处。后来，它又趁着大家不注意，顺势化作一缕淡烟，悄悄藏身马岩怀中。

瞧着麒麟兽俏皮的模样，马岩忍不住抱着它，原地转起了圈。龚倩倩看着他们欢快的模样，也忍不住加入其中，一边蹦跳着，一边吟唱起他们在春秋时代学会的歌谣。

看样子，以后他们之间，还会发生更多精彩的故事！

《论语》笔记

子曰:"莫我知也夫!"子贡曰:"何为其莫知子也?"子曰:"不怨天,不尤①人。下学而上达②,知我者其天乎!"

——《论语·宪问》

【注释】

①尤:责怪,怨恨。

②下学而上达:下学人事,上达天命。

【译文】

孔子说:"没人了解我啊!"子贡问:"为什么说没人了解您呢?"孔子说:"我不埋怨天,也不责备人,下学礼乐而上达天命,了解我的恐怕只有天吧!"

【拓展】

马岩说得没错,孔子也是一个普通人,但他与普通人又有所不同,他有强烈的责任感,有勤奋刻苦的精神,有公正、仁爱、宽容、谦虚的美德,还有积极进取,又乐天安命的态度。面对实现理想的艰难困苦,孔子从不埋怨上天的不公,也不责怪那些不理解他的人。他只是尽自己最大的努力去唤醒世人,去改变现状,即便知道有些事情可能永远不能实现,他也不放弃自己的信念。

我们应该效仿孔子的这种心态。凡事尽力而行,遇到问题不怨天尤人。事情成功了,不居功自傲;事情没有做成,也不要灰心丧气,继续开始新的奋斗旅程。只要生命不停息,奋斗就没有止境。如果一直以这种心态处世,一个人想要没有作为,也是不容易的。

孔子生平年表

公元前551年 孔子出生	生于鲁国陬邑（今山东省曲阜市），名丘，字仲尼。
公元前549年 三岁	父亲去世，母亲带着他搬到曲阜城。
公元前537年 十五岁	立志于好好学习各种知识。
公元前535年 十七岁	母亲去世。
公元前533年 十九岁	娶宋国人亓官氏为妻。
公元前532年 二十岁	孔子有了一个儿子，取名鲤，字伯鱼。
公元前522年 三十岁	开办私学，有了第一批弟子。
公元前518年 三十四岁	拜访老子，向他请教周礼。

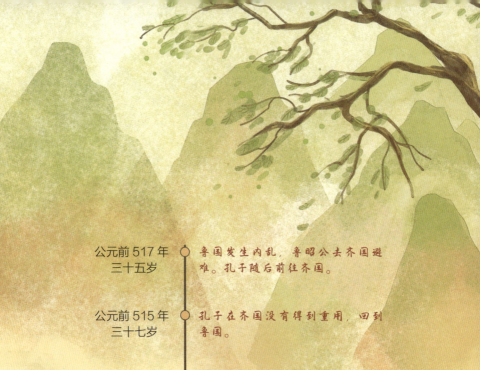

| 公元前 517 年 三十五岁 | 鲁国发生内乱,鲁昭公去齐国避难。孔子随后前往齐国。 |

| 公元前 515 年 三十七岁 | 孔子在齐国没有得到重用,回到鲁国。 |

| 公元前 501 年 五十一岁 | 被任命为中都宰。 |

| 公元前 500 年 五十二岁 | 由中都宰升任小司空,后又升任大司寇。 |

| 公元前 497 年 五十五岁 | 孔子离开鲁国,开始周游列国。在接下来的十四年里,辗转于卫国、陈国、蔡国、楚国等。 |

| 公元前 484 年 六十八岁 | 结束周游列国的生涯,回到鲁国,专注于教育及整理文献工作。 |

| 公元前 479 年 七十三岁 | 孔子去世。 |

论语大学堂

朝堂上的仁心

侯骁言 著　乐科科 绘

北京理工大学出版社

版权专有　侵权必究

图书在版编目（CIP）数据

朝堂上的仁心 / 侯骁言著；乐科科绘 . -- 北京：北京理工大学出版社，2024.6
（论语大学堂）
ISBN 978-7-5763-3979-6

Ⅰ.①朝… Ⅱ.①侯…②乐… Ⅲ.①儿童故事—作品集—中国—当代 Ⅳ.① I287.5

中国国家版本馆 CIP 数据核字 (2024) 第 093787 号

| 责任编辑：李慧智 | 文案编辑：李慧智 |
| 责任校对：王雅静 | 责任印制：施胜娟 |

出版发行	/ 北京理工大学出版社有限责任公司
社　　址	/ 北京市丰台区四合庄路 6 号
邮　　编	/ 100070
电　　话	/（010）68944451（大众售后服务热线）
	（010）68912824（大众售后服务热线）
网　　址	/ http://www.bitpress.com.cn

版 印 次	/ 2024 年 6 月第 1 版第 1 次印刷
印　　刷	/ 三河市金元印装有限公司
开　　本	/ 880 mm × 1230 mm　1/32
印　　张	/ 6
字　　数	/ 123 千字
定　　价	/ 109.00 元（全 3 册）

图书出现印装质量问题，请拨打售后服务热线，负责调换

content 目录

- 01 放假啦 /001
- 02 穿越 /008
- 03 被发现了 /015
- 04 重逢 /021
- 05 子路和子贡 /029
- 06 闯祸了 /037
- 07 上任 /045
- 08 监视 /052
- 09 狡猾的羊贩子 /059
- 10 整顿市场 /067
- 11 治理旱灾 /074
- 12 桔槔灌溉术 /080
- 13 奇怪的脚印 /088

- ⑭ 地摊经济 /095
- ⑮ 论道 /101
- ⑯ 猛兽来袭 /108
- ⑰ 跟踪调查 /114
- ⑱ 原来是这样 /120
- ⑲ 风波再起 /128
- ⑳ 齐文思的秘密 /135
- ㉑ 另有隐情 /141
- ㉒ 灯下黑 /148
- ㉓ 大阿鲁 /155
- ㉔ 神秘人现身 /161
- ㉕ 幕后真相 /168
- ㉖ 一场闹剧 /175
- ㉗ 回家啦 /180

放假啦

"放假啦!"

下课铃声响起,学生们一边大声叫嚷,一边兴奋地冲出教室。眨眼间的工夫,原本安静的校园,变得热闹起来,到处都是孩子们的欢声笑语。

五一班的学生马岩像一匹脱缰的野马,肆无忌惮地在校园里奔跑。然而,几个朋友喊他去操场上玩游戏,他却拒绝了。

因为他有更重要的事情要去做。

几个月前,马岩在参观孔子纪念馆的时候,误打误撞结识了具有神秘力量的上古神兽麒麟兽。而后,马岩在麒麟兽的帮助下,和自己的同学龚倩倩一起,前往距今两千五百多年的春秋时代,寻找神秘竹简的下落。

穿越后,马岩和龚倩倩认识了孔子及其弟子。他们和孔子一起经历了许多有趣的事情。最后,他们找到了神秘竹简,同孔子告别,回到了现代。

经历过上次的历险，麒麟兽便和马岩、龚倩倩成了好朋友。正好麒麟兽居无定所，马岩便邀请它留在自己身边，这两个性格相近的"捣蛋鬼"，很快便好得宛如穿一条裤子似的。

气喘吁吁的马岩一进门，发现父母还没有下班，而麒麟兽就躺在沙发上，一边吃零食，一边悠闲地看电视。自从感受到现代社会的便利后，麒麟兽还真是有些"乐不思蜀"呢！

"麒麟兽……"马岩上气不接下气地跑到它的身旁，"我们……我们……"

"我知道，你们放暑假了！"麒麟兽不紧不慢地嚼着薯片，回应道，"这句话，你今天早上出门前已经跟我说过不下一百遍了。"

"不是，我和龚组长发现了一件重要的……事情！"

"别着急！"麒麟兽说道，指了指门外，"有人来了。"

马岩刚一转过头，便听见一阵急促的敲门声，开门一看，是同样气喘吁吁的龚倩倩。

"马岩，你……你跑那么快干吗？"

"嘿嘿，龚组长，"马岩挠了挠头，"我不是着急把我们的发现告诉麒麟兽吗？"

听到这句话，麒麟兽丢掉手中的零食，晃晃悠悠地飘到两人身旁。

"什么发现？你们两个难道瞒着我做什么坏事了？"

"怎么会呢？"龚倩倩说，"夫子曾叮嘱过我们，'苟志于仁矣，无恶也'。一个人如果立志于仁，就不会去做坏事。别忘了，我们可是孔子的弟子，一定会遵师嘱，远离各种不好的事情。"

"没错！"马岩一本正经地说，"麒麟兽，你知道吗？龚组长今天在一本历史书上，读到了孔子的故事。"

龚倩倩接过话茬，解释道："是这样的，我们上次穿越回来的时候，夫子正要去齐国，想迎回被驱赶的鲁君。我今天在历史课本上读到了后面发生的事情。鲁君担忧自己的安危，迟迟不肯返回鲁国，夫子也只能暂时逗留在齐国。而齐国国君早就听说过夫子的名声，想要招揽夫子，为齐国所用……"

"这不是挺好的吗？"麒麟兽说道，"夫子不是一直想要用自己的学识来造福百姓吗？"

"你有所不知，"龚倩倩说，"齐国的部分权臣听闻齐王想要重用夫子，施行仁政，担心自己的利益受损，纷纷表示反对，甚至有人中伤夫子，说夫子只会强调繁文缛节，于强国富民无益。齐侯听信了这些谗言，对夫子置之不理。真是：'君子周而不比，小人比而不周'！"

"倩倩，你的意思是：君子合群而不与人勾结，小人与人勾结而不合群？"马岩看到龚倩倩点了点头，有些得意地笑了笑，然后对麒麟兽说，"总之，夫子在齐国的处境很尴尬，万一有人想要对夫子不利，恐怕夫子就像……"

马岩挠了挠头，"就像鱼掉在菜板上。"

"哈哈哈，你啊！"龚倩倩笑着看了一眼马岩，又转头对麒麟兽说,"麒麟兽,夫子现在的处境很糟糕,我觉得我们应该穿越回去,去齐国帮帮夫子。"

"你们说得在理,"麒麟兽点了点头,"那我就带你们穿越到夫子在齐国的那个时间段,帮助夫子渡过难关。"

"不过,眼下有一个困难,"龚倩倩说,"麒麟兽必须要借助那个时代的文物才能施展魔力,进行穿越,但一时半会儿之间,我们上哪去找这样的文物呢?"

"别担心,"对于这个问题,麒麟兽倒显得信心十足,"别忘了,我可是在孔子纪念馆里待了很久的,你们还记得遇见我的那间屋子吗?其实最里面还有一间仓库,里面藏有和夫子有关的各种文物。我想,那里面肯定有夫子在齐国使用过的东西。"

"太好了!"马岩和龚倩倩开心地击了下掌,异口同声地说道,"我们又能见到夫子喽!"

上次穿越归来后,两人有意无意地收集了很多穿越所需的物品,如符合春秋时代风俗的衣物,还有日用品,这次全都带在身上。

他们一进入孔子纪念馆,就听到广播里传来闭馆的提示音。此时,保安正在换班交接,展厅里只有几名游客零零散散地往大厅走。趁着这个机会,藏在马岩怀里的麒麟兽,指导两个小伙伴,朝展厅后面跑去。

到了麒麟兽口中的仓库前,马岩和龚倩倩停下了脚步,因为眼前是一扇厚实的防盗门。麒麟兽笑着说:"该我上场了!"只见它化作一缕烟雾,从门下的一处缝隙飘了进去,一分钟后,马岩和龚倩倩听见门扇内传来开锁的声音。

防盗门缓缓打开,"欢迎,欢迎!"麒麟兽站在仓库里,得意扬扬地说,"以前外面游客多,我嫌吵,就会溜进来睡觉。"

仓库的大小接近一个篮球场,里面整整齐齐地排列着几十个玻璃柜台,每个柜台里面都陈列着一件和孔子有关的文物。

"这些可是工作人员费了好大力气,从各地收集而来的,而且……"麒麟兽在空中转了一圈,像是在巡视自己的家,"每次展出都只会展示一小部分,就像你们上次看到的神秘竹简。"

"原来如此!"龚倩倩一边说,一边根据玻璃柜台上的铭牌寻找。很快,她便找到了一件孔子在齐国时使用的古琴。

传说,伏羲氏看到凤凰落到梧桐树上,就用梧桐木为原料,制作了一把琴。舜制作了一把五弦琴,周文王为琴增加一根琴弦,后来武王又增加了一根弦,所以古琴大多为七弦。只见眼前七弦古琴的琴首为方形,而琴颈和琴肩处内收,呈现圆弧状,腰部内收为一方条。整体造型简洁,有圆有方,颇有些儒家处世之道的意味。

"真漂亮啊!"龚倩倩看着古琴,忍不住称赞道。

另一边,急性子的马岩似乎一秒钟都不想多等,他没兴趣欣赏古琴,而是不停催促麒麟兽施展本领,带着他们穿越。

麒麟兽无奈地看了马岩一眼,回答道:"别急,这就开始。"随后,它闭上双目,将双爪放在身前,不停地画圈。不一会儿,在它的双爪之中缓缓出现一团烟雾,烟雾很快笼罩住玻璃柜台中的古琴。

"啊……哟嘿哈……"眼看烟雾四起，麒麟兽立刻开始吟唱某种神秘的歌谣，而烟雾像是能够听懂这些歌谣一样，逐渐扩散，将马岩和龚倩倩也笼罩起来。

《论语》笔记

齐景公①问政于孔子,孔子对曰:"君君,臣臣,父父,子子。"公曰:"善哉!信如君不君、臣不臣、父不父、子不子,虽有粟,吾得而食诸?"

——《论语·颜渊》

【注释】

①齐景公:名杵臼,齐国国君。

【译文】

齐景公向孔子请教怎样能治理好国家。孔子回答:"君要像君,臣要像臣,父亲要像父亲,儿子要像儿子。"齐景公说:"讲得好啊!假如君不像君,臣不像臣,父亲不像父亲,儿子不像儿子,虽然有很多粮食,我能吃得着吗?"

【拓展】

孔子主张以"礼"治国,让国中的每个人都明白自己的角色,做大臣的忠于职守,做国君的勤政爱民,普通老百姓都知道礼义廉耻、父慈子爱。如此,一国上下才能尊卑分明,井然有序。

其实,孔子的道理不单适用于一国,任何组织都是如此。确立名分,也就是确立了职责、义务,组织运作起来才能井然有序,处于其中的人才能各司其职。反之,若大家身处一个组织,不明白自己在组织中的角色,也不知道应该对谁负责,那这样的组织是不可能正常运作的。

穿越

烟雾弥漫，马岩四处张望，惊讶地发现方才还摆放在柜台中的古琴，此时已不知所踪，仿佛融进了烟雾中。伴随着麒麟兽的歌声，它脚下的烟雾变成一道阶梯，这便是能够穿越时空的神秘通道。

"跟我来！"麒麟兽停止吟唱，跳上台阶。

马岩紧随其后，跃上台阶。他感觉自己仿佛踩在棉花上，而且每走一步，身体都变得更轻盈，仿佛下一秒就可以飞起来。

另一边的龚倩倩则伸开双臂，缓步向上，尽量使身体在烟雾台阶上保持平衡。

两人一级一级往上走，觉得自己好像离地面越来越远，似乎走到了天上。马岩忍不住朝下面一看，这可把他吓得不轻，因为不知道怎么回事，下面不是仓库，而是看不见底的黑色深渊，除了脚下那孤悬其上的云雾之梯，再没有别的东西能够支撑他们。

"麒麟兽……"马岩望着在前面带路的麒麟兽，战战兢兢地问,"还有……多远能够到啊?"

"快了,快了,"和紧张的马岩相比,麒麟兽显得十分淡定,只见它绕着云雾之梯转了个圈,飘到马岩耳旁,颇为嘲弄地问,"你是不是担心自己会掉下去啊?"

"哪有?"马岩虽然强装镇定,但那不停颤抖的双腿还是出卖了他。

麒麟兽指着前方,只见笼罩在台阶上的云雾猛然散开,一扇闪着五色霞光的洞口缓缓出现,洞后就是他们穿越的目的地。

"太好了!"马岩三步并作两步,迅速地来到洞口前,这才松了口气,转而将注意力全都集中到眼前五彩缤纷的洞口上。

龚倩倩也紧随其后。等到了洞口旁,她忍不住将手伸进那散发着霞光的洞口,没想到,她的手掌仿佛被一股不知名的力道拽住,动弹不得。

"别着急,"麒麟兽来到他们的身后,两只前爪渐渐伸长,将他们搂在怀里,"想要进入时空隧道,必须要得到它的应允。"

说罢,它轻轻发力,马岩和龚倩倩双脚离地,飘在了半空中,而散发着霞光的洞口,突然闪过一道斑斓的光。

马岩注意到,随着光线越来越强,洞中的景象越来越清晰,好像有数不清的人影在洞中来回移动,而人影旁的建筑等景观,也在以肉眼可见的速度发生着变化。

"准备好,"麒麟兽叮嘱道,"出发!"

话音刚落,两人只觉得身体瞬间失重,耳畔的风声也愈发强烈。之前看到的那些人影、景观，此时就像一幅幅翻动的画卷，在他们面前飞速而过，仿佛数千年的历史，正以这种方式向他们问候。

又过了几秒，周围的风声消失，霞光将他们笼罩其中，还没等他们弄清楚是怎么回事，那些光线像是有催眠的力量一样，他们慢慢地闭上了眼睛，迷迷糊糊地睡了过去。

不知道过了多久，马岩觉得身体下面像是垫了一块木头，硬邦邦的，硌得他生疼。

"哎呀！"他刚要翻身，可是一抬头就猛地撞上了一块硬邦邦的东西，剧烈的疼痛感瞬间让他清醒了不少。

"这是什么东西啊，我差点……"

马岩刚要抱怨，但旁边的龚倩倩却赶忙捂住了他的嘴巴，并用手示意他不要大喊大叫。

在龚倩倩的提醒下，马岩才注意到，怪不得自己会被硌得生疼，原来，他们此时竟然躺在一根粗大的房梁上！

这根梁柱比马岩的腰粗不少，而且上面落满了灰尘，一看就知道年头久远。

虽然上次游历春秋时代的时候，马岩和龚倩倩对古代建筑多多少少有了一些了解，可此时他们身处的这座建筑，似乎有些超出了他们的想象。

房梁下方是宽敞的大堂，正中央的位置摆放着一张巨大的雕花案几，上面整齐地摆放着一些玉器；而在案几四周，放置着许

多精致的青铜雕像，每一件都异常精美，繁复而精致的造型，彰显着贵族的豪奢之气。

梁柱上挂着一条条精美的丝织品，如众星拱月般，映衬着悬挂于半空中的青铜灯具。下面站着不少宫侍打扮的内臣，个个领首低眉，表情肃穆，像是随时等待召唤。

马岩打量着四周的情况，有些惊讶地问："这……究竟是哪里？"

麒麟兽摇了摇头，"我也不清楚。"

龚倩倩则趴在梁上，认真看着下面宫殿的情况，小声说："这里该不会是齐君的宫殿吧？"

就在两人猜测之时，下方传来了人们交谈的声音，他们急忙闭上嘴巴，躲在暗处，小心地观察。

几个身着华服的男人缓步走入大殿，领头的男子身穿紫色袍服，头戴华冠，显得格外威严。

那人走向大殿正中的座位，然后坐了下来。他低头看着下面的人，其他人恭恭敬敬地站着。几秒钟后，有一个人站了出来，说："主君，臣有一事想说。"

"这里难道是……"龚倩倩看着下面的场景，恍然大悟道，"我猜，这里大概是公宫，坐在位子上的就是国君。"

"真的吗？"马岩露出喜色，伸长了脖子张望道，"太好了，我还没见过古代的国君呢！我看看他长什么模样！"

"别捣乱了，快藏好。"龚倩倩此时满脸凝重，"万一让他们发现了我们,说不定会发生什么事情呢!"

"没错,"麒麟兽也借机提醒道,"擅闯宫殿可是重罪,千万不能被发现了。"

等下面的人汇报完后,坐着的那名男子大声问:"依诸位之见,应该由谁来担任致密城的邑宰呢?"

听到这句话,下面有一人站出,回答道:"主君,臣举荐孔丘,他德才兼备,还有心为国效力,定能胜任此职。"

《论语》笔记

孔子不仕①,退而修诗书礼乐,弟子弥②众,至自远方,莫不受业焉。

——《史记·孔子世家》

【注释】

①仕:做官。
②弥:更加。

【译文】

孔子不再出仕做官,退闲在家,潜心研究《诗》《书》《礼》《乐》这些典籍,他的弟子越来越多,有的从很远的地方慕名而来,都来跟随孔子学习。

【拓展】

孔子在齐国时,齐景公本想任用孔子,但遭到了以晏婴为首的大夫们的反对,晏婴对齐景公说:"儒者能说会道,不能用律法来约束;他们高傲任性,不能当臣下驱使;他们为了隆重的丧礼不惜耗尽财力,会带坏社会风气;他们四处求官,不能用他们来治理国家。周室衰微,礼乐制度已经没落了,现在孔子想恢复这些不实用的东西,不适合我们的国情,只会伤害老百姓。"齐景公于是没有任用孔子。

孔子很失落,回到了鲁国。不久流亡在外的鲁昭公病逝,昭公的弟弟公子宋成为新君,即鲁定公。鲁定公继位后,季氏的权势更大,国君几乎成了傀儡。孔子见国家混乱,心痛不已,便不再谋求做官,闭门研习学问,同时广招弟子。

03 被发现了

孔丘？

龚倩倩和马岩同时反应了过来,难道他们说的人,是孔夫子？

另一边,在听到"孔丘"的名字后,那位国君却显得有些犹豫,只见他连连摇头,叹气道:"孔丘在教徒授课上是个人才,可是治理地方不是小事,他能胜任吗？"

"君上所虑极是！"

人群中站出一人,大声说:"孔丘这个人,自认为有一些名气,整日宣扬他那所谓的治国之道,可惜这么多年,仍是一无所成。由此可见,这个人并无真才实学,还望大王明鉴。"

胡说！要不是躲在房梁上,马岩真想大声反驳几句。旁边的龚倩倩看出了他的想法,拍了拍他的肩膀,低声说:"别冲动,我们还不知道,他们说的究竟是不是孔夫子呢！"

"是啊！"麒麟兽也安慰道,"孔夫子博学多识,应该不会有人质疑的。兴许他们说的那个人,和夫子只是名字相近而已。"

此时,大臣们也因为孔丘而发生了争执,有人说孔丘有才华,有人说孔丘名不副实,宫殿瞬间变成了辩论场。看到这样的情景,国君无奈地摆了摆手,示意众臣都住口。

"既然双方争执不下,我看,召孔丘前来,我们一起考一考他,看看他究竟有没有真才实学,不就能分辨清楚了吗?"

说罢,国君示意一旁的侍从,召孔丘前来。

躲在梁上的马岩和龚倩倩也一脸期待。不一会儿,伴随着侍从的通报声,一个男子缓步走进大殿。

只见来人将近五十岁,黑发中夹杂着白发,脸上的皮肤松弛,一双深陷的眼窝中,透露出历经沧桑的眸光。

看到来人是一个略显老态的中年人,马岩忍不住吐槽道:"这怎么会是孔夫子呢?"

"的确……他看上去和孔夫子不太像啊。"龚倩倩有点疑惑地挠挠头,"兴许,这只是个和夫子重名的人罢了。"

"孔丘,"大王看着来人微微一笑,问道,"我问你,要治理好一个地方,先应该怎么做?"

那人沉思几秒钟,然后沉稳地回答道:"回国君,卑职认为应首推'善政'。"

"我问你,你口中的'善政'又是什么呢?"

孔丘看着大王,眼睛闪闪发亮:"善政的核心,乃是'养民'。天下纷争不断,百姓流离失所,苦不堪言,亟须休养生息。所谓'养民',就是政令必须要惠民利民、安民富民。"

"说得真好！"马岩竖起了大拇指，只是他有些疑惑，这位孔丘的声音，为什么如此耳熟呢？

孔丘的话音刚落，就有大臣表示反对，其中一人问孔丘："你说得倒轻松。请问养民的钱从何而来？难不成要削减兵力吗？如今天下纷争不断，就算主君想要休养生息，其他诸侯又是否给我们机会呢？"

说罢，他回身向国君说："臣认为，若想强国，必先强兵。让百姓过苦日子，百姓还能忍受，可要是让士兵过苦日子，那才真是要引发祸事啊！"

另一人站出来，看着孔子，似笑非笑地说："久闻夫子大名，今日一见，果然名不虚传，但不知夫子，以前曾居何位啊？"

孔丘平静地回答道："曾做司职吏。"

话音刚落，有几位大臣就发出了笑声。

马岩有些不解，龚倩倩解释道，司职吏是专管牧场的小官。

有一位大臣讥讽道："一个养马放牧的小官，竟然也敢妄谈治国？实在可笑。我看你也就是嘴上功夫罢了！"

这时，一个声音突然传来："孔丘任司职吏的时候，使得牛羊满圈，足可证明他有管理的能力。"

说话的人身着华服，气度不凡，脸色略显苍白，两撇八字胡向上翘起，眉宇间隐隐带着一股肃杀之气。那几名大臣一见说话之人，就立刻低下了脑袋，显得格外恭顺。

这位替孔丘说话的人，正是季孙氏的家主季孙斯。他地位尊崇，手握大权，在朝中说话很有分量。

季孙斯大声说，"大家既然想要看孔丘是否有真才实学，那么不妨将致密宰的官职委任于他，看看他是否能做出一番成绩来。"

"致密宰？"龚倩倩听到这个官职的时候，不由得想起，孔子好像在五十岁的时候，担任过这个职位，难道……

她仔细打量着下方那名老者，瞬间反应了过来，没错，对方正是他们日思夜想的朋友、老师——孔子。

对马岩两人来说，杏坛之别不过是几个月前的事情，可是在他们这次穿越的时间点里，孔子已经五十多岁了。也就是说，对孔子来说，杏坛分别已经过去近二十年。

看着孔子那花白的头发，龚倩倩不由得流下了眼泪。这二十年间，究竟发生了多少苦难之事，竟然将当初那个意气风发的男人，变得如此老态。

"龚组长，你怎么哭了？"马岩关切地问道。

"没有！"龚倩倩赶忙擦了擦眼泪，"是灰尘不小心掉进了我的眼睛里。"

听到这句话，马岩好心地从口袋里拿出手帕，想要递给龚倩倩，没想到，他之前裹在手帕中、想要送给龚倩倩的发簪，不小心掉了出来。

糟糕！马岩赶忙伸手去接，但还是晚了一步，发簪落到了地上，在肃静的大殿里发出了清脆的响声。

声响虽然不大,但却惊动了一旁的内侍。只见他看了看掉在地上的发簪,抬头一瞧,正好看到趴在梁上的马岩两人。

他大声呼喊道:"主君,不好!梁上有人。"

听到这句话,周围的内侍们全都护在国君的身旁,而下面的大臣们也乱作一团,纷纷呼喊外面的侍卫。眨眼间的工夫,手持兵器的士兵便聚拢到了马岩等人下方。

"这下糟糕了。"马岩忧心忡忡地看着下方的士兵,"要论单打独斗,我是谁都不怕。可要是他们一起上的话……"

龚倩倩无奈地叹了口气,这个捣蛋鬼,都什么时候了,还有心情说笑话。

国君对士兵高声命令道:"快抓住他们!我倒要看看,是谁这么大胆,竟然敢擅闯禁宫。"

形势越来越危急,马岩和龚倩倩都束手无策。一个声音响起:"你们等会儿抓紧我,我用神力帮你们脱险。"

是麒麟兽!

马岩和龚倩倩立刻乖乖地抓住麒麟兽,丝毫不敢动弹。

说时迟那时快,麒麟兽双目圆睁,嘴里默念咒语。刹那间,马岩和龚倩倩只觉得自己的身体仿佛变成了一团云雾,从梁上缓缓飘起,朝殿外飞去。

《论语》笔记

孔子尝为委吏①矣,曰:"会计当而已矣。"尝为乘田②矣,曰:"牛羊茁壮长而已矣。"

——《孟子·万章下》

【注释】

①委吏:管理粮仓的小吏。
②乘田:管理牛马等牲畜的小官。

【译文】

孔子曾经担任过管理粮仓的小吏,只说:"出入的账目已经清楚了。"还曾担任管理牲畜的小官,只说:"牛羊都长得很壮实了。"

【拓展】

孔子是个没落的贵族,他父亲叔梁纥是鲁国有名的猛将,担任过陬邑大夫,不过在孔子年幼的时候,他就去世了。孔子的母亲是妾,被叔梁纥的妻子赶出家门,带着孔子生活得很贫穷。所以,孔子年轻的时候,不得不到处"打工"来养家。后来,有人曾夸赞孔子多才多艺,孔子感慨地说:"吾不试,故艺。"就是说,我年轻的时候,没有机会做官,只能遇到什么做什么,所以学了很多本领。

后来,孔子学问长进,开始"为国效力"。他担任过"委吏",又担任过"乘田"。这些官职虽然卑微,薪水也不高,但孔子总是将事情做得很好。

04. 重逢

大殿中乱成一团的人,还围在柱子旁,拼命朝着上方看。殊不知,马岩和龚倩倩已经借助麒麟兽的神力,飞走了。

过了一分钟,士兵们终于看清房梁了,但却全傻了眼——他们明明看到房梁上有人,怎么一眨眼的工夫,就都消失不见了?

就连马岩自己也觉得不可思议,自己竟然像风筝一样飞到了半空中。他往下看,下方就是鲁国的公宫,放眼望去,宫殿鳞次栉比,气势恢宏。

"龚组长——"马岩大喊,"看来,古人的居住环境也挺不错的。"

"那当然,"龚倩倩扯着嗓子回答道,"春秋时期诸侯国的宫殿建筑,基本上沿袭了西周的宫室营造制度,公宫建造在全城的最高处,而公宫的主要宫殿,会修筑在高大的夯土台基上,目的就是为了彰显威严。"

"原来——是这样——"

正当他们两个欣赏公宫的时候,麒麟兽咳嗽了两声,说:"有件事情,我必须……呼……要告诉你们。"

"什么?"

"穿越……呼……会耗费我大量的体力,"麒麟兽上气不接下气地说道,"再加上刚刚的飞行,我体内的……的力气,已经所剩无几。所以,我们只能……暂时降落了。"

"什么?"马岩着急地说,"麒麟兽,下面可都是士兵啊!就这么降落,我们恐怕立刻就会被发现。"

"别慌!看那边,"龚倩倩指着远处一座高大的建筑说道,"那里像是公宫的宫门,有闯入者的消息应该还没传到那里。麒麟兽,你不妨先降落到那里,然后我们再相机行事。"

就这样,麒麟兽带着马岩和龚倩倩,晃晃悠悠地降落到了宫门外,躲在了一条停靠马车的巷道里。没想到,看守大门的士兵,已经知道了有人擅闯王宫的消息,正紧锣密鼓地安排着抓捕事宜。

"看来,我们这次惹上的麻烦不小啊!"龚倩倩紧张地说,"恐怕那些人一会儿就会过来搜查的。"

马岩环顾四周,发现麒麟兽降落的地方虽然僻静,可是这条巷道只有东西两个出口,而且听声音,这两个出口似乎都有人看守。哎,这下可麻烦了。

这时,看着巷道里停放的那些马车,马岩突然有了鬼主意。

"龚组长,我看眼下我们要想逃出去,只有用'浑水摸鱼'的办法了。"

说着,他指了指最近的一辆马车:"趁现在没人,我们躲进马车里,那些士兵一定想不到。等马车远离公宫的时候,我们再趁机逃出去。"

这虽然不算一个好主意,但眼下也没有更好的办法。马岩和龚倩倩抱着麒麟兽,钻进了离自己最近的一辆马车中。他们刚进去不久,搜查的士兵就赶到了,并开始仔细盘查。

"龚组长!"马岩紧张兮兮地问,"你了解春秋时期的法律吗?要是我们被他们给抓住了,会受到什么样的惩罚啊?"

龚倩倩摇了摇头,叹气道:"我还真没具体了解过这方面。不过,我希望他们能惩罚你一辈子不准闯祸。"

马岩吐了吐舌头,虽然他挺想跟龚倩倩斗几句嘴,可这件事的确从他而起,他只好闭紧嘴巴。

时间一分一秒流过。外面的士兵不仅没有散去,反而越聚越多,而且听动静,好像之前大殿上的那些官员们,也陆陆续续来到了这里。

时间越长,马岩和龚倩倩就越紧张,一个小小的动静就能让他们心跳加速。正当他们祈祷搜查赶快结束的时候,"唰——"马车的布帘突然被拉开,一个略显熟悉的脸庞出现在了两人面前。

"你们、你们是谁?"

来人正是孔子,只不过,距上一次他们相见,已经过去了近二十年,再加上马岩和龚倩倩仍旧是孩童的模样,所以孔子也没能立刻认出他们。

"我们是……"马岩刚要说话,一旁的士兵循声赶来,询问孔子发生了什么事情。

"没事,没事!"孔子笑呵呵地解释道,"我老迈不堪,上车时不太注意,没踩稳。"

说罢,孔子不动声色地来到车上,吩咐车夫驾驶马车。过了一会儿,马车就离宫门很远了。

眼看周围没有士兵,危险已经解除,孔子轻声说:"你们也该出来了吧?"

确定没有危险后,马岩和龚倩倩从马车的座椅架下面,慢慢地钻了出来,而麒麟兽则悄悄藏进了马岩的怀中。看着孔子,两人仿佛有千言万语,却不知道该从哪里开始说。

"多谢夫子救命之恩!"龚倩倩感谢道。

孔子捋了捋须髯,饶有兴趣地说道,"救命之恩?看来我想得不错,刚刚擅闯公宫的人,应该就是你们吧?"

"这个……"龚倩倩有些难为情地低头说道,"果然,什么都瞒不过夫子。"

"夫子,"马岩嘿嘿一笑,"我也多谢您的救命之恩。"

孔子正色道,"我之所以救你们,第一,我看你们还是孩子,不像是为非作歹之人,擅入王宫,恐怕也只是一时淘气……"

听到孔子这话,龚倩倩不免有些好奇,虽然孔子心善,但未免也有些太容易相信别人了吧?

孔子看出了龚倩倩的疑惑,进一步解释道,"当然,除了你们尚且年幼外,另一个原因是……"

说到这里,孔子停顿了一下,声音也低沉了起来,"你们很像我多年未见的两位小友。当年,他们陪我一起讲学、出游,为我带来了很多乐趣,后来他们有事要返回家乡。我本以为过不了多久,他们就会回来,谁知道,二十多年过去了,我们再没相见……之前,我看你们从大殿里逃出去时,那一刹那,真觉得像是那两位小友回来了。"

马岩听到孔子这样说,激动万分地说:"夫子,你没有弄错,我就是……"

他擦了擦眼角的泪花,"我就是马岩啊!"

"你是马岩……"孔子脸上先是露出了惊喜,但紧接着,他皱着眉头将马岩的面容仔细打量了一遍,满脸不可置信,"这……怎么可能啊!二十年过去了,马岩肯定已经长成大人了,你怎么会是马岩呢?"

"这个……"马岩也愣住了,他确实不知道该如何跟孔子解释内情。

龚倩倩此时内心也无比激动,但听到孔子的话后,她迅速冷静了下来。要想让孔子相信他们,恐怕只有将整件事情和盘托出,但他们又该怎么解释穿越的事情呢?

"夫子,"马岩灵光一闪,笑嘻嘻地回答道,"因为在我们二十一世纪,人的相貌很少发生改变,所以你当初看到我们是什么模样,现在我们还是那副样子。"

马岩心想，反正孔子也没到过二十一世纪，他顺口胡诌几句，相信夫子也不会怀疑。

"二十一世纪……"孔子沉默几秒钟，感慨道，"真是个神奇的地方啊！"

不知道孔子是不是有意为之，反正他没有继续追问马岩和龚倩倩的年龄问题，转而询问他们，为何会突然出现在鲁国公宫。

马岩和龚倩倩诚恳地表示，他们此番前来，是想要探望孔子的，但不知道怎么回事，误打误撞走进了公宫。对于不小心被侍卫们发现，折腾那么一出"闹剧"，两人也觉得很不好意思。

听到两人的解释，孔子一脸严肃地叮嘱道："下次可千万不能再这么冒失，万一你们惊扰到主君，恐怕我也救不了你们。"

两人点头答应，龚倩倩想起之前在朝堂上的论述，赶忙询问道，"夫子，关于你的任命，通过了吗？"

孔子点了点头，"主君同意我到致密城担任邑宰。"

"真是太好了，"龚倩倩说道，"夫子，你一定能够在那里施展抱负，名垂青史！"

孔子笑着摇了摇头，说："我的志向不是名垂千史，而是老者安之，朋友信之，少者怀之。让老人安度晚年，朋友之间相互信任，少年能得到关怀。"

看着激动的马岩和龚倩倩，孔子进一步说："我希望能借此机会为致密城的百姓们谋取福利，进而让天下的当权者都知道，只有安民富民的善政，才是立国之根本。"

《论语》笔记

颜渊死,颜路①请子之车以为之椁②。子曰:"才不才,亦各言其子也。鲤③也死,有棺而无椁。吾不徒行以为之椁。以吾从大夫之后,不可徒行也。"

——《论语·先进》

【注释】

①颜路:颜渊的父亲。

②椁:古代棺有两重,内为棺,外为椁。

③鲤:孔鲤,字伯鱼,孔子的儿子,先孔子而亡。

【译文】

颜渊去世了,颜路请求孔子将车卖了,给颜渊做椁。孔子说:"有没有才能,也都是自己的孩子。孔鲤死的时候,也没有椁。我不能卖掉车子步行,来给他做椁。因为我曾担任过大夫,是不能步行的。"

【拓展】

春秋时代,车子是身份的象征。大夫们出行,尤其是上朝,或拜见国君时,步行是不体面、不合礼制的。所以,孔子很珍惜自己的车子,即便在生活困难的时候,也不愿将其卖掉。

历史上没有记载孔子的车子是什么样的,不过孔子身材高大,应该喜欢比较宽大沉稳的车子。当时,鲁国的车子比较轻巧,而宋国沿袭商朝旧制,用的都是大型车子,孔子很是羡慕。所以,当弟子问他如何治国时,孔子曾指出:"行夏之时,乘殷之辂,服周之冕。"即采用夏代的历法,乘坐商代制式的车子,穿周代的服饰。

子路和子贡

在路上,马岩和龚倩倩忍不住询问起了孔子这些年的情况。上次分别的时候,孔子决心前往齐国,迎回被"三桓"驱赶的鲁昭公。可事与愿违,由于各方势力的阻挠,鲁昭公直到逝世,都未能再次踏上鲁国的故土。

身在齐国的孔子,除了想方设法帮助鲁昭公返回鲁国,也不时劝导齐国国君施行仁政,但遭到了齐国贵族的反对,甚至遭到了忌恨与诽谤,最后,孔子只能无奈地离开了齐国,云游四方。

谈话间,马车已经驶到了孔子的家门口。刚下车,一位老仆就迎上前来,孔子向他介绍了马岩和龚倩倩,说是两名曾跟随自己学习过的学生,前来拜访自己。随即叮嘱他收拾行李,自己准备前往致密城上任。

老仆点头答应后,说起了街上戒严的事情,"夫子,我刚刚从街上回来,看到好几队兵卒盘问民众,听说是有人擅闯王宫,国君命令士卒缉拿。现在街上乱糟糟的,有些摊贩怕惹麻烦,暂时收了生意,所以准备日用之物,可能会耽误些时间。"

听到这话,马岩忍不住吐了吐舌头。没想到,他和龚倩倩无意间做的事情,竟然闹出了这么大的动静。

孔子若有所思地看着马岩和龚倩倩,有些担忧地说道:"看样子,这曲阜城,你们是待不下去了。"

马岩和龚倩倩不解,孔子解释道,三桓家臣作乱后,国君心有余悸,宁肯错抓,也绝对不会放过,所以这次的事情,恐怕不会那么容易平息。

龚倩倩低头思量,的确,擅闯王宫不是小事,他们在曲阜城中又是生面孔,万一被抓住,那后果……

"那还不简单。"马岩倒是无所谓,"夫子,就让我们跟您一起去致密城吧!"

这倒是个好主意,既能让马岩和龚倩倩躲避搜查,同时这一路上,两人也能与孔子做伴,可谓一举两得。

孔子对这个提议颇感兴趣,不过他还有些顾虑,自己突然接到的这份任命,细究起来,更像是朝堂上几方势力斗争的结果,以后还不知道藏着多少危险呢!

没想到,孔子此时的犹豫和顾虑,反倒激起了马岩的斗志,他拍了拍胸脯,说:"夫子,您尽管放心,我们二十一世纪的小学生,不怕困难,敢去艰苦的地方锻炼自己。"

听到马岩这番话,孔子笑呵呵地捋了下须髯,"虽然这番话让我有些摸不着头脑,但这就是马岩小友的语气啊!一晃十几年,现在听来，真是倍感亲切啊！"

一旁的老仆询问孔子何时出发，孔子回答道："任命已经下发，晚些时候，我再去办理下手续，你那边要尽快收拾，我们早些出发。"

"夫子，"老仆语气中满是担忧，"您要去的那个地方，条件会不会比这里简陋？生活上会不会不方便啊？而且，我担心那个地方的百姓……"

"哈哈哈……"孔子冲他摆了摆手，"君子居之，何陋之有？有君子去居住，那个地方就不简陋了。你不要过分担心了！"

"那夫子要带哪些人去呢？"

"随从尽量精简，书院里还有一些弟子，倒是可以选出几个精干的随我赴任，也能让他们长长见识。"

话音刚落，只听见一阵急促的脚步声从院内传来，原来是弟子们听闻孔子回来了，纷纷到门口迎接。

"夫子，您回来了？"

带头的那名弟子，一边擦额头上的汗珠，一边如连珠炮似的说道，"我听说王宫内进了刺客，夫子您没事吧？"

马岩和龚倩倩仔细瞧了瞧眼前之人，他的样貌看起来十分熟悉，只是一时半会儿，有些认不出。可还没等他们发问，那人盯着马岩，突然瞪大了眼睛，一脸惊奇地说：

"奇怪了……"只见他颤巍巍地伸出手指，捏了捏马岩的脸蛋，"这家伙，怎么跟以前那个喜欢捣鬼的马岩，那么像啊！"

"他就是马岩,"孔子说道,"仲由,你也没想到吧?"

"不可能!"仲由一脸不敢置信,"我当年见到他的时候,他就是这副模样,这一晃都二十年了,怎么一点变化都没有呢?"

"这世界上奇怪的事情多了,"马岩从仲由手中挣脱开来,"仲由大哥哥,你虽然变老了不少,可性格还是当年那样冲动。"

听到这熟悉的声音,仲由揉了揉脑袋,"没错,还是那个小牛犊一样的脾气,是马岩没错,哈哈哈……"

"大哥哥的力气,可是比以前大不少啊!"龚倩倩欠身施礼说道。

"你一定是倩倩喽!"仲由说道,"还是那么乖巧有礼。看来你们这些年轻小子,以后可真是不得了呢!"

"难不成,谁都跟你一样野性难驯吗?"

说这话的人,是一个儒雅的青年,眉清目秀、面如冠玉,身着一件深色长衫,外罩一层淡灰色的薄纱,手中拿了一卷竹简。

"夫子前些日子说过,'后生可畏,焉知来者之不如今也?四十、五十而无闻焉,斯亦不足畏也已。'年轻人是值得敬畏的,怎么就知道后一代不如前一代呢?如果到了四五十岁时还默默无闻,那他就没有什么可以敬畏的了。我看这两位小友,日后定能做出大成绩来。"

听到对方这话,仲由笑着说:"端木赐,你那副文绉绉的模样,能不能收敛一下,我看着难受。"

端木赐?龚倩倩觉得这名字耳熟,她猛然想起,对方就是历史上有名的子贡,子贡不仅在学业、政绩方面有显著的成绩,更是儒商的杰出代表,有非常高的经商水平,他待人诚实守信,还被有些人称作"财神"。

端木赐和仲由虽然在"斗嘴",可看他们的样子,两人关系显然十分要好。

孔子将自己要去致密城为官的消息告诉了弟子们,并选出了几名弟子随自己一同前往,没被选中的弟子们有些闷闷不乐,纷纷叫嚷着也要同孔子一起赴任,好在几名年长弟子耐心劝导,大家总算是没再继续"抗议"。

次日,随孔子一同赴任的弟子们纷纷装点行李,而孔子则到公宫,领取了赴任所需的文书。一行人忙忙碌碌,又耽搁了一天。直到第三天上午,众人才出发前往致密城。

快要出城时,车夫提醒众人,城门有人查验。马岩见状,赶忙带着龚倩倩钻到了马车的座位下。

马车停在城门下,几名士卒走上前来,只见领头的那名伍长,挺着肚子,迈着大步,晃晃悠悠地走到孔子车前,一脸嚣张地说:"国君有令,近日有人袭扰王城,所有过路者,都要严加盘查。"

说罢,他打量起孔子的车队,故意装出一副为难的样子,"你们这么多人,盘查起来,恐怕很是麻烦,不如……"

说到这里,他故意冲着孔子做了个"委婉"的手势,似乎是在告诉孔子,只要花点钱,那么他刚说的问题,立刻就能迎刃而解。

孔子没想到,光天化日之下,对方竟然如此直白地向自己索要贿赂,他装作没看到,故意别过脸去。

那名伍长眼看孔子态度强硬,刚要发作,只听见旁边传来一个威严的声音:

"全部都住手,在孔夫子面前,你们也敢这么无礼!"

伍长回头一看,发现说话之人竟然是季孙斯,吓得赶忙跪在地上,身体也不由自主地抖动了起来,全然没了刚刚那副嚣张的模样。

季孙斯笑呵呵地走到孔子面前,说:"夫子前去赴任吗?怎么如此着急?"

孔子点了点头,说:"早些去,能多了解一些致密城的民情。"

"夫子有此考量,可见国君和我的选择没错,但有件事情,还望夫子记得。"

"请讲。"

季孙斯说:"朝廷上,反对你当官的人不在少数,我知你是人才,所以才举荐你任致密宰,日后到了任上,若有人为难你,你务必向我禀告,我一定会帮你。"

"请放心,孔丘到致密城后,定会遵守法纪,秉公治理,绝对让那些人无话可说。"

"这样就好!"季孙斯似乎话里有话,"能管的事情,你要管,管不了的事情,夫子可……"

"若是不平之事,管不了的也要尽力去管!"孔子笃定地回答道,"见利思义,见危授命,久要不忘平生之言,亦可以为成人矣。

看到利益想一想合不合乎仁义，遇到危险愿意献出生命，在穷困的日子里不忘平生的志向，这样的人才是一个真正的人。"

听到孔子的回答，季孙斯没有言语，而是利落地转过身，在几位仆从的簇拥下登车离开。

《论语》笔记

子曰:"君子周①而不比②,小人比而不周。"

——《论语·为政》

【注释】

①周:合群。
②比:相互勾结。

【译文】

孔子说:"君子团结大众,而不会与人勾结;小人与人勾结,而不能团结大众。"

【拓展】

孔子的才华有目共睹,鲁公执政的"三桓"自然也明白,其实他们也非常想拉拢孔子,令其为己所用。同时,孔子也渴望参与政事,以实践政治理想。每当有为官机会时,孔子都会慎重地考虑。

"三桓"曾几次推荐孔子做官,但他们很快发现,孔子这个人可以被任用,却不能被拉拢。因为孔子以道义为原则,与人交往。即便受了某人的恩惠,也不会与之相互勾结。历史上有很多类似的君子,譬如同是春秋时代的韩厥,他是晋国大夫,受权臣赵盾提拔而担任执法官,刚一上任就将赵盾的亲信处死了——那人不守法纪。赵盾听闻后,召见韩厥,大家都为他感到担心。没想到,赵盾却嘉奖了他,说:"君子公正而不结党营私。你做得对,我没有看错人。"韩厥很幸运,遇到了赵盾;而孔子则不走运,遇到了"小心眼"的"三桓"。

闯祸了

看到孔子一行人竟然认识季孙氏家主，守城的士卒也不敢再为难孔子等人。那名伍长一脸谄媚地冲着孔子笑了笑，然后手忙脚乱地示意手下放行。

马车朝着致密城的方向驶去。

马岩探出脑袋，看着逐渐远去的曲阜城，轻轻地松了口气。"好险啊！"他擦了擦额头上的汗珠，"要不是刚刚那个人，我们说不定就被士卒发现了。"

龚倩倩看着孔子，有些不解地问道："夫子，为什么刚刚那个人要帮我们呢？"

孔子摇了摇头，回答道："他并不是在帮我们，而是在展示自己的权力和威势。"

"夫子，"端木赐问道，"我刚刚听到，季孙斯大人叮嘱您'管不了的事情'，是不是在暗示什么？"

孔子摇了摇头，说："这件事情，恐怕只有我们到了那里才能明白。"

"夫子,您别担心,"马岩宽慰道,"我们那儿有句俗话,车到山前必有路。只要我们不怕困难,困难一定会绕着我们走。"

"我倒是想和困难见面,"同样是天不怕地不怕的仲由自信地说道,"等到了致密城,要是有谁敢难为夫子,我可不会对他客气。"

看着仲由的样子,龚倩倩忍不住想起后世史书对他的评价:"性鄙,好勇力,志伉直"。不过仲由虽然好逞勇武,但他更多是为了伸张正义。而且,他是有情有义之人,对孔子也极为忠诚。

"不要老想着用拳头解决问题,"旁边的端木赐说道,"夫子此行是受了君命,我们更应该谨慎行事,万一落人口实,反倒是会让人觉得我们仗势欺人。"

孔子看了看两人,低声说道:"端木赐的考虑更全面,仲由,你虽然跟随我很长时间,但是身上的野气始终未能脱除干净,现在尚且不是一名儒雅的君子啊!"

"我不太赞同这句话,"马岩看向仲由,"人需要有个性,我看,伉直好勇恰恰是仲由大哥哥性格中最闪光的地方。"

孔子赞许地看向马岩,说:"你的性格跟仲由倒是挺相似,你们俩觉得我哪些话说得不对,会第一时间反驳,这很好。"

孔子从车厢里取出一把古琴,饶有兴致地说道:"路途颠簸,我来为你们抚琴一曲,正好也能帮助大家安定心神。"

看着孔子的古琴,马岩和龚倩倩同时眼前一亮。他们仔细打量着那把古琴,那简洁的造型、上好的质地,分明同他们在博物馆里看到的一模一样。

"夫子,这把琴,不是您在齐国时使用的吗?"性急的马岩脱口问道。

"哦?"孔子有些好奇地看着马岩,"你怎知我在齐国时用过这把琴?"

"是……"马岩一时语塞,不知该如何回答。

"是我们在帮忙搬行李的时候,从其他弟子口中偶然听到的。"旁边的龚倩倩赶忙替马岩解围道。

"这把琴的确同我在齐国时用的那把古琴一模一样,只不过……"说到这里,孔子露出十分惋惜的神情,"后来,在返回鲁国的路上,那把古琴不小心遗失了。这把古琴,是前些日子,我找名家仿制的。"

"是这样啊……"马岩松了口气。他同龚倩倩对望一眼,彼此也终于明白,为何他们会穿越到这个时代,看来,孔子纪念馆不小心犯了个"错误"。

伴随着孔子那优美的琴声,众人继续赶路。曲阜城和致密城相距大约有两百公里的路程,对于马岩、龚倩倩这样习惯现代便利交通的人看来,或许距离并不算远。但在春秋时期,出行工具比较落后,而且道路崎岖,一行人走走停停,到了傍晚时分,才走了一小段路程。

天色渐渐暗了下来,孔子决定暂时歇息一夜,等明日再继续

赶路。当务之急,是先找一个能够落脚的地方。马夫对附近比较熟悉,他告诉孔子,此处距离驿站较远,不如到村落里寻处人家。

车夫得到孔子的应允后,朝着附近的村落而去。众人赶了一天路,此时身心俱疲,也全都跳下马车,活动身体。谈笑之时,他们身后传来一个喊声:

"喂!怎么回事?看好你们的马!"

只见一位身着粗布衣裳,脚穿草鞋,面庞黝黑的老农,一边挥舞农具,一边跑了过来。

大家回头一看,原来,队尾一辆马车的马匹挣脱了缰绳,跑到田埂边,正伸头嚼食着地里的谷苗呢!

孔子见状,急忙吩咐弟子们将马匹牵回来,可仍旧有不少谷苗被马糟蹋了。

农民看了看受损的田地,又看了看一旁的马匹,怒目圆睁,

一把拽住缰绳,牵着马走上前来,指着众人大声地说:

"你们的马毁了我这么多的谷苗,实在可恶!要是不给我一个说法,这匹马你们就别想要走。"

看着对方气势汹汹的模样,众人一时间不知道如何应对,口才颇好,且满腹经纶的端木赐,自信地对孔子说:"夫子,且让弟子同他商量一下。"

马岩对龚倩倩低声说:"这位端木赐哥哥看起来把握十足,看来,我们的马很快就能要回来了。"

端木赐走到农夫面前,轻轻施礼,说道:

"这位老伯,我们是外乡人,初到贵地,一路上舟车劳顿,就停车休息。没想到,马儿顽劣,竟然偷吃了您的庄稼,实在抱歉。可是……"

端木赐指着那匹犯错的马,说:"您不由分说,就抢走我们的马,这是不是有违君子之道?孰能浊以止,静之徐清;孰能安以久,动之徐生?"

听到端木赐这样说,农夫脸上的神色更难看了。他跳了起来,指着端木赐的鼻子吼道:"什么'君子之道'?我听不懂!你说了这么多,叽里呱啦一大堆,但是一点儿认错的意思都没有!"

"不,不,"端木赐解释道,"既然做错了,我们就肯定会认。只是凡事不要冲动,《诗经》上曾有云……"

农夫不耐烦地摆了摆手,说:"什么'湿'的、'干'的,跟我没有关系,我只知道,你们的马毁坏了我的庄稼,你们要给我一个说法!"

农夫将农具插到地上,双手拉紧缰绳,别过脸去,不想再听端木赐的话。这下,满心要同对方理论的端木赐也没了办法,只能灰溜溜地回到孔子身边。

他惭愧地说:"夫子,真是抱歉,我没能说服他。"

没想到,孔子哈哈一笑,说:"你就是跟他从白天说到夜晚,再从夜晚说到白天,恐怕也没办法说服他。"

端木赐面露疑惑,"弟子说得可都是正理啊!为何不起作用呢?还望夫子指教。"

孔子解释道,"用别人听不懂的道理去说服他,就像请野兽来享用祭祀的贡品,请飞鸟来聆听宫廷的韵乐一样,是不合适的。不患人之不己知,患不知人也。不怕别人不了解自己,只怕自己不了解别人。"

正说着,前去问路的车夫赶了回来,孔子将马匹毁坏庄稼的事情讲给他听。没想到,车夫听完后,拍了拍胸脯,说自己能把马儿要回来。

说罢,车夫快步走到农夫身边,俯下身子,一边打量着那些谷苗,一边语气惊讶地说:"奇怪啊!真是奇怪!"

农夫不知道他在干什么,赶忙追问缘由,只见车夫边摇头边说:"这里的谷苗怎么如此矮小?在曲阜城,每株谷苗长得都像大树一样高,人能坐在下面乘凉呢!"

听到这句话,农夫"扑哧"一下笑出了声:"你说的话比刚刚那个人还可笑！天下的谷苗都差不多高啊。"

车夫故意露出一副惊讶的模样，"对啊！天下的谷苗长得都是一样的，这匹马又怎么知道谷苗是谁家的呢？它只知道饿了就要吃啊！"

"哈哈哈……"车夫的话将农夫逗得大笑，拍手道："是啊！你说得有道理，我或许不该跟一头牲畜计较。"说罢，他将马还给了车夫。

车夫接过缰绳，从怀里掏出一些钱币，礼貌地说："我们的马毁坏了您的庄稼，这一点钱就当作是赔偿，请您收下。"

农夫接过钱币，满脸喜悦地拿起农具离开，一场争斗就这样被化解了。

看着车夫牵回马匹，众人不由得向他投去钦佩的目光。马岩追问车夫，为何他的话，就能被农夫听进去呢？

车夫揉了揉脑袋，笑着说道，"我不懂那些大道理，但我知道，农夫最关心的是庄稼，就用它来打比方了。"

孔子总结道："物以类聚，人以群分。农夫大字不识一个，端木赐在他面前大谈书上的道理，有些不知变通了。车夫虽然没读过什么书，但他和农民的学识、修养差不多，因此能用浅显的道理说服农民。"

众人连声称是，天色越来越晚，众人在车夫的带领下，到附近村中，寻找了一处农家，暂时歇一夜。

《论语》笔记

子曰:"可与言①而不与之言,失人②;不可与言而与之言,失言。知者不失人亦不失言。"

——《论语·卫灵公》

【注释】

①与言:与他交谈。
②失人:失去人才。

【译文】

孔子说:"可以同他交谈却没有交谈,这是错失了人才;不可同他交谈却与他谈了,这是说错了话。聪明的人不错失人才,也不说错话。"

【拓展】

在孔子的弟子中,子贡以善辩而闻名,可面对农夫,一贯能说会道的他却一点办法也没有;反观没啥学问的车夫,竟然三言两语将事情谈妥了。可见,说话要看准对象才有效,在不同的人面前说不同的话,既要符合彼此双方的身份,也要考虑对方的接受能力。

孔子就是一个懂得调整自己言行举止的人。《论语》中记载:"孔子在老乡面前,就会表现得恭敬乃至羞涩,像不会说话的样子。到了朝堂上,和职位低的下大夫们交谈,则侃侃而谈,滔滔不绝;和地位高的上大夫们说话,则和颜悦色,正直不阿;等到与国君交谈时,他会非常小心,端庄严肃,恭恭敬敬的。"在孔子看来,说话一定要分对象、分场合,这是处世智慧,也是基本的待人礼仪。

上任

第二日,众人马不停蹄,朝着致密城而去,所幸路上倒也顺利,刚过午后,便来到了致密城。

致密城是鲁国与卫国、陈国、晋国等诸侯国会盟的地方,地处几国交界处,其重要性不言而喻,所以城池修建得十分坚固,高耸的城墙和深邃的护城河环城一周,构成了一道严密的防线。

城墙上的箭楼非常高大,宛如一座宝塔,与远处连绵起伏的山峦相互遥望,甚是壮丽。

没等马岩他们细细欣赏眼下的景色,只见一人径直走上前来,拦住众人的马车,大声问道:

"敢问,车上的可是本城新任邑宰?"

这人年龄大约三十出头,长相敦厚,身材魁梧,穿着一件黑色的短衫,一眼看去,给人一种干练的感觉。

孔子走下马车,轻声问道,"你是何人?"

对方施礼之后,自报家门道:"下官是负责管理本城人口、土地赋税的邑司徒齐文思，已经在此恭候夫子多时了。"

"好快的消息啊！"孔子说道，"我才初到城门，谁都没有通知过，你怎么知道的？"

"回夫子，"对方嘿嘿一笑，"昨日季孙大夫派遣的信使，便已通知下官，说夫子近日将来赴任。一接到消息，下官便等在城门口，满心欢喜，盼望夫子的到来……"

齐文思这番话，既向孔子表达了恭顺之意，同时也含蓄地表示，他同季桓子的关系很亲密，否则对方也不会让人快马加鞭地通知他。

孔子说："司徒真是有心了，我初到此地，对这里的情况不太了解，以后还需要你多多帮忙啊！"

"夫子客气了，"齐文思恭顺地说道，"夫子若有需要，尽管开口。"

他看了看车队，关切地说："夫子一路劳顿，我已经命人将邑署收拾干净，并为大家准备了宴席，请随我一起进城吧！"

"好，"孔子看了看弟子们，轻声叮嘱道，"大家先听司徒的安排吧！"

众人在齐文思的带领下，朝着城中走去。进入城内后，马岩本以为能看到热闹繁华的街景，但没想到，宽阔的道路上并没有太多行人，街道两旁的门市里门可罗雀，甚至连路旁的摊贩也都不叫卖，只是歪靠在摊边，懒洋洋地打量着行人。

"司徒，"端木赐好奇地问，"这街市……看起来不太景气啊！"

"都是天气闹的，"齐文思解释道，"这段时间，天气炎热，百姓们都不怎么出门。我想，等天气转凉后，说不定街市上就会热闹起来的。"

马岩看着在前面带路的邑司徒齐文思，忍不住夸赞道："这个人对我们挺热情的，看起来就很善良！"

孔子拍了拍马岩的肩膀，说："听其言而观其行。"

马岩有些摸不着头脑："夫子，这句话是什么意思？"

孔子解释道："不要轻易判断一个人。一个人到底如何，不是听他说几句话就能知道的。"

龚倩倩也拍了拍马岩的肩膀，说："听到了吗？夫子是教你如何识人呢！不要轻易判断一个人的好坏。"

绕过主街之后，穿过一片低矮的民房，众人终于赶到了邑署，弟子们纷纷跳下马车，好奇地打量着眼前的景致：只见厚实的土基上，坐落着一座青石草堂，高高的台阶，宽大的房檐，无不彰显着它在本地独一无二的地位。

齐文思走到孔子的车驾旁，毕恭毕敬地说："夫子一路劳累，请您先到内堂歇息，我吩咐衙门里的仆役，为大家准备宴席……"

说着，他故意压低了声音，"夫子，我听说您喜欢吃鲤鱼，特意让人准备了几条，供您品尝……"

但没想到，孔子走下马车，摆手拒绝道：

"我之前就向主君言明，治理地方的关键在于休养生息。我刚到此地就大摆宴席,这件事情传出去,百姓们会怎么想我?"

"夫子,"齐文思面露难色,"历任官员到此上任,都是这样的规格。更何况,您和季孙斯大夫的关系甚好,我们更要用心招待。"

听到这话,孔子面露不悦之色,有些气愤地反问:"难道你们为官,不看重百姓,反而要看重别人的脸色吗?"

齐文思也意识到自己说错了话,赶忙道歉:"夫子,属下不是这个意思,而是……"

孔子摆了摆手,示意他不要再解释,"为政者必先正己,多谢你费心安排,其他的不必再说。"

齐文思有些尴尬地愣在原地,不过旋即,他双手握拳,深鞠一躬,大声称赞道:"是下官狭隘了,夫子一片赤诚,定能为致密城的百姓们造福,往后望夫子对我多多教诲啊!"

"多闻,择其善者而从之,多见而识之,知之次也。"孔子叮嘱道,"多听,选择其中好的加以学习;多看,全记在心里。这样的知,是仅次于'生而知之'的。"

"属下明白了!"齐文思恭顺地回答道。

刚到署衙,需要办理的事情很多,孔子也顾不上休息,在齐文思的带领下,办理上任交接的手续。马岩等人则来到了署衙后堂,简单吃了些东西,分配好房间后便各自回去休息。

不知道是因为在马车上颠簸过度,还是别的缘故,马岩尽管身体十分疲惫,却没法静下心来休息。突然,他猛地从床上坐起,拍了拍一直藏在怀里的麒麟兽。

"别睡了!"马岩说道,"都睡了一路,快起来,陪我说说话。"

麒麟兽伸了伸腰,语气里满是抱怨:"你要干什么?那个什么齐不是准备了宴席吗?我本来还很高兴、很期待呢!谁知道夫子一句话就拒绝了,这下好了,我又要饿肚子。我问你,我不睡觉干吗?"

"夫子那么做,自然有他的道理,我们可不能拖后腿啊。"马岩虽然也有些失望,但他理解孔子的做法。

可看到麒麟兽那失望的眼神,马岩赶忙改口,对麒麟兽宽慰道:"大不了,明天我带你出去转转,看看街市上有什么好吃的。"

"太好了,"麒麟兽舔了舔嘴巴,"那我可不客气喽。"

他们交谈时,忽然,门外传来一声响动:"咔嚓——"一人一麒麟吓得赶忙闭上嘴巴。

"谁、谁啊?"马岩一边将麒麟兽抱进怀里,一边小声问道。

"是我,龚倩倩!"

原来是虚惊一场。马岩打开房门,笑着说:"龚大组长,怎么没休息啊?是不是刚到一个新地方,有点害怕啊?"

龚倩倩若无其事地走进屋内,轻轻关上房门,然后猛然压低身体,顺着门缝朝外面张望,确定没有情况后,才蹑手蹑脚地走到马岩身旁。

"怎么了?"马岩问道,"被狗追了?"

"嘘!"她低声示意道,"别大声说话。"

马岩看她如此小心,也不由得紧张起来。

"你们没有发现吗?"龚倩倩压低了声音,"自打我们进城之后,就有人一直在监视我们。"

《论语》笔记

子曰:"君子求①诸己,小人求诸人。"

——《论语·卫灵公》

【注释】

①求:要求,苛求。

【译文】

孔子说:"君子要求自己,小人苛求别人。"

【拓展】

为政者必先正己,孔子很看重这一点。他曾谈论君子和小人的差距,说:"君子求诸己,小人求诸人。"即有道德的人,遇到什么事,都是先从自己身上找原因,而小人则喜欢到别人身上去找原因。有了过错,君子会反思,主动承担责任;而小人,则会抢先推卸责任,将过错归咎于他人。

君子当政,治理百姓,推行的政令,自己先做到才有说服力,政令才能顺利推行。反之,如果自己说一套,做一套,那政令一定不能施行。所以后来季康子(季平子的孙子)向孔子请教该如何执政时,孔子说:"政者,正也。子帅以正,孰敢不正?"意思就是说:'为政'就是'端正',你能自己带头端正,谁还敢不端正呢?

我们在日常生活中,也要有"先己后人"的意识。凡事要求人家做到的,自己首先做到;凡事要求别人不做的,先审视一下,自己做没做过,改没改掉;大家一起做事,出了问题,先想自己应承担的责任,不要急着给别人挑毛病。

监视

"什么?"

这一路上,马岩只顾着欣赏风景,根本没注意到异常的情况,听完龚倩倩的话,他觉得脑袋发蒙,神情也不由得紧张了起来。

麒麟兽晃了晃身体,跳到龚倩倩面前,询问她是不是察觉到了怪异的事情。

"我拿不准。只不过……"龚倩倩说,"从进城之后,我就感觉到,马车后面似乎一直有个身影跟着。刚刚进了署衙,我特意留心在门前观察了一下,果然有个家伙,正鬼鬼祟祟地朝署衙里张望。"

"龚组长,会不会是你太多心了?"

龚倩倩摇了摇头,说起自己这一路上的发现,原来,自进城起,她便注意到有一个左耳耳边有疤的男人,不紧不慢地跟在他们的马车后面,一直跟到署衙门前。

"我觉得是你多疑了。"马岩说道,"也许那人就是想凑个热闹。"

"我也希望是自己想多了,可是……"龚倩倩叹了口气,"我们初到这里,人生地不熟,理应处处多留个心眼。"

马岩点了点头,"你这么考虑也没错,那我们要不要把这个发现告诉夫子呢?"

"我觉得最好是有确凿的证据后,再向夫子言明,否则会引起不必要的担忧。"

"我有个主意,"马岩灵光一闪,得意扬扬地说:"对方的目的肯定是孔夫子,不如这样,这几天我多在夫子身边观察观察,一旦发现不对劲的人,我就……"

说着,马岩嘿嘿一笑,双手做了个拧的动作。

龚倩倩担忧地说:"马岩,不能做犯法的事情啊!"

"不,不。"马岩赶忙摆手,"龚组长,我的意思是把那个跟踪我们的家伙捆起来!"

两个小伙伴商量了好一会儿,决定先隐瞒有人监视孔子的事情,暗中弄清楚对方的来意,再决定下一步的行动计划。

大伙经过一晚上的调整,精力恢复了不少,而孔子在办理完上任的交接手续后,也迫不及待地开始了他的工作。一大早,孔子让人召集了致密城中各级官吏,召开了他上任后的第一次会议。

等官吏们都聚集在署衙大堂后,孔子拿出他连夜准备好的公文,并将它交给了齐文思。

"这是我上任后发布的第一个命令,在让全城百姓知晓之前,我想听听你们的意见。"

齐文思接过公文,仔细看了一遍,有些惊讶地问:"夫子,您想把此城的名字给改了?"

其他官员一听这话,纷纷小声议论了起来,不知道孔子究竟是何意思。

"不错。"孔子点了点头,"我在来之前,已经同国君言明,治理地方,要贯彻'养民'的仁政,也就是实现惠民利民、安民富民的目的,可是要想做到这一步,有一个重要的前提,那就是必须重视周礼。"

"可是……"齐文思不解地问道,"夫子,这同本城改名,又有何关系呢?"

"德之不修,学之不讲,闻义不能徙,不善不能改,是吾忧也。有些人不去培养品德,不去钻研学问,听到符合仁义的事情而不去做,有了错误却不改正,这些都是我所忧虑的事情。"

孔子继续说:"周礼,则是能够矫正民风的最佳方法。中也者,天下之大本也,所以将致密城改名为'中都',是我想要在本城施行的第一步措施。"

"好啊!好啊!"齐文思拍手称赞道,"大人将道德教化的含义融入本城之名中,正是提醒在座的各位同僚,教化民众是非常重要的。我看倒不如多发出一些政令,事事都要立些规矩,这样……"

"不可!"孔子打断他的话,"事君数,斯辱矣;朋友数,斯疏矣。对待君主太过烦琐，就会遭到侮辱；对待朋友太烦琐，就会被疏远。我初到任上，立的规矩太多，百姓们一时间恐怕难以接受。我看还是循序渐进，事情要一步步做，不可急切。"

"属下明白了！"齐文思点头说道。

"可是……"这时也有些官员对孔子的这一举措表达了异议，"夫子，致密城位于几国交界的地方，位置重要，贸然改名，恐怕会带来诸多不便，到时候再引起百姓们非议，那恐怕……"

看到座下一名官员提出了异议，孔子反倒笑着点头道："有非议，便是百姓心中有不解。如果有人提出疑问，我们不是正好能借机宣传吗？"

余下几名表示反对的官员，听完后点了点头。的确，改城名倒不失为一种宣传手段。

趁着这个机会，大家对如何治理这座城市，提了很多自己的看法。大堂上的讨论声此起彼伏，马岩和龚倩倩也插不上话，就趁着这个机会，从大堂里悄悄溜了出来。

马岩和龚倩倩的精力恢复了不少，正好今天天气不错，两人便盘算在署衙附近闲逛。他们刚走到署衙正门前，就碰到了换班的卫兵，马岩想起昨日龚倩倩提到事情，就悄悄凑到卫兵身旁，询问附近是否有可疑的人物出没。

卫兵摇了摇头，"进出的都是本地官员，没有发现什么可疑的人物。"

听到卫兵的回答，龚倩倩也忍不住犯起了嘀咕：难不成，真是自己多虑了？

正当她低头思考时，马岩冷不丁地拽住了她，用力将她拉回到门内。

"怎么了？"龚倩倩以为马岩又要搞鬼，可抬头一看，马岩脸上满是紧张。

"龚组长，从现在开始，你千万别乱看。"

说着，马岩朝署衙不远处的一堵土墙努了努嘴，压低了声音说："我刚刚注意到，土墙后面，好像有个人正盯着我们呢！"

什么？听到这话，龚倩倩也紧张了起来，她背过身去，装作若无其事地瞥了一眼。原来，就在署衙西南方向，大约上百步的地方，有一堵残破的土墙，墙后面有一个若隐若现的黑色身影，似乎正朝这边张望。

她低声询问道："那现在我们该怎么办？"

"要是跑过去抓他的话，一定会打草惊蛇，不如……"马岩说着，看了看怀里的麒麟兽，忽然有了主意。

"麒麟兽，"他轻轻拍了拍怀里的麒麟兽，"快起来，帮我们一个忙。"

"什么忙？"麒麟兽探出脑袋，"先说好，犯法的事情我可不做哦！"

"别开玩笑了，"马岩将情况向它简单复述了一下。接着，他请麒麟兽利用神力，悄悄飞到那堵土墙后面，弄清楚对方的来历。

"嘿嘿,小事一桩,手到擒来!"麒麟兽说着,跳到一个僻静的地方,趁着没人注意,一下子蹿到了半空中。

"你们就等我的好消息吧!"

它在半空中如履平地,仿若脚踏云彩一般,很快就"走"到了土墙上空。

另一边,马岩和龚倩倩焦急地握紧了拳头,只等麒麟兽那边发出信号,他们两人便扑上去。可是没想到,麒麟兽只是飘在空中,半天都没有发出消息。

马岩小心翼翼地露出头,揉了揉眼睛,定睛一看,险些没把鼻子气歪!原来麒麟兽正飘在半空中,挺着肚皮晒太阳呢!

"麒——麟——兽!"马岩压着火气小声呼喊,朝土墙努了努嘴巴,示意它赶快动手。

可麒麟兽却不紧不慢地冲着两人招了招手,要不是怕被人发现,马岩真想跳过去教训一下这个调皮的小家伙。

两人注意到,土墙下那个人影仍旧若隐若现。马岩性子急,也顾不得隐藏,快步跑了过去,龚倩倩见状紧跟其后,可到了墙边时,两人都傻了眼。

《论语》笔记

名①不正,则言不顺;言不顺,则事不成;事不成,则礼乐不兴;礼乐不兴,则刑罚不中;刑罚不中,则民无所措手足②。

——《论语·子路篇》

【注释】

①名:名分。
②无所措手足:没有地方放手和脚。形容不知如何是好。

【译文】

名分不正,道理就说不通;道理说不通,事情就做不成;事情做不成,礼乐制度就不能恢复;礼乐制度不恢复,刑罚就不恰当;刑罚不恰当,老百姓就不知道如何是好。

【拓展】

孔子到了治所,第一件事就是为其改名,将致密城的名字改为"中都"。很多人可能不理解这点,觉得孔子这不是瞎折腾吗,名字改来改去的多麻烦。其实不然,孔子很看重"正名"这件事,他认为凡事都要名实一致。名就是用来显示实际情况的,名字太大,空有其名不行;名字太小,配不上实际也不行。名与实不符,会造成各种混乱,搞得百姓不知道该相信什么,社会就乱套了。

所以,孔子在卫国时,子路问他:"您若帮卫君治理国家,该从什么地方下手呢?"孔子说:"必也正名乎!"就是从"正名"开始。子路不明白,孔子解释道,名分是一切事情的根本,名分不正,什么事情都做不好。子路听后恍然大悟。

狡猾的羊贩子

马岩和龚倩倩发现,藏在土墙后面的根本不是人影,而是一个挂在墙边的破衣衫,不时被风吹得左右摇摆,被他们误会成人影了。

马岩擦了擦额头上的汗珠,傻笑道:"原来是这样。看样子,我们还真是多虑了。"

龚倩倩此时也松了口气,"也许是这一路上我太紧张了,可能根本就没人在监视大家,是我草木皆兵了。"

这时,只听见署衙大门处,传来了孔子的声音:

"马岩、倩倩,你们在那里做什么?"

马岩和龚倩倩回头一看,发现孔子带领着众位弟子,正一脸笑意地看着自己。

他们赶忙跑了回去,孔子看着有些狼狈的两人,忍不住为他们掸了掸身上的尘土。

"我刚刚同当地官员谈论完治理本城的事宜。如今,那些官员们都去忙活了,我想趁着这个时间,带领大家到城中去看一看,你们要来吗?"

"当然要去啦!我正想好好玩一玩呢……"

为了避免自己显得过于轻浮,马岩连忙补充道:"当然,主要是想聆听夫子的教诲。"

龚倩倩也开心地点了点头。半空中的麒麟兽听到众人要在城里看看,激动得跳了起来,然后偷偷溜回马岩的怀里。

一行人一边开心地讨论,一边在城中参观。今日天气相较于昨日凉爽了不少,街市上也热闹了很多。不过,这里没有大型商铺,街上大都是小商贩,他们要么坐在地上,将商品放在席子上;要么挑着担子沿街叫卖。

众人参观时发现,这里的百姓过得并不富裕,不时可见一些乞讨者,他们衣衫褴褛,形容枯槁,一手拄着木棍,一手举着破烂的陶碗,沿着街市来回乞讨。

看到那些乞丐的可怜模样,大伙儿多有不忍。孔子从怀里掏出钱来,吩咐弟子们就近买些能够果腹的食物,分发给那些乞丐。

乞丐们接过食物,纷纷向孔子致谢。而这时,有几名弟子也同乞丐们攀谈起来,询问他们的状况。

"哎!"一名乞丐叹了口气,"听你们这么说,我想你们大概不是本地人吧!谁不知道,本地已经接连几年发生旱灾,地里的庄稼颗粒无收,很多百姓都没有活路,只能变卖田产,沿街乞讨为生啊!"

听到乞丐这么说，孔子想起在上任路上就发现的异常：虽是春种时节，但城外的农田里却少有人迹。他此时方才得知缘由，并不是本地农人懒惰，而是水利不兴，致使天涝不能排水，天旱不能灌溉，民众食不果腹，衣不蔽体。

刚刚齐文思介绍本地人口状况的时候，孔子从中了解到，最近这几年，中都城的人口出现了下降的趋势。如今孔子才知道，人口下降的一大原因，便是天气干旱，土地收成锐减，很多百姓流亡到外地。

孔子颇为痛心地说："生活在乱世之中的百姓，奢求不过是能够充饥的粮食，可当政者只想着征伐，如此下去，百姓们没了活路，国家也必然要覆灭啊！"

听完孔子的话，龚倩情忍不住流下了眼泪，她既同情生活在这个时代的贫苦百姓们，同时也庆幸自己生活在一个和平的年代。

同那些乞丐分别后，大家继续向前走。不一会儿，他们来到了专门交易牲畜的地方，还没等他们仔细参观，只听见不远处传来吵架的声音。很多百姓围在那边，叽叽喳喳地议论着，这"热闹"的情况瞬间引起孔子等人的注意。

大家走近一看，只见一个满头白发的老农，一只手拖着一头死羊，另一只手颤动着指着一个壮硕的青年，喊道："这就是你卖给我的羊！我带回家还没有两天就死了，你、你把钱赔给我。"

面对老农的指责，那个壮硕的青年不耐烦地扬了扬手，满脸轻蔑地靠在一旁的拴羊桩上，骄横地说道，"这只羊明明是你带回家后养死的,怎么现在反倒来怪我呢?你要是再耽误我做买卖,别怪我对你不客气!"

一旁围观的百姓议论纷纷,马岩等人凑上前,从百姓们的只言片语中,拼凑出事情的大致模样:那名老农本是城边的一个贫苦庄稼人。最近几年大旱,庄稼收成不好,一家人的吃穿用度都成了问题,老农眼看日子就快要过不下去了,就把家里最后的资产归拢起来,在城中的集市上买了一只羊。他本打算把羊养肥卖掉,赚些钱,但没想到,这头羊两天后就突发疾病死掉了!

"大家来评评理啊!"老农拖着那只死羊,朝着围观百姓哭喊道,"这只羊看起来肥壮,可是回到家,喂它什么都不吃,上吐下泻,没几日就死了。"

"你刚刚也说了,"卖羊主晃着脑袋说道,"那只肥羊在我这里的时候活蹦乱跳,被你买回家后,突然得急病死了,这一准儿是因为你家里风水不好,连羊都活不下去。"

"你……"农夫听到这话,一时间不知道如何反驳才好,气急之下,他抱住那只死羊,拖到卖羊主脚下,声泪俱下地哭喊道,"你摸着良心说话!你自己看看这只羊!它可是我们全家最后的希望啊,现在变成这样,我这日子还怎么过啊?"

围观的百姓看到老农那可怜的模样,不由得心生怜悯,纷纷指责卖羊主不该欺负人。

"唉!"了解到事情大致经过后,孔子忍不住叹气道,"言忠信,行笃敬,虽蛮貊之邦,行矣。言不忠信,行不笃敬,虽州里,行乎哉？一个人说话忠实诚信，做事忠厚恭敬，即使到了别的部族国家，也能行得通。说话不忠信，做事不笃敬，即使是在本乡本土，也寸步难行啊！"

眼看那名老农影响到了自己的生意，卖羊主握紧拳头，一把将他捶倒在地。

"老东西，刚刚好言相劝你不听，非要我动手揍你才肯走是吧！"

说完，他抬脚就要踹在老农的身上。这时，一旁围观的马岩实在看不下去了，他大步跳了出来，护在老农身旁，气吼吼地说道：

"住手！你坑骗这位老爷爷的钱财，不觉得羞愧吗？"

"我坑骗他的钱财？"卖羊主摊开肩膀，装出一副无奈的样子，"那只羊是他自己挑的，被牵走的时候还活蹦乱跳呢！现在死了倒怪上我了。我看，他是存心想要讹诈我。"

"我没有！"老农听到这话，气得脸都红了，"我将那只羊带回家后，精心照顾，草料都是我亲手去打的。可那羊一口草料都不吃，上吐下泻，两天就咽气了。怎么能是我养死的呢？"

"现在羊死了，你当然说跟你没关系了，"卖羊主皱起眉头，"我也不跟你多说，你要是继续捣乱，我就上报官府。到时候，把你这把老骨头丢进牢房里，看你跟谁去闹。"

看到卖羊主这副蛮横的态度，以及从围观百姓的议论声中，孔子等人了解到，这个卖羊主沈犹氏是本地的一个恶霸，仗着自己的舅舅是邑里的官差，一向为非作歹。这两年，他靠着牲畜买卖发了财，就更加目中无人了。

眼看对方态度蛮横，且有官府的人为其撑腰，老农也不想再惹事，委屈地抱起死羊，准备离开这里。

孔子拉住端木赐，在他耳边小声叮嘱了几句，让他看看这件事里面是否藏着猫腻。

端木赐得到孔子的示意，径直走进了羊群里，仔细地观察那些等待售卖的羊。

"喂！你干什么呢？"沈犹氏冲着端木赐问道。

"买羊啊！"端木赐憨厚地笑道，"我也想养些羊。"

龚倩倩不理解端木赐为何要这样，孔子轻声告诉她，端木赐自小就做生意，是个难得的经商天才。而老农和卖羊主沈犹氏的纠纷实在蹊跷，所以他便让端木赐看看沈犹氏售卖的那些羊，说不定能找到些线索。

不一会儿，端木赐回来了，向孔子汇报自己的发现。原来，沈犹氏所售的羊，大都是些老羊，这些羊由于毛长，所以不易辨别肥瘦。端木赐猜测，沈犹氏在卖羊前，可能在草料中拌了盐水，羊吃完草料之后由于口渴，会饮用大量的清水，使得肚子鼓胀起来。买家以为羊是膘肥体壮，便掏大价钱购买，可是买回家之后，被灌入大量清水的羊可能会上吐下泻，甚至病死。

听完端木赐的话，孔子等人才恍然大悟，他们没有想到，一个牲畜买卖中竟然还隐藏着这么多骗人伎俩。马岩十分气愤，要去同卖羊的沈犹氏争论，可是孔子却拦住了他。

孔子捋了捋须髯，说："中人以上，可以语上也；中人以下，不可以语上也。有中等水平以上的人，可以告诉他高深的学问；中等水平以下的人，不可以告诉他高深的学问。你与他争论，恐怕不会有结果。别急，我有办法。"

《论语》笔记

子曰:"君子喻于①义,小人喻于利。"

——《论语·里仁》

【注释】

①喻于:通晓,明白。

【译文】

孔子说:"君子懂得的是道义,小人懂得的是利益。"

【拓展】

可怜的老农,省吃俭用,才买了羊,没想到却被奸商欺骗,听起来就可气!这种现象的出现,正是社会上"礼崩乐坏",小人横行的体现。在一个好的社会中,大众应该有明确的道德观念,人们知道什么是对的,什么是错的,什么是值得骄傲的,什么是卑鄙可耻。人人行事都该有原则,守底线,出现了违背道德的人,人们会一致声讨他,而不是麻木不仁,任其为所欲为。

作为社会当中的一分子,我们也要从自身做起,树立正确的道德观、价值观。孔子说:"君子喻于义,小人喻于利。"就是告诉我们,成为君子,要以"义"为先,做事应先考虑是否合乎道义,不应该没有底线地去追逐利益。在生活当中,我们应该尽量做到"义"与"利"的统一,如果二者发生冲突,就要慎重选择,以义为先,一定不要让"利"损害了自己的人格,使自己沦入见利忘义的小人行列。

整顿市场

孔子气定神闲地走到卖羊的沈犹氏面前,说:"你的羊看起来都很肥硕。"

"当然!"听到这话,沈犹氏的鼻孔都快要仰到天上去了,一脸得意地说,"我看你还挺明白的,不像那个老家伙,就会胡搅蛮缠。"

孔子继续说道,"我也想买只羊,你帮我选一只吧!"

沈犹氏痛快地点了点头,随即走进待售的羊群里,不一会儿,为孔子牵来了一只高大的山羊。

"看你这么会说话,这样,今天这只羊,我赔本卖给你。"

"好啊,好啊。"孔子笑着走到山羊旁边,仔细观察了起来。

他先是用手按了按羊的脊梁,紧接着,又掀开羊毛,看了看羊的肚子。

"这只羊……"孔子话锋一转,"只是长了一层薄薄的膘,根本就没有肉,但是肚子却这么大,真是奇怪。"

说罢，他又拍了拍羊的肚子，只听羊肚子里传出"咚咚"的声音，仿佛是在敲鼓一般。

孔子断定这只羊身上必然藏着"玄机"，但他也不言破，而是站起身，冲着沈尤氏说道，"真是一只'壮硕'的肥羊啊！我就要这只。"

"没问题，"沈犹氏笑咧咧地冲着孔子说道，"看你那么爽快，这只羊我便宜些卖给你。"

孔子从怀里掏出钱，付给沈犹氏后，牵着羊在原地转了两圈，又蹲下身子，将耳朵贴在山羊的肚皮上。

"这只羊的肚子虽然很大，但听起来里面却空荡荡的，这是不是有些奇怪啊？"

"没什么！"沈犹氏装出一副"和善"的模样解释道，"这是因为这只羊能吃，你养几个月后，肯定能变得又肥又壮。"

"我觉得反倒是另一种可能，"孔子这时收起了笑容，指着羊肚子说道，"这本就是一只瘦羊，之所以看起来如此壮硕，那是因为它先吃了很多粗盐，接着又因为口渴喝了大量的水，所以肚子才会鼓得大大的。"

听到这话，马岩和龚倩倩才明白孔子去买羊的缘由，原来是为了揭穿对方骗人的把戏啊！

"胡说！"沈犹氏听到这话，才明白孔子的目的，气冲冲地吼道，"我看你说话和善，刚刚还让利给你，没想到你也跟那个老农一样，想要讹诈我。哼！我可不是好欺负的。"

"那好！"孔子朝围观的百姓们说道，"既然你说我是讹诈你，那么我今天要当众剖开这只羊的肚子，如果情况和我说的不一样，我向你道歉，并赔偿你的损失；但如果被我说中了，那你就是欺骗百姓，也要受到惩罚。"

说完，他招手喊来了一名曾做过屠夫的弟子，当着众人的面剖开了那只山羊的肚子。

只见羊肚子里流出了很多的水,而且由于水太多,连羊的血液都变淡了,这个黑心的沈犹氏,竟然往羊肚子里灌了那么多水。

"狂而不直,侗而不愿,悾悾而不信,吾不知之矣。"孔子看着沈犹氏大声说道,"狂妄而不正直,无知而不谨慎,表面上诚恳而不守信用,我真不知道有的人为什么会是这个样子。"

眼看真相大白,围观的百姓们大声斥责沈犹氏见利忘义,竟然敢如此坑骗百姓,有几个年轻人甚至扬起拳头,想要教训他一番。之前被骗的那个老农此时也恢复了精神,踉跄着跑到他的面前,怒骂他没有良心。

可就在大家议论纷纷的时候,几名官差快步走了过来。领头的一脸横肉,轻蔑地扫视着众人。大家不知道官府的人为何会到此,唯恐惹上麻烦,一时间也噤声不语,四散开来。

"舅舅!"看到官差到场,沈犹氏又恢复了神气的模样,他慌慌张张地跑到领头的那名官差跟前,嘴巴里不停嘟囔着,看样子,应该是在告孔子等人的恶状。

听完沈犹氏的话,官差们气势汹汹地走到孔子等人面前,带头的那个更是不由分说,一把拽住孔子的衣领:

"是你在市场闹事吗?"

孔子看着对方,不卑不亢地回答道:"沈犹氏坑骗百姓,我出面揭穿他的卑劣手段,这怎么能是闹事呢?"

"哎哟!"官差们眼看孔子摆出一副软硬不吃的架势,纷纷摇晃着手中的武器,似乎想要好好教训孔子一下。

"全都住手!"

只听见从不远处传来一声大吼,那群刚准备动手的官差一看来人,全都愣在了原地。原来,来者正是齐文思。

官差们看到齐文思,就好像变脸似的,一个个变得客气无比。

"司徒,"领头的官差满面笑容,谄媚地说,"我们正准备捉拿那些搅扰市场买卖的人,您怎么过来了?"

"混账!"齐文思怒斥道,"这是新任的邑宰,你真是瞎了眼!"

原来还无比嚣张的官差们,听到齐文思的话,仿佛变成了遭霜打的茄子,顿时神气全无,只是紧张地望向孔子。领头的那个更是吓得跪倒在地,冲着孔子连连道歉:

"小人真是瞎了眼,没认出您来,还请您恕罪啊!"

孔子没有理会他,而是看着一旁惊讶的百姓,大声说:"请大家不要怕,孔丘到此地当官,是为了帮助百姓。"

他扶起那个买羊的老农,责令沈犹氏退回老农的买羊钱,并去署衙接受惩罚;又当场罢免了沈犹氏的靠山——领头官差的职位。孔子还说,这些事情会写成通告,在全城各处张贴,让人们引以为戒。

"太好了!"人群中有人带头喊道,"往后,大家再也不怕那些坏家伙了。"

"没错!没错!"百姓们齐声附和。

"大家要记住，"孔子说道，"人而无信，就如大车无輗，小车无軏，其何以行之哉？"

一个人如果不讲信用，就像车子没有了固定的木销，如何能往前走呢？人们听了孔子的比喻，纷纷点头称是。

"买东西的人要讲信用，卖东西的人也要讲信用，"孔子指了指被他惩处的沈犹氏，"从今天起，谁要是胆敢再做出不讲信用的事情，官府定会从严处置。"

马岩和龚倩倩，在一旁听得热血沸腾，忍不住为孔子的正义之举竖起大拇指。围观的百姓们对孔子的做法也是拍手称快，纷纷叫好。

"夫子，"齐文思走上前，愧疚地说，"您刚到此地，就惩治了此等恶人，我实在愧疚！那个沈犹氏在本地作恶这么久，我竟然……"

说着，他的眼眶里流出了泪水，"希望……希望您以后多多教诲，下官一定好好学习。"

孔子看着齐文思，淡然说道："司徒，你每天要管理那么多事情，难免会有疏漏。不过……"

孔子的语气突然严肃了不少，"苟正其身矣，于从政乎何有？不能正其身，如正人何？如果端正了自身的行为，管理政事还有什么困难呢？如果不能端正自身，怎能端正别人呢？"

"多谢夫子教诲！"齐文思诚恳地说道，"这件事，我一定牢记心中，以此为戒。"

《论语》笔记

子曰:"弟子入则孝,出则弟①,谨而信,泛爱众,而亲仁。行有余力,则以学文②。"

——《论语·学而》

【注释】

①弟:通"悌",爱护兄弟,尊重师长。
②学文:读书,学习文献知识。

【译文】

孔子说:"弟子们在父母跟前就要孝顺他们,出门在外就要顺从师长,言行谨慎,诚实守信,要广泛地去爱众人,亲近有仁德的人。这样躬行实践后,还有余力的话,就再学习些文化知识。"

【拓展】

信,是孔子对弟子们的一项基本要求,也是人立身于世的基础。孔子认为,人没有信用,就像车子没有了销钉一样,别说远行千里了,跑上几步就会散架。

子贡曾询问孔子为政的关键。孔子说:"足食,足兵,民信之矣。"即国家要有足够的粮食,有足够的兵力,执政者要取信于民。子贡又问,这三种当中如果先去掉一个,去掉哪个呢?孔子说:"去掉兵力。"子贡又问,再去掉一个呢?孔子告诉他:"去掉粮食吧!去掉粮食,大不了饿死。自古谁没有一死?'信'是立身的根本,国家不能取信于民,也就没有存在的必要了。"在孔子看来,信用比生命还珍贵呢!

治理旱灾

处理完市场的事情后，一群人回到了署衙，齐文思赶忙向孔子汇报了近来邑里的旱情。

上午和众官员开会时，孔子就命齐文思调查一下田亩耕种的情况，没想到不到半日，齐文思便将资料汇总了。他告诉孔子，春种以来，天气干旱，庄稼长势不好，一些百姓甚至已经弃耕，流亡到外地乞讨。

他的话和孔子的见闻几乎一样，孔子想起街上那些乞讨的百姓心中很难过，如果不想些办法对抗旱情，只怕沿街乞讨的百姓，会越来越多！

眼看孔子因旱情而困扰，弟子们纷纷提出方案：有的说将城边的河水改道，有的说应该发动民众修筑溪井……可这些办法不是操作难度太大，就是不能在短时间内缓解旱情。

就在这时，马岩忽然想起，在进城前，看到有大河从城边流过，虽然河水的水位也下降了不少，但是不是可以考虑用河水灌溉呢？

他兴奋地提出了自己的想法，孔子听后却摇了摇头。原来，春秋时代的灌溉技术十分落后，而且不少农田地势较高，仅靠人力一桶接一桶地担水，恐怕旱情尚未缓解，百姓便先累垮了。

马岩挠了挠脑袋，冲着龚倩倩小声说道，"我差点忘记了，这个时代还没有抽水机呢！"

弟子们七嘴八舌地讨论了一番，仍旧没能想出好的主意。孔子决定带领弟子们，先到城外的田地里了解情况。

刚一出城，众人瞬间觉得仿佛进入了烤炉，城外的温度比城内高不少。马岩抬头看去，只见在烈日的笼罩下，田野仿佛一个失去生命力的孩子，连发出的啼哭声，都被干燥的风扼杀了。热浪奔袭，土地上出现了一道道裂痕，不少禾苗已经变得焦黄，正低垂着枝叶，仿佛在向过路的众人发出求救讯号。

"真热！"孔子不由得感慨道，"苗而不秀者有矣夫；秀而不实者有矣夫！庄稼出了苗而不能吐穗扬花的情况是有的；吐穗扬花而不结果实的情况也有。以前我本以为天道循环，是自然之理，可是真看到这一幕后，我觉得，如果年年都能风调雨顺，那百姓的日子该有多好啊！"

"夫子，有没有办法解决干旱的问题？"龚倩倩轻声问道。

孔子摇了摇头，指了指田地说："你看，此时正是春种时节，田地里的人却很少，这就说明，百姓们对旱灾已经认命。我想以官府的名义，暂时拿出一些钱财，安定民心，鼓励百姓们不要弃耕。"

"夫子,您这话在理,"龚倩倩说道,"只有让百姓们恢复信心,才能找到缓解旱情的办法。"

这时,仲由走上前,告诉孔子,自己从城中打听到了一个消息:百姓之所以会流离失所,一方面是因为粮食歉收;另一方面,是因为有商人趁机低价收购良田。

"低价收购良田?"马岩有些不太明白。

仲由进一步解释道:"这里连续几年遭遇旱灾,一些百姓家里没了存粮,为了活命只能把田地卖掉,买些粮食度过灾年。没想到城里的那些买田的商户,却瞅准了这个机会,不断压低买田的价格。我听说,地价甚至不到丰年时的一半,有些百姓甚至抱怨官府办事不力。"

马岩愤怒地说:"那些家伙只想着自己发财,完全不顾百姓的死活,太可恶了。"

孔子沉思了一会,坚定地说:"我们眼下不仅要解决旱灾的问题,同时还要防着有人贱买良田。"

众人在田里忙活到深夜,总算对旱情有了一个初步的了解,等回到署衙的时候,天已经黑了。月亮挂在天空,仿若一个银盘,散发着皎洁的月光,可月下的城中,却是漆黑一片,仿佛丢失了生气一般,让人喘不过气来。

仆从准备了晚饭,劳累了一天的众人勉强吃些充饥后,就回到各自的房间里休息。

回到房间后，马岩和龚倩倩趁着这个机会，商量有没有什么办法能够帮助到孔子。

"哎！"马岩叹了口气，"我们要是带着一个抽水机穿越就好了。"

龚倩倩说，"就算是有抽水机，这个时代也没有电啊！"

"啊……的确，"马岩摸了摸头，"你说得对！"

他们商量了好一会儿，也没能想出一个好的办法。马岩困得双眼皮直打架，他忍不住抱怨道："龚组长，你平常在课堂上总是滔滔不绝，怎么到了古代就没话说了？"

龚倩倩闭上眼睛，双手揉搓着太阳穴，此时，她在脑海里拼命回忆看过的书籍，想从中找出解决之法。

"龚组长！"一旁的马岩提醒道，"你不会睡着了吧？"

"别打扰我！"

马岩悻悻地说道，"谁让你总是一副什么都知道的模样！我还以为你就像书上说的那样，给你一根杠杆，就能撬动整个地球呢！"

杠杆？

说者无心，听者有意，马岩的话，仿佛是一道亮光，瞬间照亮了龚倩倩内心的阴云。

她"嗖"一下跳起来，快步来到桌面，抓起笔在竹简上快速涂画起来。

"有办法了，"她兴奋地说道，"我知道怎么帮助百姓缓解旱灾了。"

听到这话,马岩瞬间困意全无,激动地凑到龚倩倩身旁,"太好了!龚组长,我就知道你有办法。"

看着龚组长在竹简上画出的解决办法,马岩竟然觉得有些眼熟,可是一时半会儿,又想不起在哪里见到过。

子以四教：文①、行②、忠、信。

——《论语·述而》

【注释】

①文：文献、古籍。
②行：德行，道德和实践。

【译文】

孔子在四个方面教育学生：知识、德行、忠诚、诚信。

【拓展】

在解决办法找出来之前，孔子为什么拒绝暂时欺骗百姓，来让他们安心呢？其实，历史上有很多这样的"聪明"做法，比如我们耳熟能详的"望梅止渴"，曹操撒了个谎，告诉士兵们前面有梅林，让士兵暂时忘记口渴，最终走到了有水源的地。孔子不这样做，是因为在他看来，取信于民，比解决问题更重要。丢掉"信"，去安定人心，这和"丢掉西瓜捡芝麻"一般，代价太大，得不偿失。

孔子思考问题，比普通人要长远得多，他重视仁德，重视诚信，反对权谋欺诈。就如《韩非子》里面的一句话："巧诈不如拙诚。"很多事情，暂时通过欺骗的手段做好的，这是不值得骄傲的，因为欺诈最终会导致更加严重的问题。我们在生活中，一定要记得，欺诈、谎言无论多么"完美"，都一定会留下恶果，想要依靠它们来达到目的，是不可靠的,诚实永远是最平坦的道路，只有它才会通向成功的终点。

桔槔灌溉术

第二天一大早,马岩和龚倩倩就带着"方案",兴冲冲地来到了孔子房门前。

"你们起得好早!"孔子虽然笑盈盈的,但从他那憔悴的脸色上仍旧能够看出,孔子还在为旱灾的事情而忧心。

"夫子!"马岩施礼问安后,开心地说道,"我们有办法帮助百姓们缓解旱灾了。"

孔子听到这话,紧皱的眉头一下子舒展开来。他有些不敢相信地问道:"真的吗?你们不是在逗弄我吧?"

"夫子,您教导过我们:'君子耻其言而过其行。'在君子看来,说得多而做得少是可耻的。"马岩炫耀似的说道,"所以我们这次不说,只做!我们想了一整夜,才想出这个办法!"

龚倩倩也赶忙将自己的方案递了过去,"夫子请看,这种工具名叫桔槔。"

孔子仔细瞧了瞧,只见竹简上画着一棵大树,而在大树的枝干上，架着一根长长的横杆。横杆一端挂着水桶，另一端挂着石头。

"这个东西是……"孔子有些疑惑。

龚倩倩仔细地介绍起来，原来，她的构想是在河边立几根粗架子，在架子上绑上横杆，在横杆靠近河水的一端挂上水桶，在横杆的另一端用绳索绑上块石头，这种打水方法能够让百姓节约力气，也能提升效率。

听完龚倩倩的介绍，孔子又将竹简上绘制的内容仔细看了一遍，"这个设计看起来有几分道理，应该可以一试。"

正巧这时众弟子来向孔子问安，孔子忙命弟子们一起来讨论，大伙七嘴八舌研究起龚倩倩的构想，众人意见不一。一时间，孔子也难以决断，便让大家带上工具，按照龚倩倩的设计，先在河边搭建起一架取水工具进行试验。

这个设计倒也十分简单，到了河边，没费多大功夫，众人便完成了搭建。没等孔子言语，心急的仲由赶忙跑到河边，将水桶丢进水里，而在横杆另一端的孔子，等到水桶中灌满河水后，赶忙拉动绑在横杆末端的石头。

只见他轻轻一用力，水桶就被提了起来。

"太省力了！"孔子赞叹道，"用这种方法打水，真的可以节省力气！"

听到孔子这样说，围观的弟子们跃跃欲试，纷纷上前检验这种取水方法。经过实际操作后，大家发现这种方法非常方便，大大地提升了取水的效率，就连妇女儿童也可单独操作。

孔子等人的"建造工程"早就吸引了一大批百姓，此时百姓们发现取水竟然可以如此轻松，纷纷凑上前来询问这是什么工具。龚倩倩趁这个机会，鼓励百姓们都在水边搭建这种工具。一些原本还不太信服的百姓，在亲自动手操作后，全都称赞起这个独特的"发明"来。

看到自己的努力终于有了成效，龚倩倩乐得合不拢嘴。对于那些询问这种工具该如何制造的百姓，龚倩倩耐心指导，知无不言。

"哈哈哈，"龚倩倩开心地说，"前些日子，夫子曾对端木大哥哥说过这样一句话，'工欲善其事，必先利其器。'做工的人想把活儿做好，首先要使工具锋利。有了趁手的工具，大家做事情也就能顺利喽！"

不过一旁的马岩却面露难色。他悄悄地凑到龚倩倩的身旁，低声问她这样做会不会影响到这个时代的发展，甚至扰乱历史的进程。

其实，这一点龚倩倩早就考虑到了。她告诉马岩，自己所使用的这个办法，商代就已出现了，在春秋时代使用很正常，叫桔槔灌溉术。这种技术可能在鲁国没普及开来，所以这里的百姓们并不知道。龚倩倩说自己不过是将技术介绍给这里的百姓，应当不会影响历史。

马岩听后松了口气，对龚倩倩竖起大拇指："还是你考虑得周到！"

另一边，孔子看到桔槔灌溉术如此实用，便安排百姓们在合适的地方搭建桔槔取水架。一些弟子甚至自告奋勇，到周边的村庄里向人们普及这项技术。

为了更好地发挥龚倩倩这项"发明"的作用，孔子派人从城中唤来士卒，自己带头从河堤开始，往农田的方向挖掘大约手掌那么宽的垄沟。挖好后，直接将取来的河水倒入垄沟中，利用地势，水能够很快流进农田。

马岩和龚倩倩也不闲着，主动要求仲由一起到附近的村里，向百姓们普及这个方法。

三人有说有笑，很快来到了附近的一座庄子里。刚入村，正巧碰到一位在井边，提着水桶准备打水的老农。

"老爷爷，"马岩急忙跑上前去，"您是要打水吗？现在有一个省力的方法，您可一定要用一下啊！"

"啊……"这位老农反应有些迟钝地说道，"我是要打水！"

"是这样，"眼看对方不明白，马岩提高声音解释道，"现在邑宰孔大人，正推广桔槔取水的方法以缓解旱情，村里的百姓都可以试试。"

"打水呢！"老农举着水桶，"我口渴，不喝水没力气。"

眼看同对方说不通，马岩急得抓耳挠腮，这时后面的仲由清了清嗓子，冲着老农说道，"要不然我来帮您打水吧？"

"那可太感谢了！"

不知道是不是仲由的话有什么魔力，原本还反应迟钝的老农，一个转身便来到仲由跟前,将水桶递到他的手中。

仲由无奈苦笑了一声,接过水桶,来到井边,卖力地打起了水。

"老爷爷,"马岩小声嘀咕道,"您想要我们帮忙打水就直说嘛!"

老农也有些不好意思地笑了两声,"实在是口渴得厉害,没有力气,打不上来水。"

天气炎热,水井里的水位也下降了很多,仲由忙活了好一会儿,才打上来半桶清水。接过水桶,老农迫不及待地喝了一口,清凉的井水霎时让他的精神恢复不少。

"谢谢你们。"老农感激地说道,"你们刚刚说邑宰大人,推广什么办法来缓解旱情呢?"

"桔槔取水的方法,就是在河边……"马岩说着,眼睛忽然瞥到水井上。他灵机一动,忽然来了主意,转头看向龚倩倩和仲由。

"你们说,我们是不是也可以在水井边使用桔槔取水的办法呢?"

"有道理!"龚倩倩颇为赞赏地说,"这样像老爷爷这样力气小的人,也能够独自打水了。"

说干就干,三人在村中喊来百姓帮忙,并搜寻来几根较长的木棍。由于水井边没有大树,他们便将一根粗壮的竖杆埋进土里。

没多久的工夫,一个桔槔取水设备便搭建完成。马岩上前操作一番,很快就轻松地从井里打出了水。这下子,围观的百姓们都沸腾了,大家围着马岩,请他教自己如何制作这种打水的工具。

介绍完制作方法后,仲由大声地宣布了孔子的政令。听到新上任的邑宰,首要的事情就是帮助百姓缓解旱灾,大家忍不住夸赞起孔子的仁爱之心。

三人帮助村民在水井处,以及靠近河流的地方搭建桔槔取水设备,一直忙到傍晚,才往城中走去。此时,在漫天霞光的映衬下,田野似乎重新焕发出了生机,白天还低垂无力的禾苗,此时竟然挺直了身躯,张开枝叶,用力吸取水分。

远处,一些干完活回家的农民,扛着农具,唱起了本地的歌谣。虽然马岩等人听得并不真切,但那悠扬的歌声,饱含着他们的欣喜之情,也将马岩等人体内的疲倦一扫而光。

望着远处将要西沉的落日和连绵起伏的群山,马岩仿佛忘记了现代社会,全心全意地沉浸在这片美景当中。

"你们快看啊!"

龚倩倩的一声尖叫,打破了眼下的静谧。她指着前方的小路,惊讶地喊道:"地上那是什么东西?是谁留下的?"

仲由顺着龚倩倩所指的方向一看,只见地面上有一串怪异的足迹。他凑上前,用自己的脚掌对比了一番,忍不住说道:"从形状上看像是人的足迹,可是尺寸却比人的足迹大很多。"

"不止这一点。"龚倩倩蹲下身,指着足迹前端说道,"你们看,这里的地面像是有利器插入,很可能是这个家伙脚掌的前端长着锋利的硬甲。"

"硬甲?"马岩呢喃道,"这……会是什么动物留下来的?"

《论语》笔记

子曰:"三人行,必有我师焉。择其善者①而从之,其不善者而改之。"

——《论语·述而》

【注释】

①善者:优点。

【译文】

孔子说:"几个人在一起行走,其中一定有可以做我老师的。选择他的长处来学习,看到他不好的地方,自我反省,改掉身上同样的毛病。"

【拓展】

孔子的时代,桔槔已经使用较多,但尚未普及。故事里孔子听到小朋友们介绍桔槔,便虚心请教,这是符合孔子的好学精神的。孔子认为求教是不分年龄、身份的,几个人在一起,谁有长处,有好的地方,谁就是老师,不如人家就要虚心求教;同时看到别人的缺点,也应该自我反省,将自己身上类似的毛病改掉。

历史上,有孔子拜项橐为师的故事。项橐是莒国的一个小孩,年仅七八岁,孔子乘车外出,看到他在路上画城墙、城门,便想在旁边绕过。项橐抬头问:"有城门不走,为什么要绕行呢?"孔子说:"我怕把你的城压坏了。"项橐又说:"城就是让人住,让人过的。不让人过,还要城干什么?"孔子听了这些话,感到很有启发,于是用对待师长的礼仪向这小孩子拜了又拜,才离去。

奇怪的脚印

龚倩倩、马岩和仲由凑到那串脚印旁边,认真地查看,可无论怎么分析,留下这串脚印的家伙,都不像是寻常的物种。

"我有个主意。"马岩拍了下脑袋,"看这些脚印,像是不久前才留下的,我们顺藤摸瓜,跟上去看看不就能弄清楚了。"

"好主意!"仲由咧嘴笑了笑。显然,猎户出身的他,对这种不明生物,似乎天生就有很大的兴趣。

龚倩倩有些担忧,她看了看天色,太阳马上就要落山,周围也没有太多人。万一这串奇怪的脚印真是猛兽留下的,那他们追上去,可能会遇到意想不到的危险。

龚倩倩刚要张口,一旁的马岩就说:"龚组长,你不要害怕,就算遇到危险了,我一定会保护你的!就算你不相信我,难道还不相信仲由大哥哥吗?更何况,夫子曾教导我们,'仁者必有勇',有仁德的人一定勇敢,所以……"

马岩做了一个握拳的动作,然后跟着仲由往前走去。看到他们这么执着,龚倩倩也没有别的办法,只能快步跟了上去。她一边走一边说:"哼!你没说后半句:勇者不必有仁,勇敢的人不一定有仁德!"

那串脚印从田间小径上穿过,进入一条深沟。三人追随脚印,跳进深沟。由于天气干旱,深沟中鲜有草丛,足迹虽然不太清晰,但依稀能够辨别。

在深沟中走大约百步之后,三人发现足迹朝邻近的民房边而去,这不由得让他们多了几分担忧:难道野兽侵扰百姓了吗?

再走几十步,就是一座农家院子,院子被土墙包围,院子正中央是一座茅草房。傍晚的霞光洒在院子中,四周传来几声虫鸣,给人一种静谧、安宁的感觉。

三人顺着足迹来到院门前,那个足迹便是从这里消失的。难不成,那个奇怪脚印的主人,就藏在这个小房子里吗?

他们好奇地打量着眼前的院子,一时间不知道该如何是好。马岩按捺不住好奇心,轻轻推了推院门,想要看看院内的情况,但谁知门后放着一根扁担,马岩刚一用力,扁担砸在地上,发出一声闷响。

这时,三人只听见院内传出来一个奶声奶气的声音:

"外面是谁?"

三人吓得赶忙后退几步,一阵轻盈的脚步声传来,院门缓缓拉开,一个年龄约莫有八九岁的孩童露出头来。他头上梳着冲天发髻,穿着一件土黄色的短衣,正一脸戒备地看着他们。

"小妹妹，"马岩赶忙问好，"请问，你有没有看到……"

没等马岩说完，对方打断道："喂！我是男孩！"他擦了擦鼻涕，看上去很不服气。

"哦……哈哈！"龚倩倩急忙转移话题，"小兄弟，我们想问问你，今天看到什么奇怪的东西了吗？"

小男孩看着三人，脑袋摇得仿佛一个晃动的拨浪鼓。

"我什么都没有看到过，也什么都不知道。"

说罢，他重重关上院门。

听到这话，马岩有些失望地叹了口气，"看样子，我们一定是找错了地方。"

没想到，仲由却笑着说："那个小孩子不太会撒谎啊！"

撒谎？

马岩和龚倩倩一脸疑惑地看着仲由。

仲由解释道："如果是你，现在有三个陌生人来到你家门前，说有奇怪的东西，你不问一问究竟发生了什么事情吗？"

对啊！仲由的话让他们两人瞬间反应了过来，刚刚那个小男孩连什么事情都不问，便将三人拒之门外。现在回想起来，实在有些可疑。

想到这里，马岩的心更像是被猫抓了一样，想要弄个明白。但还没等他行动，仲由便拉着二人的手，准备原路返回。

马岩不太明白，为何他们不继续调查下去？

仲由严肃地说："未经允许，不得擅进民居，这是夫子教导过的。更何况，那个孩子已经摆出了拒绝我们的态度，如果强行闯入，岂不是仗势欺人，给夫子丢脸吗？"

马岩这时才想起，孔子在赴任的路上不止一次向大家强调过，千万不能欺压百姓。自己刚刚差点违背了孔子定下的规矩。

"是啊！"仲由说，"夫子说，'君子义以为质，礼以行之，孙以出之，信以成之'。君子做一件事，应该以义为原则，依礼节实行它，用谦逊的语言来表达它，用诚实的态度去完成它。我们这么偷偷摸摸地调查，实在是有违君子之道。"

为了避免孔子责怪，三人只能无奈地"打道回府"。

回到署衙，累了一天的马岩连晚饭都没力气吃，直接躺到床上，眨眼间的工夫便进入了梦乡。

梦中，他回到了现代社会，站在教室的讲台上，为同学们讲述自己在古代冒险的故事。同学们听得津津有味，脸上有羡慕、佩服……正当马岩洋洋得意的时候，"砰！"教室的门突然被撞开了，一个体型硕大的怪兽"唰"地出现在他面前，抬脚就要踩他，而怪兽的脚掌，形状正好和他们追踪的脚印一模一样！

"啊——"

马岩尖叫一声，猛地睁开眼睛，发现这里既不是教室，也没有怪兽。

他摸了摸脸，发现浑身已经被汗水浸透了。就算刚刚那恐怖的一幕只是梦，可想起那只怪兽凶狠的模样，他还是忍不住感到后怕。

马岩起身穿上衣服,打算到院中透透气。他一推开房门,赫然发现,不远处的门廊下立着一人,正静静地注视着孔子的卧房。

马岩看了看月亮,此时已经是后半夜了,忙活了一整天,大伙儿已经睡下,他揣测那人不是孔子身边的人。而且对方一副鬼鬼祟祟的样子,似乎不怀好意。

马岩猫着腰,将身体紧紧贴在墙壁上,借着房檐投下来的阴影,蹑手蹑脚地朝着对方所在的地方移动。

他走到只离对方两三米远的地方,停下来观察,发现那人仍旧一动不动地站在原地。马岩心中大喜,准备动手抓住对方。突然,那人不紧不慢地开口了:

"不要妄想抓到我,你——不是我的对手。"

马岩的双手瞬间愣在半空中,听对方那镇定自若的口吻,他不免有些心虚。

"你是谁?"马岩小心翼翼地问道。

对方摇了摇头。

"你到这里做什么?"

对方转过身,仍旧是摇了摇头。

那人一袭黑衣,脸上也蒙着黑布,只露出一双黑洞洞的眼睛。那双眼睛直勾勾地盯着马岩,没有流露出半分情绪。"咚咚咚——"院子里很安静,马岩能清晰地听到自己的心跳声,他有些后悔自己的冒失,看对方的态度,真要是动起手来,自己可能毫无胜算。

可那人似乎并不准备伤害他,而是快速从怀里抽出一条带钩子的绳索,然后将绳索的一端丢到一旁的高墙上。

"你们……住在这里,千万要小心!"那人说完,握住绳索,轻轻发力,身体宛如燕子一样,翻身出了院子。眨眼间的工夫,他便消失得无影无踪。

马岩待在原地,脑子一时间转不过弯儿来,对方似乎是个不怀好意的监视者,可为什么要提醒自己呢?

而且,刚刚那个人的眼睛,看起来似乎有点熟悉,但马岩一时又想不起究竟在哪里见过。

此时,月亮仿佛也被那个神秘闯入者惊吓到了,躲在云层里,不敢探出脑袋。署衙被蒙上一层朦胧的夜幕,夜风也聒噪起来。

纷乱在瞬间开始,又在眨眼间结束。唉!马岩忍不住叹了口气,看来,这座城里不为人知的事情,还真是不少呢!

《论语》笔记

子曰:"有德者必有言①,有言者不必有德。仁者必有勇,勇者不必有仁。"

——《论语·宪问》

【注释】

①言:好的言论。

【译文】

孔子说:"有德的人一定有好的言论,但有好言论的人不一定有德。有仁德的人一定勇敢,但勇敢的人不一定有仁德。"

【拓展】

有仁爱之心的人,一定有非同一般的勇气;而有勇力的人,却不一定有仁爱之心。这是孔子对弟子们的谆谆教导,尤其是对子路这样以勇气自负的人,告诉他们,真正的勇气一定是源自仁德的,平时没有必要过分炫耀勇力,只要培养自己的仁心就足够了。

有仁心、守道义的人,到了危急关头,自然会有舍生取义之勇。而那些只看重勇力,却忽略仁德的人,即便刚强彪悍、不畏死亡,又有什么用呢?勇力如果不用在仁德上,很可能会成为为非作歹、恃强凌弱的资本。历史上有许多以勇力著称的人,譬如三国时期的吕布,虽然勇冠三军,行事却不守道义,经常背叛旧主,被耻笑为"三姓家奴",最后也因反复无常而被杀死。所以,我们应该明白,"勇"之所以能成为美德,是因为勇者所做的事是符合道义的;若行事不符合道义,那"勇敢"就不值得提倡。

地摊经济

经过一段时间的努力,中都邑的旱情得到了缓解,田野里又恢复了生机,随处能看到一片热闹的劳作场景。

不过,问题并没有全部解决。有弟子走访后发现,城中富商贱买百姓田地的事情,仍旧时有发生,而那些失去田地的百姓大都变成了流民。这个现象对一心想要在中都邑施行仁政的孔子来说,是个不容忽视的隐患。

为了解决贱买田地的问题,孔子特意向城中几个买田的富户发出邀请,请他们到署衙参加宴会。

这些富户正想着如何同新上任的中都宰攀上关系,当然欣然同意。他们笑眯眯地来参加宴会,可是没想到,来到署衙后,还没见到菜肴的影子,孔子就直奔主题说:"往后要以合理的价钱进行田地交易,不可趁旱灾贱买百姓田地。"

原本还喜笑颜开的富户们,听到孔子的话后立刻皱起眉头。其中一个富户站起身,一脸委屈,抱怨道:"邑宰,您是知道的,这几年连年干旱，我们手头也不宽裕。其实，我们也不想购买那些田地，只是看百姓可怜，不忍心他们饿死，所以才……"

说到这里，他冲一旁的富户们使了使眼色，其余的富户们会意，也跟着叫起冤来：

"我哪里敢贱买田地啊！我都出高价的呀！"

"是啊！大人，您有所不知，为了凑够买地的钱，我家都快吃不上饭了。"

听着那些富户的话，在后面座位上旁听的龚倩倩和马岩也议论起来。

马岩觉得，既然那些农民愿意低价出售自己的田地，那么孔子就不应该干涉，否则不就是扰乱了市场吗？

龚倩倩却不这么认为，因为在田地交易中，百姓处于弱势地位，那些富户互相勾结，拼命压低价格，目的就是用最少的钱，获得最多的田地。

富户们本以为孔子只是新官上任，做做表面功夫。可没想到，孔子听完他们的抱怨，命人拿出一份公文，指着公文大声说："今日，我就会颁布这项禁止贱买田地的公文。从今日起，田地交易必须合理、合法、合规，违背律令者从严处置。"

孔子语气陡然一转："群居终日，言不及义，好行小慧，难矣哉！整天聚在一块，说的和义理都不相关，专好卖弄小聪明，这种人真难教导。我不希望这里的百姓也这样。"

眼看孔子态度坚决，那些富户们收起轻蔑的态度，纷纷做出保证，说以后会以合理的价格收购田地。

富户们离开后，孔子询问弟子们对这件事的看法。端木赐第一个发言，他说，那些商人表面上答应了邑宰的要求，但是背地里，恐怕还是会进行那种交易。

端木赐进一步解释道："最近一段时间，本城的旱情得到了缓解，但是地里的禾苗却不会一夜成熟。我在走访中发现，现在就已经有不少百姓家断了粮。远水难解近渴，那些家中没有余粮的百姓恐怕还是会卖地，商人们也不会放过这个机会。"

孔子捋了捋须髯，赞同道："商人逐利，这本无可厚非，但对穷苦百姓，他们少一份仁心。这就是'行教化'的重要性。"

"夫子……"马岩不解地问道，"遵循礼法固然是好的，可是那些现在饿肚子的百姓们该怎么办呢？"

听到马岩的话，龚倩倩说道："夫子，我有一个办法，也许可以试试。"

龚倩倩了解到，中都邑同周围几座大的城市之间交通便利，如果在城内发展商业，吸引另外几座城市的商人和百姓前来中都邑，说不定能够起到一些作用。

龚倩倩说："现在百姓手中大都没什么钱，开店做生意恐怕有些困难，不如在城中选几条街道，鼓励百姓们试着在城中摆摊，做一些小买卖。我们再大力宣传一下，商人肯定闻风而至。说不定到那时，城中就会变得繁华热闹。"

"好主意！"马岩拍手称赞道，"龚组长，你这就是地摊经济，对吧？"

对于马岩口中的"地摊经济"，孔子虽然不太理解，但是倒是觉得龚倩倩的主意十分巧妙，城中做买卖的人多起来，百姓们的生活也能越来越好。

"可是……"仲由突然问道，"鼓励百姓从商，让他们卖什么东西好呢？"

仲由的话一下子提醒了众人：是啊！如今百姓的日子清苦，就算让他们做生意，没有好的商品，自然也就吸引不到客人。

马岩想起老师在课堂上说到一种社会现象——网红效应，利用名人的影响力来拉动当地的旅游业。

可是，该怎么制造一个可以让周围百姓都来参观的"热点"呢？想到这里，他看着眼前的孔子，忽然间灵光一闪：孔子的名号，不就是最好的"金字招牌"吗？

马岩笑着说出了自己的想法，如果孔子在城中兴办讲坛，宣扬仁道，那么附近几个城市的读书人，一定会蜂拥而至。只要人来了，何愁没有生意可做呢？

"对啊！"龚倩倩也赞同道，"夫子，您这样做，百姓也能够高看您一眼的。"

"人能弘道，非道弘人。"孔子说，"人必须首先修养自身，提升自己，才可以把道发扬光大；反过来，用道来装点门面，哗众取宠，那就不是真正的君子之所为。"

"夫子，我也只是……"龚倩倩一时不知道该如何解释自己刚刚的"失语"。

"我没有批评你的意思,别担心。"孔子转头看着众人,"我决定在城中讲学,这样既能让本地的百姓靠做生意度过荒年,同时又能够传播仁政思想,一举多得!"

《论语》笔记

子曰:"富而可求①也,虽执鞭之士②,吾亦为之。如不可求,从吾所好。"

——《论语·述而》

【注释】

①可求:可以求得,指合乎道义而求。
②执鞭之士:为诸侯、贵族们执鞭开路的人。

【译文】

孔子说:"富贵如果是可以求得的话,就是为人执鞭开路,我也愿意去做。如果不能求得,那还是做我喜欢的事情吧!"

【拓展】

故事里,孔子居然支持搞地摊经济,还出面"讲课带货",很多人也许会疑问,孔子怎么会做这种追逐钱财的行为。古代的读书人不都是"万般皆下品,唯有读书高"吗?其实不然,孔子可不是书呆子,他对任何职业都是没有偏见的,在他看来,富贵不可耻,不以正道追逐富贵才可耻。若能以正道赚钱,无论做什么都是光荣的。

孔子还是个很现实的人,和那些说到钱,就觉得羞愧的清谈家一点也不一样。他的弟子原思曾为孔子担任管家,孔子给了他很多粮食作为俸禄。原思不好意思接受,想要推辞。孔子告诉他:"别推辞,用不了的话,你可以拿去分给邻里有需要的人嘛!"所以说,君子从不讨厌钱财,相反有了钱财他们才能更好地追求自己的"道",他们所厌恶的,只是钱财不由正道而来。

15. 论道

孔子要在中都邑讲学的消息不胫而走,马岩等人也没想到,这个消息不仅吸引了附近几座城市的学子,甚至鲁国周围几个邻国的读书人,也甘愿忍受路途颠簸之苦,前来听孔子论道。

最近这半个月来,可把大伙给忙坏了:端木赐带领一些贫苦百姓,在孔子讲学地点的周围,选了几条热闹的街市作"根据地",摆起地摊售卖商品;仲由则是带领署衙里的官差们四处巡查,维护城中治安。其他弟子们也各司其职,忙得不亦乐乎。

这几天,马岩和龚倩倩四处帮忙,虽然辛苦,但看着百姓们的日子正一天天变好,也就不觉得累了。不过,龚倩倩总是觉得马岩像是有什么心事似的,于是瞅准休息的机会,询问他是不是有事情瞒着自己。

马岩本来还想遮掩一下,可他的那点伎俩,怎么能够瞒得过聪慧的龚倩倩?于是只好竹筒倒豆子,全都招了。

听到马岩那晚和跟踪他们的人正面交锋,龚倩倩着实为他捏了把汗，又听到对方不仅没有为难马岩，反而出言提醒，心中也疑惑不已。

龚倩倩不明白对方究竟有何目的，她突然想起进城那日，一路上跟踪他们的可疑人。

"那个人后来出现过吗？"

"说来也怪！"马岩得意地说，"那个家伙自从被我发现后，就没再出现过。看来，他一定是怕了我喽！"

"我看未必！"龚倩倩摇了摇头，从马岩的描述中看，对方的身手不凡，如果心怀不轨，怕是早就动手了。那个人之所以按兵不动，恐怕另有所图。看样子，他们以后更要加倍小心。

两人讨论了一番，决定暂时不把这件事告诉孔子，毕竟孔子有更重要的事情需要操心，这件事情说出来，反倒会让他分心。

"对了！"马岩赶忙把麒麟兽从怀里拽了出来，小声叮嘱道，"麒麟兽，现在有件重要的事情需要你做。"

"哎呀！"麒麟兽伸了下懒腰，"你们这段时间玩得不亦乐乎，现在总算想起我来了。"

马岩顾不上同它斗嘴，直接说出有人暗中监视大伙的事情。他拜托麒麟兽，最近一段时间最好藏在孔子周围，暗中保护。

"那倒没有问题，"麒麟兽点头答应，"往后我会悄悄跟在孔子身旁，不过，你们也要多加小心。"

经过大半个月的准备，孔子在中都邑的讲学终于要开始了。讲坛就在城中央，开讲当天，从各地赶来的民众将讲坛围得水泄

103

不通。

在众人期待的眼神中,孔子登上讲坛,正式开始宣讲。

就在孔子陈述自己对"仁政"的理解时,忽然,一个书生模样的年轻人站了起来,对孔子深施一礼。他身着一件灰色短袍子,袖口微微卷起,虽然衣着朴素,但举止间却流露出一种从容不迫的风度。

"夫子,前些日子听闻您在此地开坛讲学,我特地从齐国赶来。只因有一事不明,特来请教。若有失礼之处,还望夫子见谅。"

孔子看着对方,微微笑道:"若有疑问,但讲无妨!"

那名书生得到允诺后,朗声问道:"夫子,我曾听闻您一心推行'王道',但不知'王道'究竟要作何解释呢?"

孔子捋了捋胡须,在台上踱着步子,慢条斯理地说:"所谓'王道',指的是先王之道,也就是尧、舜、周公等古代圣贤的治世之道。我这些年通过对先王之道的研习,发现它的本质乃是'仁'。"

"仁?"书生面露不解,"夫子,您的意思是人人都要做好人?秉承友爱良善之心吗?"

"每个人对'仁'的理解可能有所不同,"孔子看着那名书生,"比如你刚才所说的'友爱良善之心',不可否认也是'仁'的一种解释。"

听到孔子这话,下面听讲的人群中发出一阵窃窃私语,不少人脸上也露出了疑惑的神情,有几名胆大的书生,正欲起身发表观点。

不过，孔子冲下面的人摆了摆手，示意他们安静，继续说："在我看来，治世便是一个推广仁德的过程：'为政以德，譬如北辰，居其所而众星拱之'。一国之君应该具有高尚的品德，只有这样才能继承和发扬仁爱精神，并以自己为榜样来教化万民。君王有德，则天下归心。"

听到孔子这番论述，龚倩倩等弟子们忍不住拍手称赞。

可就在这时，另一名书生站了起来，语气有些激动地问道："夫子，听您这话的意思，莫非'仁'只属于君王，像我等这些平民百姓就不配染指吗？"

"当然不是！"孔子摇了摇头，"君王的德治，最终还要落到百姓的身上，否则就是空中楼阁。'道之以德，齐之以礼'。对于百姓，用礼来规范他们的行为，调服他们的个性，也能帮助他们更好地理解'仁'。"

"那如果百姓不想接受呢？"对方步步紧逼地发问道。

"买东西尚且有讨价还价的余地，传道更不会强人所难。"孔子举例道，"譬如我常说'己所不欲，勿施于人'。一个真正的仁者，必定是尊重别人的人，不会强迫别人。"

"那普通人如何实行仁道呢？"书生问，"很难做到吗？"

"说难也难，说不难也不难。"孔子笑着说，"夫仁者，己欲立而立人，己欲达而达人。能近取譬，可谓仁之方也已。仁是什么呢？自己想站得住，也使别人站得住；自己要事事通达，也使别人事事通达。设身处地，推己及人，这可以说是践行仁道的方法。"

"夫子,您说仁者爱人,人应该充满慈爱之心。那……"另一位书生问,"我们只能爱而不能憎吗?"

"当然不是。"孔子说,"唯仁者能好人,能恶人。只有仁者才能喜爱某人,厌恶某人。只有憎恶不仁,才能去践行仁啊。"

听完孔子的这句话,那两名书生全都躬身拜谢,说:"谢谢夫子教诲。"

孔子的这一番话,下面听讲的人齐声称赞,众人讨论得越来越热烈。可就在这个时候,暂管公务的齐文思急匆匆地走到台上,他神色焦急,在孔子耳边低语了几句。原本还面露笑容的孔子,脸色骤然暗了下来。

眼看天色渐晚,孔子说今日宣讲结束,叮嘱众人先休息。马岩和龚倩倩意识到,肯定是发生了大事,也赶忙跑到孔子身边,询问究竟发生了什么事情。

孔子看着围拢过来的弟子,叹了口气,将齐文思汇报的事情告诉了大家。原来,河边搭建的桔槔灌溉设备,竟然遭到了破坏。

"谁这么大胆?"马岩听到这话,顿时火冒三丈,"一定要重重惩治那个人!"

孔子扫视了下众人,面色凝重地说:"据目击的百姓说,破坏那些设备的,是只猛兽!"

《论语》笔记

子曰:"道①之以政,齐②之以刑,民免③而无耻。道之以德,齐之以礼,有耻且格。"

——《论语·为政篇》

【注释】

①道:引导,治理。

②齐:约束,管理。

③免:免罪,免刑

【译文】

孔子说:"用政令来治理百姓,用刑罚来制约百姓,百姓可以暂时免于获罪,但不会有作恶可耻的羞耻心;用道德来统治百姓,用礼教来约束百姓,百姓不但有羞耻心,还会主动纠正自己的错误。"

【拓展】

用政令和刑罚来治理民众,老百姓为了避免受罚而不敢犯罪,但这种"不敢"并非出自廉耻之心;用道德来引导百姓,用礼义去教化他们,百姓不仅会有羞耻之心,而且还能真正归于正道。在孔子看来,要想国家长治久安,必须以道德、礼义治理百姓。

这句话能给我们很多启示。譬如,在生活当中,我们可以凭借身份、地位,用命令的方式要求对方做什么;也可以用许诺利益的方式,诱导对方做什么。这些方式都能完成目的,但一旦失去了权威、利益,这样的方法就行不通了。只有以"礼"服人,用道理让对方心悦诚服,双方的关系才可以长久不变。

猛兽来袭

"猛兽？破坏灌溉设备？"马岩问道，"难不成它口渴了，想要过来喝水？"

齐文思说："有衙役来报，今天午后，河道边突然出现了一只长相凶恶的猛兽。它比成年男子还要高出几头，浑身上下长满了黝黑的毛发，身体更是有两人并肩那么宽，一张大嘴里长着冲天的獠牙。更奇怪的是，那只猛兽不做别的事情，只是破坏桔槔取水设备。百姓们吓得不敢再继续劳作，全都逃回了村里。"

齐文思看着孔子，有些犹豫地说："百姓们看见那个猛兽，都说……都说……"

"都说什么？"马岩急切地追问道。

"都说我们用河水浇灌田地，惹怒了河底的神灵，所以神灵派来猛兽，不仅破坏我们的汲水工具，还要……"

齐文思咽了口唾沫，继续说："还要把这里的百姓全部杀掉。"

听到这话，马岩当即说道："哼！我倒要看看，究竟是什么样的怪物，能有这么大的本领。"

孔子沉思了一会，冷静地说道："这件事大家还要多了解情况，不要随便传言，以免引起更多骚乱。多闻阙疑，慎言其余，则寡尤。多听别人说话，有可疑的地方，加以保留。其余自信的地方，也要谨慎地做，以减少懊悔。"

"夫子考虑得很周到。"齐文思点头道，"要是人人都谈论猛兽的事情，恐怕会影响到城中商业。"

为了尽快稳定民心，孔子同弟子们立刻赶往事发的河岸边。此时已是午后，毒辣辣的太阳悬在天上，似乎是想要将大地引燃。猛兽出没的河岸边，齐文思派遣了几名官差值守，以此来稳定百姓们的情绪。

在齐文思的带领下，孔子等人很快便来到了"事发地点"，只见齐文思指着一片泥泞的河岸说："大人，猛兽就是从那里出现的。"

孔子和几名弟子上前查看，发现众人辛辛苦苦搭建的桔槔取水设备，大都遭到了破坏。看到这些日子的成果就这样被毁，马岩恨得牙痒痒。

孔子让官差请来几名见过猛兽的百姓，询问当时的情况。

不一会儿，两名戴着草帽、握着农具防身的百姓，在官差的带领下，颤颤巍巍地走到孔子面前。

"你们不要怕，"孔子语气温和地询问道，"你们还记得，那只猛兽是从哪里冒出来的吗？"

那两人互相对望了一眼,异口同声地说:"它是从水里钻出来的。"

"水里钻出来的?"孔子好奇地问道,"它是原本就在水里,还是从对岸游过来的?"

两个农民摇了摇头。

"关于那只野兽,你们还记得其他的事情吗?"

"它……它的力气特别大!"有个人一边说,一边指向那些被推倒的桔槔取水设备,"它一下子就能撅断木棍!"

那些原本是用来担水的木棍,大约有手臂那么粗,质地坚硬,没想到此时竟被弄得乱七八糟。

"还有,"另一人说,"那只猛兽的牙齿好像一把把小刀。"

两人七嘴八舌,将目击怪兽时的情形描述了一番,绘声绘色,听起来并不像撒谎的样子。

"你们来看啊!"

孔子抬头一看,只见龚倩倩站在距离河岸不远的一块石头上,正冲大家挥手示意。原来,在众人听那两位农民描述猛兽出没的场景时,龚倩倩去被破坏的桔槔取水设备旁观察,刚巧发现了一条重要线索。

在龚倩倩的示意下,大伙儿注意到,靠近河流的一处干泥滩里有一个带硬甲的脚印,比人类足迹大不少,而且硬甲似乎十分锋利,在泥潭上留下了深深的痕迹。

目击者告诉大家,猛兽在破坏掉桔槔之后,就回到河中,很快消失了。

"怪哉!"孔子心中暗自思忖,"那只猛兽既不伤人,也不害命,只是为了推倒那些汲水设施,这……"

"大人!"远处的百姓不知何时走了过来,其中一个百姓颤抖着声音说,"这是河里的神灵给我们的警告,我们不能再继续汲水了。要不然,下一次猛兽就要来害命了。"

"别胡说!"仲由说,"我看这件事,分明是有人在捣鬼。你们继续用桔槔汲水,我倒要看看,究竟是哪种猛兽在捣乱。"

听完仲由的话,百姓们吓得连连摆手。现在,他们宁愿地里的庄稼旱死,也不敢再得罪河里的神灵了。

"现在天气炎热,不继续打水灌溉田地,那我们之前的努力不都白费了?你们……"

眼看仲由要发脾气,孔子赶忙拦住他,并冲百姓们点头说:"既然你们不肯再打水浇灌田地,我也不会勉强大家。不过,请你们放心,我一定会弄清这件事情的来龙去脉,过些时日给大家一个交代。"

百姓们离开后,马岩便迫不及待地问:"夫子,难道你也认为是神灵在惩罚百姓吗?"

"自然不是。如果真有神灵,我相信他不会惩罚我们,惩罚百姓。"孔子说,"民之于仁也,甚于水火。水火,吾见蹈而死者矣,未见蹈仁而死者也。百姓们对仁的需要,比对水的需要更迫切。我只见过人跳到水火中而死的,却没有见过实行仁而死的。"

但是面对眼下这严峻的形势，孔子明白不能莽撞行事，他冷静地说："猛兽不可怕，可怕的是有人利用这件事制造混乱。如果真是这样，眼下他们在暗，我们在明。我看，也只能先顺从对方的意思，看看对方下一步想要做什么吧！"

他看向弟子，镇定地说："接下来的日子，我会继续开坛授课，城内的经济也要继续发展。否则大家这段时间的辛苦，全都白费了。"

众人齐声称是。这时，马岩看到仲由悄悄冲自己使了使眼色，并转身走到一棵大树后面，马岩会意，便悄悄跟了上去。

仲由观察了一下四周，然后低声跟马岩说："河滩边留下的脚印，和我们之前遇到的那些神秘脚印，是不是有点像？"

在仲由的提醒下，马岩一下子反应了过来。他们彼此对望了一眼，心中不约而同地产生了同一个疑问：

这次的脚印，和上次的脚印到底有没有关系？

《论语》笔记

子不语：怪①、力②、乱、神。

——《论语·述而》

【注释】

①怪：荒诞不经之事。

②力：崇尚勇力，恃强施暴之事。

【译文】

有些事孔子从来不谈论：荒诞不经之事、恃强施暴之事、犯上作乱之事、神灵鬼怪之事。

【拓展】

清代文学家袁枚编纂了一本小说，里面收录的都是妖魔鬼怪的故事，因为《论语》中说，孔子从来不谈论相关事件，所以袁枚灵机一动，就将书名叫作"子不语"。

孔子为什么不谈论怪、力、乱、神这样的事情呢？因为孔子推崇个人修行，重视环境对人的影响。炫耀勇力、犯上作乱的事，会将人引上邪路，既不值得崇拜，也不值得宣传；而虚无缥缈的怪异、鬼神之说，也会扰乱人们的心境。现在社会中的媒介各式各样，里面的内容鱼龙混杂，很多东西都是对人的成长有害的。在接触这些事物时，我们就要听从孔子的教导，树立正确的价值观，少接触传播负能量的内容，譬如含有暴力恐怖、投机取巧、爱慕虚荣、炫耀富贵等内容的文字和视频。同时，也要减少迷信思想，靠努力去赢得未来。

跟踪调查

孔子带领弟子们在河边忙碌了一下午,除了调查猛兽袭击的事件,还帮忙修好了那些被破坏的桔槔设备。直到天黑,众人才往城内走。

夜色朦胧,有两个身影悄悄从返城的队伍中溜了出来。

"大哥哥,夫子知道后,不会责罚我们吧?"一个身影说。

"我也不知道。"另一个身影摇了摇头,但语气坚定地说,"可就算是被夫子惩罚,我也要弄清楚,究竟是谁在背后捣鬼。"

这两人正是马岩和仲由,他们相信只要解开有关猛兽的谜团,一切问题都会迎刃而解。

两人根据记忆,很快来到了之前那座可疑的房子前。屋内没有点蜡烛,周围的田野像被笼罩在一片黑色的幕布之下。而且,不知道是什么缘故,这座房子周围格外安静,二人甚至听不到虫鸣声,只有"呼呼呼"的风声。

夜风刺骨,马岩双手冰凉,他不由得握住仲由的手,跟着仲由慢慢往前走去。

快到门口时，仲由停了下来，马岩低声问道，"仲由哥哥，我们接下来做什么？"

"马岩小兄弟，"仲由说，"我先跳进去看看情况，你留在外面，万一发生什么动静，你就……"

"不、不行。"没等仲由说完，马岩便说，"大哥哥，万一猛兽真在里面，你自己进去太危险了，我们还是一起进去吧！"

仲由摆了摆手，表示如果那个猛兽真的藏在这里，自己见势不对，就立刻逃跑。可要是马岩也进去，万一出现意外，自己的行动反而会受阻。

马岩正要反驳，忽然听到不远处的草丛中，传来了一阵奇怪的响动声。

两人急忙压低了身体，转头盯着那片草丛。马岩视力很好，一眼便看出草丛后面藏着一个人影。

"你、你是谁？"马岩心中打鼓，但气势不减，低声喝道，"出来！我看见你了。"

仲由握紧了腰间的武器，蓄势待发。

"别紧张。"草丛里传来一个清脆的声音，"是我！"

听到这个声音，马岩立刻松了口气，上前一把将那人从草丛里拉了出来。原来是龚倩倩。

"龚组长，你跑来干什么啊？"

"你说呢！"龚倩倩有些埋怨地看着两人，"我看到你们悄悄溜出来,就猜到你们要来这里调查。明明是三个人一起发现的线索,你们竟然丢下我!"

原来,仲由和马岩刚从队伍里溜出来时,龚倩倩便猜想到他们要去那所可疑的院子里寻找线索。她本来不喜欢冒险,可是看到孔子最近事务繁多,又因突然发生的"猛兽事件"而烦恼,便想快点帮孔子解决眼下麻烦,于是也顾不上平日里常念叨的"纪律",和马岩一样开了"小差"。

马岩揉了揉脑袋,笑嘻嘻地说:"龚组长,你毕竟是个女孩子,万一遇到危险的话,我怕……"

"哼!"龚倩倩指着院子说,"你们男生能做的事情,我们女生也可以做。就像你们想进去调查,看看里面是不是藏着猛兽,但为什么一定要用蛮力呢?明明有更好的方法。"

一听到龚倩倩的话,马岩就改变了态度,装出一副可怜巴巴的模样,请求龚倩倩说个好主意。

"我觉得,"龚倩倩说道,"贸然冲进去,万一被发现,我们恐怕要背上扰民的罪名。不如……让屋子里的人主动出来。"

"瞧你说的,"马岩翻了下白眼,"那顺便让猛兽用绳子把自己捆起来不是更好吗?"

"放心吧!"龚倩倩自信地说道,"我的方法肯定奏效。"

说着,龚倩倩在两人耳边叮嘱了一番,叮嘱他们,按照自己说的方法做,准能成功。

叮嘱完后,龚倩倩来到靠近茅草屋的院墙旁,深吸一口气后,朝着院子内大声喊道：

"着火了！"

马岩见状，也在一旁帮腔道：

"快出来啊！着火了！"

原本静谧的夜晚，在他们两人的喊声响起的瞬间，变得躁动不安。只听见院子里响起脚步声。不一会儿，只见一个农夫，一只手拉着媳妇，另一只手拽着小男孩，跟跟跄跄地跑出了院门。

那个小男孩，正是几天前将他们拒之门外的人。

农夫慌张地四处查看"火势"，而他的孩子这时却忽然拼尽力气，从父亲手中挣脱开来，一溜烟似的又钻回了院子里。

"回来！"父亲大喊道，"快回来！"

那个小孩不管不顾，冲到院子里的小仓房前，冲里面拼命大喊："大福！着火了，你快出来啊！"

孩子父亲此时也追了上来，一把将小男孩抱在怀里，转身就往外跑。

仲由和马岩赶忙上前，想要看看院子内有没有可疑的地方，可还没等他们站稳，只见院内突然蹿出一个黑影。

"啊——哦——"

那道身影一边逃窜着，一边发出瘆人的低吼声。

虽然夜色较深，马岩看不真切，但只听叫声，便知道那东西来者不善。

而仲由这时来不及犹豫，眼看手中没有趁手的武器，只能抄起一根放在院墙边的木棍，快步追上黑影。

　　黑影似乎察觉到了什么，回身看着马岩和仲由。

　　马岩定睛一瞧，发现那个黑影佝偻着身躯，两只前爪抵在胸前，仿佛随时准备进攻的模样，黑黝黝的脖颈上方，却长着一张惨白色的毛脸，让人不寒而栗。

《论语》笔记

子路曰:"子行三军,则谁与①?"子曰:"暴虎冯河②,死而无悔者,吾不与也。必也临事而惧,好谋而成者也。"

——《论语·述而》

【注释】

①与:一起,共事。
②暴虎冯河:徒手与老虎搏斗,赤足蹚水过河。

【译文】

子路问:"老师如果率领三军作战,愿意和谁一起共事呢?"孔子说:"赤手去打老虎,徒步蹚过大河,这样死了也不后悔的人,我是不会与他共事的。一定要找遇到事情小心谨慎,善于谋划,能成功完成任务的人。"

【拓展】

孔子是一个很讲究做事方法的人,他反对没有头脑地一味蛮干。弟子子路以直爽、勇敢而自豪,孔子就经常给他泼凉水,告诉他做事一定要多谋划,讲究方法。在教学生这件事上,孔子就很有"套路",他从来不生硬地给大家灌输知识,而是一点点地引导大家,让学生们逐渐了解学习的好处、学习的快乐,使大家主动爱上学习。孔子最得意的弟子颜渊,就曾这样形容他:"夫子善于有步骤地引导、教育大家。他用文献丰富我们的知识,用礼节约束我们的言行,想停止前进都不可能!"

原来是这样

"危险!"

一旁的龚倩倩大声提醒道,"马岩,小心啊!"

原来,就在马岩出神的时候,那只猛兽已经跳到了他的身边,摆出一副气势汹汹的架势。看样子,是想要攻击马岩。

马岩来不及考虑,赶忙后退数步。那猛兽见状,竟然张开前肢,咆哮着扑了上来,似乎有些急不可耐。但这也正好给了仲由机会,他趁机抬脚,一下子将怪物踹倒在地。

这一击力道十足,猛兽倒在地上,全然没了刚才那张狂的模样,正捂着肚子,不停地呻吟着。

"大哥哥,"马岩站了起来,惊魂未定,但强装镇定,"我来帮你!"

他用力将一块石头举过头顶,迈着大步,来到那只猛兽的身旁,像是在给自己打气一样大声喊道:"你刚才不是还挺威风吗?现在怎么不动了?知道我们的厉害了吧?"

可没等他动手，那个小男孩忽然跑了过来。

"不要，你们不要伤害大福！"

他一边喊，一边跑过来，跪在地上，紧紧地抱住了那只猛兽。

看到眼前这一幕，马岩不解地说道，"快躲开，那是猛兽啊！"

"不，"小男孩眼角泛着泪花，大声喊道，"大福它不是猛兽，它是我的朋友。"

旁边小男孩的父亲快步走上前来，惊讶地看向抱着那只猛兽的儿子，慌里慌张地伸出手，想要把儿子拉起来。但那个倔强的小男孩，却怎么也不肯撒手。

小男孩的母亲走上前来，温柔地看着小男孩，说："阿亮，乖，快起来，别被那东西咬伤了。"

小男孩的脑袋像拨浪鼓似的摇晃了起来，"母亲，大福不会咬人的，它胆子很小的。"

"这到底是怎么回事？"小男孩的父亲一脸茫然地扫视着仲由等人，"还有，哪里失火了？"

龚倩倩走上前，不好意思地说："真是对不起，附近没有失火，刚刚我们只是想……"

一时间，面对眼下这混乱的局面，她也不知道该如何解释才好。

"小朋友，快放手！"另一边，马岩着急地说，"这个怪物是破坏河边桔槔的坏蛋，它可凶狠了！"

那个名叫阿亮的小男孩转过头，气冲冲地朝马岩说："不！

大福它不会干坏事的！"

龚倩倩知道，跟这种性格倔强的人不能硬拼。她缓步走到阿亮身旁，语气温柔地说："看你的样子，似乎很了解这个……大福。那你能不能告诉我们，它怎么会藏在你的家里呢？"

阿亮警惕地看着龚倩倩，脸上满是不信任。

"放心，"龚倩倩摸了摸阿亮的脑袋，"只要它没做坏事，我们是绝对不会伤害它的。"

她转回头，瞪了马岩一眼，大声说："马岩，快把手中的石头丢掉。"

马岩悻悻地丢掉石头，为了让阿亮放心，他还主动后退数步。

阿亮擦了擦眼泪，温柔地抚摸着那只猛兽的头："你们冤枉大福了，它只是长相凶恶，实际内心很温柔的。"

随后，阿亮讲起了大福的身世。

原来，大福本是住在山林中的白脸猴，因为受伤而被赶出了猴群，后来离开山林，藏在村庄附近，肚子饿时便找机会溜进村民家中偷点东西吃。

有一天，它潜入阿亮家里，正巧被阿亮发现。阿亮大吃一惊，正准备喊人，没想到这个奇怪的动物不仅没有伤害自己，反而向他躬身施礼，把他给逗乐了。

阿亮性格孤僻，在村里也没什么朋友，而他的父母白日里忙着地里的农活，也鲜有时间陪伴他。白脸猴形单影只，和阿亮一样孤单，这引发了阿亮的恻隐之心。而后，阿亮把它安置在家中的小仓房里,并为其取名"大福"。

阿亮常给大福带些食物,虽然不多,但也够大福果腹了。两个不同族群的伙伴,由于纯良的天性,竟然意外成为好朋友。

"你们看,"阿亮指着大福的双脚,"它的脚伤还没有痊愈,根本不可能去搞破坏。"

马岩等人这才注意到,大福的两只脚掌上分别有一寸多长的伤口,大概是被猎人的陷阱所伤。

不过更令他们意外的是,大福的脚上,竟然套着一双硕大的木鞋。

"这是……"龚倩倩指着木鞋,看着阿亮询问道,"你做的?"

阿亮有些难为情地点了点头,"大福脚上的伤口好不容易才愈合,我怕它不小心挣开,所以做了双木鞋,但没有趁手的工具,做得太大了。"

"岂止是大啊……"马岩盯着那双简陋的木鞋,"难看"二字险些说出口。

木鞋只有一块粗陋的木板,上面绑了几根草绳用来固定,像是怕木板滑落,阿亮还特意在鞋头钉上竹签。

"我明白了。"一旁的仲由叹了口气,"我们那天在院子附近看到的怪异脚印,实际上是穿着木鞋的大福留下的。"

原来是这样。弄清事情原委的三人,赶忙向阿亮和大福道歉。

仲由一脸羞愧地说,"夫子曾说:'恭而无礼则劳,慎而无礼则葸,勇而无礼则乱,直而无礼则绞。'为人恭敬而不知礼,可能会倦怠；行为谨慎而不知礼，可能会怯懦；敢作敢为而不知礼，可能会莽撞；心直口快而不知礼，可能会伤害到别人。我这次犯了后两种错误。哎，我要跟着夫子好好学习礼了。"

阿亮的父母这时也站出来表示，以后大福在家里不用躲躲藏藏，它可以一直留在这里，直到伤势恢复。

听到这个消息，阿亮的脸上终于露出了笑容。

夜色越来越深，马岩一行人害怕孔子担忧，赶忙同这户善良的人家告别，急匆匆地返回城内。

等回到城中，已是深夜。他们走进署衙，发现后堂休息的地方，还亮着灯。

到近前一看，孔子正满脸焦虑地坐在案前。原来，回到署衙后，孔子一直没见到他们三人，还担心他们是不是出了事情，正准备领人出城寻找。

仲由赶忙上前请罪，并将今夜他们遭遇的事情，原原本本地告诉了孔子。

"你们可知道自己所犯何错？"孔子冲着三人问道。

"夫子，"仲由说，"弟子错在不该莽撞行事。"

"也不该随便冤枉好人！"龚倩倩低头道。

"更不该……"马岩挠了挠头，"晚上在别人家外面喊'失火了'。"

孔子点了点头，说："过而不改，是谓过矣。"

说着，他摸了摸马岩的脑袋，补充道："有错误而不改正，那错误才叫真错误啊。犯错误不可怕,可怕的是错而不改,错上加错。"

三人齐声称是,并表示以后引以为戒,绝不再犯。

看着三人后悔不已的模样,孔子笑道:"你们也并非全无收获,这件事倒是让我豁然开朗。"

"夫子,您是指什么事情?"龚倩倩问。

"是不是……"马岩插嘴道,"关于河岸那只作乱猛兽的事情?"

孔子点了点头,说:"一只藏在院子里几乎不怎么出门的白脸猴都能被人发现,更何况一个假冒猛兽的人呢!"

《论语》笔记

吾以言取人,失之宰予①;以貌取人,失之子羽②。

——《史记·仲尼弟子列传》

【注释】

①宰予:宰予,字子我,孔子的弟子,能言善辩,但仁德不足。
②子羽:澹台灭明,字子羽,孔子的学生,相貌丑陋,曾被孔子看轻。

【译文】

孔子说:"我曾经凭借言谈来判断一个人,所以看错了宰我;我也曾以相貌来衡量一个人,所以看错了子羽。"

【拓展】

故事里,仲由、马岩等人遭到孔子的批评,因为他们"以貌取人"。因为外貌而误解人、轻视人,这其实是自己修养不够的表现。生活中,我们也许看到一个人高大威武,就心生敬畏;看到人家矮小瘦弱,就心生轻视;看到相貌好的人,就想接近;看到长得丑陋的人,就会生出偏见……这些可都是过错啊。孔子本人也曾犯过这类错误。

孔子有两个弟子,一个叫宰我,能言善辩,孔子很喜欢他,以为将来他一定能继承自己的大道;另一个叫子羽,相貌丑陋,说话带着厚重的方言,孔子有些轻视他。没想到,后来接触时间长了,孔子发现宰我这人很自负,学习也不专心;而子羽呢,非常努力上进。孔子这才知道,不能根据外在表现来判别一个人。

风波再起

孔子的话让马岩等人都愣住了,猛兽怎么变成人了?

孔子站起身,看着屋外的夜色,冷静地分析道:"如果说猛兽作恶,是上天警示百姓,让他们遵循天道。那么,我们到达中都邑后,没有做任何违背天道的事情,上天绝不会施加这样的惩罚。我想,这件事情一定是有人在搞鬼。"

仲由赞同道:"夫子所言有理。"

"那我们下一步该怎么办?"马岩摩拳擦掌道,"我恨不得立刻抓住那些在背后捣乱的家伙。"

"我准备找出假冒猛兽的人。"孔子说。

"可是,"龚倩倩有些担忧地说道,"我们到哪里去找猛兽……不,那个假扮猛兽的人呢!"

"那些目击者已经告诉我们了。"孔子看着汇总到竹简上的证词说,"猛兽比常人要高很多,而且力大无穷。这就说明,假扮猛兽的人一定十分魁梧,力量异于常人。这样的人无论在哪里,都是很显眼的。"

原来如此。马岩忍不住想为孔子鼓掌,怪不得孔子不慌不忙,原来他心中有数。看样子,他们又有新的任务了!

虽然有了目标,但想在城中找一个躲起来的人,也不是件容易的事情。尤其是这段时间,孔子在中都邑讲学的消息不胫而走,城中聚集了从四面八方赶来的人,为找人增加了很多难度。

孔子分析道:"城外的地方有乡里制度,乡大夫'掌其乡之政教禁令',如果有生人在村里长时间出没,他们一定会上报的,可是我查阅公文,并未发现有人上报这类消息。可见,那人极大可能是躲在城里。"

"我赞同。"龚倩倩说,"更何况,最近一段时间,您颁布了多项发展经济的公文,还开坛讲学,吸引了不少外地人,这恐怕也给了对方浑水摸鱼的机会。"

"好,"孔子说,"这几天我便命人在全城开展搜捕。"

没过两天,孔子便同弟子们,策划了一份详细的搜捕方案,参与搜捕的人员兵分两路:马岩、龚倩倩和部分弟子负责在城中的重点地带搜索,如居民区、商业街等;署衙里的官差则在城门口边盘查往来人员,重点是身形高大魁梧的外乡人。

他们仔细地搜寻了好几天,但没有找到丝毫有用的线索。而在此期间,"猛兽要来惩罚百姓"的流言却四处飞。一些受到惊吓的百姓认为这是上天在惩罚大家,纷纷表示宁愿让田地荒废,也不敢再打河水来浇灌田地。

又过了几日,流言更加离奇,有人说几名住在河边的百姓被"猛兽"抓走吃掉了;又有人说城外树林的大火是"猛兽"放的……百姓人心惶惶,更令人气恼的是,城中的富户们竟又趁机低价收购百姓们的田地。

这天,孔子将弟子们召集起来,讨论最近邑中出现的问题。

说到城中最近的流言,孔子忍不住批评道:"道听而途说,德之弃也。在路上听到传言就到处去传播,这种行为,是有道德的人所唾弃的。"

听到这话,马岩急吼吼地说:"夫子,我们不用继续暗中搜索了。实在不行,就把全城的百姓动员起来,一起追查'猛兽'的下落。"

孔子摇了摇头,说:"不行,如果我们这样做,会让那个家伙有所提防,到时想要找到他就更难了。而且,这么大张旗鼓地找人,只会扩大事态。"

"哎呀!"马岩一屁股坐在地上,垂头丧气地说,"那我们到底该怎么办嘛!"

看着众人一副忧心忡忡的模样,仲由猛地拍了下一旁的书案,坚定地说:"大家放心!我从今天开始,就算是不睡觉、不吃饭,也要把那个在暗中捣鬼的家伙给抓出来。"

孔子挥手示意仲由坐下,轻声劝导道:"欲速,则不达。图快,反而不能达成目的。记住,三思而后行,做事情不要冲动。"

孔子的话好似一阵清风吹入堂内,不仅让仲由冷静了下来,旁边的弟子们也都沉下了心。

马岩也将最近的搜寻情况仔细回忆了一遍,推测道:"夫子,那个可疑的家伙会不会已经离开了中都邑?"

"如若他真是已经逃出城去,"孔子说道,"一时间恐怕也难觅其踪,不过……"

刚说到这里,一阵急促的脚步声传来,只见齐文思气喘吁吁地跑到孔子面前。

"禀告夫子,猛兽……又出现了。"

什么?众人听到这个消息,面面相觑,赶忙凑到齐文思身旁,询问他究竟发生了什么事情。

"今天早些时候,几个村民田里遇见了'猛兽'。"

"终于出现了!"马岩说不出是兴奋还是害怕,插嘴道,"这次又破坏了桔槔设备吗?"

齐文思摇了摇头,"'猛兽'这回……放火烧毁了一大片的农田。"

"啪!"仲由猛地拍了下书案,"那个家伙,胆子真是越来越大,真是一点都不把我们放在眼里。"

"是啊!"马岩也附和道,"这次放火烧田,我看他下次敢来把署衙给烧了。"

"司徒,"龚倩倩问道,"会不会是因为天气干燥,意外失火?"

齐文思摇了摇头:"不是,调查的人说,着火的地方散落着一些木柴,木柴上还有助燃用的松脂,用心险恶!幸亏发现得早,火势没有蔓延到附近的村庄，只是毁了十几亩良田。"

"无端将灾祸降临到百姓头上，实在令人痛心，更令人气恼！"孔子说着，似乎胸中的郁闷之气无处发泄，只能狠狠拍打自己的膝盖。

"夫子，"齐文思继续说，"虽然火被扑灭了，但是百姓们人心惶惶，都说不打算再继续耕种了，要卖掉自家的田地。"

"卖掉田地？那他们以后怎么活啊？"龚倩倩担忧地问。

齐文思苦笑一声，"百姓都害怕极了，谁还考虑到以后的事情啊！田地对现在的百姓来说，就像是烧红的炭粒，越早扔下越好。"

"那些想要买田的富户呢？"孔子问，"他们现在是什么态度？"

"夫子，"齐文思解释道，"那些富户说……哎！如今百姓们愿意低价卖地，他们也都不愿意收了。"

"这倒是怪了？"仲由问道，"之前不让他们买，他们还要私下里偷偷买，现在怎么了？听到有'猛兽'作乱？害怕了？"

"正是！"齐文思说道，"现在那些富户们也惧怕'猛兽'的破坏，田地在他们看来，跟催命符也差不了多少。一些求着富户买地的百姓，全都遭到了拒绝，现在地价是一落千丈啊！"

听完这话，端木赐说："如果照此下去，夫子想要促进本邑经济的愿景，恐怕就要落空了！"

"无为而治者，其舜也与？夫何为哉？恭己正南面而已矣。"

孔子说，"能够无所作为而治理天下的人，大概只有舜吧？他做了些什么呢？只是庄严端正地坐在朝廷的王位上罢了。既然我想要推行礼治，那么就必然要应对如山般的困难，现在才刚刚起步而已！"

《论语》笔记

子夏为莒父①宰,问政,子曰:"无欲速②,无见小利。欲速则不达,见小利则大事不成。"

——《论语·子路》

【注释】

①莒父:鲁国地名。
②欲速:急于求成。

【译文】

子夏做了莒父地方的长官,问怎样处理政事。孔子说:"不要急于求成,不要贪图小利。急于求成,反而达不到目的;贪图小利则办不成大事。"

【拓展】

孔子在教导弟子们时都能因材施教,子夏是个急性子,所以外出做官,前来请教经验时,孔子叮嘱他,不要急于求成,越是急于求成就越办不好事情。子夏还有个毛病,就是吝惜钱财,孔子也担心这点,所以又叮嘱他,不要贪图小利,否则没办法办成大事。

这句话也显示了,做事情,尤其是谋划大事的两个关键:有耐心,有格局。越是重大的事情,牵涉越多,想要完成,不是一天两天的功夫,必须潜心研究,捋顺思路,制定好阶段性的步骤,循序渐进而行。急于求成,往往基础不牢,事情越做越糟。而且,追求大的目标,就不能一见到有利可图的地方就去追逐,那样就会分散精力,浪费时间,导致最终的目标无法实现。

20 齐文思的秘密

齐文思汇报后就离开了,留下众弟子,你一言、我一语地讨论下一步的计划。不知不觉,已经到了吃饭的时间。马岩能忍,可是藏在暗处的麒麟兽却忍不下去了。他悄悄溜进马岩怀里,示意他去屋外。

马岩立刻走出屋子,关切地问:"怎么了?"

麒麟兽有些不好意思地眨了眨眼睛,"我肚子太饿了,实在忍不住,所以……"

"你呀……"马岩有些无奈,这个小东西,在这趟穿越之旅中,每天就是吃了睡、睡了吃,不过好在它并没有闹出什么乱子来。

"真是不好意思,"麒麟兽解释道,"本来我是可以再继续坚持一下的,可是不知道从哪里飘来了一股饭菜的香味,所以我就……"

"所以你就坚持不住了,对吧?"马岩虽然嘴上硬气,实际上每次都满足了麒麟兽的要求。他准备等会儿带麒麟兽到街市上,好好饱餐一顿。

他收拾好,刚准备出门,忽然回忆起麒麟兽的话,觉得哪里有点不对劲。

为了节约署衙里的开支,孔子还没吩咐侍从准备食物,署衙里的厨子绝不会擅自做饭,周围怎么会有食物的味道呢?

麒麟兽听到了马岩的嘀咕声,舔了舔嘴巴,说:"我是不会弄错食物气味的。"

麒麟兽话音刚落,马岩抽了抽鼻子,觉察到从廊道尽头传来一阵诱人的香气,令他忍不住咽下口水。紧接着,传来一阵脚步声,马岩仔细一看,原来是齐文思。

"齐大人!"马岩喊道,"您怎么这么早就回来了?"

"哦……"齐文思有些意外,"是马岩小兄弟啊!你不是跟大人他们在正堂商议公事吗?"

"我有些闷了,所以出来活动一下。"马岩一边说着,一边拿眼睛盯着齐文思怀中的包袱。显然,那股香气,就是从那里传出来的。

齐文思的嘴角硬挤出一丝笑容,随即转身想要离开。

"司徒,"马岩热情地说道,"你在做什么?需不需要我帮忙?"

"没事,没事。"齐文思用力地抱紧了包袱,"只是整理些旧东西,我自己应付得了。"

说罢,他微微一笑,快步走开了。

马岩看着他的样子，有些不高兴地吐了吐舌头。

"小气鬼，又没有跟你要，真当我是小孩子一样来糊弄啊！"

"就是！"麒麟兽颇为失望地嘟着嘴巴，"我早就闻到了，他怀里抱着的是食物，竟然骗我们说是旧东西。"

两人正说着，只听见身后传来一个声音：

"真是奇怪啊！"

他们回身一看，发现来人是龚倩倩。

马岩松了口气，"龚组长，你走路怎么都没有声音啊！"

"我走路当然有声音，只不过你刚刚太投入了，没听到而已。"

说罢，龚倩倩转头看齐文思的背影，颇为不解地说："我注意到最近几天，齐大人总是避开旁人，来往于这条廊道。"

"那又怎么样？"马岩不以为意地摆了摆手，"他可能是想借机偷个懒吧？"

"不会的，"龚倩倩指正道，"齐文思做事谨慎，不会做那样让人指责的事情。我倒是觉得，他最近之所以频繁出现在这附近，一定有什么非做不可的事情。"

"龚组长，难道你是想……"马岩冲着她俏皮地眨了眨眼睛。

"你别误会啊！"龚倩倩赶忙正色道，"夫子叮嘱过我们：'不逆诈，不亿不信，抑亦先觉者，是贤乎！'不预先怀疑别人欺诈，也不猜测别人的不诚实，然而能事先觉察别人的欺诈和不诚实，这就是贤人了。我只想要成为一名贤人。"

"我也是这样想的，"马岩故意加重语气，"成为一名贤人。

不过……"

他朝四周打望了一圈,"这条廊道也没什么奇怪的。前面连接着署衙的正门,后面……好像是一大片荒地吧!"

"嗯,"龚倩倩点了点头,"我发现,齐文思好像是朝后门去了,那里也没有什么需要他去处理的事务啊!"

龚倩倩的话瞬间激起了马岩的好奇心,两人带着麒麟兽悄悄跟了上去,想要看看齐文思究竟在干什么。

两人走到廊道尽头,推开后门,看见一片荒地。荒地四周的土墙已经破旧不堪,院子里杂草丛生,偶尔有几只蝴蝶在花间飞舞,也许是这片荒地仅剩的生机。几棵大树的枝叶向天空舒展,但难掩枯黄和凋敝。

穿过荒草丛,是一间废弃的房屋。房顶的茅草所剩无多,露出几根光秃秃的木梁。房屋的墙壁也早已破旧不堪,仿佛一个在重压下佝偻着身体、勉强支撑的老人。房门看起来倒是十分坚固,只不过由于常年经受风吹雨打,门板呈现出晦暗的颜色,有一种将人拒之门外的感觉。

走在前面的齐文思轻轻推开破旧的房门,又谨慎地回头张望了两眼,随后轻手轻脚地走进房子里。

马岩蹑手蹑脚地想要跟上去,但却被龚倩倩给一把拉住了。

"先别动,"龚倩倩低声说道,"小心被发现。"

"我……"马岩左右张望了一眼,贴在龚倩倩耳边低语道,"我就是想看看,他为什么要到这里来。"

"万一他只是做些私事呢?"龚倩倩反问道,"夫子曾说'非礼勿视,非礼勿听,非礼勿言,非礼勿动'。就是说不合礼的事情不看,不合礼的话不听,不合礼的话不说,不合礼的事情不做。"

"我知道,但是……哎呀!急死我了!"马岩盯着那间破败的房子,真想立刻上前去看看。这时,那扇破门又一次被推开,齐文思探头探脑,向四周看了看,然后从里面走了出来。

马岩和龚倩倩赶忙躲在一块大石头后面,心如擂鼓。过了一会儿,齐文思的脚步声消失了,两人才从石头后面伸出头来。

等齐文思走远后,马岩才感觉自己的手背一阵"剧痛",原来是旁边紧张过度的龚倩倩,死死抓住了马岩的手背。

"疼……"马岩倒吸了一口凉气,"龚组长,快放开我。"

龚倩倩这才注意到自己手上的动作,赶忙放开马岩。趁着这个机会,二人决定到房子边一探究竟,可他们刚要行动,身后却响起了沉闷的脚步声。

二人重新躲回到石头后面,可来人似乎已经发现了他们。

"哼!别躲了,我已经看到你们两个了!"

《论语》笔记

子曰:"不仁者不可以久处约①,不可以长处乐。仁者安仁,知者利仁。"

——《论语·里仁》

【注释】

①约:贫穷,困窘。

【译文】

孔子说:"没有仁德的人,不可能长久地处于贫困当中,也不可能长久地处于安乐当中。有仁德的人安于仁道,有智慧的人知道仁对自己有利而去行仁。"

【拓展】

"仁"是孔子最重要的主张。弟子颜渊问他,什么是仁。孔子回答:"克己复礼就是仁。"即克制自己,使自己的言论、行为都符合礼的要求。颜渊又请教如何才算是克己复礼。孔子回答包括四个条目,即:"非礼勿视,非礼勿听,非礼勿言,非礼勿动。"不合乎礼的,就不要去看,去听,去说,去做。

孔子并不是用礼来拘束人们的天性,而是要让人自觉回归于礼。譬如,弟子宰我曾说:"为父母守孝三年,时间太长了。"孔子听了,告诉他说:"父母养育我们何止三年。为他们守孝,是为了让子女抒发心中的哀伤。内心有伤痛,就守孝;没有伤痛,不愿为父母守孝,也没有必要装模作样!"所以,孔子所说的"礼",不是死板的规矩条文,而是合乎人情的。

21 另有隐情

马岩和龚倩倩心中暗叫糟糕,要是被齐文思发现了,恐怕他们真就有理说不清了。

马岩硬着头皮站了起来,一瞧来人,不觉松了口气,原来是仲由。

龚倩倩从声音中辨认出了来人的身份,也站了起来,惊喜地说:"仲由哥哥,原来是你啊!吓了我们一跳,还以为是……"

仲由微微一笑,"还以为是谁啊?你们不会……又惹祸了吧!"

"没有,没有!"马岩连连摆手说道,"我们只是看这后面荒草太高,想来,想来打扫打扫。"

"对了,仲由哥哥,"龚倩倩赶忙转移话题,"你怎么到这边来了?"

仲由兴奋地告诉他们,自己又发现了一条新的线索,正要去向孔子通报,没想到刚到走廊,就看到他们两个鬼鬼祟祟的,所以跟上来看看。

"新的线索？"马岩好奇地追问道，"是和'猛兽'有关的吗？"

仲由没有回答，带着马岩和龚倩倩穿过廊道，回到了署衙的正堂。此时，孔子已经让大伙儿去吃东西，他则举着一本竹简，斜靠在榻上边看边休息。

"夫子！"仲由三步并作两步走到孔子身旁，"弟子有重要的发现。"

"是仲由啊。"孔子睁开眼，询问发生了什么事情。

"这些日子，弟子因为查访'猛兽'下落，而在城中结识了一些朋友。刚才有位朋友前来告诉我一则消息，说是有人在暗中低价购买农民的田地……"

孔子叹了口气，说："恐怕那户农家没有余粮了，买田价钱被压得很低吗？"

"夫子，田价倒是其次，那位朋友告诉我，买地的并非是城中的富户，而是……"

仲由吞吞吐吐，眼神有意避开孔子，似乎接下来的话令人难以启齿。

"是谁？"

"是……"仲由低声说道，"是您！"

什么？

仲由话音刚落，别说马岩和龚倩倩，就连孔子都愣住了。

"岂有此理！"孔子气冲冲地说，"谁这么大的胆子，竟然敢冒充官府，低价收购百姓的田地？"

"夫子，"仲由继续说道，"弟子本来也觉得有人冒充，可是那位朋友从卖田人手中借来了买卖文约，夫子您看……"

仲由说着从怀中掏出买卖文约，递给孔子。

孔子翻开一看，只见收购文约上，明明白白写着自己的名字，而且盖着中都宰的官印。

看到这份文约，孔子怔了怔神，随即脸色阴沉了下来。

马岩虽听不太明白，但从孔子的脸色中可知这件事很严重。他低声询问道，"夫子，您的名字，还有官印，怎么会出现在买卖文约上呢？"

"这名字不是我签的，可这官印……"孔子摇了摇头，"最近一段时间事情太多，署衙里的公文事宜，我交给齐文思代为处理，官印也在他手中，难不成……"

"官印在齐文思手里？"马岩倒吸了一口凉气，不由自主地怀疑，是齐文思在背后搞鬼。

"齐文思有这么大的胆子吗？"仲由皱着眉头，喃喃自语，"我看他平日里，倒是挺守规矩的啊？"

"夫子，大哥哥，"龚倩倩说，"我觉得齐大人最近一段时间有些奇怪，尤其是在休息的时间，老是神出鬼没的，今天中午……"

"没错！"马岩插嘴道，"今天中午，我们见他悄悄溜到署衙后面的荒地里，太可疑了！"

听完龚倩倩的话，孔子的眉头皱得更紧了。他将竹简丢在一旁，双手背到身后，来回踱了几步，从他面上的表情可以看出，他不愿意相信齐文思会在暗地里做坏事，可是除了他，谁又能接触到官印呢？

这件事情必须要弄清楚。他赶忙派人把齐文思召了回来。

没一会儿，在侍从的带领下，齐文思气喘吁吁地来到正堂。看到众人齐刷刷地盯着自己，常年混迹官场的他很快就察觉到了不对劲。行礼后，他低声询问孔子，是不是发生了什么事情。

孔子坦率地问他城中是否有人低价购买田地。

齐文思镇定自若地回答道："夫子，您是不是已经知道了，有人以官府的名义低价收购田地的事情？"

这句话让在场的人都愣住了，谁都没想到齐文思竟然如此直白。

孔子点了点头，说："是有些耳闻，所以特意让你过来，问个清楚。"

齐文思摸了摸嘴角的胡须，然后竹筒倒豆子一般，毫无保留地说："夫子，这件事的确是我背着你做的。不过这事不得不做。"

看到对方如此理直气壮，马岩忍不住反驳道："这种伤天害理的事情，竟然不得不做？你这是什么歪理？"

"放于利而行，多怨。"孔子瞪大了眼睛，厉声指责道，"为追求利益而行动，就会招致更多的怨恨。长此以往，百姓们会怎样看待官府，你想过吗？"

"对百姓来说，这的确不是一件好事，可是，对……"齐文思特意给孔子行礼，然后说，"夫子心里应该清楚，这件事情不是我能决定的。"

马岩等人没听明白，但对官场颇为了解的孔子，却听出了齐文思的弦外之音。

他冲马岩、龚倩倩和仲由摆了摆手，示意他们先出去，他要和齐文思详谈。

马岩等人本不想离开，可师命难违，只能一脸不情愿地离开了屋子。

过了好一会儿，齐文思推开房门，从里面走了出来。

马岩惊讶地看着齐文思，没想到这个家伙竟然就这么大摇大摆地走了出来，他还以为是自己眼睛花了。

齐文思仍旧是那副不温不火的模样，冲着三人轻轻施礼后，就慢慢悠悠地走开了。虽然他一言未发，可那轻飘飘的动作，看起来仿佛是在向他们三人示威一样。

性格耿直的仲由看到这个情况，跑进屋内，问孔子："夫子，齐文思已经交代了他做的事情，而且看上去毫无悔改之意。您教导过我们'过而不改，是谓过矣'，他既然犯错了，您为什么不惩罚他呢？"

"对啊！夫子，"马岩急不可待地说道，"他做了那种坏事，您千万不能包庇他啊！"

"夫子，您不是说过……"

龚倩倩刚准备复述孔子说过的话,可没想到孔子却摆了摆手,有些无奈地说:"从现在起,你们不要追查这件事情,我以后会给你们一个交代的。"

"可是……"

马岩刚要说话,孔子转过头,眼睛里既有愤怒,又有无奈。

孔子轻声说:"这次我不让你们牵涉其中,是怕你们会遇到危险啊!"

《论语》笔记

子曰:"过①而不改,是谓过矣。"

——《论语·卫灵公》

【注释】

①过:过失,犯错误。

【译文】

孔子说:"犯了过错而不改正,这才是大过呀!"

【拓展】

孔子说:"过而不改,是谓过矣。"这句话告诉我们两方面道理。第一,不要害怕犯错,只要事后能够诚心改正,过错对于人来说没有什么大不了的,无心之过,不是耻辱,相反还可能变成成长的契机。当我们犯错之后,一定要坦然承认,以诚意获得大家的理解和谅解,同时自己也要原谅自己,坦然地去迎接新的生活和挑战。

第二,对于犯过错误,并诚心改过的人,我们要给予宽容、谅解之心,不要揪着人家过去的错误不放。伯夷、叔齐是商纣王的臣子,曾劝阻武王伐商。武王得到天下以后,他们宁死不吃周朝的粟米,最后饿死在首阳山中。孔子曾称赞他们说:"伯夷、叔齐,不念旧恶,怨是用希。"就是说,伯夷和叔齐有个大优点——善于忘掉别人的过错,所以很少招致怨恨。

我们在生活中,就要有承认错误的勇气、改正错误的决心,也要有忘记错误、原谅别人的胸襟。这样才能多交朋友,少招怨恨。

灯下黑

危险？

马岩、仲由和龚倩倩一愣,不明白孔子指的是什么。

"夫子,"马岩壮着胆子说,"我们不怕危险,只要能给百姓们讨个公道。"

"是啊!"仲由异常激动,"夫子,我可以把齐文思抓过来,让他把那些田地都退回去。夫子,我会保证您的安全的。"

孔子没有说话,只是走到仲由面前,轻轻拍了拍他的肩膀。这既像是一种安慰,又像是一种鼓励。

"小不忍,则乱大谋!"孔子解释道,"在小事上不能忍耐,就会败坏大事。"

龚倩倩明白,孔子现在之所以不追究齐文思的责任,是有更重要的目的。她语气坚定地说:"夫子,我明白了,不要在意一时的得失,不要因为计较小事而影响大局。"

"没错。"孔子点头赞同道。

说着,他又回身看了看马岩和仲由,"你们啊,性格太冲动,这样以后会吃亏的。"

仲由和马岩对望了一眼,两人心有灵犀般苦笑了一声,没再多说什么。

从正堂出来后,马岩回想今天发生的事情,还是有种云里雾里的感觉。他最搞不懂的就是,齐文思究竟为什么要这么做呢?

记得刚到中都邑的时候,他第一次见到齐文思,就感觉对方十分有礼貌,而后通过接触,发现对方是一个认真负责的人。这样的人,应该不会为了利益违抗律令。更重要的是,他被人发现做了错事,不仅不害怕,反而格外坦诚。

齐文思的行为太反常,这些事情也太古怪。

"不行!"心里藏着事,马岩觉得比背上压着石头还要让人难受,"我一定要调查明白。"

"你想怎么做呢?"

龚倩倩告诉他,孔子现在不愿向他们说明。要是去问齐文思,他的嘴巴就像是被铁链锁住似的,肯定一句实话都不会透露。

"嘿嘿!"马岩看到龚倩倩的模样,心里稍微轻松了一点,"龚组长,你也有伤脑筋的时候啊。关于这件事情,我已经想到了办法。"

"什么办法?"

马岩指了指后院,"还记得那间破房子吗?"

"你是说……"龚倩倩猛地想起白天的事情,再联想齐文思的举动，那里的确很可疑。

"我们先去破房子里看看，说不定能够找到一些有用的线索。"

等到傍晚时分，两个小伙伴悄悄顺着走廊，来到了后院的荒草地。此时天光渐暗，鸟群在荒草丛里"叽叽喳喳"地乱叫。同热闹的署衙相比，这里仿佛被人遗忘了。

他们蹑手蹑脚，小心翼翼地靠近旧房子，透过墙上一扇破旧的窗洞，看见里面昏暗无光，到处都覆盖着一层厚厚的灰尘。马岩大着胆子，轻轻推开那扇破门。

"吱——"

门被缓缓推开，屋内大都是些落满了灰尘的旧物件，一根断裂的木梁横在屋子中央，透过破烂的屋顶，能一眼看到清冷的夜空。这情景让两人不免有些失望。

马岩忍不住叹了口气。看样子，的确是他们想太多了，兴许齐文思只是偶然来这里看看罢了。

当他们准备离开的时候，麒麟兽从他怀里窜了出来，拿脚蹬了蹬马岩。

"怎么了？"马岩低头询问麒麟兽。

麒麟兽抽了抽鼻子，说："不对劲……我在这里闻到了食物的气味。"

"我知道，"马岩摆了摆手，"齐文思不是带来了一包食物吗？气味肯定是那个时候留下的。"

"不对啊！"龚倩倩突然反应过来，"他离开这所破房子的时候，好像没有拿包袱。那些食物……会是他带给谁的？"

麒麟兽可不管那些，此时它肚子饿得咕咕叫，实在是难以忍受。它飘到半空中，一边抽动鼻翼，一边来回晃动脑袋，仔细嗅着空气中的气味。很快，它在房间角落里找到了装食物的包袱。

马岩和龚倩倩急忙跑了上去，从角落里把那个包袱给拽了出来。仔细一瞧，发现包袱和中午他们看到时相比，已经小了不少，而包袱皮上还散落着不少食物残渣。看起来，似乎有人住在这里，可四周的环境如此恶劣，怎么能住人呢？

"这又是什么？"马岩在食物旁边发现了一个奇怪的草编物品。

龚倩倩瞧了一眼，没好气地说："你在这个时代生活了这么久，怎么连这个东西都不认识？它不就是一双草鞋吗？"

"草鞋？"马岩将那个草编物品提了起来，在龚倩倩眼前轻轻晃了晃，惊讶地说，"龚组长，你自己看看，谁的脚能有这么大啊？"

的确，这双草鞋大概有四十厘米长，谁能有这么大的一双脚啊？

"啊……"龚倩倩忍不住捏起鼻子，"快拿开，这东西好臭啊！"

她摇头晃脑，正巧看到，在包袱的下面还有一堆乌黑发亮的东西，看起来毛茸茸的，不过却散发着和草鞋一样的臭味。

　　龚倩倩强忍着恶心，蹲下身仔细打量着那样仿佛是兽皮的东西。上面沾满了打结的毛发，开口处绑着草绳。更奇怪的是，它同刚刚那双鞋子一样，大得惊人。

　　马岩也打量着眼前衣服和草鞋，他总感觉这些东西看上去很熟悉，好像在哪里见过。不，准确地说，是在哪里听过。

　　突然，马岩想起来了，他们一直寻找的那个假扮"猛兽"的家伙，不就是这身打扮吗？

　　他激动得有些说不出话来，拉着龚倩倩，指着这堆东西咿咿呀呀地喊。龚倩倩虽然听不懂，但此时也反应了过来。她不停地扫视着这两样物品，颤抖地说："这就是、是假扮'猛兽'的证据！"

　　"终于搞清楚了！"马岩一把拿起地上那件衣服，开心地说，"这下子，我们终于有证据证明，'猛兽出没'是人制造的恐慌。"

龚倩倩点了点头,在脑海中把线索重新梳理了一遍:从"猛兽"出没,到齐文思的可疑行径,再到有人以官府的名义低价贱买百姓的田地。这一切,她都弄清楚了。

为什么全城搜索,都找不到孔子口中的可疑人?原来,对方玩的是"灯下黑"的把戏,这个家伙一直躲在署衙附近!

龚倩倩准备叫上马岩,赶紧回去告诉孔子这件事。这时,她觉得耳后喷来一股热气。

"麒麟兽,别闹了!"

龚倩倩本以为是麒麟兽在捉弄自己,可抬头一看,麒麟兽和马岩就在自己对面。耳后的热气,是怎么回事?

她转身一看,只见一张长满痘坑、凶狠无比的大脸,正对着自己。

"啊——"

《论语》笔记

子曰:"巧言①乱德,小不忍②,则乱大谋。"

——《论语·卫灵公》

【注释】

①巧言:花言巧语。
②忍:忍耐。

【译文】

花言巧语是会败坏德行的。小事情不忍耐,就会败坏大事。

【拓展】

言不由衷的话讲多了,自己就失去了诚实的品格,以及信誉,还会养成投机取巧、阿谀谄媚的坏毛病。喜欢听花言巧语的人,同样败坏德行,这样的话听多了,就再也听不得真话了。历史上那些亡国败家之事,大多都是如此导致的:君王喜欢听好话,正直的臣子遭到贬斥,阿谀奉承的小人当道,国家一步步走向不可救药。

小不忍则乱大谋,则是告诉人们:遇到事情要学会忍耐,不懂忍耐就会败坏大事。这两句话放在一起,其实是很有关系的。很多人喜欢搬弄是非,靠着一张嘴,无中生有,挑起事端,这是他自己在败坏德行。而被他的言语损害的人呢,肯定非常愤怒,这个时候如果不忍耐一些,冲动地去报复,就会犯下大错。所以,两方面我们都要注意。既要管好自己的嘴,也要管好自己的脾气,遇事冷静、深思。俗话说"冲动是魔鬼",战胜心中的魔鬼,从容面对自己所遭受的不公,才是最明智的处置方式。

大阿鲁

突然出现的怪人，将龚倩倩吓得魂都丢了。另一边，拿起包袱想要好好搜查的马岩，刚一转过身，就被一股强大的力量撞至空中。

"哎哟！"马岩重重地摔在地上，他以为刚刚有辆卡车撞了自己。

龚倩倩看清了面前的怪人。这是一个身高近两米的巨人，身材极其魁梧，看上去像一座小土丘。那张巨大无比的脸上，有一双浑浊的眼睛，正直直地盯着自己，让人不寒而栗。

"你是、是……"龚倩倩声音颤抖着说道，"你是谁？"

那人看了龚倩倩一眼，然后发出了野兽一般的低吟声。

马岩见状，赶忙从地上爬了起来，正巧看到墙边有一根木棍，他立刻拿起来，在空中胡乱挥舞了起来。

"你不要过来啊！警告你，我可是练家子,功夫,中国功夫！"

对方瞅了一眼马岩，然后大步走到他面前，弯下腰，张开嘴巴，露出了乱七八糟的牙齿。这可把马岩吓坏了,手中的木棍也不自觉地掉在地上。马岩此时只觉得脚底板像是蹿出一道电流,使他浑身不由得酥麻起来。他狠狠跺了跺脚,拼命让自己冷静下来。

对面那个强壮的身影,似乎并不想给他反应的机会,大步走了过来。马岩见状,抄起棍子就朝对方砸了过去。那人虽然块头大,但动作十分灵活,晃了下身体,便轻松躲过马岩的进攻。

"好吃的!"怪人一把将掉在地上的包袱捡了起来,并顺势从里面抓出一个干粮饼子,放在嘴巴里,狠狠咀嚼着。

"真香!"那人两三口便吞下了一个饼子,紧接着又拿出一个,贪婪地塞进嘴里。

"哇!"麒麟兽这时飘到半空中,看着对方狼吞虎咽的模样,忍不住吞咽了下口水,"这个家伙,真是比我还要贪吃啊!"

马岩和龚倩倩松了口气,但觉得这个怪人太奇怪了。这都什么时候了?他竟然还想着吃东西。

"你是谁?"龚倩倩在对方背后,壮着胆子问道。

那人没有回答,视线仍旧停留在手中的干粮饼子上。看样子,他刚刚袭击两人,只是为了抢回装食物的包袱。

马岩冲着飘在半空中的麒麟兽问道,"麒麟兽,它是不是跟你一样,是妖怪啊?"

"啊呸!"麒麟兽不满地表示道,"注意你的措辞,我是尊贵的神兽,不是妖怪,不过……我从他身上闻到了人类的气味。"

马岩有些狐疑地看着对面这个狼吞虎咽的家伙。他吃饭的样子虽然夸张，但却并没有想要伤害自己的打算，不知道怎么回事，他那副吃相，竟让马岩想起了自己曾经在饭桌上的模样。

龚倩倩也壮着胆子走上前来，盯着他柔声说道："能告诉我们，你为什么会在这里吗？"

那人停下手里的动作，拿手背擦了擦自己嘴角边的食物残渣，憨厚地冲着马岩和龚倩倩笑了笑。看到两人愣在原地，他又打开包袱，从里面取出两个最大的干粮饼子，递向两人。

他们这才明白对方并没有恶意。龚倩倩赶忙摆手拒绝，可马岩却大大咧咧地拿过其中一块饼子，放到嘴里，狠狠地咬了一口。

看到马岩这副不知是生气，还是泄愤的神情，不仅是龚倩倩，连那个怪人都忍不住笑出了声。

"笑什么？"马岩一边嚼着食物，一边不满地说，"折腾了这么半天，我的肚子早就饿得咕咕叫了，看你吃得那么香，我就更忍不住了。"

"马岩，夫子说过，'以约失之者鲜矣。'用礼来约束自己，犯错误的次数就少了。我看这句话，对你们两个来说都很重要。"

此时，月光穿过屋顶上的破洞，柔和地洒在几人的身上，这阵突如其来的和谐氛围，似乎抹去了不久前的种种不快。

正当马岩准备对怪人展开进一步调查时，忽然，一阵急促的脚步声传来，打破了眼下的静谧。齐文思猛地撞开门，急匆匆地跑了进来。

他瞪着马岩和龚倩倩，凶巴巴地问："你们怎么在这里？"

"我们当然是来寻找关于'猛兽'的真相啊！"马岩毫不示弱地回击道。

齐文思叹了口气，看似有些无奈："本来这件事情，我不该让孩子卷入其中，但是……"

他的双眸中闪过一丝狠辣："既然你们知道了这件事，那我今天不能让你们离开这里。"

齐文思走到那个怪人身旁，狠狠拍了下他的后背，大声地命令道："大阿鲁，给我把他们抓起来！"

龚倩倩心中暗叫糟糕，她没想到齐文思居然真的会翻脸。不过这也验证了她的想法，这个怪人一定跟最近发生的怪事有关联。

看着齐文思那副恶狠狠的模样，马岩和龚倩倩紧张地握住彼此的手，慢慢朝后面退了两步。

然而，那个叫大阿鲁的怪人却迟迟没有动静。见齐文思盯着自己，他竟摇起了脑袋，还用一种无辜的眼神看着马岩和龚倩倩。看样子，他似乎不愿意对两人动粗。

"可恶！"齐文思见大阿鲁不肯行动，大声咒骂道，"你这个只知道吃的饭桶，我养你是为了什么？"

说罢，他似乎有些不解气，从地上捡起一块石头，走到大阿鲁的面前，朝着他的脑袋，狠狠砸了过去。

"住手，你不要伤害他！"龚倩倩心疼地喊道。虽然她跟大阿鲁素不相识，但看到齐文思那粗野的动作后，忍不住出言劝阻。

可无论齐文思怎样做，大阿鲁始终拒绝攻击马岩和龚倩倩。

龚倩倩痛心地说道,"司徒,夫子曾说过,'己所不欲,勿施于人'。大阿鲁不想做坏事,你又何苦逼他呢?"

"是啊!"马岩举着拳头冲齐文思说道,"你要想对付我们,不如我们一对一,比试一下!"

"哈哈……"齐文思阴笑道,"你们这两个不知天高地厚的小鬼头,还没意识到事情的严重性。"

马岩和龚倩倩这时注意到,此时大阿鲁的神情,竟然发生了变化:那憨厚的笑容消失得无影无踪,眼中满是凶光,正直勾勾地盯向前方。他丢掉了之前视若珍宝的包袱,紧握双拳,宛如从黑暗中走来的修罗。

齐文思得意地说:"只要击打大阿鲁的脑袋,他就会丧失理智,变成发狂的猛兽。"

说罢,他快步走到门外,顺势锁上了房门。

"不好!"马岩想要去撞开房门,可是这个时候,对面的大阿鲁高昂着脑袋向马岩逼近。大阿鲁随手举起地上堆放的杂物,狠狠砸在地上,飞溅的碎片宛如一枚枚箭矢,从马岩和龚倩倩身旁飞过。

此时的大阿鲁,分明就是一头发狂的"猛兽"。

"哈哈哈……"门外的齐文思得意地说,"看你们怎么应付发狂的大阿鲁!"

《论语》笔记

樊迟问仁。子曰:"爱人。"问知。子曰:"知人。"樊迟未达①。子曰:"举直错②诸枉③,能使枉者直。"

——《论语·颜渊》

【注释】

①达:明白、理解。

②错:通"措",放置。

③枉:不正直、邪曲。

【译文】

樊迟问什么是仁。孔子说:"仁就是爱人。"又问智。孔子说:"智就是了解人。"樊迟没有理解。孔子解释道:"提拔正直的人,将其置于邪曲的人之上,就能让邪曲的人也变得正直。"

【拓展】

仁,就是要爱人,爱护众人。即便是素不相识的人,犯过错误的人,品行不端的人,也要去爱他们。当然,对于不同的人,爱的方式是不同的。善良的人,用善良去回报他们;不善良的人,则要用善良去感化、改造他们;那些怙恶不悛的顽固之辈,则要用规律、律法去限制他们,以强硬的手段让他们变好。

孔子教导弟子们要爱护别人。他本人也是这样做的,譬如《论语》中记载:孔子遇到穿着丧服的人,无论对方身份如何,会立刻庄重起来;孔子在路上遇到了瘸腿的人,都会小心地慢走,以免伤到人家的自尊……

神秘人现身

大阿鲁疯狂地搞破坏,破屋子里的灰尘全被扬了起来,原本堆放在地上的物品也被丢得到处都是。马岩和龚倩倩一边躲避大阿鲁的攻击,一边找机会溜出去。可齐文思早已将房门牢牢锁上,真是上天无路,下地无门啊!

"麒麟兽!"马岩抬头冲着半空中的麒麟兽求援道,"快想想办法制止他啊!"

半空中的麒麟兽,使劲晃了晃脑袋,胆怯地说,"那个大块头,我可对付不了。"

"你不是神兽吗?"马岩质问道,"对付一个凡人,应该是手到擒来的事情吧?"

"我是一只热爱和平的神兽,讨厌世界上一切暴力。"

"喂!"马岩不满地冲它撇了撇嘴,"嫌弃"地说,"没想到你是一只手无缚鸡之力的神兽。"

"小心!"旁边的龚倩倩大声提醒道。

马岩一转头,发现大阿鲁正挥舞着铁锤一样的拳头,朝着自己砸过来。

"啊!"马岩急忙向右边跳去,只觉得一股拳风迎面吹了过来,大阿鲁的拳头从他的鼻尖扫过,重重砸在旁边的木柱上,梁上的灰尘都被震了下来。

马岩摸了摸自己的鼻子,不由得后怕:要是大阿鲁的拳头砸在自己脑袋上,那瞬间就会头破血流啊!

此时,陷入癫狂的大阿鲁挥舞着拳头,继续下一轮进攻。这一次,他的目标是龚倩倩。

龚倩倩眼看情况不妙,退身想躲,可是不知道被什么东西给绊了一下,直直摔在了地上。

"倩倩!"半空中的麒麟兽低吼一声,化作青烟冲到倩倩面前,然后使用神力将她从地上抓了起来。一旁的马岩见状,赶忙抓住麒麟兽。

麒麟兽轻轻施展法力,一下便飞到了房梁上。

"嘿嘿!"麒麟兽摇了摇尾巴,"好险,好险!"

惊魂未定的龚倩倩,看了看脚下发狂的大阿鲁,只觉得自己的心脏都快要从嗓子眼里跳出来似的,大口喘起了粗气。

这时,大阿鲁看到马岩和龚倩倩躲到了房梁上,十分气愤。他低吼了两声,然后猛地撞向一旁的柱子,似乎想要用自己的力气将马岩和龚倩倩撞下来。

"砰!砰!砰!"

伴随着沉闷的撞击，一阵阵灰尘扬起又落下，房梁嗡嗡作响，整间房屋似乎都摇摇欲坠。看样子，他们坚持不了多久。

"大阿鲁，冷静点，"龚倩倩担忧地说，"你这样会弄伤自己的。"

可大阿鲁此时什么都听不进去了，只是拼命撞击柱子。

看着不停颤抖的房梁，马岩脑子里浮现出一个大胆的计划。

"龚组长，这样下去是不行的。我有一个办法……等会儿，你和麒麟兽就老老实实待在房梁上，知道吗？"

马岩的话让龚倩倩摸不着头脑，焦急地问："我和麒麟兽……那你呢？"

"要是大阿鲁继续这样撞，房梁一定保不住。我要下去吸引他的注意力。"

"不行！"

龚倩倩使劲摇了摇头，脱口而出："那样做太危险了！"

可马岩此时却顾不上危险，抬脚就跳了下去，一把抱住大阿鲁的脖子。

面对这突然的"袭击"，大阿鲁也有些慌乱，他使劲甩动脑袋，想把马岩甩下来。马岩使出吃奶的力气，两只手像是镣铐，死死扣住大阿鲁的脖子。

"马岩，小心！"

龚倩倩在上面看得很清楚，大阿鲁不撞柱子了，要专心对付马岩了！话音刚落，大阿鲁低吼着走到墙边，用尽全身的力气，朝墙壁撞去。

"砰!"随着一声巨响,马岩撞在了墙壁上。他顿时觉得自己的骨头都要散架了,不过幸好,他的手仍旧紧紧抓着大阿鲁的脖子。

大阿鲁朝前迈了几步,望向另一侧的墙壁。看样子,他又想故技重施。虽然马岩承受住了刚刚的撞击,但要是再来一次,恐怕他会立刻晕厥过去。

麒麟兽见事态如此严重,也顾不上胆怯了。它双掌合十,默念了一句咒语,紧接着手掌中便闪烁出一道暗紫色的光芒。随后,它飞到大阿鲁的头顶,吸引他的注意力。

大阿鲁怔怔地看着这道突然出现的光芒,进攻的动作也慢了下来,似乎全然忘记了还搂着自己脖子的马岩。他谨慎地伸出手指,想触碰那道暗紫色的光芒。麒麟兽立刻转身,飞到了他的身后。

"麒麟兽,你来了!"马岩松了口气,小声地说,"你可以试着把大阿鲁引到门口,看看他能不能自己把门撞开。"

借力打力,这是个好主意。麒麟兽急忙朝门口飞去。

大阿鲁果然跟着麒麟兽来到了门口,可突然间,麒麟兽晃晃悠悠地落在了地上,那道暗紫色的光芒也消失了。

糟糕!麒麟兽无奈地摸了摸肚子,原来它的肚子太饿,力量不足,这会儿没办法继续施展法力了。

光芒一消失,大阿鲁瞬间又变得暴躁不安。他抬脚就要踩地上的麒麟兽,似乎想发泄心中的不满。

情况危急，马岩拼命抓住大阿鲁的头发，用力拉扯起来。大阿鲁被扯得头皮痛，双手向后挥舞，又连续往后退了几步。

"快跑啊！"马岩一边扯大阿鲁的头发，一边冲麒麟兽喊道。

麒麟兽一路小跑，躲到了墙角边，暂时避开了大阿鲁的攻击。

此时无处发泄的大阿鲁，用力抓住马岩，一把将他拽了下来，然后狠狠地摔在地上。

这次重摔，让马岩彻底失去了抵抗的力气。剧痛仿佛电流一般，瞬间袭满全身。

迷迷糊糊之中，他看到大阿鲁抬起脚，朝着自己踩过来。

"马岩！""快跑！"龚倩倩和麒麟兽的声音同时响起。

马岩此时连手都抬不起来，绝望之中，他闭上了眼睛。

"砰！"

门被撞开，一个蒙着脸的男子跑到大阿鲁的面前，跳起，出拳——

随着"嘭"的一声，大阿鲁的下巴遭受重击。他捂住下巴，嘴里发出呻吟声，然后慢慢地倒在地上，晕了过去。

那人快步来到马岩身旁，将马岩慢慢地扶起来。

"是你！"马岩迷迷糊糊地说。

原来，这个人正是一直监视众人的神秘人。

"别乱动，你伤得很重！"神秘人关切地说。

马岩忍不住问："你为什么要救我？"

神秘人微微一笑，轻声道："这可是我第二次救你。"

《论语》笔记

子曰:"非其鬼而祭之,谄①也。见义不为,无勇也。"

——《论语·为政》

【注释】

①谄:谄媚。

【译文】

孔子说:"祭祀不该自己祭祀的鬼神,那是谄媚;见到合乎正义的事而不做,那是没有勇气。"

【拓展】

"非其鬼而祭之,谄也",孔子是说,人不该乱作为,不是自己本分之内的事情,不要刻意招揽,来向他人献媚。尤其本是别人的表现机会时,若不合时宜地去抢着做,是很让人厌烦的,就像人们常说的"显眼包",到处都争着表现自己,这样的人是没人喜欢的。

在面对危急情况的时候,则要勇于站出来,此时"不作为"是"无勇",即懦弱的表现。当然,生活中危急的情况并不常见,遇到了这种情况,我们也应该首先要确保自己的安危,再灵活地帮助别人。但有些事情,没有什么危险,我们应该站出来,不应懦弱。譬如,看到有人破坏公共设施,看到路边有人虐待小动物,看到有人欺负同学,等等。有些人会觉得"事不关己,高高挂起",这时的"当作为,不作为",就是孔子所说的"无勇"。

幕后真相

第二次?

马岩愣了愣神,这个神秘人是……

另一边,龚倩倩已经顺着柱子滑到了地上。她对着神秘人大喊:"放开我的朋友!"

龚倩倩以为神秘人要对马岩下黑手,关心则乱,仓促间抱起旧家具,高高举起,准备砸向神秘人。

"龚组长……"马岩虚弱地说,"别冲动,他是……"

神秘人冲马岩点了点头,然后转头看着龚倩倩,轻声说:"小心点,别伤到自己。"

咦?龚倩倩觉得这个声音很熟悉,但一时间又想不起在哪儿听过。

看着她迷茫的神情,神秘人一把扯掉了自己脸上的黑布,像是在自言自语:"我的变化真的有那么大吗?"

"啊!你是……"龚倩倩觉得嘴边有一个人名,但就是说不出来。

"我是陈敢!"对方利落地回应道。

马岩和龚倩倩想起来了,上一次穿越的时候,他们曾陪同孔子一起到周都洛邑拜访老子,后来返程的路上,遭遇一伙土匪,那时候就是陈敢出手,才将众人救了下来。

马岩盯着眼前这人,他有些不敢相信自己的眼睛:那时候的陈敢,是意气风发的青年模样;现在,曾经的青年已经变成了中年人,眼窝凹陷,眼睛旁长出了皱纹,头顶也长出些许白发。

"陈敢哥哥,真的是你吗?"马岩万万没有想到,自己竟然以这样的方式和陈敢重逢。

陈敢点了点头,说:"这么多年没见,你们两个还是少年人,只可惜我……"

他摸了摸头发,笑道:"已经老了。"

这时,躲在桌下的麒麟兽,眼看有外人出现,赶忙闪身躲到了梁上,唯恐被陈敢发觉。

"才没有!"龚倩倩此时平复了心情,露出笑容,"大哥哥还是那么年轻。"

"还和以前一样厉害!"马岩这时也硬撑着站起来,"尤其是刚刚把我救下来的时候。"

久别重逢,三人似乎有说不完的话。这时,房子外面突然传来了人声。原来,是大阿鲁撞墙的动静惊动了孔子和弟子们。大家找了过来。

"有什么话,我们以后再说!"说着,他快步走到门外。

趁着这个机会,马岩赶忙示意麒麟兽藏进自己怀里。

此时,门外聚集了不少人。孔子的弟子们围在门外,好奇地张望着。马岩和龚倩倩从屋里走了出来,看到虚弱的马岩,弟子们急忙上前搀扶。

齐文思看到马岩和龚倩倩竟然活着走了出来,一时间也慌了神,想要悄悄离开。马岩看到后,拼尽全力大喊道,"抓住……齐文思!"

齐文思还想溜走,可眼尖的仲由已经堵在了他的面前,没等齐文思反应,仲由用力抓住他的肩膀,齐文思惨叫一声,痛苦地跪倒在地。

仲由关切地问:"马岩,是不是这个家伙把你打伤的?"

"他?他休想动我一根汗毛,"马岩嘴硬道,"快把夫子请来,我们抓住了那个假扮'猛兽'的家伙。"

此时孔子也已经闻声而至,看到马岩和龚倩倩那狼狈的模样,赶忙询问发生了什么事情。马岩将这所破房子里发生的情况如实禀告给孔子。所谓的'猛兽出没'事件,不过是齐文思弄出来的一场骗局,他让大阿鲁披上兽皮,去河边假扮猛兽,破坏桔槔浇灌设备。

"视其所以,观其所由,察其所安。人焉廋哉!人焉廋哉!看一个人的言行举止,观察他的做事动机,考察他心安于什么事情。这个人的内心怎么能隐藏呢!这个人的内心怎么能隐藏呢!"

孔子看着齐文思，"证据确凿，你还有什么可狡辩的吗？"

说罢，孔子一边命人将齐文思和晕倒的大阿鲁押进牢房，另一边又让几名弟子将马岩和龚倩倩送回房间，并让仆从请大夫来治疗他们的伤。

"你很勇敢！"陈敢走上前，轻轻摸了摸马岩的头以示鼓励。

"谢谢大哥哥，"马岩强撑着说道，"要不是你,恐怕我们……"

刚说到这里，马岩只觉得两眼发昏，身体也不受控制地倒在地上。

"马岩！"龚倩倩焦急地喊道，"你怎么了？"

"别担心，"陈敢说，"他这是太累了，休息一晚上就会好的。"

马岩睡得很香。他半夜醒来想上厕所，意外发现孔子住的屋子仍旧亮着灯。他本以为发生了什么事情，跑过去一看才发现，原来是孔子在跟陈敢商量事情。

马岩敲了敲门，孔子看到他醒了过来，赶忙询问他是否还有不适的感觉。马岩拍了拍胸脯，说："夫子放心，睡了一觉后，我浑身上下舒服极了。"

陈敢笑道："夫子，我没说错吧！马岩的身体，就像铜筋铁骨一样。"

"马岩，"孔子严肃地看着他，"陈敢来到中都邑的事情，你怎么不禀告我呢？"

"这个……"马岩想起上次深夜同陈敢的那场"相遇"，一时间不知道该怎么解释，"我当时不知道那个蒙面人就是大哥哥，又怕您担心,就想自己私下解决,所以才……"

"你真是小看我了。"孔子笑着说道。

说到这里,马岩忽然想起一件事情。他询问陈敢,为何一直跟踪大伙,到最后才肯现身?

对于马岩的问题,陈敢苦笑道:"我这样做,也是迫不得已。"

原来,陈敢到中都邑来,只有一个目的,就是替鲁国君监视孔子的一举一动。

"夫子!"陈敢跪在地上解释,"陈敢是行伍出身,做事情要听命令,这次来中都邑监视夫子,也是迫不得已。因此,我多次故意暴露自己,想让你们知道有人在暗中监视。不过我这点伎俩也是多余,夫子到本地后,所做的事情,皆是为了百姓,为了公义,陈敢钦佩之至。"

怪不得,马岩和龚倩倩总是能发现跟踪者,原来都是陈敢有意而为。

"你既然是国君密使,那么必须要忠于君上,我能够理解。"

听到这句话,陈敢如释重负,微微一笑,向孔子轻轻叩首,以示感谢。

马岩好奇地看着他们,问:"这么晚了,你们为什么还不休息呢?"

孔子叹了口气,"我准备明天一早公开审讯齐文思。我在和陈敢商量,要怎么处理后面的事情。"

马岩有些不太明白,问:"夫子,齐文思派大阿鲁暗中搞破坏,还在城中散播谣言,难道不严肃处理吗?"

"你说得有道理,只不过……"孔子直白地说,"我刚刚和齐文思谈过,他说低价收购百姓田地,并不是为了自己,而是为了别人。"

"谁?"马岩和陈敢异口同声地问。

"我想你们也能猜得到,"孔子叹了口气,无奈地摇了摇头,"这个人就是季孙斯。"

《论语》笔记

季氏富于周公①，而求也为之聚敛②而附益之。子曰："非吾徒也，小子鸣鼓而攻之可也。"

——《论语·为政》

【注释】

①周公：指周天子左右的卿士。
②聚敛：积聚搜刮钱财。

【译文】

季氏比周天子左右的卿士还富有，可是冉求还为他搜刮，增加他的财富。孔子说："冉求不是我的学生，你们大家可以大张旗鼓地去攻击他了。"

【拓展】

孔子的弟子冉求，担任季氏的家臣，为季氏聚敛钱财，因此加重了百姓的负担。孔子希望他停止这种行为，冉求却认为自己是家臣，就应该为主家牟利，而且这也是季氏的意思，作为臣子的无法违背。孔子很生气，所以才说冉求不是自己的学生了。故事里的齐文思低价收购百姓的田地，利用"猛兽"在城中制造混乱，却以受人指使为借口，认为自己无罪，就和冉求一样。这借口是站不住脚的。

无论作为人家的下属，还是朋友，都要以正道与之交往。别人做错事，应该勇于劝谏，即便劝谏不成，也不能助纣为虐。没有谁会"受胁迫"而作恶，"受胁迫"只不过是作恶之人安慰自己、自欺欺人的借口罢了。

26. 一场闹剧

齐文思背后的靠山竟然是季孙斯？这倒是出乎马岩的意料。

孔子语气有些无奈地说，"那天，我同齐文思谈了谈，他说自己身后有人，那个人在朝廷上非常有势力。今天，他知道自己罪责难逃，才将背后之人的名字说了出来。"

陈敢补充道："这些年，季氏的势力越来越大，甚至有传言说他大有取而代之的意图啊！"

马岩愤怒地说道，"夫子，那还等什么？把这些事情告诉国君，让他定季孙斯的罪。"

孔子苦笑着摇了摇头，说："国君刚上位几年，根基不稳。如果我们将这件事情汇报给国君，他恐怕会息事宁人。到时候，不仅我们会招致季孙斯的嫉恨，贱买百姓田地的事情也不会停止。"

孔子说着，看着窗外黑漆漆的夜空，长叹一声："君子可逝也，不可陷也。"

陈敢这时忍不住问:"夫子,您这句话是什么意思呢?"

孔子说:"为了百姓的利益,一个有仁德的人应该全力以赴。但如果解决不了问题,只是莽撞地做了牺牲,那仁者是不会做的。"

马岩点了点头,说:"夫子,我明白了。不过,您羁押了齐文思,那季孙斯会不会来找您的麻烦呀?"

"夫子,您跟季孙斯的关系……"陈敢瞟了一眼孔子,似乎犹豫着接下来的话该不该说,"您难道不能……"

马岩想起当初在王宫的大殿里,不少大臣都反对孔子做官,唯有季桓子力排众议,全力支持孔子。孔子出城时,几乎没人来送行,也是季桓子在城门前等着给孔子送行。经过这两件事情,恐怕有不少人会把孔子看作季氏的人。

孔子起身解释道:"这也正是让我难办的地方。外人以为我是季氏的同党,可如今我却要阻止季孙斯做坏事。这下,我腹背受敌,两方势力都不会支持我喽!"

"我们会支持你的。"马岩迫不及待地说。

"我明白夫子的为人。如果有危险,我还会像当初一样义无反顾地站出来。"陈敢立刻说。

孔子激动地看着他们,然后大声说:"三军可夺帅,匹夫不可夺志也。三军的主帅可以被俘虏,而普通人的志向却不会轻易改变。"

看来,孔子已经打定主意,就算得罪季孙斯,也要为中都邑的百姓们讨个公道。

"等一下,"马岩这时想到一件事情,赶忙问,"百姓们怎么办呢?他们现在被'猛兽'出没的事情弄得人心惶惶,就算没人再贱买土地,有些百姓恐怕也不敢再继续耕种了。"

孔子自信地说:"关于这件事情,我倒是想好了怎么处理。"

第二天一早,城中贴满告示,告示上说,为祸百姓的那只"猛兽"已经被官府抓住了,官府将在今天中午于城中的讲坛展示猛兽。这则告示让全城都沸腾了,还没到中午,讲坛旁就围满了人。他们既害怕,又兴奋,都想看看传说中的"猛兽"长什么样。

正午时分,几名官差推着一辆蒙着黑布的囚车,来到讲坛中央。孔子则信步走到囚车旁,一把拉下了上面围着的黑布,一只张牙舞爪的"猛兽",赫然出现在大家面前。

"啊——"在前面围观的百姓率先喊叫,后面的百姓也不由得恐慌起来,有些胆小的,此时已经从人群中钻了出去,想要尽快逃离眼下这个是非之地。

"猛兽"抬起头,一边朝围观的民众低吼,一边用力地拍打着囚车的围栏,发出"砰砰砰"的响声。

"真是个厉害的东西啊!"

"是啊!还好被大人抓住了。"

人群议论纷纷,有几个被"猛兽"毁掉庄稼的百姓更是气势汹汹地冲到前排,挥舞着拳头,请求孔子能处死"猛兽"。

就在众人议论纷纷的时候,"猛兽"忽然用力拍断囚车的栏杆,跳到了讲坛上。那些围在笼子旁的百姓顿时被吓得魂飞魄散,四处逃窜。

孔子在讲坛上,大声提醒众人不要慌张。大伙这时才注意到,"猛兽"不仅没有伤害孔子,反而温顺地站在他的身旁。众人纷纷停下脚步,好奇地打量眼前发生的这一幕。

面对那些好奇的民众,孔子一把扯掉了猛兽的面具,一个壮硕的男人出现在了百姓面前。

"啊?这是……这是怎么回事?"百姓们议论纷纷。

"难不成,邑宰没有捉到猛兽,故意弄这么一幕来戏弄我们?"

"非也!"孔子大声说,"都说眼见为实,可眼睛看到的,就一定是正确的吗?"

随后,孔子将有人假扮猛兽的事情和盘托出。百姓们这才知道,原来一直以来的"猛兽袭击"事件,只不过是一场人为的闹剧罢了。

《论语》笔记

子曰:"君子成人之美①,不成人之恶;小人反是。"

——《论语·颜渊》

【注释】

①美:好事。

【译文】

孔子说:"君子成全别人的好事,而不促成别人的坏事。小人则与此相反。"

【拓展】

君子成就别人的好事,不帮助别人去做坏事。而小人则恰恰相反,他们为了达到自己的目的,无所不为,甚至会促使、怂恿他人做坏事。孔子这是告诉人们,与人交往一定要心怀坦荡,要以仁德之心促使对方做好事,这样对自己也是一种善;反之,如果心怀不轨,故意往坏的地方引导别人,或为了讨好别人而让人放纵为恶,这都是不道德的小人行径。

我们在与朋友交往的时候,知道自己身上的毛病,就不应该带着朋友一起犯错。譬如,逃课是错的,怂恿朋友和自己逃课,就是错上加错。朋友有了过错,而我们没有的,当我们发现的时候,就应该想办法让他改错,而不是放任他,纵容他。与此同时,我们也要以此来判断身边的人。当你犯错的时候还给你叫好的人,绝不是真正的朋友;那些在你得意时还能提醒你、规劝你的人,才是真心为你考虑的人,是值得深入交往的。

回家啦

马岩观看了孔子和大阿鲁的"双人秀"后,忍不住说:"我一直以为夫子讲学厉害,没想到夫子的表演能力,比马戏团里的演员还要出色。"

"大阿鲁的演技也很好。"龚倩倩指了指囚车,"刚刚把我吓了一跳,我还以为他又发怒了呢!"

原来,孔子特意上演了这么一出闹剧,为的就是让百姓知道,所谓的"猛兽袭击",根本就是子虚乌有。好在大阿鲁也愿意配合,孔子了解到,大阿鲁是一个智力有些缺陷的壮汉,今年逃荒到了中都邑,被齐文思收留。他本来不喜欢使用暴力,可是齐文思每次带他去河边,让他假扮成"猛兽"后,都会用力击打他的脑袋,让他情绪失控。

孔子考虑到大阿鲁之前都是受人胁迫,所以也没有追究他的错。为了避免大阿鲁再被人利用,孔子派人将署衙后院里的旧房子收拾了一番,让大阿鲁住在那里,并将整修后院的任务交给了他。

没想到，大阿鲁对这项任务倒十分上心，拿出了十足的力气，不到几天，就将荒废的后院收拾得整整齐齐。这个看似凶恶的壮汉，倒是个勤劳善良的干活好手。

看着大阿鲁的转变，孔子忍不住称赞道："苟志于仁矣，无恶也。如果立志于仁，就不会做坏事了。看来，大阿鲁有成为仁者的潜质啊。"

如今真相大白，百姓们也都消除了之前的疑虑，开始耕地种田。很快，中都邑又恢复了平静。

至于齐文思，孔子直接罢免了他的官职，并向国君详细汇报了此事。孔子等人本以为会受到季孙斯的报复，可是令众人都没有想到的是，远在国都的季孙斯，竟然派人向孔子送来了嘉奖。

原来，对于地方官员假借自己的名义兼并百姓土地的事情，季桓子一直深恶痛绝，可是屡禁不止，最后只能睁一只眼闭一只眼。没想到孔子在中都邑顺利地解决了这个问题，这使季桓子大为欣慰，不仅没有报复孔子，反而赞扬了他的行为。

一时间，国内那些想要兼并百姓田土的地方势力，全都变成了"缩头乌龟"，不敢再继续顶风作案。

就这样，一场风波终于得到了平息。而长期的旱灾过后，一场大雨降临中都邑，连续数日，旱情终于得到了缓解。田地里的庄稼长势旺盛，看样子今年定会是一个丰收之年。

此外，孔子一边巡查，一边到各个乡村去讲学。有一次，听讲的人特别多,男男女女,老老少少,摩肩接踵,人头攒动,孔子被围得里三层外三层。离去时,百姓们舍不得孔子,就想了个"坏主意"——偷偷把孔子的马藏了起来。后来,马岩、龚倩倩和众位弟子费了好大的劲,才找回孔子的马。

经过孔子的治理,中都邑社会治安越来越好,百姓们的生活也悄然发生了变化,尤其是经过孔子的讲学,老百姓逐渐变得明礼知耻,平日里都以礼相待。街市上的商贩也秉承货真价实的经商理念,本地的风气大为好转。

看到这番景象,龚倩倩和马岩由衷地钦佩孔子。这趟穿越之旅,他们受教颇深。看到百姓们的日子越来越好,他们知道自己是时候离开了,毕竟他们不属于这里。

这天,马岩和龚倩倩两人来到孔子面前,说自己要回家。孔子听后,面露不舍之意,沉默良久。

他看向马岩二人,那目光中满是不舍的温情:"你们又要返回'二十一世纪'吧?"

马岩没想到当初随口说的事情,过去这么久,孔子竟然还记得。

两人点了点头。看二人去意已决,孔子没再说什么,只是说感谢他们这段时期的帮忙。两人感动地回答:"夫子,我们应该感谢您这么长时间的教诲!"

"你们心地善良,喜欢广交朋友,但是也要记得,"孔子叮嘱道,"益者三友,损者三友。友直,友谅,友多闻,益矣。友便辟,

友善柔，友便佞，损矣。有益的朋友有三种，有害的朋友有三种。同正直的人交友，同诚信的人交友，同见闻广博的人交友，这是有益的。同惯于走邪道的人交朋友，同善于阿谀奉承的人交朋友，同惯于花言巧语的人交朋友，这是有害的。"

马岩和龚倩倩躬身施礼，齐声答道，"弟子谨记夫子教诲。"

很快，弟子们也听说他们要回家的消息，纷纷前来同他们告别。其中最难过的，恐怕就是仲由了。

"马岩，"仲由有些哽咽地说道，"你一直叫嚷着要跟我比试功夫，这么久以来，我们还没有真正交过手呢！你怎么就要离开了？"

"大哥哥，不用比了。"龚倩倩说，"我看你一出招，马岩就要求饶了。"

"才不会呢！"马岩不甘示弱地回答道，"大哥哥，既然这次没机会，那么就等下次，我一定好好练功。下次来，我们再一决高下。"

仲由笑着答应道："好，我等着你。"

两人告诉大家，他们准备第二天一早就返回家乡。不过夜深时分，两人就悄悄来到了孔子放置古琴的房间里。麒麟兽施展法力，不多会儿，只见一道同他们来时相仿的云雾之梯，缓缓出现在了房间里。

重新踏上这道云雾之梯，马岩没了之前的慌张，大步朝时间隧道的尽头走去。他们越往上走，两旁的云雾越多，很快便将他们笼罩起来。

在前面带路的麒麟兽,抓住他们的肩膀,飞向云梯尽头处一个散发出霞光的洞口。马岩只觉得耳畔传来呼啸的狂风,刹那间,无数场景从他眼前飞过,令人应接不暇。

过了一会儿,周围变得安静,马岩发现自己已经回到了那个熟悉的纪念馆。墙壁上的时钟所显示时间,正是他们穿越时的时间。

"叮!"随着麒麟兽发出的一声响动,时钟上的指针继续运动,时间也在这一刻恢复正常。

"真是一场痛快的时空旅行啊!"马岩忍不住感慨道,"麒麟兽,多亏了你!"

麒麟兽俏皮地说:"你要是想表达感谢,那就来些实际的。离开那么久,我最怀念的,还是你们这个时代的零食。"

"啊——"马岩忍不住哀号,"看样子,我的零花钱又要全都被你给'吃'光了。"

"哈哈哈哈……"龚倩倩看着打闹的两人,忍不住大笑了起来。她回身时发现,旁边墙壁上挂着的一幅孔子画像中,孔子似乎也在同他们一起大笑。也许,虽然相隔几千年,但孔子依旧能够感受到他们的快乐吧!

《论语》笔记

子曰:"其身正,不令而行;其身不正,虽令不从①。"

——《论语·子路》

【注释】

①从:听从,跟从。

【译文】

孔子说:"领导者如果自身行为端正,不用发布命令,事情也能推行下去;如果本身不端正,就是发布了命令,人们也不会听从。"

【拓展】

孔子担任中都宰,不到一年时间,就将中都治理得井井有条,百姓安居乐业,夜不闭户,路不拾遗。除了用礼法来指导百姓之外,孔子最大的措施就是"以身作则"。他认为,做领导的,只要管理好自己,就行了,别人看到他如何行事,自然会效仿,这种身教可比律法条文、夸夸而谈要有效得多。《大学》中说"君子有絜矩之道",是同样的道理,君子要以身作则,像规矩标尺那样,作为其他人的行为准则。

我们在生活中,也要做到"身正"。磨砺自己的行为,使自己能够成为他人的榜样,这样他人才会尊重我们,信任我们,愿意听从我们的意见。反之,如果一个人自身不检点,身上有这样那样的毛病不知改正,还喜欢挑剔别人,那他是不会得到尊重的,也没人愿意与之交往,甚至会成为大家的笑柄。

孔子生平年表

| 公元前551年 孔子出生 | 生于鲁国陬邑（今山东省曲阜市），名丘，字仲尼。 |

公元前549年 三岁　　父亲去世，母亲带着他搬到曲阜城。

公元前537年 十五岁　　立志于好好学习各种知识。

公元前535年 十七岁　　母亲去世。

公元前533年 十九岁　　娶宋国人亓官氏为妻。

公元前532年 二十岁　　孔子有了一个儿子，取名鲤，字伯鱼。

公元前522年 三十岁　　开办私学，有了第一批弟子。

公元前518年 三十四岁　　拜访老子，向他请教周礼。

公元前517年 三十五岁	鲁国发生内乱,鲁昭公去齐国避难。孔子随后前往齐国。
公元前515年 三十七岁	孔子在齐国没有得到重用,回到鲁国。
公元前501年 五十一岁	被任命为中都宰。
公元前500年 五十二岁	由中都宰升任小司空,后又升任大司寇。
公元前497年 五十五岁	孔子离开鲁国,开始周游列国。在接下来的十四年里,辗转于卫国、陈国、蔡国、楚国等。
公元前484年 六十八岁	结束周游列国的生涯,回到鲁国,专注于教育及整理文献工作。
公元前479年 七十三岁	孔子去世。

论语大学堂

和夫子游列国

侯骁言 著　夏聆聆 绘

北京理工大学出版社
BEIJING INSTITUTE OF TECHNOLOGY PRESS

版权专有　侵权必究

图书在版编目（CIP）数据

和夫子游列国 / 侯骁言著 ; 夏聆聆绘 . -- 北京 : 北京理工大学出版社, 2024.6
（论语大学堂）
ISBN 978-7-5763-3979-6

Ⅰ . ①和… Ⅱ . ①侯… ②夏… Ⅲ . ①儿童故事—作品集—中国—当代 Ⅳ . ① I287.5

中国国家版本馆 CIP 数据核字 (2024) 第 093788 号

责任编辑：李慧智　　**文案编辑**：李慧智
责任校对：王雅静　　**责任印制**：施胜娟

出版发行 /	北京理工大学出版社有限责任公司
社　　址 /	北京市丰台区四合庄路 6 号
邮　　编 /	100070
电　　话 /	（010）68944451（大众售后服务热线）
	（010）68912824（大众售后服务热线）
网　　址 /	http://www.bitpress.com.cn
版 印 次 /	2024 年 6 月第 1 版第 1 次印刷
印　　刷 /	三河市金元印装有限公司
开　　本 /	880 mm × 1230 mm　1/32
印　　张 /	6
字　　数 /	123 千字
定　　价 /	109.00 元（全 3 册）

图书出现印装质量问题，请拨打售后服务热线，负责调换

content 目录

01	大新闻	/001
02	穿越	/007
03	孔子辞官	/014
04	信念	/022
05	出发	/028
06	抵达卫国	/033
07	国宴	/039
08	诬陷	/046
09	出走	/052
10	遇袭	/058
11	奔逃	/066
12	误会	/073
13	有惊无险	/080

⑭	演礼	/087
⑮	渊源	/094
⑯	失散	/100
⑰	前往陈国	/107
⑱	"夹缝"里的陈国	/113
⑲	返回卫国	/119
⑳	噩耗	/126
㉑	弟子离去	/134
㉒	被困于野	/140
㉓	楚王	/148
㉔	返回鲁国	/154
㉕	麒麟兽惹祸了	/162
㉖	再次穿越	/169
㉗	来到现代	/176

大新闻

一场大雪过后,城市仿佛盖上了一层厚厚的棉被。阳光下,街道边的树木上落满了晶莹剔透的雪花,闪耀着绚丽的光彩,让人感觉仿佛置身于童话世界之中。

马岩早就放寒假了,他这些天如同甩脱了缰绳的野马,每天和麒麟兽痛痛快快地玩耍。

这不,他们今早刚刚出去打了一场雪仗,现在又钻进了温暖的被窝里,阅读刚刚收到的漫画杂志。

"哈哈哈……"马岩指着漫画中的一个人物说,"你看这个家伙,真有趣!"

趴在他肩膀上的麒麟兽,一边咀嚼食物,一边点头。

此时,客厅里的智能手表猛然响起:

"咚咚叮叮……"

这急促的声音顿时让马岩变得手忙脚乱。他宛如一条泥鳅,从被窝里飞速钻了出来,然后拖拉着鞋快速跑到智能手表前。

"呼——"他深吸了一口气,用力按住怦怦乱跳的心脏,然后接通电话,尽量用平稳的声音说:"您好,请问是哪位?"

"是我!"电话那头的声音听上去很焦急。

"龚组长啊——"马岩不由得松了口气,"我还以为是老妈来'查岗'呢。"

"你是不是又在家捣蛋?"

"没有,没有!"马岩随口敷衍道。

"哎,别说这些了。"龚倩倩焦急地说,"快打开电视,看红星新闻台,出大事了!"

听龚倩倩的语气不像是在开玩笑,马岩赶忙挂断电话,打开电视找到红星新闻台。卧室中的麒麟兽也被这个动静吸引了过来。

电视上出现了孔子纪念馆,一条醒目的字幕不停闪烁:

"孔子纪念馆的文物区被神秘人物硬闯!"

紧接着,画面切到纪念馆内部,一名记者出现在画面中,开始介绍这起"闯入"事件。

"观众朋友们,大家上午好。刚刚我们已经介绍过,在今天凌晨时分,位于城市中心的孔子纪念馆里发生了一起闯入事件,具体地点是纪念馆的文物区。据当时值班的安保人员描述,闯入者共有三人。奇怪的是,他们的目的似乎并不是抢夺文物……"

"什么?"看到这则可怕的消息,马岩惊讶得嘴都合不上了,愣在原地,不知道说些什么才好。

"别担心,"麒麟兽倒显得没那么紧张,"不就是安保疏漏,有人偷偷溜进去,这种情况……"

可他话还没说完,一名据称亲眼看到事情经过的保安出现在画面中。

那名保安看上去有点紧张,磕磕绊绊地说起了当时的情况:"当时我正在文物区巡视,忽然间感觉到一束很强烈的光照了过来,我、我当时还以为自己眼花了。过了大约一分钟,展台边突、突然出现了三个人。光渐渐黯淡,我看到那是一个老人和两个小孩子,他们、他们好像是从展台里飘出来一样!"

紧接着,记者请保安说一说这三人的相貌,但保安不知道是过于紧张,还是别的什么缘故,竟然说记不得那两个孩子的模样,而那老人的长相和纪念馆里孔子的画像倒有几分相像。

保安的话让记者也愣住了,或许是担心出现直播事故,演播室当即将画面切了回来。

马岩本来还津津有味地看电视,但在听到孔子纪念馆凭空出现了一个神似孔子的老人后,心中出现了一个惊人的猜想。他赶忙抓起智能手表,给龚倩倩打电话。

"倩倩,你说……"马岩吞咽着口水,声音紧张地说道,"那名保安说的会是真的吗?"

"我也不敢确定,"龚倩倩担忧地说,"麒麟兽在吗?"

"我在!"麒麟兽凑到智能手表前,大声地说,"我也看到新闻了,如果那名保安没有撒谎的话,那么他描述的情景,很像是穿越时的场景。"

"难不成……夫子他真的来到了现代？"马岩说出了他的猜想。

"可是他怎么穿越呢？"龚倩倩说出了自己的担忧，"会不会是因为我们之前的穿越，不小心对历史造成了影响……"

麒麟兽仔细地回忆了之前穿越的情景，心中打鼓，它真有些拿不准，"难道……是哪个环节出了问题？"

"要想把事情搞明白，"龚倩倩说，"我们一味在这里瞎猜是没有用的。"

"没错！"马岩对着智能手表说，"这种事情就算想破脑袋恐怕也弄不明白。这样，我们现在立刻到孔子纪念馆，看看里面究竟发生了什么事情。"

"好！"

挂断电话后，马岩简单收拾了一下，将麒麟兽藏进自己怀中，然后马不停蹄地朝着孔子纪念馆赶去。

他抵达纪念馆时，龚倩倩也到了。两人进入馆内后发现，虽然电视台的工作人员已经离开了，但此时里面仍旧挤满了好奇的群众，叽叽喳喳的议论声此起彼伏。工作人员也如临大敌，紧张地警戒着，唯恐出现什么意外。

看样子，大家都想知道这件"闯入事件"的背后，是否牵涉到某种神秘力量。

马岩和龚倩倩悄悄来到馆内，顺着楼梯，来到了距离文物区不远的休息厅，小心地观察周围的情况。此时的文物区，已经被好奇的游客们占据,作为目击证人的那名保安,俨然变成了解说员,正有板有眼地回答大家的提问。

"龚组长,你说如果夫子真的穿越到现代了,他这会儿应该在哪儿啊?"

"这就是我觉得奇怪的地方。夫子那种长相、打扮,无论在哪儿,恐怕都会引起轰动。可你看现在,除了流言到处飞,根本没有其他的证据。"

"麒麟兽,你有没有特殊的感觉?"马岩看着怀里的麒麟兽,小声地询问道。

麒麟兽摇了摇脑袋,"现在我感受不到附近有什么奇异的能量源,不过……从那边的空气中,我确实感应到了残留的神力!"

说罢,它抬起前爪,朝着文物区示意了一下。

"看来,真的有人穿越过。"龚倩倩握紧了拳头,拼命压制内心的激动之情,"保安口中的那个老者,真的是夫子吗?"

"如果孔子真的穿越到现代社会,那么只有两种可能。"麒麟兽解释道,"第一,时间通道崩溃了,孔子不小心被卷入时间裂隙中,意外来到这里;第二,有人曾带着孔子穿越到此。"

《论语》笔记

鲁哀公问于孔子曰:"夫子之服,其儒服与?"孔子对曰:"丘少居鲁,衣逢掖之衣①,长居宋,冠章甫之冠②。丘闻之也:君子之学也博,其服也乡;丘不知儒服。"

——《孔子家语·儒行解》

【注释】

①逢掖之衣:有宽大衣袖的衣服。
②章甫之冠:古代的一种礼帽,商朝旧制,在宋国比较流行。

【译文】

鲁哀公询问孔子:"夫子的服饰,就是所谓的'儒服'吧?"孔子回答:"我年少时,住在鲁国,就穿衣袖宽大的衣服,长大以后居住在宋国时,就头戴商制礼帽。我听说,君子只追求学问的广博,至于服饰都是入乡随俗,我不知道什么是'儒服'。"

【拓展】

古人说:"重于外者拙于内。"一个人过分地关注自己的外表和服饰等,就会疏于品德上的修养。孔子重视"礼",并非看重衣着、服饰、走路姿态等外在的礼仪形式,而是重视"礼"的精神内核,在他看来"礼仪三百,威仪三千"种种规范,都是用以培养人的仁德之心的。当人修养不足的时候,不能约束自己的行为,自然要遵守前人制定的规范;等到人的修养已经足够了,完全具备了仁德之心,就无须再用条条框框来限制他了。

穿越

虽然没有完全听懂麒麟兽的话,但马岩和龚倩倩还是意识到了问题的严重性。

"麒麟兽,如果是第一种可能,那接下来还会发生什么可怕的事情呢?"

麒麟兽摇了摇头,说:"我也不太清楚。但可以肯定的是,情况会变得很糟糕。太阳或许会从西边升起,夜晚或许会被白昼取代,越来越多的穿越者出现在现代。"

马岩谨慎地朝着窗外看了看,只见外面的广场上人来人往,街道上车辆有序行驶着,这座被积雪覆盖着的城市,依然在正常地运转。这幅熟悉场景,不由得让马岩松了口气。

"那……如果是第二种可能呢?"

"情况虽然没有第一种那么糟糕,但是……"麒麟兽不禁皱起了眉头,"会是谁带孔子穿越的呢?"

"这个……"马岩一时间也想不明白。很久之前,麒麟兽就曾对他们说，这个世界上除了它，恐怕没有任何生物能够实现时空穿越。

"我倒是有个主意。"龚倩倩这时凑到两人跟前，小心翼翼地朝着四周打量了一眼，然后谨慎地说，"等周围没人的时候，我们不妨到那个诡异的玻璃柜旁边，然后借助里面的文物……"

"打住！"麒麟兽看着龚倩倩怪笑了一声，有些不怀好意地说，"倩倩，你是不是打算让我带你们穿越啊？"

"嘿嘿！"龚倩倩不好意思地笑了笑，"我的确有这样的想法，但……但也只是为了查清楚这起闯入事件嘛！我们利用展台里的文物回到过去，事情不就一清二楚了吗？"

"对啊！真是个好主意！"马岩也激动地附和道，"我们去找夫子，如果他真的遇到了什么可怕的事情，大家也好提前防范啊！"

"嗯……"麒麟兽低头沉思了一会儿，"这的确是个好办法。好吧！那么我就带你回到过去，看看那件诡异的事情背后，究竟有怎样的隐情！"

拿定主意后，两人回家拿了一下穿越时用得到的东西，如汉服，然后进入纪念馆，像普通游客一样四处溜达。傍晚时分，游客全都往外走了，他们混在人流中，悄悄溜进离文物区不远处放工具的小房间里，静静等待着。

大约一个小时后，纪念馆里逐渐安静了下来，偶尔响起脚步声，应该是值班的人员，在查看是否有还未离馆的游客。

等到脚步声也彻底消失后，两人换上汉服，带着麒麟兽，从小房间里蹑手蹑脚地钻了出来。此时早就过了下班的时间，整个文物区里安静得可怕，他们除了彼此的呼吸声外，再听不到别的动静。

"好黑啊！"马岩有些紧张地拽住龚倩倩的胳膊，生怕自己一不小心弄出什么动静来。

幸好龚倩倩早有准备，她从袖子里掏出一个小手电，借助微弱的光亮，他们很快来到了"事发地点"。

那个出现诡异现象的玻璃展台，被隔离带围了一圈，从外面看，它似乎同别的展台没有什么区别，玻璃上也没有任何被破坏的痕迹。二人凑上前仔细查看，才发现在展台旁边有几个奇怪的泥巴脚印，看上去与这里的环境格格不入。

龚倩倩走到脚印前，蹲下身体后，拿手掌比量了一下脚印，然后冷静地分析道："这两个脚印，好像是小孩子的。"

马岩也凑上前，直接拿自己的脚掌和其中一个脚印做对比，竟然意外发现，那个脚印的长度同自己的脚掌十分接近。

"这个脚印的主人，应该跟我差不多大。"

麒麟兽从马岩的怀中钻出来，缓缓飞到展柜前，仔细打量里面的东西，那是一顶礼冠，帽檐上还缀着一些晶莹剔透的玉石，虽然历经漫长的岁月，但依旧散发着迷人的光泽。

"这东西有什么来历啊？"马岩从隔离带下面钻了进来，两眼放光地盯着展柜中的文物。

"真漂亮！"龚倩倩一边夸赞展柜中的文物，一边阅读旁边介绍文物历史的铭牌。

"这是孔夫子当官时所佩戴的礼冠。"

听到"当官"这两个字眼，马岩顿时想起上一次的穿越，疑惑地说："这是夫子在中都邑时戴的吗？我怎么不记得夫子有这样一顶帽子啊！"

"并不是。"龚倩倩一边欣赏礼冠，一边简单介绍道，"夫子在做中都宰的时候，取得了很不错的政绩，后来他数次受到提拔，一直做到鲁国的大司寇。这正是他做大司寇时戴的礼冠。"

"大司寇？"马岩表情有些茫然，"是很大的官吗？"

"那当然了！"龚倩倩解释道，"大司寇是主管司法和刑狱的最高长官，夫子还以大司寇的官职暂摄相事，类似代理宰相，可以说是'一人之下万人之上'。"

"哇！夫子真厉害！"马岩由衷地为孔子开心，"如果我们借助这个帽子穿越，是不是能看到当大司寇的夫子呢？"

"也许吧。不过……"龚倩倩看向麒麟兽，"这一切都要靠我们的麒麟兽大人咯！"

"放心吧！包在我身上。"

麒麟兽闭上双眼，嘴巴里小声吟诵着某种奇怪的咒语。不多时，它的掌心射出一道蓝光，照到展台里的礼冠上。几秒钟后，一片云雾从展柜中倾泻而出，汇聚成一个巨型圆球，将马岩和龚倩倩笼罩起来。

随着麒麟兽的声音越来越大,蓝光也越来越耀眼。马岩和龚倩倩惊讶地发现,周围的一切,仿佛都被麒麟兽发出的蓝色光芒所扭曲,屋子里出现了一个旋涡。

"我的身体好像变得越来越轻!"马岩注意到,自己的双脚离地面越来越远。

"准备好了吗?"麒麟兽睁开眼睛,"穿越时空的通道已开启。"

"嗯!"两人用力点了点头,大声回答道,"准备好了!"

话音刚落,他们只觉耳畔仿佛刮起一阵强力的旋风,那风似乎将眼前的一切都吹散了,使之变成了一团浓重的白雾。而那束蓝光此时好像获得了生命力,宛如一条巨龙,在白雾中上下翻飞。

一条神秘的云雾通道,伴随着蓝光出现在他们眼前。通道的尽头闪烁着五彩霞光,宛如一位梦幻般的仙子,正热情地欢迎他们。

这如梦似幻的场景,让马岩和龚倩倩难掩激动,他们飞奔上前。

麒麟兽飘然而至,它的两只前爪轻轻动了一下,五彩的霞光就消失了。一道暗黑色的裂隙,出现在他们面前。

《论语》笔记

子曰:"听讼①,吾犹人也。必也使无讼乎。"

——《论语·颜渊》

【注释】

①讼:诉讼案件。

【译文】

孔子说:"审理诉讼案件,我同别人一样。关键是争取不让诉讼发生。"

【拓展】

孔子担任大司寇时,人们询问他,怎么才能将诉讼案件都处理得恰如其分,孔子告诉大家,他没有什么特别之处,只是致力于根本——防止案件发生。

曾有对父子吵架。父亲将儿子告到孔子那里,称其懒惰、不孝顺。孔子听后,让人将儿子关进牢房,过了三个月都没判决。直到做父亲的气已经消了,请求撤诉,孔子便将他儿子释放回去。季孙斯知道了这件事很不高兴,说:"孔子骗我,他曾称治理国家,首重孝道。这样不孝的儿子,没有受到一点儿惩罚,怎么就给放了呢?"

孔子听说这些话,叹息道:"当政者平时不教化百姓,一旦百姓犯了错,就用严刑峻法惩治,这和陷害他们有什么区别?人们之间发生争议,都不能轻易用刑,更何况还是父子呢!"孔子又说:"我能和其他人一样审理诉讼案件,但我更希望,这些诉讼不会发生。"季氏听到孔子的话,才明白是自己误会孔子了。

孔子辞官

麒麟兽指着暗黑色的裂隙说:"缝隙后面就是我们穿越的目的地。"

"那还等什么?"马岩说着便来到了裂隙前,想要透过缝隙往里张望,可刚伸出脑袋,迎面吹来一阵狂风,险些将他吹倒在地。

"别着急。"麒麟兽来到两人身后。它默念咒语,周身发出幽蓝色的光芒。紧接着,它的双爪缓缓变长,将马岩和龚倩倩紧紧抱住。

"出发喽!"麒麟兽低吟一声,猛然发力,带着二人跳进了裂隙之中。

一跳进裂隙,马岩和龚倩倩就出现了失重感,自己仿佛身处万米高空,并飞快地往下落。他们俩心如擂鼓,不由自主地紧握彼此的手臂。几十秒后,他们感觉下落的速度越来越慢,耳边的风声也逐渐平息了。

龚倩倩低头一看,脚下是一片黑压压的建筑,等到离得越来越近的时候，龚倩倩看着那片建筑群，脑海中忽然间浮现出一个熟悉的画面。

"那是鲁国公宫！"她惊讶地说，"我们上次从那里逃出去的时候，我记得它就是这个样子。"

"没错，"麒麟兽点了点头，"看来我们这次穿越的目的地，就是这里。"

从空中俯瞰，公宫建筑鹤立鸡群，高耸在都城的正中心。阳光洒在那些楼阁飞檐之上，反射出一道道耀眼的光芒。而围绕着王宫修筑的高墙，则像是一道黑青色的屏障，为眼前这座偌大的都城，增添了几分威严的气势。

麒麟兽吹出一团白雾，托举着他们缓缓落到了城墙边。

刚一落地，马岩便迫不及待地说，"自从我们上次在公宫里'闹腾'一圈后，说实话，我做梦都想能再回去看一看。"

龚倩倩赶忙摇了摇头，说："我可不想再被人围追堵截了。"

麒麟兽朝四周看了一圈，发现他们正巧落在距离宫门不远的地方，一队士兵刚巧前来换班，趁着眼下没人注意，麒麟兽悄悄钻进马岩的怀里，冲着两人叮嘱道：

"我们刚到这里，没弄清楚状况，要多加小心。"

"夫子会在附近吗？"马岩疑惑地说道。

"既然那件文物将我们指引到了这里，我想孔子应该离此地不远。"麒麟兽分析道。

"嘿嘿，那就好。"马岩晃了晃肩膀，咧嘴笑道，"我去旁边打听一下。"

他一路小跑着来到城门边,看着那些值守的卫兵,礼貌地说:

"你好,请问……"

可还没等他把话说完,最近的一名卫兵用铜戈指着马岩,气势汹汹地说:"干什么的?"

"我……我来看看……"

"看看?"卫兵斜眼瞅了瞅马岩的衣着,语气傲慢地说,"这是你们这种人能来的地方吗?快滚!"

"就是。"另一名卫兵附和道,"再不走,就把你们抓起来。"

本来不想惹麻烦的马岩,看到他们这副嚣张跋扈的模样,实在忍受不了了。

他大声反驳道:"我又没有捣乱,你们凭什么要抓我?"

龚倩倩走上前来,看着两名卫兵,她知道对方有守卫宫门的职责,可是他们的话也太令人气愤了。

"有德者必有言,有言者不必有德。"她对面前这两个气焰嚣张的家伙说,"孔夫子说过,具有高尚道德品质的人,应该说益于他人的话语,这才是有修养的表现。你们难道不知道吗?"

两名卫兵对望了一眼,忽然哈哈大笑了起来。

马岩看到这一幕,暗叫糟糕。平日里龚组长习惯跟人讲道理,可是眼下这两人就不是讲道理的人,再纠缠下去,恐怕真是"秀才遇见兵——有理说不清"了。

"等等,"马岩一边护在龚倩倩身前,一边壮着胆子说,"你知道我们是谁吗?"

两个卫兵冷眼扫视着他们,脸上仍是不屑的神情。显然,他们并没有将马岩的话放在心上。

"告诉你们……"危急关头,马岩也不得不用起孔子的名号来吓唬他们,"我们是孔子门下弟子,孔子可是你们鲁国的大……大……"

一时间,马岩想不起孔子的官职,幸好旁边的龚倩倩补充道:"是大司寇。"

听到两人这么说,卫兵先是一愣,紧接着又笑起来,似乎听到了一个大笑话。

"你们自称孔子的弟子,"卫兵笑得前仰后合,"难道不知道孔子已经辞官了吗?"

马岩和龚倩倩面面相觑,似乎一时间没办法接受这个消息。马岩更是尴尬地搓了搓手,不知道说些什么才好。

不过,那两个卫兵听到孔子的名号,也没有继续为难马岩等人。他们摆了摆手,示意这两个小朋友离开。

"龚组长……"马岩还是不敢相信,"你知道这是怎么回事儿吗?"

龚倩倩摇了摇头,暗自思量。孔子已经身居高位,此时最适合推行仁政理念。大好时机,他为什么要放弃呢?难道是出现了什么变故?

想到这里,龚倩倩心急如焚,赶忙拉上马岩,立刻朝孔子的家奔去。

很快,他们就来到了那条熟悉的街道上。人来人往,熙熙攘攘,沿街商贩的叫卖声不绝于耳。他们穿过街市,来到偏僻的阙里巷,看着脚下那斑驳的青石砖,还有两侧低矮的土墙,一股说不出、道不明的情绪油然而生。

他们似乎昨日还生活在这里,但这条巷子却已经经历了好几年的风雨。

按着记忆中的模样,两人摸索着来到了熟悉的大门前。顺着门旁的院墙,隐约能看到后院种着一棵高耸的杏树。它盛开在阳光下,简直像是九天的仙女把撕碎的锦缎洒向了人间,瑰丽万分,灿烂无比。

"夫子的家就在那里。"马岩指着大门,激动地喊道。

"唉!"这时,缩在马岩怀里的麒麟兽忍不住叹了口气,"看起来,孔子的家还是那个老样子,我来古代品尝美食的愿望恐怕又要落空了。"

马岩快步跳到台阶上,轻轻敲了敲院门。过了好一会儿,大门缓缓打开,一个苍老的男人走了出来。这名老者背已微驼,长长的胡须给他增添了几分风采。

他疑惑地看着马岩和龚倩倩:"你们是……"

"我们是孔子的弟子,特地来拜会夫子,烦请您通报一声。"龚倩倩一边施礼,一边恭敬地说。

老者似乎看上去更疑惑了:"孔子的弟子?我怎么看不出

来呢?"

龚倩倩赶忙解释:"老爷爷,夫子曾说过,'有教无类',您不要看我们年纪小,就觉得我们不能拜孔子为师。"

"不错。"老者点了点头,"听你们说话的语气果真是孔子的弟子,请进!"

《论语》笔记

子曰:"巧言令色①,鲜②矣仁!"

——《论语·学而》

【注释】

①令色:脸上装出讨人喜欢的神色。

②鲜:少。

【译文】

孔子说:"花言巧语,伪装出一副和善面孔,这种人很少会有仁爱之心。"

【拓展】

孔子认为,喜欢花言巧语,喜欢装出和善面孔来讨好别人的人,很少会有仁爱之心。这种人善于察言观色,做事显得八面玲珑,说起话来嘴里像抹了蜜,听着让人受用,但他们之所以这样伪装自己,都是有目的的。讨好的背后是算计,谄媚之后便是背叛。对这样的人,一定要及时远离,小心提防。

"有德者必有言,有言者不必有德。"真正道德高尚的人,说话也会很好听,但他们的话是发自内心的,是有益于人的,与巧言令色之人的话语大不相同。所以,当我们听到有人恭维、赞颂自己的时候,一定要注意区分他的称赞是有利于自己的,还是不利于自己的。能让自己改正错误,鼓励自己继续进取,教给自己好的道理的,这样的话就是有益之言;唆使自己犯错误,助长自己身上的惰性,让自己看不清现实,捧杀自己,这样的话就是有害之言。

# 信念

马岩和龚倩倩随老者走进院子,院子沐浴在阳光下,古朴静谧,如同一幅美丽的水墨画。院落四周生长着挺拔的古树,它们摇曳着翠绿的枝叶,像是在同两位多年不见的老友招手。

虽然同他们当初离开时相比,院内的布局没有大的变化,但看起来明显萧条不少。往日学子们齐声诵读、互相讨论的情景,似乎已成往事。

老者将马岩和龚倩倩引入正堂,可屋子里没有其他人。马岩在堂内来回寻找了几圈后,仍未发现孔子的身影,便有些不解地问老者:"夫子不在家吗?"

老爷爷看着两人,嘴角似乎藏着笑意。他调皮般地摇了摇头,笑着回答道:"在家啊。"

说着他来到两人身后,笑呵呵地说道:"两位小友,一别几年,没想到你们竟然都认不出我了。"

什么?马岩和龚倩倩赶忙转过身,惊讶地看着眼前的这位老

者，真怀疑是不是自己听错了。

的确，仔细一瞧，眼前的老者虽然脸上有很多皱纹，头发也白了，但眉眼间仍旧有种熟悉的感觉。他们还记得上次分别时，孔子虽然老态初现，但也没有像现在这般苍老啊！

"夫子——"马岩拼命不让眼中的泪水流出，声音有些哽咽，"自从中都邑一别，我们有多久没见了？"

孔子捋了捋须髯，叹了口气说："差不多……五年了。"

龚倩倩忍不住流下泪来，"夫子，不过五年，您怎么……衰老了这么多？"

"才没有！"马岩唯恐孔子因此不开心，赶忙打趣道，"我倒是觉得，夫子变得更慈祥了！"

孔子上下打量两人，忍不住发出惊叹。他饶有兴致地问："其实我更想知道的是，两位小友的容貌，这么多年为什么都没有发生变化呢？"

马岩和龚倩倩赶忙用以前的借口来搪塞孔子，说："二十一世纪的人都这样，从小到老都没什么变化。"

担心孔子继续刨根问底，马岩试着转移话题，询问孔子为何要辞官。

"是啊！"龚倩倩才想起最重要的事，"难道发生了什么事情？而且这里除了您，怎么一个人都没有呢？"

听到二人的话，孔子脸上的笑容逐渐凝固。看样子，这件事情，他也颇不情愿。

原来，孔子当上鲁国大司寇后不久，齐国向鲁国的权臣季孙斯赠送了一些女乐，而季孙斯不仅没有拒绝这份别有用心的"礼物"，反而沉湎其中，连续三天都不参加朝会，这让孔子十分生气。

他几次劝谏季孙斯，但对方将这些话当作耳旁风，加上当时鲁国的贵族十分排挤孔子，这使得孔子在朝堂上举步维艰。

"太可恶了！"马岩攥紧了拳头，朝着空气狠狠挥舞了几下。他"发泄"之后，对孔子说："夫子，您不要难过，我觉得您辞官的决定非常正确！"

孔子长叹一声："用之则行，舍之则藏。在哪里不能安身呢！"

"那夫子您……"龚倩倩试探性地问道，"下一步打算做什么呢？难道真要隐退了？"

孔子看着两人，语气坚定地说："还没到那一步。我决定周游列国，游说各国国君。"

"周游列国？"马岩露出惊喜的笑容，"夫子，您这个志向真远大！"

龚倩倩也赞叹地说，"夫子的思想可造福天下人，就应当不拘泥于一城、一国，而且应该放眼于天下。"

话虽这样说，但两人还是不禁为孔子捏把汗。春秋时代的残酷他们早就见识过，周游列国的过程中势必会遇到很多危险，如果身边有可靠的人倒还好，可如今……

马岩看着空荡荡的院子，有些气愤地说："往日您身边总是有很多弟子，可现在怎么连一个帮忙的人都没有？是不是他们看到您辞官，所以……"

"你误会了。"孔子连忙解释道，"弟子们前些时日各自归家收拾行囊，我们准备明日一早便出发。"

原来是这样。马岩赶忙说："夫子，既然这样，那也让我们同你一起周游列国吧！"

对马岩来说，游历春秋时代的各个国家，实在太有意思了！而对龚倩倩来说，在孔子身边聆听教诲，更是不可多得的机会。

"你们也愿意随我一起传道？"孔子的眉梢不禁露出几分喜色，"那可真是太好了。"

当然，马岩和龚倩倩也没忘记此次穿越，是为了调查纪念馆里的诡异事件。但是他们相信只要跟在孔子身边，定然能让事情水落石出。

马岩和龚倩倩便暂时住在孔子家中。当天晚上，三人坐在杏坛聊天。马岩抚摸着当年开办私学时，大伙合力种下的那些杏树，看它们如今已长成参天大树，不由得万分感慨。

此时，漫天的星光，似乎为杏林蒙上了一层朦胧的薄纱，潮湿的水汽从地面氤起，四周寂静无声。刹那间，马岩只觉得，众人好像来到了一片无人的禁区。天地之间，只有他们三人。

商量了一会儿出发的事宜后，龚倩倩忍不住询问道："夫子，此番周游列国定是困难重重，我想知道，您有想过万一失败，那……"

没等孔子言语，马岩便抢先回答道："龚组长，你别尽说丧气话好不好,大家还没出发呢!"

"我只是……"龚倩倩叹了口气,她似乎也有些后悔自己不该在此时提出这个问题。

孔子站起身,正色道:"道不行,乘桴浮于海!纵使天下没有我孔丘的容身之处,难道大道会因此断绝吗?即便远赴海外,流落蛮荒之地我也会将它传播下去!"

《论语》笔记

子曰:"道不行,乘桴①浮于海,从我者其由与?"子路闻之喜,子曰:"由也好勇过我,无所取材。"

——《论语·公冶长》

【注释】

①桴(fú):水面浮行的木排或竹排。

【译文】

孔子说:"如果仁道的确无法实现,我就乘着木筏漂流海外。能跟随我的,恐怕只有仲由吧?"子路听了这话很高兴。孔子说:"仲由这个人的勇猛超过了我,除此之外就没什么可取的了。"

【拓展】

孔子说,若自己的仁道,最终不能实施的话,他宁愿乘着竹筏出海,到一个远离尘嚣的地方隐居起来。这显示了孔子对仁道的执着和他不愿与世俗同流合污的态度。

孔子曾评价卫国大夫宁武子,说:"宁武子,邦有道,则知;邦无道,则愚。其知可及也,其愚不可及也。"即宁武子这个人,国家政治清明的时候,他就显得聪明,为国效力;国家政治混乱的时候,他就假装糊涂,不参与政事。他的聪明别人能赶得上,他的糊涂却没人赶得上。其实,孔子并非不能像宁武子那样假装糊涂,他若愿意与当权者同流合污,在哪个诸侯处都能获得高官厚禄。只不过孔子认为,若为官位、俸禄而抛弃自己的理想,是可耻之事,相比之下,他宁愿乘桴浮于海。

出发

第二天一早,马岩和龚倩倩便早早起身,来到了正堂前。只见孔子此时正端坐在堂内,静静等着他们。

马岩和龚倩倩躬身向孔子问礼,马岩迫不及待地询问孔子什么时候出发。

"夫子,说实话,我昨晚上做梦都是陪您一起游历,我实在是等不及了!"

"哈哈哈,别急,"孔子气定神闲地说,"等大家都过来后,我们就出发。"

听到这话,马岩和龚倩倩也十分欣喜。他们太想念那些以前同自己一起读书、学习的同窗,真想立刻见到他们。

没过多久,弟子们匆匆赶来了,还有些是从外地赶来的,一路上风尘仆仆,但顾不上喊累,就聚在一起,互相寒暄。一时间,冷清的宅院变得热闹起来。

马岩注意到,这次来的弟子还真不少,有很多熟悉的面孔,

如仲由和端木赐。仲由看到马岩,脸上露出了惊喜的表情,他快步跑到马岩身旁,一把将其抱了起来,"不满"地说:

"你这家伙,回来也不提前说一声!"

久别重逢,弟子们同马岩和龚倩倩热情地交谈起来。两人那不变的相貌,自然也引起了大家的好奇心,不过全都被马岩用"二十一世纪的环境比较特殊"为由给搪塞了过去。

就在众人热情交谈的时候,孔子从正堂走了出来。他看着如约前来的弟子们,眼神中流露出了难以掩饰的激动之情。

人群中站出一人,只见他身材中等偏瘦,身穿长袍,头上裹着一条头巾,脚上穿着布履。这身朴素的打扮,给人一种稳重之感。

他向孔子施礼,而后说:"夫子,此番出游,我们要先去哪个国家呢?"

孔子走到他身边,饶有兴趣地问:"颜回,我想先听听你们的看法。"

听到"颜回"这个名字,龚倩倩顿时两眼放光,打量起了对方。

她记得在某本书上看到过关于颜回的介绍,说他是孔子门下最出名的一位弟子,虽然生活清苦,但终身保持着勤敏好学的本性,一生都在践行孔子的理念,被后人尊为"复圣"。

听到孔子询问自己的意见,颜回考虑了一会儿后,谨慎地说,"依弟子之见,我们此行,不妨先去卫国。"

听到这话,众位弟子议论纷纷,看样子并不赞同颜回的这个提议。

这也难怪，在各个诸侯国中，卫国的实力较弱，一直在夹缝中生存，甚至大有朝不保夕之势。

端木赐站出来说："夫子，弟子觉得此次传道，或许可以选择那些实力较强的国家。比如齐国，借助其雄厚的国力，不是更容易推广您的思想吗？"

很多人也和端木赐有同样的看法，孔子却赞同颜回的说法。孔子解释说，卫国和鲁国毗邻，弟子中有不少人都来自卫国，这样大家可以生活在一个相对熟悉的环境里，能互相照应。此外，他比较担忧强国之间那盘根错节的政治关系。

"没错，"龚倩倩点点头，"如果夫子去一个实力薄弱的国家传道，让那个国家借助夫子的思想和理念，焕发出新的生机，那么世人不是会更加明白夫子思想的重要性吗？"

孔子和龚倩倩的话，让弟子们心服口服。大家一致决定前往卫国。

一行人浩浩荡荡地出发了，一路上，数马岩最开心。他一会儿跑到队伍最前面，同带路的仲由比画武功招式；一会儿又跑到孔子身旁，兴奋地说起他刚才的某个发现，真是"忙"得不亦乐乎。

城外气温舒适，微风轻轻吹拂着众人的脸庞，伴随着和煦的阳光，众人都感受到一股难掩的惬意。孔子虽然年事已高，但他此时不肯让弟子搀扶，迈着大步，一边欣赏着美丽的风景，一边向众人传授知识。

正当大家开心畅谈时，忽然看到城外的官道上，停着一辆装饰华丽的马车。驾车的马儿在阳光下扬起的鬃毛,犹如一缕金色的流苏,闪烁着奕奕的光辉。马车边立着一名车夫,正牵着缰绳,满脸恭敬。

"谁啊?"马岩生气地说,"停在道路中央,懂不懂交通规则啊!"

孔子示意马岩不要说话,因为他一眼便认出,这架马车是季孙斯的座驾。

车夫向孔子行礼后,小心翼翼地拉开马车的帷裳,里面走出一人,正是季孙斯。

孔子道:"孔丘拜见季孙大夫!不知大夫在此,所为何事?"

季孙斯缓步走下马车,来到孔子面前,轻言细语地说:"我来此地,是为了等你。"

"等我?"孔子故意装出一副迷惑的模样,反问道,"孔丘何德何能,能让大夫抛开齐国所赠的女乐,专程到此?"

季孙斯讪笑一声,扬了扬宽大的衣袖,扫视了众人一眼后,冷声说道:

"我听说,夫子要去他国传道,所以急忙丢下一切事务,来此等候。我有一件事情难以决断,想要询问夫子的意见。"

"什么事情?"

季孙斯看着孔子,冷冷地说:"今日该不该让你活着离开鲁国?"

《论语》笔记

柳下惠①为士师②，三黜。人曰："子未可以去乎？"曰："直道而事人，焉往而不三黜？枉道而事人，何必去父母之邦？"

——《论语·微子》

【注释】

①柳下惠：鲁国大夫展禽，食邑在柳下，谥号为"惠"，故后人称其为柳下惠，以守礼而著称。

②士师：主管刑罚的官名。

【译文】

柳下惠担任士师，屡次遭到罢黜。有人问他："您不能离开鲁国吗？"柳下惠说："坚持正直之道来侍奉人君，到哪里能不被多次罢黜呢？以邪门歪道侍奉人君，又为什么要离开自己的国家呢？"

【拓展】

在鲁国，孔子忠于国家，忠于国君，所以遭受"三桓"的排挤；在齐国，他提倡"正名"，来限制臣子的权势，因此遭到齐国大夫们的排挤；如今又要去卫国，卫国的国君、大夫们不比齐国、鲁国的同行贤明，孔子在卫国的前途，可想而知。

那孔子为什么还要离开自己的祖国，到外面去漂流呢？因为，孔子心里怀有远大的抱负，他曾说："文王既没，文不在兹乎？"他将自己视为礼乐文化的传承者，担负着以仁道治平天下的大任。所以，即便希望渺茫，他也要出去试一试。

06. 抵达卫国

听到季孙斯这句话,弟子们赶忙冲到孔子身旁。仲由等几个身强力壮的弟子,更是握紧了拳头,防备眼前的季孙斯。

和弟子们相比,孔子倒显得不慌不忙。他平静地看着季孙斯,不卑不亢地说:"大人言重了,我想您绝不会杀我的。杀了我,对您没有任何益处,反倒是会让您的恶名传遍天下。这样的事情,您会做吗?"

季孙斯脸色一变,背过身去,似乎在考虑刚刚孔子所说的话。过了好一会儿,他冷声道:"夫子善辩!不过,你背叛了我,那我杀了你,是否符合道义呢?"

孔子摇了摇头,说:"大人,我从未依附于你。今日离开,又怎能谈得上是背叛?"

原来,孔子成为鲁国的大司寇后,曾建议鲁定公拆毁"三桓"的私邑,也就是郈、费、郕三座封城。季孙斯本来是支持孔子当大司寇的,后来发现孔子提出的治国之策会伤及自己的利益,就开始反对他。

季孙斯所说的孔子"背叛",正是这件事情。

"我知道是您当初在国君面前保举我做大司寇,可是我做官的目的,不是为了荣华富贵,更不是为了帮助某些人牟取私利。"

季孙斯摆了摆手,缓步回到马车上。临行前,他从车窗上探出脑袋,说:"孔丘,你的抱负无法在鲁国的朝堂上施展,在别的地方也是如此。"

"大人,我的抱负不在朝堂,而在天下。"孔子摊开双臂,冲季孙斯大声说,"总有一天您会明白,我做的事情是正确的。"

"好啊!"季孙斯像是释怀般说道,"如果真的有那么一天,我会亲自把你迎回鲁国。"

一旁的车夫得到示意,快步跳上车,轻轻扬了下皮鞭,马车便疾驰而去。

"夫子……"颜回看着远去的马车,有些担忧地说,"此去卫国还需几日,您说季孙斯会不会在半路上……"

孔子摆了摆手,"如若他真有那个歹心,恐怕今日不会只身前来送我。放心吧!这一路我们定能平平安安。"

众人马不停蹄地朝着卫国而去,几日后,终于抵达卫国都城——帝丘。

连日的奔波,让众人都有些疲惫,可是望见远处帝丘城那高大雄伟的城墙时,众人便觉得满身的疲惫似乎在瞬间被一扫而空。

就在马岩等人兴致勃勃地想要进城参观的时候,孔子却拦住了众人。

原来,经过这一路的奔波,众人全都是风尘仆仆、狼狈不堪的模样,这样贸然进城,不要说是传道,甚至可能会被卫国人当作是逃难的百姓。

孔子看着众人,细心叮嘱道:"君子正其衣冠,尊其瞻视,俨然人望而畏之,斯不亦威而不猛乎?"

"夫子言之有理!"仲由说着,有些不好意思地看了看自己脏兮兮的衣服,的确像逃难的灾民穿的。

他顺势提议道,"夫子,既然如此,那么大家不妨先在城外暂歇一夜。我记得距城门不远便有一家旅舍,大家正好休整一下。"

孔子点了点头,"这样最好!"

众人于是便来到城边的一处旅舍落脚。等众人简单歇息了一会儿后,颜回来到孔子身边,说出了自己的建议。

原来,卫国的朝堂上有一位名叫颜浊邹的人,心地善良,乐于助人,是个正人君子。他恰巧是颜回的好朋友,说不定可以请他向卫国国君引荐孔子。

孔子觉得十分在理,便让颜回先进城联络颜浊邹,听一听他对自己来卫国传道之事的看法。

颜回也顾不上休息,换好衣服后就进入城中。不知不觉间,太阳西沉,弟子们说了些闲话后,便各自回房休息了。

第二天拂晓时分,马岩就起床了。经过一夜的休整,他觉得自己的精力恢复了不少。他走到窗前,推开窗户,深深吸了口气,清新的空气进入他的身体中,令他感到无比畅快。

　　远处的地平线上,太阳刚刚露出一点脑袋,帝丘城即将苏醒。驿馆外那条入城的大道上,有三三两两农人打扮的百姓,看样子像是要进城贩卖农产品。他们有的挑着担子,有的背着竹篓,正三五成群地聚在一起,有说有笑地朝城中走去。

　　没一会儿工夫,弟子们都醒来了,聚集在馆驿的大堂里。弟子们的脸上全都洋溢着激动之情,孔子也信心满满,叮嘱大家进城后要注意言行举止。

　　吃过早饭,大家商量着下一步的计划,只听见驿馆外的大道上,传来了一阵喧闹的鼓乐之声。

　　马岩赶忙跑到大门前,朝外面张望。只见在城门口的不远处,有一支仪仗队,正敲着锣打着鼓,朝旅舍走来。

　　"哎呀!"马岩好奇地打量着那支队伍,"真是来得早不如来得巧啊!大家快来看!我们是不是赶上什么庆典活动了?"

　　众人全都来到大门前,看着那支热闹的队伍,叽叽喳喳地讨论起来。有人说是不是碰巧遇到婚嫁之事,也有人说大概是贵人出行……

　　就在众人的讨论声中,队伍已经来到了驿馆门前。大伙这时注意到,走在队伍最前面的,竟然是昨天提前进城的颜回。

　　"夫子!"颜回满脸喜色地走到孔子身旁,语气激动地说,"我……我回来了。"

　　弟子们纷纷围了上去,询问究竟发生了什么事情。

原来，昨天颜回进城后便径直前往颜浊邹的家中，没想到，卫国的国君恰巧在那里同颜浊邹论道。听闻孔子带着门下弟子前来卫国，他非常开心，于是今天一大早便派出仪仗队，来迎接孔子等人。

《论语》笔记

子曰:"里仁①为美。择不处仁,焉得知②?"

——《论语·里仁》

【注释】

①里仁:居住在有仁者的地方。
②知:通"智",明智。

【译文】

孔子说:"居住在有仁者的地方,才是好的。选择住所,不挑选有仁者居住的地方,哪能称得上是明智呢?"

【拓展】

颜浊邹孔武有力,为人豪迈,与子路意气相投,是子路的大舅哥。相传他曾做过强盗,后来改过自新,成了好学之士,曾跟随孔子学习做人的道理。后来,他离开卫国,前往鲁国,有人推荐他做季氏的家臣。颜浊邹没有接受,他说:"从前周成王也和戏子侏儒一起玩耍,非常尽兴,但到了决定国家大事时,一定找有德行的人商谈,所以能将天下治理好。如今,季氏的十几个家臣,都曾为孔子的弟子,但要解决重大问题时,他却找自己宠信的戏子和侏儒商量,这样下去恐怕难得善终。"

于是,颜浊邹又来到了齐国,做到了大夫的职位。身为大夫,他敢于直言进谏。一次齐景公在外游玩,流连忘返,毫无节制,颜浊邹犯颜直谏,齐景公很生气,把他抓起来,准备砍头。但颜浊邹丝毫不惧,还将自己比作昔日劝谏纣王的比干。齐景公没办法,只好将他释放。

国宴

听到这个消息,弟子们开心极了,一个个摩拳擦掌,准备大展拳脚。马岩和龚倩倩更是高兴得手舞足蹈。孔子显然也没预料到事情竟然这么顺利,脸上露出了笑容。

在仪仗队的引领下,孔子同弟子们进入了卫国都城。刚进城,围观的百姓早已将道路堵得水泄不通,纷纷想要瞻仰孔子的样貌。幸而卫国国君早有准备,加派了一支护卫的队伍为孔子及其弟子们开路。

进入城中后,马岩看什么都觉得好奇,东瞧瞧,西看看,恨不得多长出几只眼睛来。街市上,除了围观的百姓外,还有商人拉着载满货物的牛车,有背着古琴的琴师,摊贩的叫卖声此起彼伏,热闹非凡。

"我真是没想到,卫国的街市竟然也能这么热闹。"马岩说。

龚倩倩借着这个机会向他介绍,虽然卫国的国力比不上齐国、晋国、楚国那样的大国,但是这个国家也有它独特的地方。据史书记载,卫国的音律可称为天下一绝,前来学习的乐师络绎不绝。此外,卫国交通便利,货物往来不绝,经济十分繁荣。

很快,他们便来到了王宫门前。颜浊邹已经等候多时,看到孔子等人后,恭敬地走上前来,朝着孔子行起师礼。

"夫子在上,请受弟子一拜。"

原来,颜浊邹也是孔门弟子,只不过常年待在卫国,所以马岩和龚倩倩并未同他见过面。

孔子连忙扶起颜浊邹,询问起了他的近况,许久未见,师徒俩都有一肚子的话要说。但这时一旁的内侍提醒道,"颜大人、夫子,国君已经命人在宫内备好了宴席,正等着你们呢!"

听到"宴席"两个字,藏在马岩怀里的麒麟兽瞬间来了精神。这个小家伙偷偷探出脑袋,舔了舔舌头,满脸"贪婪"地说:"哈哈,这下子,我可要饱餐一顿喽!"

马岩小声叮嘱麒麟兽不要大声说话,但其实他对宴席也充满了好奇心。更何况,一国之君亲自设宴,规格绝不会普通。

看着马岩那张按捺不住笑意的脸庞,龚倩倩故意板着脸说:"宴会中也要守礼,要是失礼了,别人会责怪孔子教导无方。做事要小心,不要得意过了头。"

在内侍的带领下,大伙儿很快来到了大殿外。青石铺造的地面上闪耀着温润的光芒,似有袅袅雾气笼罩着宫殿,木刻的飞檐上,雕刻着展翅欲飞的神兽,处处金碧辉煌。

进入大殿后,只见殿顶檀木作梁,水晶玉璧为灯,看得众人目瞪口呆。而在正前方的主座上,一个长相威武、气质庄重的男人,正一脸笑意地看着孔子。

孔子虽然与卫君从未谋面,但他对卫君却颇有好感。他在内侍的指引下,来到卫君的座前,一边施礼,一边恭敬地说道:

"鲁国孔丘,率领众弟子,拜见卫公。"

众人赶忙跟着孔子行礼。只有马岩光顾着欣赏眼前这座富丽堂皇的宫殿,一时出了神。还好旁边的龚倩倩顺势按住他,这才不至于闹出笑话。

行完礼后,马岩忍不住对龚倩倩嘟囔道:"龚组长,这些君主还真有意思,没事就喜欢让别人拜来拜去,真是不嫌麻烦!"

"嘘!小声点。"龚倩倩提醒道,"万一让周围那些内侍听到了,恐怕没你的好果子吃。"

"我才不吃果子呢!"马岩嬉皮笑脸地说,"我现在肚子空得像个仓库,等会儿我要大吃一顿!"

另一边,卫君看着孔子说:"久闻夫子大名,今日你率众来我卫国,寡人不胜欢喜,定要与夫子谈个痛快。"

说着,他挥手示意众人入席。

等众人落座后,卫君身旁的侍从大喊一声:"开宴——"

仆从们端着青铜食盘,动作轻盈地将其放到众人面前的木桌上。马岩本以为会是些奢华可口的美食,刚准备大快朵颐,可看到盘子里的食物后,顿时傻了眼。

没想到,几个盘子里分别装着菖蒲菹、白米糕、黑黍糕等简单的食物,同眼下这座富丽堂皇的大殿一比,显得格外刺眼。

他朝旁边看了看,发现大家桌子上的食物都是如此。

孔子看到矮桌上的食物后,连忙起身。一边摆手,一边恳请卫君撤下这些食物。

"嘿嘿!"马岩暗笑,看来孔子也嫌这些食物不可口啊!

没想到,孔子竟然语气激动地对卫君说:"卫公准备如此盛宴,孔丘怎敢享用!"

原来,当年周天子派特使周公阅去鲁国,鲁侯设宴招待时所用的正是这些食物。

孔子诚惶诚恐地说:"国家的君主,文治足以显扬四方,武功可以使人畏惧,才配有特殊食物来招待他。桌子上的五味、嘉谷、虎形盐,连当年周天子的特使都觉得自己当不起,我孔丘何德何能?"

弟子们见状,也纷纷起身,表示不敢享用桌子上的食物。

卫君看着孔子,言语诚恳地说:"我听闻夫子崇尚周礼,今日寡人用接待天子特使的规格来接待夫子,正是为了彰显寡人力图在卫国恢复周礼的决心!"

尽管卫君这么说,孔子仍旧坚持,不愿意僭越。卫君只得命令人撤下这些食物,换上了平常的菜肴,孔子才肯重新落座。

宴席重新开始。丰盛的菜肴一道接着一道被端上来,乐官在一旁演奏着音乐,大殿内一派欢乐的气氛。

就在众人享用盛宴的时候,陪宴的大臣中有一人站了起来,

看着孔子恭敬地问:"夫子不辞辛劳,前来卫国,请问所欲何为啊?"

这人是卫国大夫弥子瑕,他深受卫君赏识,在卫国朝堂上说话也颇有分量。

"孔丘此次前来卫国,是希望卫公……"孔子起身回应道,"为政以德,譬如北辰,居其所而众星共之。用道德来治理国家,这样的君王就会像北极星一样,被众人所敬仰、拥戴。"

听到这话,弥子瑕脸上闪过一丝不屑的笑容。他冷声问:"早就听说夫子宣扬仁政,不过……如果夫子的主张是正确的,为何鲁国国君弃而不用呢?"

《论语》笔记

子曰:"饭疏食①饮水,曲肱而枕②之,乐亦在其中矣。不义而富且贵,于我如浮云。"

——《论语·述而》

【注释】

①疏食:粗疏的饭食。
②曲肱而枕:弯着胳膊做枕头。

【译文】

孔子说:"吃粗饭,饮白水,弯着胳膊做枕头来睡觉,快乐就在其中了。用不正当的手段得到富贵,对我而言就像天上的浮云。"

【拓展】

孔子要求弟子们守礼,自己也能做到。他曾说:"古者言之不出,耻躬之不逮也。"古代的贤人说话是非常谨慎的,因为他们担心说出来的话自己做不到,这可是非常可耻的事情。在孔子看来,人应该有这种羞耻心——以言行一致为荣,以言行不一为耻。

所以,在卫君用超规格的礼仪招待孔子时,孔子推辞称不敢接受,最终换了合乎礼仪的饮食菜肴才用餐。孔子为何如此坚持呢?是他不喜欢美味佳肴吗?当然不是,美味人人都爱,但孔子更爱自己所推崇的"义"。义,就是宜。合乎礼,即适宜;不合礼,即不适宜。不适宜的饭菜,就是再好孔子也不会接受的。平日里他都能做到"席不正,不坐""割不正,不食",更何况在这种隆重的场合呢?

08. 诬陷

弥子瑕这话看似十分客气,但却有种挑衅的意味。孔子如若承认在鲁国传道失败,那么无异于自取其辱。如果说鲁国国君不懂得赏识自己,那么则是以下犯上,无论是为臣,还是为民,都于品格有污。

宴会上的众人,此时全都将目光放在了孔子身上。

但面对弥子瑕的挑衅,孔子没有着急辩驳,而是淡然回答道:"鲁卫之政,兄弟也。"

马岩有些茫然地看着龚倩倩,低声询问道:"这话是什么意思?怎么又说到兄弟上去了?"

龚倩倩向马岩解释道,孔子的意思是,鲁国和卫国的政治环境差不多。就是因为有和弥子瑕一样排斥大道的权臣,夫子才不得已来到卫国。

弥子瑕听到孔子这样说,眉头一皱,似乎还想继续同孔子辩驳。但卫君这时站起身,走到孔子身旁,"打圆场"似的说:"夫子的能力毋庸置疑,当年夫子治理中都邑,不到一年便取得了显著的成绩,足见夫子的才干。"

弥子瑕见状,只能悻悻地低下头,不再继续言语。

卫君看着孔子,好奇地问道:"夫子在鲁国的俸禄是多少啊?"

孔子当然明白卫君这话的含义,他有些半开玩笑地回答:"不过是俸米六斗罢了!"

"夫子如此才学,俸米六斗实在是太寒酸了些。"

说罢,他看着卫国的朝臣,表示不仅要重用孔子,还要每年给其俸粟六万。

"六……万?"马岩擦了擦口水,惊讶地询问龚倩倩,"听起来好多啊!不过这个俸粟是什么意思?"

龚倩倩解释道,"就是支付官员俸禄的粟米,这个时代的薪水是用粮食来计算的。"

这场宴席一直持续到晚上才结束。卫君本打算为孔子等人安排住处,但颜浊邹却盛邀大家住进自己家里,孔子正好想同颜浊邹叙旧,于是一行人便来到颜浊邹的家中。

众人早已疲惫不堪,知道自己的住处后,就赶忙回房间休息了。就连精力旺盛的马岩也一碰到床就睡着了,完全忘记了之前说过要夜游帝丘城的事情。

麒麟兽趴在马岩身旁熟睡,嘴巴里还不停嘟囔着各种菜肴名,真是个小馋鬼。

龚倩倩倒是没睡,不知道是不是过了劳累的劲头,此时被晚间的凉风一吹,她觉得神清气爽,于是去庭院中散步,正巧看到孔子的房间里还亮着灯,便轻手轻脚地走了过去。

轻轻敲门,得到孔子的允许后,龚倩倩进入房内,发觉孔子正木然地坐在桌前,脸上也没了宴会上的那股笑意,一只手撑着额头,另一只手在木桌上来回画着圈圈,似乎是在为什么事情忧心。

"夫子……"龚倩倩试探性地问道,"您怎么还没休息啊?"

孔子叹了口气,说起今日在宴席上的事情,"我觉得卫君似乎对我的治国理念,并没有太大的兴趣。"

龚倩倩有些不解地问:"卫君不是盛宴款待大家,又给您丰厚的俸禄,为什么您……"

孔子摆了摆手,打断了龚倩倩的话。沉吟良久后,他叹气道:"我来卫国,并不是为了高官厚禄。今天你也看到了,卫君虽然对大家礼遇有加,可是似乎并不想听我讲治国之策;他虽然许给我丰厚的俸禄,但却并未让我担任实质性的职位。他仍在犹豫要不要用我。"

孔子的话如一盆冷水,瞬间浇灭了龚倩倩心中的热情。她回顾起宴席上的一幕幕,的确,卫君热烈欢迎孔子等人的到来,或许只是为了表现自己求贤若渴的态度,至于是否要任用孔子,他恐怕还没想好。

"不过……"孔子起身走到龚倩倩身旁,安慰道,"这些目前也只是我的猜测而已,事情还没有开始,不能让大家灰心,明白吗？更何况……"

孔子笑道，"仁远乎哉？我欲仁，斯仁至矣。仁难道离我们很远吗？只要我想达到仁，仁就在这里。"

龚倩倩明白孔子的意思，她看着孔子，重重点了点头。

众人就这样留在了卫国。起初，卫君对待孔子一直很热情，每次召开宴席，也必定派人来邀请孔子去讲道。可是正如孔子猜想的那样，每当孔子向他提出一些具体的治国之策时，卫君总是有意无意地岔开话题，似乎并不想深谈。

刚开始，弟子们还信心满满，以为卫君还在思量，可是随着日子越来越长，卫君仍旧并未让孔子担任任何的官职。这下子，弟子们全都有些不耐烦了。

这天，大伙又聚在偏房里议论眼下的境遇，众人言谈间全然没了前些日子那种意气风发的模样，取而代之的则是一种不安。

仲由还说出了一个惊人的发现："昨日傍晚，我注意到两边的巷子里有几个看起来不三不四的家伙，像是在监视我们！"

"唉！"颜回叹了口气，"近来一段时间，卫国朝堂似乎也不欢迎夫子了。卫君之前还总是设宴邀请夫子，可是最近一段时间，他不仅没有邀请过夫子，还限制大家的出行。"

正说着话时，孔子和颜浊邹走了过来，弟子们赶忙起身施礼。

孔子迈着沉重的步伐走到了堂下，跪坐在一张桌前，忍不住长叹一声。对于弟子们的牢骚，孔子当然也是看在眼里、愁在心里。

"我也知道大家近来的日子不太好过，可是，有些事情我不想瞒着你们……"

他冲颜浊邹挥手示意了一下,颜浊邹就走到弟子们的身边,小声说:"各位,我打听到一个坏消息。有人向卫君进献谗言,说孔子来卫国根本不是为了传道,而是作为鲁国的密探,来卫国刺探消息,便于鲁国吞并卫国。"

鲁国同卫国领土接壤,数百年来两国摩擦不断,卫君本就对鲁国存有戒心,听到这种话,不由得怀疑起孔子来。

"岂有此理!"听到颜浊邹的话,马岩最先坐不住了,他急忙问道,"是谁在诬蔑夫子啊?"

颜浊邹叹了口气,"还能是谁?不过是一些专靠阿谀奉承上位的奸佞小人。他们在国君面前十分受宠,担心夫子入朝为官后会削弱他们的权势,所以才会做出这种下流的勾当。"

《论语》笔记

子曰:"唯女子与小人为难养①也,近之则不逊,远之则怨。

——《论语·阳货》

【注释】

①养:教养。

【译文】

孔子说:"只有女子和小人是难以教养的,亲近他们,他们就会狎昵无礼;疏远他们,他们就会心怀怨恨。"

【拓展】

弥子瑕是颜浊邹的妹夫,与子路是连襟。他凭借相貌获得卫灵公的宠信,在卫国担任卿士。起初,他也很仰慕孔子的名声,听说孔子要到卫国来,就派人放出话,说:"如果孔子来投奔我,我能让他在卫国得到卿位。"孔子得知后,拒绝了他的"美意",说:"我是要到卫国,至于能不能获得任用,就看天命吧!"弥子瑕遭受拒绝,心怀怨恨,于是转而诬蔑刁难孔子。

弥子瑕就是孔子口中的小人,他们与人相处,考虑的不是道义,而是近乎男女之间的那种情感。和他们接近,他们就以相互狎昵,来表示亲近,丝毫没有君子"和而不同"的距离感。如果远离他们呢?他们就心生怨恨,认为你是在故意轻视他们,于是便在各种可能的情况下,报复你,给你使绊子。生活中,像弥子瑕这样的人也有很多,不可接近,也不可疏远,对于这样的人,最好一开始就不要与其产生任何关联。

出走

听到有人在卫君面前诬蔑孔子,弟子们顿时觉得无比气愤,纷纷叫嚷着要去卫君面前,替孔子讨回公道。

龚倩倩格外气愤,她看着孔子说:"那些诬蔑您的人实在是太可恶了,夫子,我们不能蒙受这不白之冤啊!"

"君子矜而不争,群而不党。君子庄重而不与别人争执,合群而不结党营私。"孔子叹了口气,摇头说道:"当年卫君擅长识人,知人善任,使得卫国一步步强盛起来,怎么现在卫国朝堂上,又让奸佞当道?"

仲由看着夫子脸上那副无奈的表情,忍不住冲着一旁的颜浊邹说:"你能不能想想办法,在卫君面前替夫子解释一下?"

没等颜浊邹回答,孔子却摇了摇头,苦笑道:"怀疑的种子已经种下,再怎么解释,恐怕也没办法让卫君完全信任。我们只要继续做自己应做的事情,问心无愧即可。"

说着,孔子走到弟子们中间,语气和缓地说:"不患人之不己知，患其不能也！"

这句话的意思是：别人不了解我，我无须着急；该急的是我不值得被人了解。

听到孔子这样说，弟子们互相看了看，神色平静了很多。原本那股无法纾解的怒气，也都渐渐消散了。

"可是……"龚倩倩心有余悸地看着孔子，小心翼翼地问，"夫子，那我们还要继续待在卫国吗？"

"关于这件事，其实我也考虑了很久。与其再在这里耽误，不如趁早离开。"

对于孔子这个决定，弟子们纷纷表示赞同。马岩开心地说："夫子，其实我觉得您早就该下这个决心了。我们二十一世纪有句话，叫'此处不留人，自有留人处'！说不定大家换个地方，情况就会好转起来的。"

这番俏皮的话，引得弟子们哈哈大笑。孔子的脸上也浮现出了笑容。

又过了两日，大家收拾好行囊，准备离开卫国。

在临行前，孔子感念卫君这些日子对自己的礼遇，准备向他拜别，可是颜浊邹却反对孔子的做法。

"夫子，您有所不知。"颜浊邹解释道，"监视大家的密探，已经将您要离开卫国的消息告诉给了卫君。那帮攻讦您的奸佞，趁此机会都劝说卫君，不要让您活着离开。"

"这是为何？"孔子不解地说，"我并未做什么伤害卫国的事情啊?"

"对啊!"生性耿直的仲由也说道,"凡事要讲道理,卫君既然不愿意重用夫子,那么夫子离开跟他也没有关系啊!"

颜浊邹叹息道:"话虽如此,可是那帮奸佞之臣不会跟夫子讲道理的,他们要是一起发难,夫子您……"

听到颜浊邹这话,颜回赶忙提醒孔子:"夫子,我看这个卫君生性多疑,您要是向他辞行,恐怕他不仅不会觉得您懂礼,反而会觉得您对他有看法。到时候怪罪下来,不正中那帮小人的下怀吗?"

"是啊!"龚倩倩也劝道,"夫子,有句话叫'君子不立于危墙之下',知道自己性命宝贵的人,是不会待在危险的地方的。"

听到龚倩倩的话,孔子饶有兴趣地说:"这句话说得好,堪称圣哲之言。"

龚倩倩暗自咋舌,因为那段话也是她情急之下从书本上"借用"的,出处是儒家的另一位圣人孟子。

弟子们七嘴八舌,劝孔子即刻离开卫国,不要耽误时机。

为了众人的安全,为了避免不必要的祸端,孔子带着弟子们连夜离开了卫国。

等马车驶出卫国都城,大家悬着的心才终于放下。

马岩看着路边的风景,不由得心生感慨:记得来时还是春暖花开,万物竞发,一切都生机勃勃;离开时,路边的树丛褪去了嫩绿的色彩,草丛也露出了枯黄的苗头,仿佛景色也随着人心逐渐枯萎了。

坐在马车上,孔子忍不住回身打量背后那座壮丽的卫国都城,此时他是满心的愁绪。还记得当初踌躇满志到达此地,渴望一展拳脚,但没想到仅仅几个月,便只能狼狈地离开。

马岩这时忽然想起一件重要的事情,于是悄悄靠在龚倩倩的耳边,小声同她谈论了起来。

"龚组长,这几个月来,我观察到夫子的样貌似乎又衰老了一些,你说我们的样貌,会不会也随着这个世界的时间而发生变化啊?"

龚倩倩对此也是一头雾水,不过这时,躲在马岩怀里的麒麟兽悄悄告诉他们:"不要担忧,你们是这个世界的穿越者,和这里的人是不一样的,哪怕是过去十几年,你们的身体也不会发生明显的变化。"

"真的吗?"龚倩倩惊喜地看着麒麟兽,"无论过多久,等我们回到现代,还是跟穿越时一模一样吗?"

麒麟兽肯定地点了点头。

马岩咧嘴笑道:"太好了!我们可以放心在春秋时代游历,陪夫子一起传道了!"

正巧这时,前面带路的马车停了下来,原来是临近中午,大家想要歇息一会。

趁着休息的机会,马岩和龚倩倩赶忙跳下马车,蹦蹦跳跳地来到孔子的身边。

此时的孔子正在跟几名弟子讨论接下来要前往何处,龚倩倩也借机说:"夫子,经过卫国这件事情,我觉得我们应该放平心态,不要那么着急。"

"哦!"孔子有些疑惑地说,"这是为什么呢?"

"夫子,其实您的理念没有错,可是我在卫国发现,要想参与一个国家的治理,需要应对各方势力的纠缠,甚至有些事情都不能用简单的黑与白来判定。我建议您,应该先看清楚局势,然后再行动。"

"哈哈哈……"孔子笑着摸了摸龚倩倩的头顶,"你刚刚说的,跟我想的一模一样!所谓大臣者,以道事君,不可则止。臣子应该以仁义之道来辅佐君主,如果不能推行仁义,那不做臣子也罢!"

其他弟子也都笑了,纷纷点头赞同。听完大家的话,龚倩倩才知道,原来孔子不久前已经做了类似的打算。

"嘿嘿!"龚倩倩有些不好意思地挠了挠头,"原来夫子您已经考虑到了,早知道我就不班门弄斧喽!"

马岩说,"夫子,既然如此,那么大家下一步应该前往何处呢?"

孔子站起身,手指着南边说:"我打算带着大家一路南下,了解下附近各国的民情,最后看看能在哪个国家推行我的理念。"

《论语》笔记

子曰:"君子坦荡荡①,小人长戚戚②。"

——《论语·述而》

【注释】

①坦荡荡:心胸宽广,开阔。
②长戚戚:经常忧愁、烦恼的样子。

【译文】

孔子说:"君子胸怀宽广坦荡,小人永远忧愁烦恼。"

【拓展】

《诗经》上说:"忧心悄悄,愠于群小。"无论什么地方,如果充斥着结党营私、嫉贤妒能的小人,都是值得担忧和畏惧的。因为,小人和君子本来就很难并存,君子守公义,小人谋私利;君子耿直忠正,小人撺弄是非;君子眼中容不得罪恶,小人正是靠着违法犯禁来谋私的。所以俗话说:"君子不下,小人难上;君子不退,小人难进。"

孔子在卫国难以立足就是如此。他提倡"礼",可卫国和鲁国一样,早就礼崩乐坏了。他提倡任贤使能,但卫灵公身边多是弥子瑕一样的巧佞之人。不过,离开又如何呢?孔子没有丝毫悲伤,依然保持着积极乐观的心态,并将漂泊当作磨砺意志,增长见闻的契机。而那些小人则不然,他们苟且保住权利地位,却时刻都害怕失去。所以说,心怀坦荡的人,即便遭遇坎坷,也能活得很快乐;而心术不正的人,即便取得富贵,内心也是空虚的。

10. 遇袭

向南而行,沿途会经过曹国、陈国、宋国等国家。仲由早些年间曾在这几个国家游历,所以对那些地方的情形多少还有些了解,于是便自告奋勇地为大家带路。

众人歇息一阵后,随即出发。仲由告诉大家,从卫国去陈国,虽然路途并不远,但是要经过几个诸侯国交汇的地方,形势比较复杂。更何况,那几个诸侯国连年征伐,大家此行务必要小心谨慎。

"啊?"龚倩倩有些担忧地说,"听起来这挺危险的!"

"怎么?"马岩坏笑着说,"龚组长,你是不是害怕了?"

"才没有呢!只是……"龚倩倩说着看了看孔子,"我有些担心大伙,万一真是遇上强盗,那一时之间可怎么招架啊?"

"哈哈哈……"仲由倒是一副毫不在乎的模样,大声笑道,"我就不相信,光天化日之下强盗竟然敢如此嚣张。"

"就是!"马岩朝着空气挥舞了一阵拳头,"真要是碰到强盗,我看应该担心的反倒是他们才对!"

一群人就这么有说有笑地继续前进，不知不觉便已经进入匡地。

进入匡地后，道路越来越崎岖，一路很是颠簸，才过半日，众人就灰头土脸，好不狼狈。在前面驾车的仲由急着赶路，一路上，马车飞一般往前赶，马岩觉得自己浑身的骨头仿佛都被颠散架了。

马岩头昏脑胀，抱怨道："为什么这些国家的君主，不肯把道路修好一些呢？"

"没有那么容易啊。"孔子笑道，"修通道路可是一件大工程，附近的这些国家大都国弱民贫，百姓们连肚子都吃不饱，哪有力气去修整道路啊！正所谓，民以食为天，老百姓吃饱肚子，生活富足，国家才有人可用。百姓吃不饱饭，国君想有所作为，又靠谁呢？有些君王本末倒置，弄不明白这里面的利害关系。"

龚倩倩也感慨道："只有百姓富足，国家才算是强大啊！"

"说得没错，不过……"马岩此时满脸"苦相"，"龚组长，我的屁股都快要变成八瓣喽！"

"哈哈哈……"听到马岩这句抱怨，前面驾车的仲由安慰道，"再坚持一下，等过了颠簸路段，前面就好走了。"

孔子倒显得镇定自若，只见他仔细看了看南方的天际线，好奇地向仲由问："再往前是哪个国家啊？"

驾车的仲由大声喊道，"夫子，从这里再继续向南，过不了一日便是陈国。"

"陈国？"马岩觉得这个名字听起来似乎有些耳熟，可是一时间又记不起是哪个地方。

龚倩倩这时顺势解释了起来，原来陈国历史上曾是太昊伏羲氏所建立的都城，周朝建立之后，周天子追封先贤遗民，把伏羲的后裔妫满封于陈地，国号为陈。

在西周时期，陈国国力比较强盛，为西周十二大诸侯国之一。后来礼崩乐坏，天下大乱，周王室日渐衰弱，陈国也江河日下，国力越来越弱。

"前几年我曾到过陈国，"仲由说，"那里民风淳朴，百姓也十分善良。我看，大家不如加紧赶路，这样能早点到陈国歇脚。"

"什么？还要继续赶路？"马岩忍不住抱怨了起来，"大哥哥，再这么赶路，恐怕我都要没命到陈国了！"

"是啊！"孔子虽然还能坚持，但看到弟子们一个个疲惫不堪的模样，也忍不住地心疼道，"仲由，就先找个地方歇息歇息，让大家喘口气。"

仲由急切地说道，"大家还是再坚持坚持吧！越早到陈国越好呀！"

"不是这样的，"孔子说，"欲速则不达。做事情不要一味追求速度，一味追求速度，反而达不到目的。"

龚倩倩也附和道："大哥哥，我们那边也有句俗语，叫'磨刀不误砍柴工'，大家休息好了，才能更有效率地赶路啊！"

听到孔子和龚倩倩的话，仲由一边点头答应，一边拉紧缰绳，放慢车速。他朝四周看了看，眼下除了无边无际的农田外，再无他物。不过就在这时,仲由看到远处的农田里恰巧有一位正在翻土的老农,于是驾车赶了过去。

老农看到一大群人来到自己身旁,不由得紧张地后退了几步。

孔子见状,急忙下车,向对方施礼道:"不要害怕,我们没有恶意,只是想向您打听一下,附近可有能够留宿的地方?"

"哦!"听到这话,老农不禁松了口气,"留宿的地方要继续向南,那边……"

可他话刚说了一半,看到孔子后,脸上满是惊恐的表情,连手脚也跟着不停颤抖起来。

马岩见状,急忙说,"老伯伯,您别害怕,我们不是坏人,不会伤害您的。"

不知道怎么回事,他的话音刚落,老农一把丢下锄头,朝着远处跑去。看他那急慌慌的模样,似乎这里有非常可怕的东西,多留一会儿便会遭遇不测。

"这个人……"马岩此时真是又气愤又不解,明明大家没有任何失礼的地方,那人为什么会如此惊慌?

龚倩走上前去,捡起对方丢下的农具,无奈地说:"一个地方有一个地方的风俗。也许刚刚那位老伯伯不善交际,一下子见到这么多人,有些惊慌也是难免的。"

"话虽如此,不过……"仲由满脸的疑惑,"以前我到这个地方时,可没有遇见这种怪事啊!"

没办法,众人只能回到马车上。弟子们一边讨论刚刚那位老农的反应,一边晃晃悠悠地继续前进。

然而,就在他们驶过农田,来到一条大道上时,变故发生了。马岩看到远处尘土飞扬,而且隐约传来一些呼喊声,伴随着地面微微的震动声,似乎有很多人正向他们跑来。

马岩站起身,立在马车上,朝着尘土扬起的方向望去。

只见许多农人打扮的百姓,一边挥舞手里的农具,一边叫嚷着大步跑来。

这支队伍最前面的那人,正是他们不久前在田里遇见的那位老伯伯。此时,对方也注意到了孔子一行人,顿时惊讶地大声喊叫,同时手指向孔子所在的方向。

而那伙农人见状,赶忙跑上前来,将孔子等人团团围住。

几个年轻的农人,不等领头人说话,已经用农具狠狠地砸了马车好几下。从他们的表情上来看,似乎非常仇视孔子等人。

眼看情况不妙,孔子示意弟子们不要冲动,自己则跳下马车,对这群"不速之客"礼貌地说:"诸位,我们刚到贵地,请问有什么得罪的地方吗?你们为何要如此对待我们?"

"哼!还在装模作样!"领头的一名农人指着孔子,恶狠狠地说,"你这个恶贯满盈的家伙,老天有眼,让你落在我们的手里!"

说着,他挥舞手中的农具,朝孔子狠狠砸了过来。

马岩见状,赶忙跳到孔子身前,双手发力,拼命握住了对方砸过来的农具。

"啊……"马岩的手好痛,不觉叫了出来,看来对方力道不小,但为了保护孔子,他还是咬着牙齿挺了下来。

对方见一击不成,就赶忙冲着身后的同伴大喊道:

"还等什么?快来为死去的亲人们报仇啊!"

一声令下,那些农人全都挥舞着农具,叫嚷着冲了上来,场面顿时乱作一团。

《论语》笔记

司马牛①问君子,子曰:"君子不忧不惧。"曰:"不忧不惧,斯谓之君子已乎?"子曰:"内省不疚,夫何忧何惧?"

——《论语·颜渊》

【注释】

①司马牛:姓司马,名耕,字牛,孔子的弟子。

【译文】

司马牛问怎样才算是君子。孔子说:"君子不忧愁,不恐惧。"司马牛说:"不忧愁,不恐惧,这就称得上是君子了吗?"孔子说:"内心反省而不内疚,那还有什么可忧虑和恐惧的呢?"

【拓展】

司马牛是宋国贵族,家里兄弟五人,长兄向巢、次兄桓魋都在宋国身居高位,只有他追随孔子学习。司马牛性格正直,但性情有些急躁。他知道兄长桓魋在宋国手握兵权,且有叛逆之心,非常担忧,又不知该怎么办。孔子在教育他的时候,也因材施教,引导他加强自己修养,做到内心无愧,就没什么可以忧愁和恐惧的了。

孔子的话,对任何人都是适用的,包括他自己。很多事情明知不对却掌握不了,有些环境身处其中却无法改变,这个时候就没有必要为其担忧和恐惧了,反省内心,尽可能做到最好就行了。这就是古人所说的"尽人事,听天命"。

奔逃

孔子一行人不知道发生了什么事情,也没办法拦住眼下这群仿佛陷入癫狂的农人。仲由一把推开进攻自己的农人,跳到马车上,准备驾驶马车离去。

几个农人赶忙拦在车前,阻拦他们。仲由此时也顾不得许多,朝着空中狠狠扬了下马鞭,几个农人吓得闪到了一旁,马匹也趁势冲了出来。

坐在车尾的颜回一个趔趄,跪倒在车上,幸亏龚倩倩眼疾手快,一把抓住了他,要不然他就会掉下车。

仲由不停挥舞着马鞭,马车飞一般地向着前方疾驰而去。身后,那些愤怒的农人似乎并不打算放过孔子等人,他们拼命地在后面追,嘴巴里还不停叫嚷着要取他们的性命。

"苍天啊!"马岩一边揉着自己胳膊,一边叫苦道,"我们不就是问问路吗?值得他们这么生气吗?"

龚倩倩扶着车厢,半蹲着身子朝后面瞥了几眼猜测道,"看他们这副样子，似乎有别的原因。"

"夫子，"颜回随着马车东倒西歪，样子狼狈极了，"让我下去向他们问个明白吧？总要把事情讲清楚。"

"不行，危邦不入，乱邦不居。有危险的地方不能去，混乱的地方不能停留。"孔子命令道，"现在不是讲道理的时候，大家先躲开。"

"夫子，再继续奔跑下去，我担心马匹也会受不了的，"驾车的仲由指着不远处的一片山谷说："不如大家先到山谷里躲躲？"

见孔子点了点头，仲由立刻用力拽了拽缰绳，马车朝山谷的方向跑去。

可就算大家进入了山谷里，后面那些农人仍旧紧追不舍。山谷幽深，山道狭窄，贸然冲进去，万一被堵在里面，那可就是上天无路，入地无门啊！

危急关头，马岩突然注意到，山谷两旁的陡坡上散落着不少的枯树枝，他瞬间有了一个主意。

"大哥哥！"马岩拍了拍仲由的肩膀，"先把马车停下来。"

"什么？"仲由不解地看着马岩。虽然眼下一时半会儿那些农人还追不上来，可是停在谷口也实在太危险了。

"放心，"马岩看出了仲由的顾虑，"我有办法让那些人不敢追上来。"

马岩跳下车，捡起一堆枯树枝，从车上扯下一条草绳，将那些枯树枝绑在了马车的后面。

"这……"仲由看了看从远处正不停追来的农人,语气焦急地说,"马岩,你这是在干什么?他们马上就要追上来了。"

马岩急匆匆地说,"现在来不及解释了,大哥哥,我们一起把这些枯树枝绑好。"

虽然不理解马岩究竟为何这样做,但仲由知道马岩在危险关头是不会开玩笑的。于是众人从他手中接过草绳,开始绑树枝。

等众人收拾完毕后,只听马岩一声令下,马车在山谷里奔跑了起来。刹那间,枯树枝划动着地面,地上那厚厚的浮尘瞬间被搅动,仿佛平地里掀起一场沙尘暴。

"呸呸……"龚倩倩吐出飞进嘴巴里的尘土,看着马岩抱怨道,"这就是你想出来的'好主意'?弄得大伙灰头土脸,你究竟想要干什么?"

"嘿嘿……"看着龚倩倩狼狈的模样,马岩不紧不慢地说,"别着急,你就等着看好戏吧!"

众人继续驱赶马车,朝着山谷深处而去。而那些追赶的农人,看到山谷中扬起这么大的烟尘,还以为是山谷中藏着伏兵,吓得停了下来,不敢继续追击。

"原来是这样!"孔子赞赏地看着马岩,"这一计真是厉害,依我看,马岩你足有担当领兵将军的才能!"

"多谢夫子夸赞!"马岩捂着嘴巴,唯恐众人看到自己偷笑的表情。

原来，马岩平日里，最喜欢看的一本书就是《三国演义》。刚刚众人逃进山谷的时候，他猛然想起书上的一个情节：张飞独自在长坂桥断后，让骑兵在马尾上挂树枝，来回驰骋，制造烟尘。曹操赶到后担心烟尘中藏有伏兵，于是便不敢继续追击。

马岩本来也是抱着试试的想法，可是没想到，书中的计策竟然这样有用，他不由得得意起来。

众人躲在山谷里，好不容易摆脱了那些人的追击，以为终于能喘口气了，可有弟子突然发现，颜回不见了！

"什么？"孔子听到颜回失踪的消息，立刻站了起来，"我去找他！"

马岩赶忙拦住孔子，说："夫子，您先别着急，那帮农人现在还聚集在山谷外，贸然出去太危险了。"

"是啊！"仲由也劝说道，"夫子，我看还是等到太阳落山后，我再出去找颜回。"

"我也去！"马岩自告奋勇地说。

孔子沉思一番后，冷静地说："刚刚是我太着急了，眼下谁都不能离开，贸然出去，万一找不到颜回，恐怕你们也会深陷危险之中。"

"夫子，"仲由突然问，"弟子曾问您'如何做才能成为一个真正的人'，您可以再告诉弟子一次吗？"

孔子有点疑惑地歪了歪头，但还是说出了答案："见利思义，见危授命，久要不忘生平之言，亦可以为成人矣！见到利益时要考虑合不合道义，遇到危难时肯献出生命，久处贫困而不忘生平的理想，这样做就可以成为一个真正的人了。"

说完，孔子愣住了，盯着仲由，似乎有些意外。

"夫子，"仲由躬身施礼道，"您已经替我们说出非去不可的理由了。"

"对！"马岩也说，"我们平日里接受您的教诲，现在正是实践的时候，我们怎么能退缩呢！"

孔子赞赏地看着二人，"既然你们决意前往，那我也不再阻拦，但切记，路上一定要注意安全！"

两人重重地点了点头。

不多会儿，太阳西沉，天光渐暗。幸运的是，夜空今日被乌云遮蔽，连一丝星光都瞧不见。

马岩和仲由早已准备好，孔子再三叮嘱他们要千万小心。龚倩倩也附在马岩耳边，嘱咐他遇事不要冲动，听仲由大哥哥的安排。

两人在夜色的掩护下，朝着山谷外围跑去。此时，路上静悄悄的，谷内不时传来野兽的叫声，在深沉的夜色中，野兽仿佛就在身边，令人不寒而栗。

和紧张的马岩不同，仲由显得格外镇定，他紧紧抓住马岩的手，快步朝着谷口边跑去。

这一幕，让马岩想起他们在中都邑捉"猛兽"时的场景，只是相较那时，仲由沉稳了不少。

两人悄悄来到山谷口，看见一片火光。他们惊讶地发现，白天追击他们的那帮农人像是要打一场"持久战"，坚定不移地守在山谷口，似乎不捉拿住孔子，绝不肯罢休。

仲由不解地说："夫子行事仁义，怎么会得罪这里的百姓呢？"

马岩猜测道："那些人会不会受到了别人的指使，要对夫子不利呢？"

仲由摇了摇头，说："我看不像，你也看到了那些农人的样子，他们似乎全都愤怒到了极点。那种模样是装不出来的，也许其中有误会。"

两人正说着，只见白天领头的那个男人，跳到了一旁的巨石上，口中不停地念叨什么。

"报仇……"马岩竖起耳朵，听到了几个词。他疑惑地说："他们说要报仇，向谁报仇？难不成是夫子？"

仲由也很吃惊，平白无故的，孔子同这里的百姓会有何仇怨呢？

这里面，究竟暗藏着怎样的隐情呢？

《论语》笔记

色斯举矣①,翔而后集。曰:'山梁雌雉,时哉时哉!'子路共②之,三嗅而作。

——《论语·乡党》

【注释】

①色斯举矣:指山上的鸟儿,看到人脸色不好,就飞了起来。
②共:通"拱",拱手行礼。

【译文】

山谷中的野鸡,看到人有不善之色,便惊恐地起飞,在空中飞来飞去,发现没有危险,才落到一起。孔子见了这种情形,感叹道:"山上的雌雉啊,真是识时务!"子路向它们拱了拱手,表示敬意,它们又抖动翅膀飞走了。

【拓展】

一次,孔子和弟子们路过一个山谷,山谷中的鸟儿看到有人前来,便立刻惊恐地飞了起来,等到它们觉得来人没有恶意后,才又降落下来,重新聚集在一起。孔子见后,非常感慨,说:"这些山中的野鸡,是识时务的。危险来了,它们就立刻飞走;发现没有危险,又再次回来。"其实孔子本人也是善于应变,随时而动的。孟子就曾说孔子,是"圣之时者","可以速而速,可以久而久,可以处而处,可以仕而仕。"

人生的不同阶段,会有不同的境遇。当遇到困厄和危险之时,既要恪守道德原则,也要懂得变通,因时而动,因势而动。

误会

夜色下,看着对方那乱糟糟的"营地",马岩和仲由决定等到对方人困马乏的时候,悄悄摸进去,看看颜回是否被抓了。

半夜时分,那些农人果然扛不住困倦,纷纷倒在火堆边呼呼大睡。这些家伙以为孔子等人一时半会儿不会从山谷里出来,所以连一个警戒放哨的人都没留。

长时间处于紧张的状态中,马岩万分疲倦,不过想到下落不明的颜回,他还是勉强打起精神来。在仲由的带领下,他们从山坡上匍匐而下,绕过一块巨石,悄悄来到农人身边。

仲由压低声音提醒道:"现在还没弄清楚究竟是什么情况。等下万一被他们发现了,记住立刻就跑,千万不要伤人。"

马岩点了点头,小心翼翼地跟在仲由后面。两人瞪大了眼睛,借助着夜空中那微弱的星光,悄悄地搜寻着颜回的下落。

可没过多久,忽然听到身后传来了一阵急促的脚步声,吓得两人赶忙退身躲回到巨石的后面。

那脚步声由远及近,一个农人喘着粗气跑了过来,边跑边喊:"三哥,三哥,快醒醒!"

叫声惊醒了不少农人。那个被唤作"三哥"的农人站起身,看着迎面跑来的人大声说:"伢儿,不是让你回家休息吗?怎么又跑回来了?"

伢儿弯下腰,捂着胸口,边喘气边说道:"抓、抓住了……"

"抓住谁了?"对方激动地抓住伢儿的肩膀,迫不及待地问,"是我们今天追的那人吗?"

伢儿摇了摇头,"不、不是!不过,是跟那人一伙的。"

说着,他朝身后摆了摆手,只见不远处,两名农人正架着一个男人,快步朝这边走来。

"放开我!"被架着的那人一边用力挣扎着,一边大声说,"你们抓错人了!"

马岩觉得这个声音十分熟悉,便悄悄探出脑袋,仔细一看,发现那人正是颜回。

仲由也听出了颜回的声音,但他一把抓住马岩,示意他千万不要发出任何动静,等待时机再行动。

领头的农人凑到颜回面前,上下打量了一番后,嘴角露出得意的笑容,"抓错?还敢撒谎?你就是今天跟在那个坏蛋后面的人,我见过你!"

"夫子不是坏蛋,你认错……"

颜回刚要辩解,那个叫伢儿的家伙拿出一团麻布,硬生生地塞进了他的嘴巴里。

伢儿走到人群中,仿佛炫耀一般,大声讲述他是如何抓住颜回的。原来,这几个人在回村的路上,碰到了落单的颜回,看他眼熟,于是不由分说,把颜回捆了过来。

这些农人围着颜回上下打量,领头的人说,天亮后就用颜回把孔子等人引出山谷。躲在暗处的马岩听到他们的计划后冷汗直流,幸亏自己今晚正巧撞上了这件事,要不然到时候看到颜回被抓,大伙肯定会中计。

农人们将颜回绑在树上,然后继续睡觉。不一会儿,呼噜声宛如打雷一般响起。仲由拉了拉马岩的手,两人从大石头后面出来,在夜色的掩护下,猫着腰来到颜回的身边。

被绳子勒得生疼的颜回,看到有两个人影跑了过来,还以为是农人要来折磨自己,刚要反抗,马岩眼疾手快,闪身上前,一边按住颜回的脑袋,一边在他耳边小声说:

"别害怕,我是马岩。"

颜回一看来人是马岩和仲由,那颗悬着的心总算是放了下来。仲由赶忙解开颜回身上的绳子,三人悄悄溜了出去。

颜回一边走,一边叙述自己的经历。原来,白天众人奔逃的时候,坐在马车边缘处的颜回,不小心掉了下来,摔进道路旁边的深坑中,昏了过去。等到他醒来的时候,发现天已经黑了,于是就四处寻找孔子等人的下落,但一不小心被那些家伙给抓住了。

不过,颜回也算是因祸得福。他从抓住他的那几名农人口中发现了这些人追着孔子不放的原因。

"这些百姓把孔子当成阳虎了!"

听到这个消息,仲由真是既愤怒,又无奈。他叹了口气,像是自言自语般说:"夫子本来就和阳虎长得有点像,说话又都带着鲁国口音。那些农人恐怕也是以讹传讹,才会弄错。"

从仲由和颜回口中,马岩得知,阳虎之前是鲁国的权臣,曾带兵来到匡地,对当地百姓横征暴敛,做了不少的坏事。

这下子,马岩终于明白,为什么那些农人会如此愤恨,非要孔子的性命不可。

"这件事情既然是误会,那我们解释清楚不就行了?"马岩说。

颜回摇了摇头:"事情已经变成这样,我们口说无凭,那些农人未必肯相信。我觉得倒不如让官府出面来平息这件事。"

因为匡地距离卫国的都城并不远,所以颜回打算回去找卫国的官员求助,由官府的人出面解释,应该能够平息这些百姓的怒火。

马岩和仲由本打算同颜回一起去,颜回却说自己最快也要三四天才能回来,他更担心孔子这边的情势恶化。

"说得也是!"仲由想了想,低声说,"马岩,我们还是留下来保护夫子的安全吧!无论如何都不能让夫子受到伤害。"

"嗯!"马岩用力点了点头。

颜回又叮嘱了两人一番后,便急急忙忙地朝卫国都城的方向赶去，看着对方那单薄的背影，马岩只觉得心间涌起一股酸楚，眼角也不禁湿润了。

"颜回大哥哥刚受了伤，这里距离卫国都城又那么远，我真担心……"

"放心吧！颜回是个稳重的人，我相信他一定能把事情办成的。"仲由摸了摸马岩的脑袋，轻声安慰道，"更何况，夫子也曾说过，'君子不可小知而可大受也'，别看颜回平日里文绉绉的，遇到事情，承担起责任，他可不比任何人差。"

来不及多想，担心孔子安危的两人，又马不停蹄地回到山谷中。找到孔子后，他们便将颜回前往卫国求援的事情告诉了众人。

听完马岩他们带回来的消息后，众人的神情不由得凝重了起来。

"三四天的时间……"龚倩倩呢喃道，"大家还能坚持吗？"

天色临近拂晓，估计不用等到中午时分，那些农人就能猜出孔子他们不过是虚张声势，那时众人恐怕难逃一劫。

孔子长叹一声，看着狭窄的山谷，直抒胸臆般说道：

"天之将丧斯文也，后死者不得与于斯文也。天之未丧斯文也，匡人其如予何！"

说罢，他迈着步子来到弟子们中间，看着大家，语气坚定地说："如果上天要毁灭周朝的礼乐文明，那么就不会让我掌握这些知识；上天如果不打算毁灭周朝的礼乐文明，那匡人也不能把我怎么样！"

听到孔子这样说，原本恐慌的弟子们瞬间恢复了平静。是啊！前方还有更重要的事情等着孔子去做，他们定然可以平稳度过危机。

《论语》笔记

子畏①于匡,曰:"文王既没,文不在兹乎?天之将丧斯文也,后死者不得与于斯文也;天之未丧斯文也,匡人其如予何②?"

——《论语·子罕》

【注释】

①畏:受到威胁。
②如予何:能把我怎么样呢?

【译文】

孔子在匡地遭受威胁,他说:"周文王死后,礼乐文明不是保存在我这里吗?上天如果要消灭这种文明,那我这个后死之人也就不会掌握这些知识了;上天如果不想灭除这种文明,匡地的人能把我怎么样呢?"

【拓展】

孔子在匡地遭受围攻,情势万分危急,弟子们都非常焦急,在此之际,孔子说出了这番话。他既是在宽慰自己,也是在安慰弟子们。在这句话中,孔子深信"天命",认为自己担负着复兴礼乐文明的使命,上天不会抛弃自己,任何危险都无法伤害自己。

孔子相信天命,并非迷信,而是强大使命感带来的人生自信。一个人只有清楚自己的使命,才能在困境中永远保持斗志。北宋的张载也曾说:"为天地立心,为生民立命,为往圣继绝学,为万世开太平。"一个人有了这种担当,才会严格自律,效法圣贤,当仁不让地承担起历史使命;有了这种使命感,才能出类拔萃,有所作为。

有惊无险

天蒙蒙亮时，山谷入口处便传来了阵阵吵闹的声音。马岩站在高处一看，发现那些农人们已经朝着山谷进发。看样子，他们已经猜到孔子等人之前是虚张声势。

"夫子，"马岩走到孔子身旁，"对方人多势众，我看大家还是先躲起来吧！"

"是啊！"龚倩倩赞同道，"山谷里的地形复杂，那些农人未必能抓住大伙。"

孔子点了点头，让大家往山谷深处进发。为了避免留下足迹，众人走在植株茂盛的斜坡上，小心翼翼地逃进了山谷腹地。

令大家意外的是，虽然已经是秋季，但山谷腹地的植被却十分茂盛，宛如一片绿色的海洋。树木的叶子又大又密，恰好为众人的逃亡提供了掩护。

众人本以为钻进那片茂密的树林就能躲过追击，可出乎他们意料的是，那些农人十分熟悉山谷的地形环境，再加上孔子一行人数不少，难免会留下一些痕迹，所以追击者很快跟了上来。

孔子这边，屋漏偏逢连夜雨，探路的弟子对山谷不熟悉，竟然把众人领入了一条绝路。望着前方那宛如"通天墙"一样的岩壁，再回头看看那些紧追不舍的农人，大家陷入了恐慌。

"这下可糟糕了，"龚倩倩焦急地说，"恐怕我们要落到那些家伙手里了。"

"都怪他们！"有几名弟子看着眼前的绝路，又回身看了看那些步步紧逼的农人，忍不住抱怨起来，"他们就像甩不掉的野狗！"

"不怨天，不尤人。"就算面对绝境，孔子仍旧耐心教诲，"已经到了这个时候，怨天尤人也没用了。咱们还是想想有没有其他办法吧。"

弟子们点头说是。另一边，马岩悄悄避开众人的视线，看向怀里的麒麟兽，小声询问有没有办法帮大家脱身。

麒麟兽眼见情况危急，从马岩怀里跳了出来，飞到一旁的山岗上，朝着农人所在的方位吐出一股浓重的雾气。

很快，那团白色的烟雾便在山谷中悄悄弥散开，仿佛为青翠的树丛盖上了一层厚厚的棉被。农人们没想到会突然出现这么大的雾，吓得不敢再继续前进，乱作一团。

另一边，麒麟兽悄悄回到马岩的怀里，指示他带领众人，转入山谷中的一条小道。

这条道路与农人所在的位置只有十几米远，不过好在有烟雾的掩护，大家总算是有惊无险地躲了过去。

在麒麟兽的帮助下，孔子一行人和匡人，在这座地势复杂的山谷里打起了"游击战"。虽然没被抓住，但众人吃尽了苦头，他们神经高度紧张，食物也快吃完了，连强壮的仲由和马岩，也变得疲惫不堪，看上去狼狈极了。

那些农人则像是被激怒的老虎，他们愤怒地吼叫，从附近村庄喊来了更多村民，连妇孺老幼也来了。他们合力堵住了山谷的几个入口，发誓不让"阳虎"逃出去。

与此同时，他们派出了好几支"搜寻小队"，在山谷中展开全方位的搜查。孔子等人退无可退，很快被逼进了山谷中心。

这天傍晚，众人无处可逃，掉进了那伙农人的"包围圈"中。

那些农人们看到孔子后，眼睛中仿佛像点燃了火焰一般，恨不得立刻冲上来。领头的农人盯着孔子，恶狠狠地说："阳虎，你这个坏蛋！今天，我们匡地的百姓要让你血债血偿！"

不等下令，他身后的百姓们就向孔子扑了上来。

仲由、马岩等身强力壮的弟子们围在孔子周围，蓄势待发。斗争一触即发，突然，山谷上方传来了一个响亮的声音：

"匡地的百姓，全都住手！"

这个声音宛如惊雷一般，在山谷中回荡着。百姓们不知道出现了何种状况，纷纷往声音传来的方向望去。只见一个官员打扮的男人，正领着手下，顺着山道朝他们跑来。

对百姓而言，官府的命令还是十分具有威慑力的。百姓们赶忙停了下来,议论纷纷。等那名官员来到山谷中时,几名带头的农人围了上去,解释他们为何要抓捕孔子等人。

领头的官员则没有理会那些叽叽喳喳的农人,而是径直走到了孔子面前,一边施礼,一边愧疚地说道:

"夫子初到此地,就经此劫难,真是罪过。本官一定严惩这些闹事的农人,给你们一个交代。"

"不可!"没想到孔子听到这话,忙令一旁的弟子将他扶起,走到那名官员面前,硬撑着说,"不可惩罚这些农人,让他们明白此事的缘由便可。"

"事情我已经了解清楚了,"这位官员一脸敬佩地说,"夫子您真是大仁大义啊!"

看到那名官员竟然向孔子行礼,百姓们的抗议声此起彼伏。官员只得走上前,向他们仔细解释起来。这下那些农人才知道,原来他们追的人并不是阳虎,而是孔子。

"没想到,我这副面孔险些害了自己啊!"孔子颇为唏嘘地调侃道。

知晓事情真相的农人们非常后悔,一个个全都跪在地上请求孔子的原谅。

孔子赶忙让弟子们把那些农人搀扶起来,原来从一开始,他就没打算要追究这些农人的责任。

"过而能改,善莫大焉。"孔子说,"这些农人虽然行事鲁莽,但知道错误就立刻改正,比朝堂上的那些'君子'们要好得多。"

看着那些农人满脸愧疚的模样,孔子还是提出了一个条件:

"请问你们还有食物吗?我的弟子们已经饿了好几天的肚子喽!"

"有的!有的!"农人们赶忙拿出食物,递到孔子及其弟子的手中。众人刚刚摆脱困境,现在又看到食物,紧绷的神经随之放松,纷纷拿起食物,狼吞虎咽。

前去报信的颜回,这时踉跄着跑到孔子身旁。几日未见,颜回憔悴了不少,脚上因为连日的奔波,布满了细小的伤口,身上的衣服也变得破破烂烂,看上去极其狼狈。

"夫子……"颜回看到孔子,身体瞬间软了下来,似乎再也强撑不下去了。

孔子抱住颜回,眼泪不止地说:"颜回,我还以为你……你死了呢!"

颜回为孔子擦了擦眼泪,含泪道:"夫子还健在,颜回如何敢死呢!"

原来,跟马岩和仲由分别后,颜回昼夜不停地赶回卫国都城找到颜浊邹,将孔子的境况告诉对方。情况凶险,颜浊邹立刻让手下人带着颜回来到匡地,同当地官员协商后,又马不停蹄带人前来营救孔子。万幸,在最后时刻救下了孔子。

看着师徒重逢的画面,龚倩倩忍不住流出了热泪。这场可怕的劫难,总算画上了句号!虽然大家吃了不少苦头,但好在有惊无险。

百姓们渐渐散去，弟子们也都恢复了精神，马岩询问孔子，下一步要去哪里，要做什么。

《论语》笔记

子畏于匡,颜渊后。子曰:"吾以女①为死矣。"曰:"子在,回何敢死?"

——《论语·先进》

【注释】

①女:通"汝"。

【译文】

孔子在匡地遭到围困,颜渊最后才来。孔子说:"我以为你是死了。"颜渊回答:"您还活着,我怎么敢死呢?"

【拓展】

在孔子所有的弟子当中,颜渊是最爱学,天资最高的。孔子非常喜欢他,将其视为自己弘扬大道的传人。所以,孔子看到爱徒没事后,悬着的心才放了下来,宽慰而有些打趣地说:"哎呀,我还以为你死了呢!"颜渊理解老师的心情,也安慰又带着幽默地回答:"您还在,我还要继续跟随侍奉您呢,怎么舍得死去。"师徒二人的话,体现出彼此之间深切的关怀,和亲密无间的感情——他们是师徒,情同父子,同时也是追求大道之路上的同伴。

不过,颜渊还是先孔子而去世了,孔子非常难过,高呼:"噫!天丧予!天丧予!"就是说,老天呀,这是要灭亡我呀,这是要灭亡我的道呀!后来,有人询问弟子当中谁最好学,孔子悲伤地回答:"从前有个叫颜渊的,最为好学,不幸短命死了。如今再也没有像他那么好学的了!"

演礼

"我看,大家还是先返回卫国。这些日子在外奔波,我也想停下来考虑考虑以后的事情。"

孔子的这个决定,让弟子们颇为不解。马岩来到孔子面前,不解地问:"夫子,难不成您想要放弃吗?"

孔子摇了摇头:"当然不是要放弃,只是这些时日以来,我发现急于求成,不仅难以达成目标,反而可能带来更大的问题。"

"夫子,您能回卫国,实在是一件令人高兴的事情!"匡地的那名官员说,"我听闻国君自从知道您离开卫国后,难过了好一段时间呢!"

"哼!"马岩别过脸,小声嘀咕道,"现在他倒是知道后悔了!"

简单休整后,孔子一行人便在官员的护送下,返回卫国的都城。颜浊邹听闻孔子返回,赶忙为大伙收拾出住宿的地方,并设宴款待众人。

晚宴上,颜浊邹听闻大家这段时间的经历后,真是既羡慕,又担忧。

"夫子,经过这次的遭遇,您还想要继续游历吗?"

"当然。"孔子肯定地说,"这次停下来,也是为了以后能走得更远。"

"真羡慕您啊!"颜浊邹叹了口气,"我恨不得都能同您一起离去啊!"

听到颜浊邹这话,孔子看了看他脸上那紧皱的眉头,关切地询问道,"是不是我们离开的这段时间里,你遇到了麻烦的事情啊?"

颜浊邹点了点头,"确实遇到了麻烦的事情,不过不是我,而是卫国朝堂。"

颜浊邹介绍说,原来,卫君的夫人南子,行事颇为荒唐,甚至还干涉政事,而卫君却听之任之,实在是令人气愤。

"卫君真的不管吗?"孔子似乎也有些不敢相信这个消息,但看着颜浊邹那严肃的表情,他猜出事情应该是真的。

"见卫君放任南子,那些攀附权贵的小人便纷纷投靠南子,想要借助她来获得一官半职。"颜浊邹说到这里时,竟然不自觉地流出了眼泪。

"我看卫君是有些糊涂了。"心直口快的仲由抱怨道,"这样下去,卫国朝堂上恐怕满是奸佞之臣了。"

"不要随便下定论,"孔子拍了拍颜浊邹的肩膀,轻声安慰道,

"我曾听闻南子不仅聪明美丽,而且很有政治头脑。她参与卫国的政事虽然不妥,但现下不是没有惹出什么事端吗?你们要谨记:众恶之,必察焉;众好之,必察焉。大家都厌恶他,我必须考察一下;大家都喜欢他,我也一定要考察一下。"

"明白!"弟子们齐声答道。

回到卫国后,卫君一直没有重用孔子。有一次卫君邀请孔子,弟子们都很开心。但孔子回来后脸色阴沉,看到弟子们后,心里的怒火像是藏不住似的,瞬间爆发了出来。

对着围上来的弟子们,孔子气愤地说:"卫君和南子同坐一辆车,宦官雍渠陪侍左右。他们满大街巡游,而让我坐在第二辆车上,紧紧地跟着。实在太不合礼数了!"

"可恶!"仲由气愤地说,"卫君自己荒唐也就算了,他竟然还拿夫子来装点门面!"

"夫子,"颜回宽慰道,"也许卫君是一时之失,未必……"

没等颜回将话说完,孔子也自知刚才的话有些过激。他痛苦地跪坐在地上,无奈地说:"罢了罢了!我没见过喜欢美德如同喜欢美色一样的人。"

马岩听到孔子这话,对一旁的龚倩倩说:"龚组长,夫子他是不是对卫君失望了?"

龚倩倩点了点头,忍不住埋怨道:"卫君做的事情也太过分了。"

自此以后,孔子面对卫君的邀约,总是会找理由搪塞过去。

他对卫君失望了,也不想掺和进卫国那混乱的官场中。几个月后,孔子带领弟子们前往宋国游历。

这天,一行人在路边休息时,马岩悄悄地凑到龚倩倩身旁,小声询问道:"龚组长,我看大家平日里总是把'周礼'这个话题挂在嘴边,你知道具体是哪些内容吗?"

见马岩难得这么虚心,龚倩倩痛快地说:"当年,周公制礼作乐的时候,创建了一整套具体可操作的礼乐制度,其中包括像饮食、起居、祭祀、丧葬……方方面面,都纳入'礼'的范畴,目的就是潜移默化地规范人们的行为。"

龚倩倩的意思是,周礼涵盖了生活的方方面面,并不是三言两语就能说明白的。

"啊?怎么这么复杂?我还想着一两天便能掌握,这样跟大家也有更多的话说,我也能少犯错误了。"

"哈哈,"孔子笑道,"用礼来规范自己的行为,可行啊!我常告诫弟子们,以约失之者鲜矣。用礼来约束自己,犯错误的人就少了。"

说罢,孔子忽然有了一个主意,他领着弟子们来到一株大树下,准备对周礼的内容进行具体的演示。

孔子在演习的过程中解释道:"'礼'和'仁'的关系,是相辅相成的,礼以仁为价值依据,仁以礼为外在表现形式。人而不仁,如礼何?人而不仁,如乐何?一个人没有仁德,他怎么能实行礼呢?一个人没有仁德,他怎么能运用乐呢?"

在讲述的过程中，一些弟子根据孔子的话，进行了相应的演示。对马岩和龚倩倩来说，眼前的这一幕幕就像是舞台剧。热闹的场面也吸引了不少围观的百姓，几名弟子见状，在演礼中故意弄出一些搞笑的动作，更是惹得众人笑声阵阵。

马岩突然觉得肚子有些不太舒服，于是悄悄跑了出来，想找

个茅厕"解决"一下。走到一个僻静之处的时候,他忽然注意到,距离众人演礼的那棵大树下不远的地方,几个扛着斧头的男人,神色紧张,四处张望。

等马岩从茅房回来,他突然注意到,孔子和众弟子头顶的大树似乎在慢慢倾斜。他本以为只是大风吹动了树叶,可是仔细一瞧,树干正在慢慢往下倒!

"不好!"情况紧急,马岩扯着嗓子大喊道,"大家小心!大树要倒啦!"

众人听到马岩的喊叫声后一愣,抬头一看,吓得魂都没了。围观的百姓推搡着朝四周跑去,而弟子们则是拼命拽住孔子后退,刹那间,脚步声、喊叫声,还有呼救声连成一片。

但奇怪的是,那棵大树就像是"锁定"了孔子一样,直直地朝他所在的方向倒去。

马岩灵光一闪,这不是一场偶发事故,而是有人在背后捣乱!他仔细一瞧,发现大树后站着几个拿着斧头的家伙,正是之前那几名"可疑分子"。他们一边用斧头砍粗壮的树干,一边用绳子操控树干砸向孔子。

"可恶的家伙!"马岩快步跑上前,狠狠地撞向拉绳的家伙。

这伙人显然没有想到,此时竟然有人注意到自己。拉绳的那人摔了一个趔趄,手也没了力气,绳索瞬间飞了出去。

《论语》笔记

子曰:"已矣乎①!吾未见好德如好色者也。"

——《论语·卫灵公》

【注释】

①已矣乎:无奈的感慨,如同说"罢了,罢了!"。

【译文】

孔子说:"罢了,罢了!我从未见到过喜欢德行如同喜欢美色一般的人。"

【拓展】

孔子返回卫国之后,希望能得到任用,在卫国实现政治抱负。这时卫灵公的夫人南子把持朝政,她派人对孔子说:"从四方来到卫国的贤人,想要有一番作为,一定会拜见我们夫人,如今我们夫人想见见您。"南子比卫灵公小三十来岁,名声向来不太好,老百姓还编排了一首歌,专门来讽刺她和宋国公子朝有染的事。孔子本不打算见她,但寄人篱下,不得不去相见。

孔子入门之后,隔着帷幕和南子交谈,子路在外面等待,听闻佩玉叮咚作响,很不高兴。孔子见到爱徒脸色不对,就对他说:"我只是以礼与之交谈罢了,如果做了不该做的事情,上天会厌恶我的!"

后来,卫灵公召见孔子,带着孔子招摇过市,他自己和夫人坐在前面,让宦官陪乘,而孔子只能像仆属那样坐后面的车子。孔子由此知道卫灵公不是真正"尊贤",于是感慨"未见好德如好色者也",不久就离开了卫国。

15. 渊源

树木失去了控制,迅速往下倒。

看着头顶急速下落的树干,仲由来不及犹豫,一把抱住孔子朝旁边跳去。

只听"轰隆"一声,树干重重倒地,激起了一阵不小的烟尘,过了好一会儿才散去。惊魂未定的弟子们四下瞧了瞧,发现夫子和同伴全都逃了出来,无人受伤。

几名勇武的弟子,看到马岩和几个陌生男人纠缠在一起,立刻上前帮忙。

那些家伙自知不敌,于是后退几步。"撤!"只听领头人一声令下,他们便作鸟兽散,往外逃去。

"嘿嘿!"仲由笑了笑,"想逃?可没有那么容易。"

弟子们也鼓足了精神,彼此示意了一下,分作几组,快步跟上对方,最终抓住了两个落单的家伙。

仲由看着那两人,一边伸出拳头,一边装出一副恶狠狠的模样:"你们要往哪里跑啊?"

两人眼看被抓,也就不再挣扎,赶忙跪下求饶。

"饶命!"其中一人大喊道,"我们也是受人指使,没办法啊。"

不等众人审问,他便如竹筒倒豆子一般,将事情的缘由完完整整讲了出来。

原来,这件事情的幕后主使,竟然是宋国的司马桓魋。

"是他?"听到这个名字后,孔子的脸上露出了颇具深意的表情。

仲由不解地问:"夫子,那人为何要害你啊?"

孔子叹了口气,看着那两人,语气颇有些无奈:"你家主人还真喜欢记仇啊!"

原来,孔子和宋国的这位司马大人桓魋,竟然还有一段"旧怨"。

桓魋是宋桓公的后代,数年前,孔子听闻桓魋制作的丧葬用具十分奢靡,非常不满。一次聚会中,孔子当众批评道:"若是其靡也,死不如速朽之愈也。"

听到这话,旁边的龚倩倩忍不住笑出了声。原来,孔子那句话的意思是:"像桓魋那样奢侈,死了还不如早点腐烂的好。"

后来,这句话传到了桓魋耳朵里,他暴跳如雷,直言此仇非报不可。

"唉!"孔子叹了口气,"因为一句讽刺之言,竟然引得司马大人痛下杀手,如若因为我而伤及旁人的性命,那我岂不是罪人吗？"

"夫子不要自责！"颜回在一旁宽慰道，"无道之人是桓魋，更何况今日众人平安无事，夫子要放宽心啊！"

"就是！"马岩赞同道，"桓魋真是个气量狭窄的家伙，宋国有这样的人，恐怕……"

马岩说着朝四周看了看，唯恐外人听到他的"牢骚"。跟随孔子这么久，他也变得谨慎起来，不再像以前那样口无遮拦。

"噫！斗筲之人，何足算也！"孔子说，"一个人才短量浅，怎能算得了什么人物呢？"

听到众人的议论，旁边那两个打手插嘴说道："夫子，司马大人记仇只是其中一个原因，他还有别的目的。"

两人说着互相对视了一眼，看他们的样子，似乎是要"戴罪立功"，让孔子饶恕他们。

"放过你们也不是不行，只不过……"孔子盯着二人，语重心长地说道，"君子成人之美，不成人之恶。小人反是。君子成全别人的好事，而不助长别人的恶处，小人则与此相反。你们日后不要再帮着别人做恶事了。"

"明白！明白！"两人忙不迭地答应道。

"夫子，看您如此高义，有件事情我们也不能再瞒着您！"随即，两人说出桓魋非要置孔子于死地的原因。

原来，宋国国君听闻孔子到了宋国，就想让孔子留下来为自己效力，可是桓魋担心孔子会分掉自己的权力，所以派出打手来谋害孔子的性命。

"这个卑鄙的家伙!"愤怒的马岩此时也顾不得有外人在场,咬牙切齿地说,"真是一个无耻小人!"

"不怕!"仲由拍了拍胸脯,"让那个桓魋尽管派人前来,看我怎么收拾那些坏蛋!"

"话虽如此,但这毕竟是对方的地盘。"颜回考虑得还是比较全面,"一旦动手,大家还是会落下风。"

孔子并不惧怕桓魋,而且他此番出游宋国,本就未做久留的打算,现在却莫名其妙招致桓魋的忌恨,真有种哑巴吃黄连,有苦说不出的感觉。

"天生德于予,桓魋其如予何!"

孔子正色道:"上天将德行降到我的身上,像桓魋那样的阴险小人,是没有办法伤害我的。"

不过,话虽然这样说,但桓魋在宋国的势力不小。众人决定暂避锋芒,趁早离开此地。

只是孔子一行人数众多,无论走到哪里都十分显眼。龚倩倩趁机提议,不如分成若干个小队,悄悄行动,让桓魋摸不清众人的下落。

经过商量,孔子、龚倩倩还有颜回三人为一队,先行出发;仲由、马岩两人则负责断后,最后出发;其余的弟子们三三两两组成一队,分散开出发,约定几日后大家在郑国的都城外汇合。

马岩想起众人险些被桓魋谋害一事,心中仍是愤愤不平,没想到同路的仲由也憋了一肚子的火气。

"就这么逃走,实在是不甘心!"仲由握紧拳头,朝着眼前的空气使劲挥舞了一番,"真想教训教训桓魋那个家伙!"

"大哥哥,"马岩冲着仲由小声道,"我之前从那两个打手嘴里打听到,桓魋前来此地巡视兵马,就住在附近的一处府院里。"

仲由低头看着马岩,四目相对,两人不由得"坏笑"了一声。

"来而不往非礼也,我们是不是也应该给桓魋送上一份'礼物'呢?"

"言之有理!"仲由拍了拍马岩的肩膀,"今天晚上我们就行动。"

《论语》笔记

司马牛忧曰:"人皆有兄弟,我独亡①。"子夏曰:"商闻之矣:死生有命,富贵在天。君子敬而无失,与人恭而有礼,四海之内皆兄弟也。君子何患乎无兄弟也?"

——《论语·颜渊》

【注释】

①亡:通"无",没有。

【译文】

司马牛忧伤地说:"别人都有兄弟,独独我没有了。"子夏安慰道:"我听说,死生由命运决定,富贵在上天安排。君子只要谨慎做事,没有过失,恭敬地与人交往,四海之内的人都是兄弟。君子何必忧愁没有兄弟呢?"

【拓展】

孔子路过宋国,桓魋念及孔子批评自己的旧怨,以及担心孔子受到国君重用,威胁自己的地位,所以派人加害孔子。多亏孔子的弟子中不乏勇武之人,吓阻了他们,孔子这才脱离危险。不过,孔子自己倒是自信得很:"天命在我身上,桓魋能把我怎么样呢?"

尽管如此,他的弟子司马牛很过意不去,毕竟是自己的哥哥要加害老师。所以,他忧伤地说,从今以后自己没有兄弟了。另一个弟子子夏安慰他,说兄弟的过错是兄弟的过错,和你有什么关系呢?君子只要加强自己的修养就好,做事认真,待人谦恭有礼的人,还担忧没有兄弟吗?

16. 失散

记下从那两个打手口中打听来的地址后,马岩和仲由两人故意磨磨蹭蹭。等到天黑时,估计孔子已经走远,他们悄悄改变了路线,朝着桓魋居住的府院而去。

深夜时分,他们终于赶到了目的地,不过府院门前有不少的卫兵在看守,而且还有来回巡逻的队伍。看这架势,要想神不知鬼不觉地进去,实在是有些困难。

"这个桓魋一定是做了太多坏事,睡觉还要那么多人保护。"马岩猜测道。

两人在这座戒备森严的府院外仔细观察了一圈后,确实找不到可行的突破口。看样子,这一趟要无功而返了。

不过就在他们准备离开的时候,马岩突然注意到,在院子的后墙边,有一株几丈高的大树,此时正在夜风的吹拂下左右晃动。

走到大树下,马岩摸了摸树干,发现这棵树虽然很高,但枝干却只有碗口般粗细,顿时来了主意。

"大哥哥。"马岩提议道,"既然桓魋的手下想要用大树来谋害夫子,那么我们不妨用这棵大树'砸'回去。"

听到马岩的提议,仲由兴奋地点了点头。

"这样也能让桓魋知道是我们做的。"仲由上手摸了摸树干,又看了看府院里的屋顶,理性地提议道,"不能让树砸在屋顶上,以免伤及人的性命。"

两人说干就干,虽然没有携带斧子,但仲由身上的佩剑也十分锋利。两人交替着,很快便在树干上砍出一道豁口。

眼看即将大功告成时,忽然听到传来一个声音:

"你们好大的胆子!"

马岩和仲由暗叫糟糕,看样子,他们应该被桓魋的守卫发现了。

仲由握紧佩剑,猛地转过身去。刚想出招进攻,但是定睛一看,发现来者不是别人,正是龚倩倩。

"龚组长,你怎么……"马岩赶忙拦住仲由,吞吞吐吐地解释道,"我们只是……"

"不要狡辩了,"龚倩倩警惕地朝四周看了看,然后不由分说地抓住他们,低声道,"先跟我来。"

趁着夜色,龚倩倩领着两人快步跑到一处僻静的地方。原来,孔子担心马岩和仲由会去找桓魋的麻烦,所以便让她回去寻找两人,以免他们犯错。

"原来夫子早就料到我们会……"马岩一边挠了挠头,一边尴尬地看向仲由。

仲由也满脸羞愧。显然他也没有想到，孔子竟然将他们的心理猜得一清二楚。

龚倩倩传达了孔子的话，"夫子让我告诉你们，'宽柔以教，不报无道'。君子以宽柔的精神教化别人，对无道的人也不挟怨报复。你们若是要寻桓魋的麻烦，那么争端便无休止。桓魋位高权重、心胸狭窄，与其相争，恐怕会牵连无辜之人，这也是他不愿意看到的。"

听到这番话，马岩和仲由暗暗后怕。他们只想着为孔子出口恶气，但是却忽略了桓魋的可怕。万一对方受惊后迁怒旁人，他们真是罪过不小。

见两人认识到了自己的错误，龚倩倩也没有再多说什么。三人按照原定的路线，继续朝着约定的地点赶去。

两日后，他们如约来到了郑国都城外。远远望去，眼前的城池，宛如一头横卧在平原上的老虎，气势威武。走近后，马岩等人注意到，城墙其实已破旧不堪，不少地方还留有战火的痕迹，令人不胜惋惜。

郑国本是春秋初期最先强盛起来的国家，可惜在晋楚争霸战争中，"城门失火，殃及池鱼"，郑国连年经受战火，国力随之衰败。

马岩等人一路紧赶慢赶，本以为立刻就能见到孔子，可是来到约定地点后，却只看到了一脸慌张的颜回。

"你们总算来了……"颜回看到他们，宛如见到了救命稻草，踉跄着扑了上来。

仲由赶忙扶住颜回，询问他发生了什么事情。

颜回抓住仲由的胳膊，紧锁的眉头舒缓了一些。

"你们可算是来了，不好了……"颜回忙不迭地说道，"夫子……不见了！"

什么？这下三人全都愣在了原地，不知道究竟发生了什么事情。

原来，进入郑国的地界后，颜回一直陪在孔子身旁，可是今天在前往都城的路上，他们遭遇了一小波匪徒。为了躲避，颜回和孔子舍弃大路，进入小路，没想到，两人在一片树林中走失了。颜回本以为孔子会先过来，所以匆忙赶来，却没见到孔子的人影。

听到颜回这么说，三人的心不由得揪了起来。孔子以前也曾到郑国游历过，怎么会找不到路呢？

龚倩倩担忧地说："会不会是夫子遇到了什么麻烦？"

马岩紧张地说："难不成是桓魋派人追上来抓走了夫子？"

龚倩倩点了点头，说："夫子说桓魋心胸狭隘，这种歹事我想他做得出来。"

仲由分析了一下，摇了摇头："我觉得不太可能。宋国和郑国向来是水火不容。而桓魋又是宋国司马，掌握军权，他绝不可能贸然派人前来郑国，否则很容易使事情升级，甚至导致两国开战。"

"有道理。"颜回赞同道，"桓魋虽然为人阴险，但并不蠢笨，他绝不会莽撞到这种地步的。"

几人面面相觑，低头沉思了片刻，此时，问题宛如一朵乌云笼罩在他们的头上：夫子到底在哪里？

就在他们不知所措的时候，端木赐一行人也赶到了城边。马岩等人快步迎了上去，可还没等他们问候，端木赐擦了擦额头上的汗水，迫不及待地说："夫子是不是跟你们失散了？"

听到这话，马岩几人瞬间精神了起来，赶忙询问端木赐为何会这样说。

端木赐解释道，"我在来这边的路上，遇见了一个郑国本地人，他看到我们的打扮后，便说他在外城的东门边，也遇到了一个同样打扮的老夫子，还说那名老夫子的额头很像尧，脖子很像皋陶，肩膀很像子产，腰部以下的部分，相比当年治水的大禹差了三寸，我一听，这不就是夫子吗？"

听到这话，几人总算松了口气。看样子，孔子只是迷路走错了方位。万幸，他没有遇到什么危险。

几人当即决定去寻找孔子。路上端木赐又说起了那个郑国人的话，那人在称赞孔子的长相后，却有些不屑地说孔子疲惫不堪，神色宛如一条丧家之犬。

"那个人真是过分！不过，我们还是走快一点吧，"马岩焦急地说，"我真担心夫子出事啊！"

几人朝着东门而去，等到赶到时，忽然看到城墙下有一个蜷缩着的人影，正背靠石墙，拄着木棍休息。大家定睛一看，发现那正是孔子。连日来的奔波，让孔子身心俱疲，发白的头发，甚至快要跟胡须连在一起了，衣服破破烂烂的，脚上的鞋子还少了一只。

看到孔子这副样子，弟子们十分心疼。仲由赶忙上前搀扶住孔子，而孔子看到弟子们后，仿佛身体里仅存的力气在瞬间被抽空了。他闭上双眼，猛地栽倒下来。

《论语》笔记

孔子适郑,与弟子相失,孔子独立郭^①东门。郑人或谓子贡曰:"东门有人,其颡^②似尧,其项类皋陶,其肩类子产,然自要以下不及禹三寸。累累^③若丧家之狗。"

——《史记·孔子世家》

【注释】

①郭:城郭。
②颡:额头、脑门。
③累累:憔悴的样子。

【译文】

孔子前往郑国,与弟子们走散了,孔子独自立在城郭东门处。有郑国人对子贡说:"东门那里有个人,额头和尧类似,脖子和皋陶很像,肩膀则像子产,然而腰身以下比大禹短了三寸。他憔悴得像条丢了家的狗。"

【拓展】

孔子奔走天下,遇到了各种各样的人,有人害怕他、仇视他,有人追随他、侍奉他,也有人对孔子的行为不屑一顾。这次在郑国,子贡遇到一个非常诙谐的人。显然他认得孔子,于是幽默地说:"东门有个人,他额头像尧帝,脖子像皋陶,肩膀像子产,可惜腰部以下,比大禹短了一些。"为什么说腰以下比大禹短了些呢?因为大禹为了天下而到处奔走,最后治好了水患。在郑人看来,孔子的奔走呼吁是值得敬佩的,但孔子无法像大禹那样实现理想。

前往陈国

看到孔子突然倒地,弟子们全都慌了神,一时间不知道该如何是好。马岩摸了摸孔子的鼻息,又用手掌探了探孔子的额头。其余的弟子们也纷纷上前,七嘴八舌地讨论着要如何救治才好。

龚倩倩立刻上前查看。她从学校里学习了一些简单的急救知识,或许现在派得上用场。她蹲下身,仔细看了看孔子的脸色,猜测他是劳累过度,加上营养缺乏才会晕厥。

"大家放心。"龚倩倩冷静地说,"夫子稍微休息一下,应该就能缓过来。"

听到龚倩倩的话后,众人全都松了口气。大家找到一所客栈,让孔子卧床休息。马岩担心孔子的身体,执意要在床前陪护,任谁劝他休息休息,他都不肯听。

"都怪我,"马岩自责地说,"要不是我想去……"

"马岩,"龚倩倩示意他不要将那晚的事情说出来,"谁都不想这样,现在夫子不是也没事吗?你不用自责。"

"算了,"仲由也跪坐在夫子的床边,"我和马岩一起看护夫子,你们先去休息吧!"

直到傍晚时分,孔子才迷迷糊糊地醒了过来。仲由见状,赶忙让客栈里的厨子准备一碗羹汤。

马岩看着孔子那疲惫的神色,心疼地说:"夫子,您太辛苦了!"

弟子们听到孔子醒来的消息,纷纷来到孔子床边,询问到底发生了什么事情。原来,在与颜回走失后,孔子到处乱走,竟然误打误撞来到了郑国外城的东门。看到汹涌的人潮,他的神经放松了许多,连日的奔波让他的身体疲惫至极,于是靠在城墙边歇息。

众人听完后,神色缓和了很多:幸好没遇上歹人!或许是为了缓和气氛,端木赐将自己遇到郑人的事情讲给了孔子,连郑国人描述孔子如"丧家之犬"的也说了出来。

哪知,孔子听后不仅不恼,反而释怀般笑道:"形状,末也。而谓似丧家之狗,然哉!然哉!说我长得像谁,这倒是小事。不过,说我像到处流浪的狗,确实是这样啊!确实是这样啊!"

听到这句话,弟子们也跟着苦笑起来。

众人继续商量以后的计划,孔子捋了捋自己的头发,忍不住感慨道:"我们周游列国,一晃数年,你们看,我的头发更白了。"

众人无奈地跟着孔子苦笑起来。是啊!这几年他们来回奔波,但事情却并不像他们想象的那般顺利,接下来的路又在何方呢?

夜越来越深。弟子们离开后，孔子侧躺在床上，眉头紧皱着，望向窗外的月亮，直到天蒙蒙亮时，才沉沉睡去。

不过，就在第二天，一个出乎意料的消息，仿佛一粒落在干草堆上的火星，瞬间点燃了大家的热情。

"好消息！"

弟子们刚刚起床，迎面便看到客栈的一名小伙计冲着他们大喊："真是天大的好消息啊！"

看着那名小伙计兴奋的模样，众人忍不住询问缘由。

小伙计缓了口气，吞咽着口水，激动地说："你们的师父是鲁国的孔子吧？"

众人点了点头，得到肯定的回答后，他大声说："陈国国君听说你们在这里，派人前来迎接你们呢！"

龚倩倩疑惑地盯着眼前这名小伙计，犹豫道："真的假的？你可不要跟我们开玩笑啊！"

话音刚落，只听见客栈外面传来了一阵骚乱声。门口边聚集了好几个看热闹的家伙，此时一边朝外面张望着，一边满脸喜色地打量着龚倩倩等人。

马岩率先站了出来："我去看看！"

他出门后，发现外面已经聚集了一支队伍，队伍两边站着一排手持武器的卫兵，个个神情严肃。队伍里则站着几名身着华服的官员，一脸恭敬。

他们的身后是一排马车，车夫们整齐地站立在车旁。每辆车前都挂着代表公室的玉珏。这个场面让马岩冷静不少,他蹑手蹑脚地退了回去,拉着弟子们低声说:"外面真的有支迎接队伍!难道出了什么事情?"

"别慌!"孔子这时走了过来,细心叮嘱道,"老聃曾经教导我,君子处世应当宠辱不惊。"

他简单整理了一下仪容,领着弟子们大步走到门外。

那几名官员看到孔子后,一脸恭敬地上前行礼。

"敢问您可是鲁国孔丘?"

孔子点了点头,"正是,你们是……"

"哎呀!"领头的那名官员满脸欣喜地说,"我是陈国国君的特使,此番前来,正是奉了国君的命令,接夫子您前往陈国。"

"是啊!"有名官员也站出来帮腔道,"夫子,国君听说您要到陈地,十分开心,特地请您前去传道。"

而后,孔子同弟子们商议了一下,大家都支持孔子前往陈国。于是,一行人浩浩荡荡地朝陈国而去。

一日后,众人来到陈国的都城。马岩本以为陈国国君会热烈欢迎孔子,没想到,刚到宫门前,一群内侍拦住了孔子的马车。

"车上之人,可是鲁国孔丘孔夫子?"内侍们看着马车,齐声问道。

孔子从马车上走了下来,一脸疑惑。而负责迎接孔子的那几名官员,此时也非常不解。

一名官员走到内侍面前,厉声说:"这是国君邀请的贵客,你们这是做什么?"

"大人不要误会,我们并不是无端生事。"内侍中走出一个人,他斜眼看了下那名官员,然后缓步走到孔子面前,问:"我看……您就是孔丘吧?"

"正是!"孔子施礼道,"敢问您有何事?"

弟子们此时也下车了。仲由盯着那名内侍,语气激动地说:"你要干什么?夫子可是被你们国君邀请而来的!"

那名内侍没有理会仲由的诘问,而是冲着身后挥了挥手,只见一人端着木盘走上来。木盘中放着一只死去的隼和一支形状怪异的木箭。

内侍指着木盘中的箭矢说:"不久前,有几只隼在国君的宫殿中死去,这是其中一只。后来,我们在这只隼的身上发现了一支木箭。国君不知道这种木箭是从哪里来的,所以特意派我们前来讨教。"

孔子瞬间明白了:陈国国君要考考他。

《论语》笔记

陈侯谓子贡曰:"吾乃今知圣人之可贵。"对曰:"君之知之,可矣,未若专其道①而行其化②之善也。"

——《孔子世家·辨物》

【注释】

①专其道:用他的道来治理国家。
②行其化:任用他来教化百姓。

【译文】

陈侯对子贡说:"我如今才知道圣人的伟大之处。"子贡回答:"您能知道这点,已经很可贵了,但不如用他的道来治理国家,任用他来教化百姓更好。"

【拓展】

孔子在陈国时,陈侯前去拜访,并设宴款待孔子。这时有人听到消息,前来汇报说:"鲁国发生火灾,大火烧毁了太庙。"孔子听后,叹息着说:"哎,被火烧到的一定是鲁桓公和鲁僖公的宗庙。"陈侯好奇地问:"您是怎么知道的?"孔子回答:"礼制上规定,有功德的祖先,才配享有专门的宗庙祭祀。如今桓公、僖公的亲族很少了,他们的功德又不足以专享宗庙。鲁国没有撤掉他们的宗庙,所以上天才用火灾来烧毁它们。"

三天以后,鲁国的使者前来告灾,烧毁的果然是鲁桓公和鲁僖公的宗庙。陈侯听后,非常惊讶,感慨地说自己这才知道圣人的伟大。但子贡告诉他,钦佩圣人不如任用圣人。可惜陈侯还是未能任用孔子。

18. "夹缝"里的陈国

孔子看了看木盘上的隼,又将木箭拿在手中,仔细端详了一番。那支木箭的箭身倒也没什么奇怪的,只是箭头竟然是用石头磨制而成的,看上去颇不寻常。

随着金属冶炼技术的普及,这种石器制作而成的箭头,在市面上并不常见。

"夫子,这究竟是什么东西?"颜回看着孔子,低声询问道。

"是啊!"仲由也说,"我自小看人打猎,可是从未见人用过这种箭矢啊。"

内侍们看着孔子等人,嘴角不觉露出一丝笑容,他们似乎觉得自己难住了孔子。

孔子轻轻将木箭放回到托盘上,看着那些内侍们,脆声说:"这是楛木箭,是远方肃慎部落所使用的武器。很久之前,周武王灭掉了商朝,打通了东方九夷和南方百蛮之间的道路,各族群部落前往镐京朝贡,肃慎部落进贡的就是这样东西。"

"肃慎部落所使用的武器?"马岩嘀咕道,"为何会出现在这里啊?"

"你有所不知,"看着马岩那疑惑的眼神,孔子进一步解释道,"周武王给有功的臣子很多赏赐,肃慎部落进贡的楛木箭,就曾被赠予陈国国君的先祖陈胡公。"

孔子看着那群内侍,继续说:"陈国境内应该还有楛木箭,不妨寻来比对,你们就能知道我所言非虚。"

内侍们面面相觑,没想到孔子真的能回答上来。

"哈哈哈!"这时,宫门内传来一阵爽朗的笑声,众人循声望去,只见一个身着黑衣袍服的男子,大步走到众人面前。

"早就告诉过你们,鲁国孔丘学识渊博,岂是你们能为难的?"

孔子看到来人,脸上也露出了笑容,赶忙走上前,施礼后说:"原来是司城大夫,早就想来拜访你了,没想到今日竟让你看到我这么狼狈的一面。"

经过孔子的介绍,弟子们方知对方是陈国的上大夫。

"终于把您盼来了。"司城大夫激动地说,"跟我来!国君正在里面等您呢!"

司城大夫说着,带领孔子一行人进入王宫。

陈国国君居住的宫殿并不奢华,侍从们也身着布衣。看到孔子等人前来,国君快步上前迎接。

"前些日子,楛木箭出现在宫中。今日,夫子带领弟子们前来我国推行仁政、宣扬周礼，这是上天预示我，陈国要强盛了啊！"

孔子向陈国国君施礼，然后说："您如此隆重地邀我前来陈国，孔丘定当全力辅助。"

"好！好！"陈国国君兴奋地拍了拍手掌，激动地看着孔子，但仿佛一时间不知道该说些什么才好，只能吩咐旁边的内侍准备开宴。

宴席上，众人推杯换盏，好不快活。陈国国君询问孔子，他所推行的那些理念，能不能在短期内让陈国富强起来。

听到这话，孔子摇了摇头，随后解释道："我所主张的理念，虽然无法在短期内见到成效，但是只要施行下去，民风将焕然一新，国家的实力也会提升。到那时，邻国必然不敢再来犯。"

陈国国君长叹一声："夫子，关于我国的情况，相信你这一路上也有所了解。近些年，吴国与楚国相争，双方恶斗，却刀刀都砍向我陈国，使得我国国力耗尽，百姓生活困苦。一些小国见状，也时常挑衅。哎！陈国现在是四面临敌，真怕让祖宗的基业，毁在我的手里啊！"

的确，处于两大强国"夹缝"中的陈国，国力衰弱，常常被邻国骚扰。那些虎狼之师，最开始还只是在陈国边境掠夺，最近一段时间越来越放肆。孔子一行人在来的路上发现，居住在国都附近的百姓也往外逃了。

"只要您能采用我所主张的仁政理念，我相信陈国不会灭亡！"孔子起身说，"善人教民七年，亦可以即戎矣。善人教导民众七年的时间,人民也可以从军打仗,抵抗外敌了。"

陈国国君看了看孔子,又看了看一旁的大臣们。过了好一会儿,他缓步来到孔子面前,重重抓住孔子的手掌,眼中满是殷切的期盼。

这场宴会后,陈国国君虽然并未授予孔子重要的职位,但是在一些决策上,却时时听从孔子的意见。只要是孔子大力赞同的决策,他就率先推行,没用一年的时间,陈国的民风便焕然一新。

对弟子们来说,这段时间格外有意义。众弟子帮助孔子开设学堂,广收学徒,一时间陈国的学子们纷纷来拜师,这件事在陈国国内引起了轰动。

一日,陈国国君派人邀请孔子进宫讲礼。马岩和龚倩倩二人无事可做,便来到城边,想欣赏城外的风光。

虽然,此时已是春种时节,城外的田地中却没有热闹的春耕景象,耕种的百姓极少,田野中甚至隐约流露一丝荒废的气息。

太阳不知道躲进了哪片乌云的背后,天色逐渐暗了下来。城外的枯树上,传来几声乌鸦的啼叫,迎面而来的冷风,似乎一下子吹灭了两人心间的火焰,使得他们的情绪低落了起来。

"唉!"龚倩倩叹了口气,"前几天我跟夫子聊天,他回想起离开鲁国后的种种经历,十分感慨,我听来真是心疼!"

"是啊!"马岩赞同道,"我也发现了,夫子越来越苍老了。"

麒麟兽这时跳到城墙的边缘上,看着两人,谨慎地问:"你们是不是想家了?"

两人默默点了点头。

但是，孔子现在需要弟子们的帮助，他们自然不愿意就这样离去。

傍晚时分，两人无精打采地返回了城中。没有想到的是，多日未见的司城大夫，竟然专程到此，为大家摆了一桌丰盛的晚餐。

《论语》笔记

子在陈,曰:"归与!归与!吾党①之小子狂简②,斐然成章,不知所以裁之。"

——《论语·公冶长》

【注释】

①吾党:我的家乡,指鲁国。
②狂简:志向远大,而行为粗疏。

【译文】

孔子在陈国,说:"回去吧!回去吧!我家乡的那帮年轻人志向远大而行为粗疏,就像是布匹一样,已织得文采斐然,这不知怎样裁剪啊!"

【拓展】

孔子在陈国待了三年有余,陈侯虽然知道孔子是圣人,很伟大,却因为种种原因,不能任用孔子。孔子年纪大了,知道自己在陈国也无法实现政治抱负,于是产生了归乡的念头。这时他不再对做官念念不忘了,而开始关注起后辈。在孔子看来,鲁国的年轻人是很有希望的,他们有志向,有才华,只不过还缺少一些教导,若能得到孔子的引导,让他们懂得如何节制自己,那前途必将不可限量。

孔子素来看重人的综合素质,既要有文采、有才华,又要质朴有德行。所以他说:"质胜文则野,文胜质则史,文质彬彬,然后君子。"一个人过于质朴,缺少文饰,就会显得粗野;反之,过于看重文饰,不够质朴,则会显得虚浮不实。必须文与质相搭配,才能成为温文尔雅,又不失坚毅的君子。

返回卫国

最近一段时间,因为陈国周边的局势动荡,不要说大鱼大肉了,就连能用来果腹的野菜都不时短缺。马岩走进正堂内,看着摆在桌上的那些美味可口的饭菜,顿时不争气地流出了口水。

近些日子,不知道是不是肚子填不饱的缘故,麒麟兽这个家伙也没怎么露面,今日听到有宴席,便迫不及待地钻进了马岩的怀里。

"我今天可要放开肚皮,好好吃一顿了。"麒麟兽冲着马岩小声嘀咕道。

"放心吧!"马岩悄声说,"我保证不跟你抢。"

司城大夫热情地招呼众人落座:"不要客气,国君知道最近城内食物短缺,所以特意让我准备了一桌宴席,来犒劳大家。"

弟子们互相看了看,不敢动。孔子冲着弟子们摆了摆手,笑道:"陈侯的一片好意,大家可不能辜负啊!"

听到这话,弟子们也不再客气,坐下来,拿起筷子便享用桌

上的美食。不过,就在宴席进行到一半时,司城大夫叹了口气,说:

"真想这样的日子,永远都不结束啊!"

孔子瞬间明白,司城大夫此行另有目的。他放下筷子,说:"君子坦荡荡,小人长戚戚。君子光明磊落、心胸坦荡,小人则斤斤计较、患得患失。司城大夫,我们既然是朋友,那么您有话尽可以直言相告。"

司城大夫听后一愣,没想到孔子如此直白,也不再遮掩,直言道:"夫子,你们还是尽早离开陈国吧!"

孔子沉默了。这么长时间以来,司城大夫对他非常好,可以说仁至义尽。既然对方已经言明,再留在此处不走,不仅失礼,还让司城大夫为难。只是,他放不下自己提出的政策,更不舍得离开待他如上宾的陈侯。

看孔子还有些犹豫,司城大夫紧接着表明,劝孔子离开陈国,正是陈国国君的意思。因为眼下陈国的境遇越来越糟糕,就算孔子继续传道,也无济于事。

"你们可能还不知道,"司城大夫说,"吴王已经决定要进攻楚国,而邻近楚国的陈国,便是他首要攻击的目标。吴国国力强盛,不出几个月,陈国恐怕就是一片焦土了。国君现下似乎已经放弃了希望。"

孔子瞬间愣住了。最近一段时间,虽然他也听到了不少关于战事的消息,但是没想到,事态竟然如此恶劣。他看着司城大夫,良久后苦笑道:"志士仁人无求生以害仁,有杀身以成仁。您和陈侯待我厚重，如今陈国有难，我们岂能一走了之！"司城大夫闻言，面露欣慰之色："国君果然没有看错夫子，但他让我转达您，从前管仲不为公子纠死难，是因为有比生命更大的抱负要实现。而您的志向比管仲更大，比陈国更大，所以他要您一定离开。天下可以没有陈国，却不能没有您呀！"

听了这话，孔子陷入沉默，过了许久才转身对弟子们说："收拾行李，我们择日出发。"

对于这个结果，弟子们都非常惋惜。这一路来，众人历经了千辛万苦，好不容易找到一个能够接受孔子的国君，但是没想到……

马岩本想站起来劝慰夫子不要放弃，可是不知道怎么回事，像是有一股力量拽住他，不让他站起。因为马岩清楚，孔子不是一个轻言放弃的人，既然他说要离开，肯定已经做好了下一步的打算。

晚上马岩和龚倩倩来到孔子房门外。此时，孔子还没有休息，正望着夜空出神。马岩看到，孔子的腰背似乎佝偻了不少，胡须也比以前更白，脸上爬满了皱纹。曾经那个意气风发的年轻人，在岁月的蹉跎中，不可避免地变成了一个老人。

"夫子……"马岩轻声说，"今天在宴席上，您说要离开陈国，那我们下一步……"

看着马岩欲言又止的样子，孔子微微一笑，脆声说："你们放心，我的志向还没有实现，我是不会放弃的。三军可夺帅也，匹夫不可夺志也。一国军队，可以夺去它的主帅；但一个男子汉，他的志向是不会轻易改变的。"

龚倩倩询问孔子下一步打算怎么办，可孔子也只是无奈地笑了笑。这些年周游列国，却接连遭遇失败。虽然不肯言弃，但下一步究竟该去往何处，他也有些拿不定主意。

马岩眼珠子转了转，说："夫子，实在不行，我们可以回去啊！"

"这倒是个好主意，"龚倩倩说，"夫子，之前那几个国家没能采纳您的意见，现在说不定正后悔呢！"

听到他们这样说，孔子笑了一声："若果真如此，那么之前我们所遭遇的挫折，看起来也并不是坏事啊！"

第二天，孔子召集弟子们，想要听听他们的建议。

但众人各抒己见，一人一个主意，说了半天也没能达成统一的意见。

颜回站了出来，理性地分析道："夫子传道不成功的主要原因，来自两个方面：第一是国家主君的不信任，怀疑夫子是鲁国的密探，担心弟子们图谋不轨；第二是国家局势不稳，战乱不休。所以我觉得，我们可以返回一个政局比较稳定的国家。"

颜回的话得到了弟子们的赞同，孔子也深以为然："不患人之不己知，患不知人也。不怕别人不了解自己，只怕自己不了解别人。这一次的遭遇，让我觉得我之前对各个国家的情况，还是缺乏深入的了解。这样吧，我们还是返回卫国！"

孔子的这个提议得到了大家一致的赞同。收拾几日后，孔子拜别陈侯和一些故友后,便领着弟子们返回卫国。

这一日,刚到卫国的都城外,众人远远看见,一支声势浩大的迎接队伍,正在城门处,为首的不是别人,正是卫君。一队队身着锦衣的官吏和士兵,整齐划一地站立在两旁,他们面容肃穆,目视前方,仿佛在等待着重要时刻的来临。

鼓声阵阵,锣声悠扬。城门边也挤满了看热闹的百姓,大家似乎都想要看看这位大名鼎鼎的孔子。阳光下,这支迎接队伍被拉出了长长的影子,仿佛一幅生动的画卷,在孔子的面前缓缓展开。

卫君在大臣的煽动下,曾怀疑孔子图谋不轨,可是如今,误会早已解开。孔子此番归来,卫君以国礼欢迎孔子的到来,可见其诚挚。

众人就这样在卫国住了下来。这一日,卫君召孔子进宫,向他询问治国良策。

卫君看着孔子,表情严肃地问道:"夫子,在你心中,最好的治国政策,应是什么样子?"

孔子答道:"为政以德,譬如北辰,居其所而众星拱之。"

孔子看着卫君不解的模样,进一步解释道,"国君在治国时,如果实行德治,民众就会像众星围绕北斗星一样自动围绕着他转。用道德的感召作用来取代刑罚,这样民众在做事之前就会仔细地衡量个人行为,从而使自己的言行符合礼法。"

卫君不解地反问道,"如果民众知道做错事不用受惩罚,那么会不会起歹心呢？"

孔子摇了摇头道："道之以政，齐之以刑，民免而无耻；道之以德，齐之以礼，有耻且格。用政令来引导百姓，用刑罚来整饬百姓，百姓只会让自己免于刑罚，却没有羞耻之心；用道德去引导百姓，用礼义来教化百姓，百姓不但有羞耻之心，而且能够主动匡正自己的错误。"

《论语》笔记

卫灵公问陈①于孔子,孔子对曰:"俎豆②之事,则尝闻之矣;军旅之事,未之学也。"明日遂行。

——《论语·卫灵公》

【注释】

①陈:同"阵",军队作战时,布列的阵势。
②俎豆:古代盛肉食的器皿,用于祭祀,此处指礼仪之事。

【译文】

卫灵公向孔子请教排兵布阵的方法。孔子回答说:"祭祀礼仪方面的事情,我听说过;用兵打仗的事,从来没有学过。"第二天就离开了卫国。

【拓展】

孔子在卫国向卫灵公介绍了很多治国方策,可卫灵公的领会能力实在太差。孔子谈论以礼治国,宽刑省法,都是根据卫国国情而谈,针对的是卫国存在的弊病。卫灵公不采纳这些建议,反而询问排兵布阵的策略。孔子感到失望,于是推辞说,自己只懂礼仪,不懂兵法。

其实,孔子是熟知兵略的,他的弟子冉有、子路都善于带兵,都是和孔子学的。但当时卫国的形势很微妙,它夹在晋楚两个大国之间,以礼侍奉人家还来不及,卫灵公却要舞刀弄剑,还打算牵涉进晋国卿士之间的火并中去,这无异于是在玩火,自己找祸端。所以,孔子知道卫国不安宁了,才立刻动身离开。

20. 噩耗

孔子的这番话，仿佛是一记重锤，狠狠砸在了卫君的身上。他的呼吸急促了起来，似乎心中有辩驳之言，但却不知该如何说出口，只能无奈地摇了摇头。

"夫子所言若能成功，那天下将会变成一个怎样的太平世界啊！我真是……"

说到这时，卫君躬着身体，用力咳嗽了起来。

一旁的下人见状，刚想要上前服侍，可卫君却摆了摆手，示意不用。

在一阵急促的喘息过后，卫君红着脸看向孔子，指了指自己的身体，长叹一声，语气颇为萧瑟地说道："老毛病了，年纪越来越大，身体也跟着衰弱起来了。"

孔子听出了卫君这句话的弦外之音，但他仍直言不讳道："假如有人用我主持国家政事，一年之内就可以见到成效了，三年便能成效显著。"

"三年？"卫君脸上闪过一丝惊讶的神色，"夫子所言可是，三年使我卫国强盛起来？"

孔子躬身施礼道，"孔丘敢保证，如若能按照我的想法治理卫国，三年之后，必能收获显著的成效。"

三年！孔子的话仿佛一针强心剂，卫君顿时变得精神了，他嘴里不停重复着"三年"这两个字，像是要让自己下定决心一样。但随着一阵剧烈的咳嗽，卫君脸上那最后一点点坚定，也在喘息中消弭殆尽。

卫君走到孔子身边，抓住他的手，有气无力地说："孔丘，我老了！不想再折腾了！"

说罢，他没有再理会孔子，而是在内侍的搀扶下，缓缓走出了大殿。

孔子叹了一口气，看了看身后那华丽的宫殿，忍不住叹息道："凤鸟不至，河不出图，吾已矣夫！"

看到孔子出来，那些在外面等候的弟子赶忙凑上前来。

"夫子，"马岩忍不住问，"我们刚刚看到卫君被人搀扶着走了出来，究竟发生了什么事情？"

孔子长叹一声："他说自己不想再折腾了。"

孔子带着众弟子一边往外走，一边解释：卫国夹在几个大国间，实力早就不如从前。而这些日子，他发现卫君虽然在政事上有些懈怠，但在官员的任用方面还是可圈可点的，并不昏庸。他不任用自己来推行新政，只是不愿再耗费力气，只想守着卫国最后的"家底",平稳度日罢了。

听完孔子的话,众人也齐齐叹气,心想这次卫国之行,恐怕又要无功而返了。

事情果然像孔子预料的那样,卫君虽然表面上对孔子礼遇有加,但是却并未授予他任何具有实权的官职。在这一日接一日的消磨中,不要说弟子们了,就连孔子都不免陷入烦忧。

令众人没有想到的是,在这种时候,竟然有人向孔子伸来了"橄榄枝"。

在距离卫国国都不远的地方有一座中牟城,县宰名叫佛肸,他本是晋卿赵鞅的家臣,现在背叛赵鞅,投靠了范氏和中行氏。他听闻孔子在卫国都城,于是悄悄派人前来,邀请孔子前往中牟城为自己效力。

孔子听到这个消息,一时间有些摇摆不定。近些年的挫折,让他极力想要证明自己的主张,可是与佛肸为伍,又怕落人口舌,一时间也不知道该如何是好。

于是孔子召来了弟子,询问他们的意见。

听到孔子想要前去投奔叛臣佛肸,仲由率先站出来表示反对。"夫子,您一辈子都在强调君臣之道,现在如果去投奔佛肸这种叛逆小人,那么天下人将怎么看你?"

"是啊!"一旁的颜回也劝说道,"夫子,我相信眼下的困境是暂时的,只要大家肯努力、不放弃,一定能够得到贤明君主的重视。"

孔子坐在席上沉默了一会儿，然后说："是的，我说过这样的话。但是，我不是也说过，坚硬的东西是磨也磨不坏的；洁白的东西，是染也染不黑的吗？我难道是葫芦吗？怎么能只挂在那里而不给人吃呢？"

孔子说着，看了看周围的弟子，"我近来感觉自己的身体愈发衰老，不知道还有多少时日。更何况，我若能帮助佛肸行仁道，对中牟的百姓来说未尝不是一件好事啊！"

看到孔子这副坚定的样子，弟子们不知道该说些什么才好。过了几日，众人跟随孔子一起前往中牟城。

没几天，他们来到了黄河边，孔子激动地说："过了河，就快到中牟城了！"

看到这条中华民族的母亲河，马岩和龚倩倩都很开心。黄河汹涌磅礴，河水奔腾不息，站在高处，抬眼望去，犹如一条张牙舞爪的黄鳞巨龙，咆哮而来。

孔子挺直身板，眺望着眼前的大河，那奔涌的河水，仿若是不停流逝的时间。任凭这世间如何动荡，时间都不会怜惜任何人，永远不会停下前进的脚步。

"逝者如斯夫，不舍昼夜。"孔子看着弟子们大声说，"奔流而去的河水是这样匆忙啊，日夜不停地流逝。"

弟子们也被孔子的情绪所感染，一行人迫不及待地来到河岸边，正巧看到一名船夫，于是将他喊来，商量着要渡过河去。

船夫看到孔子等人的打扮，又听到他们想要渡河前往晋国，

于是便冷声说:"这条船哪里都可以去,就是不去晋国!"

众人面面相觑,不知道对方究竟是何意思。

"你这是什么话?"看着对方这副态度,马岩忍不住冲上前去,想要同他理论一番。

孔子拦住马岩,仍旧态度谦逊地问道,"船家,请问这是为何啊?"

"你们还不知道?"船夫一把将船桨丢在船舱里面,愤怒地说,"看你们的样子,应该是知书达理的人,难道没听说晋国发生的那件大事吗?"

船夫告诉众人,在不久前,晋国大臣赵鞅杀了窦鸣犊和舜华。原因是这两人当初曾劝谏过赵鞅,赵鞅怀恨在心。

得知窦鸣犊和舜华两人不畏强权,耿直敢言,以死维护周礼,孔子踉跄着来到河岸边,放声痛哭。

孔子一边哭,一边悲痛地喊道:"美哉水,洋洋乎!丘之不济此,命也夫。"

弟子们急忙围了上来,搀扶住孔子。孔子回头看着众人,伤心地说:"多美的水啊,波澜壮阔。我却不能从这里渡过,难道是我的命吗?"

看着孔子的模样,弟子们一时间也不知道该说些什么。这时,端木赐走上前,问道:"夫子,您为何会这么说呢?"

孔子叹气道:"窦鸣犊和舜华都是非常贤明的大夫,赵鞅没有执掌晋国大权的时候,是依靠这两个人,才在朝堂上站稳了脚跟。现在赵鞅得偿所愿,却杀死了这两位贤臣。"

缓了一会后,孔子站起身,望着河对岸的晋国。此时他脸上没了之前那股哀伤的表情,反而变得格外愤怒:"君子忌讳伤害自己的同类,就连鸟兽都知道要躲避那些不合道义的举动。晋国那些人如此做派,我孔丘怎么还能凑上去呢?"

说罢,他告诉弟子们,自己决定放弃前去投奔佛肸的计划,返回卫国。

《论语》笔记

公山弗扰①以费畔,召,子欲往。子路不说,曰:"末之也已,何必公山氏之之②也?"子曰:"夫召我者而岂徒哉?如有用我者,吾其为东周乎!"

——《论语·阳货》

【注释】

①公山弗扰:人名,季氏的家臣,曾在费邑背叛季氏。
②之之:第一个"之"是助词,后一个"之"是动词,"去、到"的意思。

【译文】

公山弗扰在费邑反叛,召用孔子,孔子准备前去。子路不高兴,说:"没地方去就算了,何必到公山氏那里去呢?"孔子说:"召我去的人,岂会让我白去一趟吗?如果有任用我的人,我就会使周朝的政德在东方复兴。"

【拓展】

与佛肸类似,鲁国的公山弗扰也曾据城叛乱,想召见孔子。当时孔子也打算前去,弟子们同样质疑、反对。孔子于是耐心地解释道,自己前往并不是要和人家一起作乱,而是为了实现自己的政治理想啊!

孟子曾列举过圣人的不同选择。有像伯夷、叔齐那样的,绝不同流合污;有像伊尹那样的,无论天下有道无道,他都积极进取;还有像柳下惠那样的,侍奉污浊的君主也不羞愧,只做自己该做的事情。孔子是集大成者,他能权衡自己的行为,做出最好的选择。

弟子离去

回到卫国后,孔子一心办学,专心研习典籍,教导学生。空闲的时候,他还会带着弟子们向乐师学习礼乐。时光匆匆,又是几年光阴,孔子和周围的弟子们的年岁越来越大,不过对于马岩和龚倩倩而言,时间并没有在他们身上留下什么痕迹。

一天上午,端木赐从外面慌慌张张地跑了进来,一边跑着,嘴巴里还一边嘟囔。看样子,是发生了大事情。

"夫子!"端木赐急匆匆地来到孔子身旁,连行礼都忘记了,着急地说,"鲁国传来消息,季孙斯他……因病去世了。"

"什么?"听到这话,孔子整个人仿佛是僵在了原地,一动也不动,直到弟子们上前将他搀扶到座位上时,孔子才大哭了起来。

虽然季孙斯曾在鲁国排挤过孔子,毕竟他对孔子有知遇之恩,这份知遇之情,孔子一直都记在心中。

"夫子,您不要太难过了,"端木赐安慰道,"我听说,季孙斯在病重的时候，曾坐在车辇上巡视曲阜城，当时他感慨说，以前鲁国都快要振兴了，可惜自己同您发生了矛盾，阴差阳错，让鲁国失去了兴盛的机会。"

"哼！看来季孙斯也很清楚自己的过错！"马岩替孔子抱屈。

端木赐继续说："季孙斯在临终前，吩咐自己的儿子季孙肥，让他一定要接您回鲁国，继续您当年未竟的事业。"

"我不埋怨天，也不责备人，下学礼乐而上达天命，了解我的只有天吧！"

孔子说着，缓缓站起身，走到庭院里，看着鲁国的方向，不禁回想起自己离开鲁国的那年：在曲阜城城外，坐在马车上的季桓子说，如果孔子的想法是正确的，他就会亲自接孔子回曲阜，可如今……

对于这个消息，弟子们除了哀伤，更多的是期许。既然季桓子这样说了，那么他的继任者季孙肥应该会遵从父命，邀请孔子返回鲁国执政吧！

可是，众人左等右等，就是等不来好消息。这天傍晚，马岩和龚倩倩刚回到院子里，见几名弟子一脸不悦，仔细一打听才知道，季孙肥派人来了。

听到这话，马岩十分开心，他不解地问："这段时间大家不都在盼着季氏的特使吗？怎么今天人家来了，你们反倒不开心了？"

"唉！"其中一名弟子叹息道，"特使倒是来了，可是季孙肥邀请的却不是夫子。"

这是怎么回事呢？

两人赶忙来到正堂，只见孔子一脸正色地坐在主位上。而以仲由、端木赐为首的几名弟子，则是心事重重。

从旁边弟子的口中，马岩得知，原来，季桓子虽然在临终前嘱咐季孙肥要将孔子召回鲁国，可是季孙肥掌权之后，他手下的一名大夫公之鱼却站出来反对，并告诫说，从前先君对孔子的任用是有始无终，最终落得个被其他诸侯耻笑的结局。现在任用孔子，一旦也是有始无终，那么恐怕还会遭受耻笑。

季孙肥担心孔子的主张未必适合当下的鲁国，但又碍于父亲临终的遗命，所以想先召回孔子座下的一名弟子。因为冉有曾跟随过季氏，所以便邀请冉有先回到鲁国。

此时，跪在地上的冉有，便是来向孔子辞行的。

"你要离开夫子吗？"马岩来到冉有面前，毫不客气地问，"是不是回到鲁国就能做大官？"

可没等冉有回答，孔子却站起身，拦住了怒气冲冲的马岩。

"马岩，冉有能回到鲁国，为朝廷效力，为百姓谋福，未尝不是一件好事。"

"可是……"

"不要说了！"孔子缓步走到冉有身旁，一把将他搀扶起来。领着他来到正堂门口，看着外面的学生，语重心长地说："骥不称其力，称其德也。你的才能无可挑剔，但一定要记着我平日的教诲，以仁为政，以仁事君！"

听到孔子对冉有回国的厚重期望，其余弟子们自然也没意见了。过了两日，冉有收拾好行囊，准备出发，弟子们也都来相送。

出城之后，大家叮嘱冉有此次返回鲁国，一定要格外小心，照顾好自己。而这时，一向与冉有交好的端木赐走了过来，低声说："你这次回到鲁国，要牢记一件事情。"

原来，早在季氏特使来召回冉有时，细心的端木赐就发现，孔子也想要回到鲁国去施展抱负。所以在这分别的时刻，他请求冉有，回到鲁国后一旦得到重用，务必要想办法召回孔子。

"放心吧！"冉有保证道，"就算你不说，我也会这样做的。"

冉有也早有此打算，他向众人许诺，自己回到鲁国，一定会秉承夫子的仁政思想，推行周礼。等到时机合适，便会促成夫子返回鲁国。

众人再次拜别，冉有启程返回鲁国。众人返回住所，马岩眼看没有旁人，有些难过地询问龚倩倩："龚组长，你想家了吗？"

龚倩倩点了点头，虽然和这个时代的人有不同的时间体验，但算起来，他们此番离家，已经很长时间了。不要说马岩了，就连她也不知道多少次在梦中，回到了那个热闹繁华的现代社会。

麒麟兽这时也难得地溜了出来。只见它踩着一小朵五彩缤纷的云彩，晃悠着飘到两人面前。

"怎么了？"麒麟兽眨了眨眼睛，温柔地问道，"你们想回去了吗？"

马岩点了点头,但旋即又摇了摇头。当下正是孔子受挫的时候,他们要是再离开,恐怕孔子会更加伤心。

"我们现在不能离开,"龚倩倩说,"现在正是夫子最难熬的时候,我们要是再离开,恐怕他的心情会更加糟糕。"

"是啊!"近来的情况麒麟兽也有所了解,"就算回去,也应该等到夫子安定下来。"

他们正说话时,仲由跑来敲他们的房门,麒麟兽赶忙躲了起来。

马岩刚打开房门,就见仲由一脸兴奋地跑了进来:"告诉你们一个好消息,楚国国君派遣使者,前来邀请夫子,让我们到楚国论政!"

听到这话,两个小伙伴一扫心间的阴霾,用力抱在一起,兴奋地蹦跳了起来。

等待了这么长的时间后,终于有国君要任用孔子了!

《论语》笔记

子曰:"从我于陈、蔡者,皆不及门①也。"

——《论语·先进》

【注释】

①不及门:不在门,指不在孔子身边。

【译文】

孔子说:"昔日在陈国、蔡国之间追随我的人,如今都不在我的身边了。"

【拓展】

被困于陈国、蔡国之间时,是孔子漂泊途中最艰难、最危险的经历,那时能够追随他的弟子,也都是追随孔子之心最为坚定的一批。大家又在危机中加深了感情,所以每当有弟子离开,孔子的感情都非常复杂,一方面,他为弟子的离别而感到伤感;另一方面,孔子教育弟子,就是希望他们将来能够实践大道,造福百姓,所以弟子们分散各地,出仕为官,也是孔子所期望和感到欣慰的。

孔子的弟子中,冉有非常擅长政务,所以孔子对他去做季氏家臣这件事是放心的。孔子主张"学而优则仕",做官的人一定要有真本事,能够承担起自己应负的责任。子路在鲁国做官时,曾让同学子羔管理费邑,孔子听了就很不高兴。因为子羔年纪尚小,学业也没有完成,让他担任官职,是对百姓不负责任,也是有害于子羔的。所以,孔子严厉地指责了子路说:"贼夫人之子!"即你这是在故意害人家呀!

被困于野

楚王邀请孔子前去论政的消息，宛如一团烈焰，瞬间点燃了弟子们的热情，有弟子纷纷议论。据说，楚王此次不仅要任用孔子，而且已经准备好了封赏。

前往楚国的路上，几名弟子聚在孔子身旁，一脸开心地讨论起来。

"你们说，楚王会让夫子做什么官？"

"一定是能参与政事的官职。"仲由兴奋地猜测道。

"说不定还很大呢！"马岩得意地说道，"我听说楚国很强盛，夫子要是去了，待遇肯定也很好。"

不过孔子倒显得十分镇定，他冷静地说："富而可求也，虽执鞭之士，吾亦为之。如不可求，从吾所好。如果富贵合乎于道，那可以去追求。即便是给人执鞭的下等差事，我也愿意去做。如果富贵不合于道，那就不必去追求，我还是按自己的爱好去做事。"

本来这次前往楚国，孔子打算轻装简行，只带着少数几名弟子前去。可是马岩早就听闻过楚国的事情，一直想去游历一番，当然不肯留在家里。龚倩倩对这个大国也充满了好奇心，在两人的"软磨硬泡"下，孔子只得同意带着他们一起前往。

于是，一行人悄悄前往楚国，马岩本来还想着能够好好欣赏下沿途的美景，可是没想到，在前往楚国的路上，映入他们眼帘的，大多是逃难的百姓。那些百姓拖家带口，狼狈不堪，身上穿着破烂的衣服，背着仅剩的财物，正急匆匆地想要逃到一个僻静之所。

仲由从这些逃难的人口中得知，原来吴国和楚国之间的战事升级，陈国、蔡国等小国也牵连其中，几方缠斗，你来我往，村庄被战火焚毁，大片农田被荒废，百姓们苦不堪言。

"巍巍乎，舜禹之有天下也而不与焉！多么崇高啊！舜和禹得到天下，不是夺过来的。"孔子忍不住叹息道，"可眼下这些君主，却妄图用暴力来扩大自己手中的权力，使得天下动荡，百姓遭殃！"

对于没有经历过战争的马岩和龚倩倩来说，眼下的场景令他们心痛，同时也让他们明白，能够生活在一个和平的年代，是多么幸运的事情。

一行人继续朝着楚国的方向走去。这天，众人抵达陈国和蔡国交界的地方，只见四处烽烟，大道两旁到处是残破的盔甲、旗帜，这里似乎不久前才经历过一场战争。

众人继续往前走，没过多久，远处忽然扬起了一阵烟尘。马岩站在马车上看了看，只见一队人马正拼命朝他们而来。

"夫子,不好,有人冲过来了!"

弟子们纷纷跳到车外。转眼间,那伙人已经冲到了车前。可奇怪的是,看对方的打扮,似乎并不像士兵,也不像土匪。他们身着破烂的衣服,但是手中却拿着锋利的兵器。而且看到孔子等人后,全都露出了满意的笑容,似乎就是冲着孔子而来的。

仲由挡在孔子前面,看着那伙人,厉声问道:"你们是干什么的?"

对面领头的人没有理会仲由,而是斜着眼睛瞧了瞧旁边的孔子,大声说:"你可是孔丘?"

孔子点了点头。

那人继续问道:"此行可是前往楚国?"

弟子们吃了一惊。没想到,对方竟然知道孔子要前往楚国的消息,可看他的打扮和做派,完全不像是楚王派来的迎接队伍,倒更像是服役的囚徒啊!

得到孔子的确认后,那人咧嘴大笑,脸上的表情也随之变得狰狞。

"好啊!可算是让我们给等到了!"

他一边说,一边命令手下人将孔子抓起来。眼看对方要动粗,仲由等弟子们自然不肯束手就擒,于是拼命反抗,双方就此展开一场乱斗。

那些家伙动起手来,真是一个比一个凶狠,而且他们还带着武器。孔子一行人只能撤退,好在不远处有一座地势崎岖的矮山,在弟子的护卫下，孔子快速地藏进山中。

看到孔子等人退进矮山之中，那些凶狠的家伙反倒是冷静了下来。他们既没有追击，也没有撤退，而是守在山坡下，好像想把孔子一行人困在山中，大家对此大为不解。

孔子站在山坡上，仔细地观察后，推测对方的目的并不单纯。

"夫子，您这话是什么意思？"龚倩倩问道。

"你们没注意到吗？"孔子指了指山下那伙野蛮的家伙，"他们在动手围攻我们的时候，处处都留有分寸，像是不愿意伤害到我们。"

马岩回想当时的情景，觉得孔子的话很有道理。不过，他们跟那些家伙无冤无仇，那些人为什么要这样做呢？

就这样过了好几天，弟子们发现那些歹人似乎很悠闲，就是守在矮山下面，不准孔子一行人出来。眼看对方打起了消耗战，弟子们不由得担忧了起来。因为这次他们前往楚国，并未带太多干粮，万一对方一直围着，麻烦可就大了。

当天夜晚，马岩和仲由趁着夜色，爬过一块块岩石，悄悄来到那群人的身旁。虽然冲不出他们的包围圈，但是从那些家伙的嘴巴里，马岩和仲由总算弄明白了事情的原委。

原来，那些人是陈国和蔡国的役徒。听闻孔子将要前往楚国，陈、蔡两国非常担心，因为万一孔子在楚国得到任用，那么本来就很强盛的楚国恐怕会更有力量，到那个时候，与楚国相邻的陈国、蔡国，就会陷入更加危险的境地。

于是，两国的大夫一拍即合，当即召集了本国的役徒，命令他们将孔子围困在陈国和蔡国相邻的野外，让孔子无法抵达楚国。当然，因为孔子贤名在外，他们也不敢杀害孔子，所以那些役徒在出发前，均得到了不能伤害孔子及其弟子的命令。

知道对方的目的后，孔子淡定多了。虽然被围困在这座郊野的矮山上，仍旧照常向弟子们讲习、诵诗，闲暇的时候，还拿出琴来为众人抚上一曲。

琴声虽然十分美妙，但毕竟不能用来填饱肚子。一行人被困在野外，随身携带的粮食很快就被吃光了。并且夜晚山间的气温很低，有几名身体羸弱的弟子已经感染了寒症，再拖下去，恐怕会有性命之虞。

这天中午，本来仲由要为大家准备食物的，可看着空空如也的行囊，他忍不住向孔子抱怨了起来："夫子，您平常说要让我们成为一名君子，可是君子也有像我们这样困窘的时刻吗？"

孔子淡定地回答："君子固穷，小人穷斯滥矣！"

一旁的马岩，有些不解地询问龚倩倩："夫子刚刚那话，是什么意思？"

龚倩倩解释道，孔子的意思是，君子能够安于困窘，而小人一旦遇到困窘，便会胡作非为。

仲由叹了口气，连日来他为了能让大伙吃上食物，费了不少的力气。对于眼下的困境，他太过迷惑，又问道："夫子，我们之所以有此劫难，得不到别人的信任，大概是我们的德行还不够

好吧？别人不肯放我们通行，想必是我们的智谋还不够吧？"

"当然不是。"端木赐这时瞥了仲由一眼，"我想，是因为夫子的主张太过宏大，以致普天之下没有可以容得下他的主张的地方。夫子是不是可以考虑稍微降低一点标准呢？"

孔子看着二人，沉默良久后，对仲由说："仲由，我问你，如果仁者就一定会被相信，那么怎么还会有伯夷、叔齐这种人？如果智者就一定会被信任，那比干怎么会有那样的下场？"

仲由一时语塞，不知道该如何回答。

孔子又看向端木赐，继续说道，"农夫，善于耕耘但不一定能保证好的收成；工匠，擅长工艺但不一定能满足所有人的要求。君子能够声明自己的主张，用纲常来规正国家，用大道来治理百姓，但不一定能被世道所接受。不申明自己的主张，却急于去追求为世道所接受。赐，你的志向太不远大了。"

两人低头，心悦诚服地说："弟子知道了。"

不过，孔子虽然表面淡然，但他也明白：再这么下去，恐怕大家都要坚持不下去了。于是这天晚上，他悄悄派遣端木赐，叮嘱他前往楚国求救。

外面虽然是重重包围，但是连日以来，那些包围者也很困乏，夜里难免出现疏漏。端木赐为人机警，午夜时分，他在灌木丛中寻到一条深沟，绕过那些包围者，在夜色的掩护下朝楚国的方向而去。

《论语》笔记

在陈绝粮,从者病①莫能兴。子路愠见曰:"君子亦有穷乎?"子曰:"君子固穷,小人穷斯滥②矣。"

——《论语·卫灵公》

【注释】

①病:饿倒了。
②滥:丢弃原则,胡作非为。

【译文】

孔子一行人在陈国断绝了粮食,弟子们都饿倒了,不能起身。子路生气地来见孔子,说:"君子也有困窘没有办法的时候吗?"孔子说:"君子困窘时也能坚守正道,而小人身处困境就会抛弃原则,无所不为。"

【拓展】

《孔子家语·在厄》一篇,对孔子等人受困于陈蔡之间,有详细的描述。当时,弟子们都饿得直不起身,孔子却弹琴如故。大家都不能理解,孔子于是召见三位弟子,询问他们对当下处境的看法。

子路说:"处处碰壁,可能是咱们的主张不够好,或者我们的仁德还不够。"子贡说:"夫子的道至高至大,可惜天下容不下咱们,何不降低些标准,来迎合世俗呢?"颜渊则说:"夫子的道至高至大,天下诸侯都不采用,这不是我们的过错,而是当政者的损失。身处困境,又有什么?在困境之中,才能显示君子的品格。"孔子对颜渊的回答非常满意,在困窘之中也不抛弃大道,这就是他的选择。

23. 楚王

端木赐一连去了三天,都没消息传来。

弟子们变得愈发焦急起来,甚至有几名弟子,开始抱怨孔子这次前往楚国的选择。马岩和龚倩倩想要辩驳,可是他们知道,此时自己要是站出来斥责那几名弟子,恐怕大家的怨气会更重。

这天一大早,孔子把众人召集在一起讲学。由于最近两天大家都没怎么吃东西,精神也非常萎靡。

看着弟子们面黄肌瘦的模样,孔子垂下头,长叹一声,说:"我所奉行的道义,难道是错误的吗?要不然,我们为何会被困在野外呢?"

仲由看了看四下的同学们,他性格虽然莽撞,但也听出了孔子的"弦外之音"。这次被围困在野外,仲由也满肚子牢骚,可是真到了危急关头,他仍旧义无反顾地站在孔子身旁。

"夫子!"仲由解释道,"我们之所以被困在这里,难道是我们自身的仁不够?"

龚倩倩看着孔子那有些颓丧的神色,也硬撑着站起身,来到孔子身旁安慰道,"夫子,您不要怀疑自己,我相信,眼下这种困难的局面,马上就会结束的。"

"是啊是啊……"

周围的弟子们,也全都振作起来,七嘴八舌地安慰孔子。

就在这时,有几名弟子注意到,山下围困他们的那些役徒,这时竟然四散奔逃起来。

"出什么事情了?"马岩赶忙来到山边张望,只见不远处一支军队正朝着他们而来。战旗猎猎,号角齐鸣,万马奔腾,烟尘滚滚,真是一支雄壮的队伍啊!

孔子在弟子的搀扶下站起身,望向那支军队的旗子,果然是楚国的军队。在队伍前面领路的,正是端木赐。

在弟子们的搀扶下,孔子踉跄着走下山坡,端木赐和一名将军赶忙上前行礼。

端木赐告诉大家,楚王得知孔子被役徒围困在荒野的消息后,立刻出兵前来迎接。陈国和蔡国纠集的那些役徒,看到楚国军队的旗帜后,纷纷作鸟兽散,很快就跑得没影了。

在军队的护送下,孔子一行人终于来到了楚国的军营,而楚王早已恭候多时。见到孔子后,他表示热烈欢迎,并专门为孔子一行人安排了营帐,得知有人生病,还派了医官前来照料。

孔子等人来楚的消息,一时间在军营里传得沸沸扬扬,各种消息不断,有的说楚王要重用孔子,楚国将迎来空前的变革;而又有传言说楚王恐怕想撤军，想让孔子前去议和……

流言四起，一时间，待在营地休息的众人，心里也被那些消息弄得七上八下的，孔子本想尽快向楚王宣扬自己的治国思想，可是一连数天，楚王都未派人前来征召。本来踌躇满志的众人，这下又不免焦躁了起来。

这天，马岩悄悄找到龚倩倩，一边吐槽楚王办事效率太低，一边说出了自己想到的"妙计"。

原来，马岩打算借助麒麟兽的力量，悄悄潜入楚王的营帐里，打听一下楚王对孔子究竟是何态度。龚倩倩本不想惹这个麻烦，但她又担心马岩不听劝阻，独自前去，万一闹出乱子，恐怕到时候更难收场，于是只能跟他一起前去。

傍晚时分，麒麟兽在军营里吹出一大团雾气，帮两人隐蔽行踪。不过军营里面的地形要比他们想象的更加复杂，两人兜兜转转，绕了好大一个圈子，也没能找到楚王在哪里。偏巧这个时候，他们遇见一个身着华服，在几名内侍的左拥右护下前行的男人。

那名男人一脸的威严，眼神中似乎有种蔑视一切的感觉，这令躲在暗处观察的马岩极为不悦。不过这时龚倩倩却猜测道："看他的做派，会不会就是楚王啊？"

这倒也提醒了马岩，的确，在军营里还敢有这么大架子的人，恐怕不是一般人物。

两人没有过多的言语，悄悄跟了上去。那人在侍从的带领下，来到了一座硕大的营帐面前。只听一声通报过后，营帐中走出几名侍从，齐齐朝着那人跪拜道：

"令尹，您来得可真快啊！"

令尹？马岩和龚倩倩不由得失望起来，原来那人并不是楚王，而是楚国令尹熊申。前几天马岩曾听孔子谈论过此人，说他是楚王的兄长，在楚国可以说是一人之下，万人之上，位高权重。

这时，那人收起了之前不可一世的神情，态度和缓了不少，低声说："大王有急事召我前来，我可不敢耽误啊！"

听到"大王""召见"这几个字，马岩和龚倩倩瞬间又来了精神。看来那个楚王，一定就在眼前这座营帐里。

麒麟兽默念口诀，马岩和龚倩倩两人从平地飘起，悄然飘到营帐上方，借助麒麟兽口中吐出的雾气，两人隐蔽在营帐顶的一处横梁上，又借助顶上用来透气的孔洞，小心翼翼地朝着帐内张望。

虽然在行军打仗，但这座营帐仍旧气势恢宏。丝绸铺造的地面闪耀着温润的光芒，一副华贵的盔甲立于左面，两名内侍正细心地擦拭着。

营帐中间的青铜炉中，飘出一股袅袅婷婷的烟雾，闻起来沁人心脾。在香炉后面，摆放着一座宽大的木雕座椅，上面坐着一位身披黑袍的男人，此时正满脸严肃地目视着前方。

那个令尹缓步走到男人面前行礼，想必他就是楚王。看到熊申前来，楚王也赶忙起身迎接。看得出来，这令尹在楚国朝堂上举足轻重。

楚王看着令尹说:"近来有一事,我想征询你的意见。"

没等熊申回答,楚王继续说:"我想重用孔丘,并给予他相应的封赏。对于这件事情,你觉得如何啊?"

《论语》笔记

楚狂接舆①歌而过孔子曰："凤兮凤兮，何德之衰？往者不可谏，来者犹可追。已而已而，今之从政者殆而！"孔子下，欲与之言，趋而辟之，不得与之言。

——《论语·微子》

【注释】

①接舆：楚国的隐士。

【译文】

楚国的狂人接舆唱着歌经过孔子的车旁，说："凤凰啊，凤凰啊！为什么道德如此衰微，过去的已经不能挽回，未来的还来得及纠正。算了吧，算了吧！现在从政的人都很危险呀！"孔子下车，想要同他说话。接舆快走几步避开了孔子，孔子没能同他交谈。

【拓展】

接舆是孔子在楚国遇到的一位隐士，他放浪形骸，唱着歌路过孔子车前。歌中他将孔子比喻为"凤凰"，暗喻孔子不该在楚国求官。凤凰，如麒麟一般，是象征德行的瑞鸟，天下有道它才出现。而如今的楚国，显然不是政治清明的国度，孔子来到这里，就如凤凰出现在乱世当中一样，不但不会得到尊崇，反而会遭到当权者的迫害。

接舆一方面是在警告孔子，应该小心楚国的当权者，另一方面也在暗讽，孔子不能像自己一样，有道则现，无道则隐。天下的智者有不同的选择，孔子之所以为孔子，就是因为他"知其不可而为之"，没有像其他人那样，不被任用就退而归隐。

返回鲁国

听到楚王打算封赏孔子,马岩开心得简直要笑出声来,还好一旁的龚倩倩急忙捂住了他的嘴巴。

然而,熊申却冷笑了一声,慢悠悠地问:"大王想要封赏孔丘?请问,是何封赏呢?"

楚王说,他打算赐予孔子七百里田地,在此田地上耕种的百姓,以后只需将田赋缴纳给孔子。

楚王认为,这个举动可以彰显他招纳贤才的决心。没想到,听了楚王的想法后,熊申脸色一沉,似乎有些生气,问:"大王,您可知道,孔丘门下,有不少弟子已名扬天下?"

楚王点了点头。

"他们都是大才!"熊申话锋一转,语气严肃地反问道,"大王派遣出使别国的使臣,有谁的能力比端木赐高吗?"

楚王摇了摇头,说:"我的那些使臣,恐怕没人能比得上端木赐。"

熊申继续问:"请问大王,楚国的卿大夫中,有谁的本领能比得上颜回?"

楚王继续摇了摇头,不过此时,他的脸上多了些失望。

熊申眼看楚王无话可说,继续发难般问道:"楚国的将军中,又有谁的本领能强过仲由吗?"

楚王狠狠拍了下桌案,厉声问道:"你究竟想要说什么?"

熊申站起身,恭敬地说:"我想说,孔丘遵循的是三皇五帝的规则,秉承周公、召公所建立的法度。大王赐予他那么大一块封地,孔丘和他门下那些贤明的弟子,将来要是独霸一方,大王要如何处置呢?"

熊申的这番话,宛如一道晴天霹雳,让楚王瞬间愣在了原地。

见自己的话起了效果,熊申微微一笑,继续说:"大王,之前我就说过,孔丘来楚国,并非是楚国的福气。今日,我还是这个态度,我恳请大王不要任用孔丘,更不要予以他任何封赏。"

"可恶!"躲在梁上的马岩,此时恨不得跳下去,跟熊申好好辩论一番。可一旁的龚倩倩,却死死抓住他的衣袖,唯恐他会做出什么莽撞的事情。

熊申继续在跟楚王阐述任用孔子的各种弊端,而马岩和龚倩倩也不想再听下去。于是,在麒麟兽的帮助下,他们回到大家所在的营帐内。

此时,弟子们还围在孔子身旁,听他讲述仁政思想,而孔子看到一脸丧气的马岩和龚倩倩,指示他们坐下听课。马岩本想将自己偷听到的事情告诉孔子，可看到他此时那兴高采烈的样子，只能将满肚子的委屈，硬生生憋了回去。

不过，孔子察觉到马岩有话要说，四下无人的时候，他询问马岩和龚倩倩，出去时究竟遇到了什么事情。两人只得将自己听到的事情讲了出来。

听到两人偷偷溜到楚王的营帐外，孔子忍不住揪心道，"你们真是太冒失了，万一被发现，后果不堪设想！"

"夫子，我们也不想。"马岩有些委屈地嘟囔道，"可是看您在这里一直不得任用，我们替您憋了口气啊！"

"是啊！"龚倩倩附和道，"夫子，您是没听到楚国令尹熊申评价您的那些话，他这个人真是……"

"你们不要再说了。"孔子叮嘱道，"邦有道，危言危行；邦无道，危行言孙。国家有道，要正言正行；国家无道，行为还要正直，但说话要随和谨慎。"

龚倩倩知道孔子是教导自己要谨言慎行，但还是忍不住问："夫子，那我们……还要继续留在楚国吗？"

孔子摇了摇头，"楚王不肯任用我，那么我继续留在这里，不过是浪费时日。"

马岩说："夫子，既然楚王不愿意任用您，我们可以到别国去看看，说不定能遇上一位明君呢！"

"夫子，"龚倩倩说，"过去的事情已经无法挽回，我们更应该朝前看去。"

"说得不错。"孔子点头，"用之则行，舍之则藏。被任用就推行自己的主张，不被任用就收起自己的主张。"

几日后，孔子向楚王拜别。他打算再一次返回卫国，不过并不是投奔卫国国君，而是想整理下自己这些年周游各国的得失。

弟子们没有异议，于是，一行人离开楚国，返回了卫国。

回去之后，孔子一边收徒讲学，一边著书，日子倒也平淡。马岩和龚倩倩则趁着这段时间，在麒麟兽的帮助下，在卫国国内好好游历了一番，增长了不少的见识。

几年后，从鲁国传来了一个振奋人心的好消息：季孙肥终于打算召回孔子。

原来，当年被季孙肥召回的冉有，在鲁国与齐国的一场战役中，打败了齐军，获得不小的战功。冉有也没有辜负当年端木赐对他的叮嘱，在面见季孙肥的时候，大力宣扬孔子的学识与本领，并力劝季孙肥将孔子召回鲁国。

季孙肥听取了冉有的建议，并且许诺，等孔子回到鲁国后，不会限制孔子的所作所为，一定要让他大展拳脚。

听到冉有派人带来的这一好消息，弟子们全都愣在了原地，不敢相信自己的耳朵。在得到证实后，众人齐聚在正堂内，齐声欢呼了起来。

大家全都流下了激动的眼泪，当年他们跟随孔子出游，这么多年过去，终于要返回故乡了！马岩和龚倩倩也异常激动，忍不住抱住孔子，号啕大哭了起来。

孔子看着弟子们,又看了看自己那粗糙的双手。这么多年的游历,已经让他变成了一位垂暮老者,唯一没变的,可能就是他那施行仁政的愿景。

众人赶忙收拾行装,似乎一刻也不想耽搁。冉有派人准备了车辆,万事俱全,一行人日夜兼程,终于回到了他们日思夜想的曲阜城。

和当年离开时相比,曲阜城似乎并没有太大的变化,还是当初的那条大道,还是当时那座城池。唯一不同的是,当初那群满怀壮志的人,在岁月的折磨与考验下,以一种更为坚韧的状态,回到了这里。

孔子来到城门口,突然轻轻蹲下身子,拿手抚摸着地面。

"十四年了……"孔子声音颤抖着说,"没想到,竟然已经过了十四年了。"

马岩也忍不住回想起当年离开时的场景:季孙斯坐在马车上,告诉孔子:"如果真的有那么一天,我会亲自把你迎回鲁国。"

没想到这一别就是十四年!

走进城门,看着日思夜想的街道,孔子简直有些不敢相信。

"我……这不是在做梦吧?"

弟子们微笑着,簇拥在孔子身旁。孔子回头,往城外望去,过往的场景,仿佛在西边残阳的映射下,重新出现在了自己的眼前。

他忍不住闭上眼睛,刹那间,眼泪夺眶而出。

百姓们看到孔子一行人，此时全都按捺不住情绪，快步跑了过来。

孔子注意到，在这些迎接自己的人群中，有自己的弟子、邻居……每一张面孔看起来都那么热情，每一抹笑容似乎都在表达着喜悦。

《论语》笔记

冉子退朝,子曰:"何晏①也?"对曰:"有政。"子曰:"其事也。如有政,虽不吾以②,吾其与闻之。"

——《论语·子路》

【注释】

①晏:意为迟、晚。

②不吾以:不用我。以,用。

【译文】

冉有退朝回来,孔子问:"为什么回来得这么晚呢?"冉有回答说:"有政务。"孔子说:"那不过是一般性的事务罢了。如果是重要的政务,即使不用我,我还是会知道的。"

【拓展】

身为季氏家臣,冉有很受重用,经常为季氏谋划大事。某天回来晚了,孔子询问缘由,冉有回答:"有政事。"孔子对他的说法不以为然,在他看来和国君商议的事才算是政事,冉有与季氏在家中商议的事,只是他们的家事,称之为政事是越礼犯上的行为。孔子支持弟子做官,也不反对他们到"三桓"那里做家臣,但一定要以国家为先,忠于国君是前提。

世俗的"忠心",往往是"食人之禄,忠人之事",谁给饭吃就忠于谁,孔子不这么想。忠心也分大小,大忠,忠于天下,忠于道义;其次,忠于国家,忠于君主;最后,才是忠于俸禄,忠于上司。冉有虽然有才干,却忠于季氏而忽略国君,这是孔子所不赞成的。

25. 麒麟兽惹祸了

在众人的簇拥下,孔子回到了阙里巷的老宅。离家那么长时间,孔子本以为老宅早已荒废,可是没想到,这个小小的宅院竟然收拾得异常干净。无论是门前的道路,还是院墙,没有丝毫破损。

这时,冉有从人群中走了出来。他来到孔子身旁,向老师行了一个师礼,然后告诉孔子一件事。

不久前,冉有考虑到孔子即将返回鲁国,就请人来打扫这座老宅。来人发现这座宅院虽然长年无人居住,却不荒凉,反而特别整洁,一打听才知道,这里时常有人来打扫,不是附近曾受过孔子帮助的邻居,就是孔子那些留在鲁国的弟子。

孔子推开大门,领着众人迈步走入院中。马岩和龚倩倩仔细打量着院子里的每一处,从前的点点滴滴,仿佛变成了一幅幅画卷,在他们脑海中不停翻腾。

最后,众人不约而同地来到当初孔子授课的杏林中,那些稚嫩的幼苗,早已成长为参天大树。

树荫下,孔子缓步走上讲坛,台阶上那些斑驳的痕迹,使众人回忆起了当年热闹的场景。孔子在外游历十四年,现在很多弟子已经成才,并在各国施展才华,将孔子的思想传到了各个角落。

"夫子,"冉有走到孔子身旁,轻声说道,"得知您回国,国君率领众臣,为您准备了宴席,想要听一听您在施政上的建议。"

孔子轻轻挥了挥手,没有说话,而是慢慢走下杏坛,缓步走进书房。书房还和从前一样,仍旧堆放着他当年从各处收集来的竹简。在杏坛讲学的那段日子里,他白天教授学生们"六艺"方面的知识,晚上则点亮一盏油灯,编写自己的著作。

孔子释然一般,微微一笑:那也是段幸福而又满足的时光啊!

马岩看着孔子,心里有点奇怪,因为孔子并没有像以往那样,因为得到国君的召见而兴奋,反而有一种奇异的平静。

"夫子,鲁国国君要召见您,您……您似乎不是很开心?"

孔子说道,"这十四年的游历,我得到了很多,也明白了很多。我原本期望能遇到明君,推行仁政,传播周礼,可惜事与愿违。现在国君召见我,虽然我初心不改,但国君又能否明白仁政的重要性呢?"

鲁国现在的国君,是鲁定公的儿子姬将。此人从幼年起便生活在深宫之中,同外面的世界没有太多的接触,对鲁国的国情和民声知之甚少。

至于季孙肥,虽然他依靠父亲季孙斯才掌握了鲁国大权,但其本人的能力也不容小觑。早些年,在鲁国同齐国的战争中,季孙肥知人善用，大胜齐国的军队。

只不过这两人，虽然仰慕孔子的名声，但是对于他所推崇的仁政思想，却不甚了解。

收拾齐备后，孔子带领着弟子们来到了公宫。在宴席上，国君询问孔子施政的办法时，孔子给出了四个字，那便是"政在选臣"。

孔子是想要告诉国君，要选择贤能、有仁心的人来辅佐朝政，这样国家才能兴旺。

听到这话，季孙肥也顺势询问孔子，自己又该如何施政，而孔子则是给出了九个字：

"举直错诸枉，则枉者直！如果把正直的人提拔到邪佞的人的上面，让他们做出表率，就能使邪佞的人变得正直。"

孔子想借助这句话告诉季孙肥，在为国君举荐人才的时候，要举荐那些正直的人，并且要将那些正直的大臣，安置在那些心术不正的人之上。这样那些心术不正的人，以后也会变得正直。

宴会上的大臣们，听到孔子这番话面面相觑，纷纷低下脑袋，不敢说话。

坐在主席上的季孙肥，明白孔子是在暗讽他在朝堂之中一手遮天，于是话锋一转，对孔子说："如今鲁国盗贼蜂起，请问夫子，可有良策应对？"

谈到匪患，孔子倒显得十分乐观，语气轻松地说："苟子之不欲，虽赏之不窃。假如你自己不贪图财利，即使奖励偷窃，也没有人偷盗。"

这句话的意思是，鲁国的盗贼之所以猖獗，主要是因为朝堂上的掌权者未能约束自己的欲望，导致战火不休。百姓们生活艰难，只能沦为匪徒。

"我倒是想把那些无道之人全部杀掉，剩下的人不就全是有道之人吗？"

"焉用杀？子欲善而民善矣。君子之德风，人小之德草，草上之风，必偃。"孔子解释道，"治理政事，哪里用得着杀戮的手段呢？您只要想行善，老百姓也会跟着行善。在位者的品德好比风，民众的品德好比草，风吹到草上，草就必定跟着倒。"

听到孔子的这句话，季孙肥的脸色瞬间阴沉了起来，拂袖而去。而鲁国国君则像是一个被线牵住的木偶，直到晚宴结束，都未说要如何任用孔子。

一切似乎都在孔子的预料之中，连弟子们都不惊讶了。其实，跟随孔子周游列国的过程中，身为小学生的龚倩倩都发现了，孔子的主张会伤害到当权者的部分利益，而给百姓更多的实惠。当权者不想任用孔子，有一部分原因就是不想损害自己的利益。

然而，百姓们得不到实惠，生活就会越来越困苦。久而久之，国家的基层变得越来越羸弱，想要兴旺，无异于天方夜谭。

接下来的日子里，孔子并没有主动求官，而是钻进了书房里，认真研习起他收集的竹简。

不知不觉，就到了春狩的时节。鲁国国君邀请孔子一起去大野狩猎，虽然年事已高，但孔子对这种户外"活动"依然兴趣盎然。马岩和龚倩倩听闻能够观看野外狩猎，也请求一同前往。

跟随着国君的车队，众人浩浩荡荡，来到了围场。放眼看去，天空湛蓝如洗，阳光洒落在大地上，仿佛为万物披上了一层金色的柔纱。猎场四周，郁郁葱葱的树木环绕，如同天地间的绿色屏障。

猎场内，一队猎手整齐列队，他们身着色彩斑斓的猎装，手持弓箭、长矛等狩猎工具，精神抖擞地等待号令。随着一阵悠扬的号角声响起，狩猎正式开始。猎手们迅速分散开，穿梭在草木之间，寻找着猎物的踪迹。一时间，马蹄声、犬吠声、猎物的惊叫声此起彼伏，构成了一幅生动的狩猎图。

马岩等人也参与其中，满眼惊奇。让龚倩倩感觉奇怪的是，普通猎手围捕野兽，就会把猎物团团包围起来，可是看眼下的阵势，那些猎手们却只从三面驱赶猎物，有些野兽从剩余的缺口处，逃了出去。

"倩倩，你观察得真用心。"孔子解释道，"围三缺一，是为了对猎物不赶尽杀绝，同时彰显围猎者的仁义。"

就在众人尽情欣赏围猎场景时，麒麟兽突然拍了拍马岩。原来，它看到野兽们疾驰的场景，想起近来一直待在孔子的宅院里，不免有些心痒，所以也想到围场上去撒撒欢。

马岩叮嘱麒麟兽要小心后，就放下了它。没想到，这个家伙或许是憋了太久，刚一着地，就飞一般地跑了出去，在围场上跟随野兽，尽情驰骋。

时间如流水般划过，马上就要日落，马岩还没见到麒麟兽的身影，他心里不免有些着急，于是四下张望，寻找那个贪玩的家伙。

龚倩倩这时快步来到马岩身旁，问他麒麟兽是不是偷偷跑了出去。无奈，马岩只能承认。

龚倩倩眼睛都瞪圆了，又生气又着急，问："你知不知道，麒麟兽惹祸了！"

马岩赶忙询问龚倩倩发生了什么事情，龚倩倩低声说："刚刚我听到有人议论，说是叔孙氏的一名车夫，意外抓到了一只罕见的野兽。"

罕见的野兽？难道是麒麟兽？

天呐，这下可糟了！

《论语》笔记

季康子问:"使民敬、忠以劝①,如之何?"子曰:"临之以庄,则敬;孝慈,则忠;举善而教不能,则劝。"

——《论语·为政》

【注释】

①劝:劝勉。

【译文】

季康子问:"要使百姓恭敬、忠诚并互相勉励,该怎么做?"孔子说:"用庄重的态度对待他们,他们就会恭敬;你能孝顺父母、爱护幼小,他们就会忠诚;你能任用贤能之士,教育能力低下的人,他们就会互相勉励。"

【拓展】

季康子问的问题很好,孔子回答得也很诚恳,但季康子本人在"孝"和"慈"上是有瑕疵的——他有违背父亲遗命,杀害兄弟的嫌疑。

据记载,季桓子病重时,他的妻子南孺子正怀着孕。桓子便对心腹正常说:"我要死了,有事交代你。如果我妻子生下的是男孩,你就告知国君,立这个孩子为家主;如果是女孩,就让我儿子肥当家主吧!"季桓子死后,就在季孙肥,也就是季康子被国君册封的时候,正常忽然抱来个男孩,说季桓子遗命,应立这个男孩为家主。季康子只好说:"既然是父亲遗命,就等国君调查清楚再决定吧!"鲁哀公指派大臣调查,没想到不久那男婴就被杀死了,正常害怕遭毒手,连夜逃出了鲁国。于是,调查的事不了了之,季康子顺利继位。

26. 再次穿越

马岩和龚倩倩赶忙来到叔孙氏的马车旁。此时，狩猎已经结束，国君正领着大臣们宴饮，而车夫们也难得清闲，聚在一起闲聊。走近后，马岩和龚倩倩听到，他们似乎正在讨论刚刚那只被意外捕获的"野兽"。

借着火光，他们发现一名车夫在逗弄一只小野兽，仔细一看，正是麒麟兽！只见它拼命扭动身体，似乎想要从对方手中挣扎出来，可那名车夫的手掌宛如一把铁钳，将它牢牢抓在手中。

"快放开它！"马岩看到麒麟兽那副备受折磨的模样，一时顾不上别的，跑过去冲那名车夫大声喊，"不要伤害它！"

车夫看了看马岩，又看了看手中的麒麟兽，皱着眉头，不解地问："这是我抓到的猎物，我为什么要放开它？"

"它是……"马岩刚想说麒麟兽是自己的同伴，可又一想要是说出麒麟兽的身份，恐怕眼下这些人非把自己当成是疯子不可。但是也不能眼看着麒麟兽被抓，自己却袖手旁观啊！

正当马岩打算用武力把麒麟兽救下来时,只听见身后有一人惊讶地说道:"奇怪啊,真是奇怪啊,你竟然能抓到神兽!"

众人回头一看,发现来人是孔子。孔子一脸好奇地走上前,仔细打量起了被车夫抓在手中的麒麟兽,低头沉思了一会儿,大声说道:"麒麟现世,不祥啊!"

听到孔子这样说,车夫立马慌乱了,一把将麒麟兽丢在地上,像是怕染上这个"不祥"似的,狠狠擦了擦手。

"夫子,"车夫紧张地解释道,"这就是……就是麒麟啊?"

孔子赶忙从地上将麒麟兽抱在怀里,仔细端详了一番,笃定地说:"没错,这就是麒麟!"

"夫子……"在得到肯定的回答后，车夫吓得跪倒在地，"这……我不知道它竟然是神兽啊！再说，它也不是被我捉住的，是它自己一不小心撞在了车上，所以我才……"

车夫连连叩头，嘴巴里还不停地嘟囔着，祈求麒麟兽不要让灾难降临到自己的身上。

龚倩倩看到车夫那慌张的样子，也不想为难他，赶忙解释道："既然麒麟是神兽，就不会无故害人的，别担心了。"

"是！是！是！"车夫又是一阵叩头。围观的那些人赶忙散去，唯恐沾染上祸端。

等到那些不明内情的人离开后，马岩赶忙从孔子怀里将麒麟兽接了过去，抚摸起它的脖子，眼神中满是疼惜。

原来，麒麟兽白天玩得实在是太尽兴了，力气也耗尽了，就趴在地上休息。没想到，那名车夫竟然驾驶车辆径直撞向麒麟兽。本就疲惫不堪的麒麟兽，这下就更没有逃脱的力气了。

看着两人和麒麟兽亲昵的互动，孔子也松了口气，笑着说："看样子，你们和这头神兽，应该相识许久了！"

马岩和龚倩倩对望一眼，不知道该如何解释，突然，马岩怀中的麒麟兽发出了痛苦的呻吟声。

"好难受啊——"麒麟兽翻转身体，断断续续地说，"马岩、倩倩，我……我的神力被耗尽了。"

什么？听到这个噩耗，两人都傻眼了。马岩紧张地问："麒麟兽，那现在该怎么办？你不会……不会死掉吧？"

麒麟兽虚弱地看着他们,摇了摇头,说:"我也不知道。我在最虚弱的时候被人抓住,神力被进一步消耗。现在唯一的办法,就是回到时空隧道里。只有那里,才能让我的身体恢复过来。"

"时空隧道?"孔子一脸疑惑,看了看马岩他们,又看了看口吐人言的麒麟兽,揉了揉眼睛,问,"那是什么东西?为什么麒麟可以说话?马岩,倩倩,这一切到底是怎么回事?"

"夫子!救救麒麟兽吧!"马岩此时什么都顾不上了。

他一把抓住孔子,恳求道:"现在您什么都别问了,可以吗?带我们回到您家,找到您做官时戴的那顶礼冠。这一切……我、我以后一定给您一个解释!"

孔子点了点头,"我相信你们是有难言之隐,没关系,我带你们去。"

三人连夜赶回城内,回到了老宅中。

孔子当年辞官后,便将那顶礼冠收藏在书房角落的一个藤箱里。虚弱的麒麟兽运用神力轻轻感知了一下,只见礼冠上闪过一抹幽蓝色的光芒。

麒麟兽点了点头。看样子,这正是当初那顶帮助他们穿越的礼冠。

麒麟兽硬撑着站起来,嘴巴里默念咒语,只见一团烟雾从它身体里缓缓飘出,很快,周围的光线开始扭曲,孔子紧张地咽了咽口水,马岩则轻轻拍了拍孔子的手臂。

"夫子,您不要担心!"

"我……我没有！"孔子紧张地看着四周这奇幻的场景，此时甚至连话都说不完整。他颤抖着双手，想要触碰那被扭曲的光线，可还没等他触碰到，只见一道白光冲着三人而来，三人的视线随即模糊。

紧接着，三人耳畔传来了剧烈的风声，马岩担心地看着前面施法的麒麟兽，刚想伸手抱住它，只觉得天旋地转，瞬间晕了过去。

不知道过了多久，迷迷糊糊之中，马岩感觉到有人在拽自己的胳膊。睁眼一瞧，发现孔子正不知所措地盯着他。

原来，他们已经来到了时空隧道之中。此时的时空隧道像是一条被云雾包裹着的甬道，他们脚下是不停翻涌的白色烟雾，烟雾中闪烁着幽蓝色的光。

"麒麟兽呢？"马岩赶忙朝着周围张望起来。

"别担心！"麒麟兽在半空中俏皮地翻了个身，得意地说，"我已经恢复了神力。"

马岩擦了擦额头上的汗珠，"我担心死了，你没事就好！"

龚倩倩冲了上去，一把将麒麟兽搂在怀里，眼睛像被拧开的水阀一样，不停地流泪。

"别哭啦，"麒麟兽安慰道，"我这不是没事吗！"

站在一旁的孔子，仿佛一个刚刚接触世界的孩童，他不停地打量四周，眼中充满了好奇。

"夫子！"马岩走到他的身旁，"其实有件事情，我们一直瞒着您。我和倩倩并不是你们那个时代的人，我们来自二十一世纪，与你们生活的时代相隔大约两千五百年。"

"什么？这怎么可能？"孔子激动地看着他们，"你们不是在变戏法吧？这一切……"

说着，孔子跪坐在地上，用力按住脑袋，"这如何叫人相信！"

"夫子……"龚倩倩刚准备解释，马岩却拦住了她，走上前去。

马岩指着隧道的尽头说："夫子，您不妨同我们一起，到二十一世纪去看一看，到那时，我想您什么都能明白了。"

"可以吗？"孔子站起身，惊喜地看着他们。

"没问题！"恢复精神的麒麟兽拍了拍胸脯，"这件事情就包在我的身上。"

说着，它便领着孔子等人，慢慢走向了时空隧道的尽头。

《论语》笔记

麟者,仁兽也。有王者则至,无王者则不至。有以告者,曰:"有麕①而角者。"孔子曰:"孰为来哉!孰为来哉!"反袂拭面,涕沾袍。

——《春秋公羊传·哀公十四年》

【注释】

①麕:獐子。

【译文】

麒麟,是象征仁德的瑞兽。有圣明的君主出现时,它就到来;没有圣明的君主,它就不会出现。有人告诉孔子,说:"捕获了一头像獐子,却有角的动物。"孔子说:"它为谁而来呢!为谁而来呢!"边说边翻起袖子擦拭眼泪,泪水沾湿了他的袍子。

【拓展】

麒麟本是祥瑞的象征,却被粗鄙无知的人捕获、戏弄。在孔子看来,这不就和胸怀大志,却半生漂泊,反遭世俗之人嘲笑的自己一样吗?孔子怎么能不伤心呢?于是他感慨万千,为什么麒麟要在这时到来呢?他是为谁而来?是上天用它来暗示自己无法改变混乱的世道吗?

孔子心中必然是既苦楚,又有些不甘心的。但命运往往就是如此,你还有很多志向没有实现,你还想再像从前那样继续奋斗下去,但时间已经没有了,道路已经穷尽了。再伟大的人,也必须遵从生命的法则。从这点上看,我们更应该珍惜光阴,在青春正好的时候,奋力有所作为。

来到现代

时空隧道的尽头,是一团彩色的云团。因为有穿越的经历,所以马岩和龚倩倩大胆地朝云彩中走去,但孔子似乎有些犹豫,步子也慢了下来。

"夫子,不要害怕。二十一世纪欢迎您!"马岩一把抓住孔子的手说,"知者不惑,仁者不忧,勇者不惧。您不是常说智慧之人不会对事情感到迷惑,仁爱之人不会忧愁和担心,而勇敢之人没有恐惧吗?"

"哈哈哈,"被马岩这么一说,孔子那紧张的情绪瞬间舒缓了不少,"没错,没错!"

正说着,三人突然被那团彩色的云雾包围。仿佛就在一瞬间,他们的眼前从五光十色变成了一团漆黑。

孔子感觉自己的身体在飞速下坠,他摸不清自己是在何处,也不知道将要去往何处。隐约间,他看见前方有一个闪着亮光的地方。随着他们的靠近,那团亮光越变越大。平稳落地后,马岩和龚倩倩才发现,大家已经回到了孔子纪念馆的文物区。

一别数十载,看着这熟悉的场景,马岩和龚倩倩激动万分,喜极而泣。另一边,孔子看着眼前的展厅出神。这到底是哪里?这里的一切看上去都那么不可思议。他等回过身,一眼就看到展柜里自己的那顶黑色礼冠,这让他更加摸不着头脑。

"这里怎么会有我的礼冠?"

可没等马岩和龚倩倩解释,他们就看到了令自己汗毛倒竖的一幕:几名纪念馆里的工作人员,正一脸惊慌地看着他们。

"你们是……"

看着面前那几个身着现代衣服的人,孔子虽然有些不明所以,但还是礼貌地施礼说,"在下鲁国……"

龚倩倩见状,赶忙捂住了孔子的嘴巴,而马岩则趁机抱住麒麟兽,抱怨道:"怎么回事儿,这里怎么这么多人啊!"

"先别管这些了。"麒麟兽说着飞到半空中,释放出一团雾气,将眼前的几名工作人员笼罩起来。紧接着,它又赶忙抓住三人,从半空中"嗖"的一下飞了出去。

在那几名工作人员的呼喊声中,大家趁机躲进了之前的那间摆放工具的小房间里。刚喘了口气,便听到外面传来了急促的脚步声,是刚刚那些工作人员的。

"奇怪了,那三个人去哪儿了?"门外有人紧张地说道。

"不知道!"另一个声音说道,"这一大早,该不会是碰见了……"

"别胡说!"另一个声音陡然提升了不少,"快去别处看看,真要是有人闯进来,必须要严加防范。"

随着脚步声越来越远,马岩也松了口气。不过,细心的龚倩倩却觉得,刚刚他们经历的场景,似乎有些熟悉,好像……

正想着时,她突然抬头看到墙上的电子日历,猛然惊醒:"竟然是这样!"

原来,龚倩倩注意到日历上所显示的时间,竟然是他们穿越的十几个小时前。

马岩看了看日历,又看了看窗外。虽然他对时间记得不太清楚,但还记得他们当初是趁着晚上偷偷溜进文物区的,怎么回来时却变成了早上呢?

麒麟兽也发现了这一问题,它在空中飞了一圈,然后严肃地说:"或许是因为夫子从过去穿越到未来,无形中改变了过去的历史。因此,我们必须要在上一次穿越的时间前,将夫子送回到春秋时代,使既定的时间线恢复,否则时空发生混乱,后果不堪设想!"

"好好好。别担心嘛,我们还有十几个小时呢。"马岩看着电子日历,脑子里浮现出一个主意,"夫子好不容易来一趟现代,就这么仓促回去,实在是太遗憾了。"

孔子点了点头,看着周围的一切,他流露出了好奇的神色。看样子,孔子也想好好参观一番。

"可是……"龚倩倩仍旧有些担心。

"还有啊!"马岩说道,"我们刚才在展台边闹了那么一场,恐怕现在已经引起管理人员的警觉,那里现在肯定戒备森严,现在回去无异于是自投罗网啊!"

"有道理!"龚倩倩点了点头,"既然如此,那么我看不如等到他们防备松懈的时候,我们再送夫子离开吧!"

说着,两人在这个小房间里找到了一件保洁的工作服,马岩帮助孔子换上。龚倩倩细心地将孔子的头发挽了起来,并给他找到一顶帽子。虽然不理解马岩和龚倩倩为何这样做,但孔子仍旧欣然接受了自己的新造型。

"你们现代的衣服,穿起来还挺方便的。"孔子活动了下身体,忍不住夸赞道。

马岩和龚倩倩则继续穿古代的衣服,毕竟纪念馆里时常有穿汉服来参观的学生,大家也并不觉得奇怪。三人就这样大大咧咧地走出了小房间,麒麟兽依旧躲在马岩怀里。

经过纪念馆的展厅时,孔子看着展示的文物、图文介绍时,好奇地询问道:"这上面写的……是我吗?"

看着孔子那既惊讶又激动的表情时,马岩和龚倩倩对视一眼后,齐声说:

"没错,就是您!"

"太不可思议了。"孔子忍不住感慨道,"没想到两千五百多年后,还有人还记得我。"

两人领着孔子继续参观,没想到碰到了班主任欧阳老师。

"老……老师好！"马岩紧张地打着招呼。

"你们也来参观啊！"欧阳老师说，"真是太巧了！"

原来，欧阳老师趁着寒假休息的时间，来纪念馆里深入了解孔子的事迹，想等开学后再跟同学们一起讨论。

"马岩，我发现你学习越来越认真了。"欧阳老师夸赞道，"'三人行，必有我师焉'，别人的言行举止，必定有值得我学习的地方。等开学了，我要向你'请教'哦！"

"欧阳老师，"马岩低下头，紧张地搓着衣角，"你就放过我吧！"

欧阳老师注意到一旁的孔子，有些疑惑地问："马岩、倩倩，这位是……"

"这是、这是……"马岩知道龚倩倩不会在欧阳老师面前撒谎，所以连忙抢着回答道，"老师，这是我们刚刚偶然碰到的老爷爷，我们很聊得来，就一起参观了。"

此时，孔子正盯着一个展品出神。龚倩倩仔细一看，原来，孔子正在欣赏自己的画像呢！

龚倩倩这时忽然有了一个主意，她指着孔子的画像，对欧阳老师说："老师，您觉得该如何评价孔子呢？"

听到这个问题，孔子也转过头，带着一丝好奇看向欧阳老师。

"这个嘛……"欧阳老师走到画像前，沉默几秒钟，然后缓声说道，"孔子是一位伟大的教育家。在春秋时代，他率先提出了'有教无类'的教育理念，通过开办私学的方式，在平民阶层中普及文化教育。孔子和他的弟子们,创造了中国古代一个非常重要的学派——儒家,几千年来,儒家深深影响着中国人的价值观和人生观。"

欧阳老师看了一眼自己的两个学生,继续说:"晚年孔子周游列国,想宣扬自己的思想,虽然没有取得显著的成果,但是他的行为,不仅鼓舞了当时的人,还为后来儒家学子照亮了方向。他所推崇的仁和、礼爱、宽恕、平等,已经融入国人的精神中。借用一句古语来说明孔子对世界的贡献,那就是:'天不生仲尼,万古如长夜'!"

"天不生仲尼,万古如长夜!"马岩重复着这句话,一时间,陪伴孔子的情景一幕幕涌上心头。他情不自禁地呢喃道:"真是一个贴切的评价啊!"

听完欧阳老师的话后,孔子已是满脸泪水。他忍不住冲着欧阳老师,施了一礼:"有此评价,孔丘死而无憾。"

欧阳老师看了看眼前的老人,又看了看墙上的画像,刹那间,她竟然生出了一股恍惚感。不过下一秒,龚倩倩和马岩就和她告别,拉着老人去了别的地方。

来到一个没人注意的地方后,龚倩倩兴奋地对孔子说:"夫子,您看!您的思想已经被世人所接纳。"

"对啊!"马岩帮孔子擦了擦眼泪,"夫子,这么高兴的时候,您应该笑啊!"

听到两人的话,孔子嘴角一弯,忍不住笑了起来。与此同时,他紧紧抓住两人的双手,"谢谢你们,我实在是……是太开心了。"

接下来,两人带着孔子走出博物馆,来到街道上,参观现代城市。城市里的每一样物品,都引得孔子连声称道。更令孔子欣慰的是,现代生活的方方面面,无不彰显了他当初极力推行的仁政思想。看到百姓们安居乐业、幸福美满的生活场景后,孔子发自肺腑地称赞道:

"老者安之,朋友信之,少者怀之。我的志向是使年老的人得到安乐,使朋友相互信任,使年少的人得到关怀。"

而后,他对马岩和龚倩倩说:"你们很幸福,生活在一个这么理想的社会里!"

看着孔子眼中的欣慰和羡慕,马岩和龚倩倩对望了一眼,又转身看向身旁这座热闹繁华的城市,是啊!这真是一个理想的社会啊!

时间过得飞快,不知不觉,已经到了晚上,三人溜回纪念馆的文物区。而此时,马岩和龚倩倩终于明白,那个轰轰烈烈的"神秘人闯入事件",竟然是自己一手造成的,不过好在并没有带来任何的损失。只不过,看着地上留下的鞋印,他们倒觉得有些不好意思了。

马岩和龚倩倩帮孔子换回古装,然后在麒麟兽的帮助下又一次走进了时光隧道,两人本打算一起将孔子送回去,可没想到,在那个时空洞口处,孔子却拒绝了这个提议。

"夫子,我们只是舍不得……"分别时刻,马岩和龚倩倩的

眼泪再也忍不住了,他们真不想跟孔子分开。

"我也不舍得同你们分开。"临别之时,孔子忍不住叮嘱道,"弟子入则孝,出则弟,谨而信,泛爱众,而亲仁,行有余力,则以学文。弟子们在父母跟前,就孝顺父母;出门在外,要顺从师长,言行要谨慎,要诚实可信,寡言少语,要广泛地去爱众人,亲近那些有仁德的人。这样躬行实践之后,还有余力的话,就再去学习文献知识。"

"嗯!"马岩和龚倩倩双眼含泪地回答道,"夫子,我们一定会记在心里。"

"回去吧!"孔子指了指时空隧道的另一端,"你们还年轻,在那个社会里,有很多事情需要你们去做。"

说罢,在麒麟兽的帮助下,孔子缓缓走进了时空洞口。过了一会儿,那股笼罩着孔子的浓烟渐渐散去。而后,马岩和龚倩倩平稳地落在了纪念馆里。马岩抬头朝窗外瞧了瞧,只见原本漫天的乌云已被清风吹散,月光重新笼罩大地,一切都是那么美好。

两人看着展台中孔子的那顶礼冠,回忆着同孔子在一起的点点滴滴,刹那间,他们都恍惚了,这场冒险会不会只是一场梦?

而这时,麒麟兽却一溜烟地飞了过来,冲着两人露出了可爱的笑容。

马岩和龚倩倩上前,一把将麒麟兽抱在了怀里。

如果说这一切都是场梦,那也一定是场令人难以忘怀的美梦!

《论语》笔记

叔孙武叔①毁仲尼,子贡曰:"无以为也,仲尼不可毁也。他人之贤者,丘陵也,犹可逾也;仲尼,日月也,无得而逾焉。人虽欲自绝,其何伤于日月乎?多见其不知量也。"

——《论语·子张》

【注释】

①叔孙武叔:叔孙氏家主,名州仇,"武"是其谥号。

【译文】

叔孙武叔诋毁孔子。子贡说:"不要这样做!孔子是不可诋毁的。他人的贤能,好比丘陵,还可以逾越;孔子,就好比是日月,是无法逾越的。一个人即使想自绝于日月,对日月又有什么伤害呢?只显出他不自量力罢了。"

【拓展】

历史上有很多人批评孔子、诋毁孔子,这样的人要么连孔子的思想都没弄明白,要么就想通过诋毁孔子来愚弄百姓,来显示自己的高明。殊不知,这种行为就如蚍蜉撼树一般,丝毫不能影响孔子的伟大,反之显示了他自己的卑劣无知。

孔子是我国古代伟大的思想家,他的学说都是以仁爱为核心,教导人积极进取,做品德高尚的君子的。我们应该继承孔子一心为天下谋福的大志,学习孔子为学、做事、与人交往的道理,而不是盯着那些因为时代变迁,而显得有些不合时宜的话,来诋毁孔子,歪曲他的学说。

孔子生平年表

公元前551年 孔子出生	生于鲁国陬邑（今山东省曲阜市），名丘，字仲尼。
公元前549年 三岁	父亲去世，母亲带着他搬到曲阜城。
公元前537年 十五岁	立志于好好学习各种知识。
公元前535年 十七岁	母亲去世。
公元前533年 十九岁	娶宋国人亓官氏为妻。
公元前532年 二十岁	孔子有了一个儿子，取名鲤，字伯鱼。
公元前522年 三十岁	开办私学，有了第一批弟子。
公元前518年 三十四岁	拜访老子，向他请教周礼。

公元前 517 年
三十五岁

鲁国发生内乱，鲁昭公去齐国避难。孔子随后前往齐国。

公元前 515 年
三十七岁

孔子在齐国没有得到重用，回到鲁国。

公元前 501 年
五十一岁

被任命为中都宰。

公元前 500 年
五十二岁

由中都宰升任小司空，后又升任大司寇。

公元前 497 年
五十五岁

孔子离开鲁国，开始周游列国。在接下来的十四年里，辗转于卫国、陈国、蔡国、楚国等。

公元前 484 年
六十八岁

结束周游列国的生涯，回到鲁国，专注于教育及整理文献工作。

公元前 479 年
七十三岁

孔子去世。